Leena Lehtolainen, 1964 geboren, lebt und arbeitet als Kritikerin und Autorin in Helsinki. 1993 erschien der erste Roman mit der attraktiven Anwältin und Kommissarin Maria Kallio. Inzwischen wurden in Finnland acht Kriminalromane veröffentlicht.

www.leena-lehtolainen.de

Im Rowohlt Taschenbuch Verlag liegen die Krimis «Zeit zu sterben» (rororo 23100), «Alle singen im Chor. Maria Kallios erster Fall» (rororo 23090), «Auf die feine Art. Maria Kallios zweiter Fall» (rororo 23089), «Weiß wie die Unschuld. Maria Kallios dritter Fall» (rororo 23439) und «Der Wind über den Klippen. Maria Kallios fünfter Fall» (rororo 23495) vor. Außerdem erschien im Kindler Verlag «Wie man sie zum Schweigen bringt. Maria Kallio ermittelt». Weitere werden erscheinen.

Leena Letholainen

Die Todesspirale

Maria Kallios vierter Fall

Kriminalroman

Aus dem Finnischen von
Gabriele Schrey-Vasara

Wunderlich Taschenbuch

Die Originalausgabe erschien 1997 unter dem Titel
Kuolemanspiraali bei Tammi Publishers, Helsinki.

Neuausgabe Mai 2005

Veröffentlicht im Rowohlt Taschenbuch Verlag,
Reinbek bei Hamburg, Februar 2004

Redaktion Stefan Moster
Umschlaggestaltung any.way, Andreas Pufal
(Foto: photonica / Paul Mason)
Satz von Pinkuin Satz und Datentechnik, Berlin
Druck und Bindung Clausen & Bosse, Leck
Printed in Germany
ISBN 3 499 26563 X

Für Konsta

Prolog

Die Waffe war direkt auf das Herz gerichtet. Aus weit aufgerissenen Augen sah das Mädchen den Jäger an, der ihrem flehenden Blick nicht lange standhielt. Sobald er das Gewehr sinken ließ, floh das Mädchen, die Schlittschuhe trugen sie an den Waldrand, und die Lichtung füllte sich mit fröhlich tanzenden Tieren.

Doch die Leidensgeschichte des Mädchens war noch nicht zu Ende. Es wurde von Raubtieren angegriffen, und die Zwerge, in deren Haus es sich rettete, nahmen es nur zögernd bei sich auf. Dann kam die böse Stiefmutter, als alte Frau verkleidet, und reichte ihm einen vergifteten Apfel.

Wer auch immer für die Maske zuständig war, er verstand sein Geschäft. Es war ihm gelungen, Silja Taskinen in ein runzliges altes Weib und Noora Nieminen, die das Schneewittchen darstellte, in eine strahlende Schönheit zu verwandeln. Aber auch die beiden Mädchen selbst trugen das Ihre zur perfekten Illusion bei, sie spielten ihre Rollen fabelhaft.

Mich hat Eiskunstlauf schon immer fasziniert, weil er so geschickt auf der Grenze zwischen Melodram und Kitsch balanciert und mit tausendfach gehörten Melodien intensive Emotionen weckt. Trotz der strengen Regeln werden immer wieder neue, originelle Bewegungsabläufe erfunden, und viele Läufer zeigen bei ihren Darbietungen höchste schauspielerische Qualität.

Als Schneewittchen ihren Prinzen endlich bekam, konnte ich meine Rührung kaum verbergen. Dass ich nah am Wasser gebaut hatte, mochte man zwar meiner Schwangerschaft zuschreiben, trotzdem wollte ich nicht, dass mein Chef Jyrki Taskinen, der mit seiner Frau Terttu neben mir saß, meine Tränen sah. Erwachsene weinen nun mal nicht bei Märchen. Der sonst so zurückhaltende Jyrki johlte begeistert, als sich Silja nach der Aufführung verbeugte. Auch ich applaudierte und trampelte mit den Füßen, vor allem, als Noora Nieminen vortrat.

Eigentlich wäre Silja für die Rolle des Schneewittchens wie geschaffen gewesen. Sie war schön, während Noora mit ihren breiten Hüften und ihrem unauffälligen Gesicht nach traditionellen Vorstellungen diejenige hätte sein müssen, die anderen ihr Aussehen neidet. Dennoch hatte Noora in der Frühlingsshow des Eislaufvereins Espoo die Titelrolle erhalten, denn sie hatte im Paarlauf internationales Niveau erreicht und war bei den letzten Wettkämpfen der Saison im Kurzprogramm ebenfalls als Schneewittchen aufgetreten. Janne Kivi, ihr Partner, war für die Rolle des Prinzen bestens geeignet. Er sah geradezu unverschämt gut aus: Er war gut gebaut, fast zu groß für einen Eiskunstläufer, hatte weißblondes, knapp schulterlanges Haar und leuchtend grüne, katzenartige Augen. Wie immer drängten sich auch an diesem Abend im Eisstadion in Matinkylä junge Mädchen, die auf ein Autogramm und eine Berührung ihres Idols hofften. Auch ich seufzte jedes Mal, wenn bei Fernsehübertragungen seine hohen Wangenknochen und sein voller Mund zu sehen waren. Schöne Männer zu betrachten zählte zu meinen Lieblingsbeschäftigungen.

Noora und Janne kamen noch einmal aufs Eis und belohnten das begeistert klatschende Publikum mit einem dreifachen Salchow und der Todesspirale. Das Baby in meinem Bauch strampelte.

Plötzlich hörte ich Taskinen laut Luft holen. Am Rand der Eisfläche war ein Mann aufgetaucht, mit blonden Strähnen im dunklen Haar und einem schwarzen Schnurrbart. Er warf

Noora einen Strauß blutrote Rosen zu. Sie ließ die Blumen achtlos liegen, bald waren sie von den Kufen der Nachwuchsläufer zerfetzt, die als Tiere, Schlossbewohner und Zwerge aufgetreten waren und nun ihren Applaus entgegennahmen.

«Ist das der Kerl, der die Nieminens terrorisiert hat?», fragte ich. Der Fall fiel zwar nicht in die Zuständigkeit unseres Dezernats, doch ich hatte von dem Mann gehört, der Nooras Familie, vor allem ihre Mutter, in den letzten Jahren bedroht hatte und schließlich wegen Hausfriedensbruch zu einer Geldstrafe verurteilt worden war.

«Ja, das ist Vesku Teräsvuori, der Karaokekönig», sagte Taskinen und zuckte resigniert mit den Schultern. Die Polizei konnte Teräsvuori nicht verbieten, eine öffentliche Veranstaltung zu besuchen und Blumen aufs Eis zu werfen. Nach außen hin war das eine übliche nette Geste. Doch als die kleinsten Eiskunstläufer sich schließlich verabschiedeten, hinterließen sie abgerissene Blütenblätter, die mich an Bluttropfen erinnerten.

«Wir holen Silja an der Umkleidekabine ab und fahren dich dann nach Hause», sagte Terttu Taskinen.

Als Jyrki vor einigen Wochen mit Eintrittskarten für die Eisshow in der Dienststelle erschienen war, hatte ich sofort zwei gekauft, aber Antti, mein Mann, hatte dann doch nicht mitkommen können. Dass ich mit den Taskinens auf einem der besten Plätze sitzen würde, weitab von den anderen Kollegen, hatte ich nicht geahnt.

«Ich kann doch den Bus nehmen», wandte ich ein, doch davon wollte Terttu nichts hören. Eigentlich war es ja auch ganz nett, einen Blick in die Umkleideräume zu werfen. Vielleicht bekam ich sogar ein Autogramm von Janne Kivi. Aber als Erstes brauchte ich eine Toilette. Ich verabredete mich mit den Taskinens an der Tür zum Umkleideraum und machte mich auf den Weg durch die kahlen Gänge des Eisstadions.

Auf drei Männerklos kam eins für Frauen, vor dem sich eine lange Schlange gebildet hatte. Da ich Polizistin und außerdem im siebten Monat schwanger war, nahm ich mir das Recht, die freie Toilette mit der abweisenden Aufschrift *Nur für Mitarbeiter* zu benutzen.

Ich kämpfte noch mit dem komplizierten Verschluss der Umstandshose, als die Tür zum Vorraum aufgerissen wurde.

«Was bildest du dir eigentlich ein?», fauchte jemand, ob Mann oder Frau, war an der Stimme nicht zu erkennen. Die Antwort ging im Lärm eines Handgemenges unter, der Mülleimer kippte laut scheppernd um. Mir blieb nichts anderes übrig, als einzugreifen, ich musste nur erst die verflixte Hose zukriegen.

«Ich will dich nie mehr sehen, ist das klar?»

Die Tür ging auf, der Unbekannte mit der fauchenden Stimme schien die andere Person auf den Gang zu stoßen. Als ich endlich angezogen war, war der Waschraum leer. Nur der auf dem Boden verstreute Abfall und der schief hängende Spiegel bewiesen, dass ich nicht geträumt hatte.

Ich entschloss mich, den Vorfall einfach zu vergessen, und machte mich auf den Weg zu den Umkleideräumen. Dutzende kleiner Eiskunstläufer suchten nach ihren Eltern und legten ihre Maskerade ab: Fuchsbärte, Zwergennasen und Hasenzähne. Ein etwa zwölfjähriges Mädchen, das einen verschnupften Zwerg gespielt hatte, wischte sich die rote Schminke von der Nase, die Adjutanten des Prinzen lieferten sich einen Schwertkampf. Eine stark geschminkte Frau im knöchellangen Pelzmantel versuchte vergeblich, sich Gehör zu verschaffen.

«Jetzt aber Ruhe!», rief plötzlich eine tiefe Frauenstimme, die so viel Autorität ausstrahlte, dass sie kaum laut zu werden brauchte. Das war die Trainerin, Elena Grigorieva. Im Nu beruhigte sich die lärmende Schar, und die Trainerin dankte ihren Schützlingen für die gelungene Aufführung und die zurückliegende Saison. Ich hörte aufmerksam hin. War das die Stimme, die gerade auf der Toilette so drohend gefaucht hatte? In dem Moment zupfte Jyrki mich am Ärmel.

«Es dauert noch eine Weile. Rami und Elena haben zum Saisonschluss Saft und Kekse mitgebracht.»

«Champagner wäre mir lieber», seufzte jemand hinter mir. Ich drehte mich um und sah in die gelangweilten Augen von Janne Kivi.

«Du hast in Edmonton genug Champagner getrunken», lachte Silja Taskinen neben ihm.

«Das ist doch schon zwei Monate her!», gab Janne zurück.

Die jungen finnischen Eiskunstläufer hatten bei der Weltmeisterschaft in Edmonton recht gut abgeschnitten. Anstelle der erkrankten finnischen Meisterin Mila Kajas hatte der Verband Silja Taskinen aufgestellt, die zur allgemeinen Überraschung einen hervorragenden zwölften Platz belegte. Bei den Männern und im Eistanz war der Erfolg zwar ausgeblieben, doch dafür hatten Noora Nieminen und Janne Kivi mit ihrem neunten Rang im Paarlauf für einen echten Knüller gesorgt, denn Finnland hatte seit Jahrzehnten keine international erfolgreichen Paarläufer hervorgebracht. Die Kommentatoren von Eurosport hatten Noora und Janne sogar als die Weltmeister von morgen bezeichnet.

«Lass uns gehen, Vati», drängte Silja. «Was sollen wir feiern, für uns hat die nächste Saison längst angefangen.»

Nach der WM hatten sich Silja, Janne und Noora zwei Wochen Urlaub gegönnt, bevor die Proben für die Eisshow begannen. Am Ende des Schuljahrs sollten die drei mit ihren Trainern Elena Grigorieva und Rami Luoto zwei Monate in Kanada an sich arbeiten.

«Janne, ich glaube, du kennst Maria noch nicht», meinte Terttu Taskinen. «Maria Kallio, eine Kollegin von Jyrki.»

«Freut mich», sagte Janne höflich, obwohl es ihn offensichtlich nicht interessierte, wer ich war. Plötzlich drängte sich jemand zwischen uns. Noora Nieminen.

Sie war mindestens fünf Zentimeter kleiner als ich, obwohl ich selbst nur knapp eins sechzig messe. Die Sechzehnjährige wirkte kindlich, nur ihre grauen Augen waren die einer Erwachsenen, sie schienen viel zu viel gesehen zu haben.

«Hallo, Noora. Eine tolle Show, gratuliere! Hoffentlich hat Teräsvuori mit seinen Blumen dir nicht den Abend verdorben», sagte Jyrki mitfühlend.

«Der Kerl könnte uns langsam in Ruhe lassen», seufzte Noora theatralisch. «Er weiß genau, dass ich seine Blumen nicht anrühre! Meine Mutter ist garantiert ausgeflippt. Haben sich meine Eltern übrigens schon blicken lassen?»

«Dein Vater steht drüben am Vorderausgang», sagte Janne, der mit seinen Einsfünfundachtzig den besseren Überblick hatte. Auf dem Eis waren Janne und Noora ein perfekt aufeinander abgestimmtes Paar, doch aus der Nähe waren der Größenunterschied und die fünf Jahre Altersdifferenz nicht zu übersehen.

«Ich geh jetzt», erklärte Janne und schob sich durch die Menge zum Hinterausgang.

«Bis morgen, Silja», flüsterte Noora. Sie ging in der anderen Richtung davon, zu ihrem Vater, einem glatzköpfigen Mann mit rotem Gesicht. Er machte keine Anstalten, ihr die riesige Sporttasche abzunehmen, sondern drehte sich unwirsch um und marschierte davon. Noora folgte ihm, fast wäre sie mit ihrer Tasche nicht durch die Tür gekommen.

Als ich Noora Nieminen das nächste Mal sah, war sie tot.

Eins

Kati Järvenperä parkte ihren uralten dunkelblauen Mercedes auf dem leeren Oberdeck des Parkhauses beim Einkaufszentrum von Matinkylä. Auf dem unteren Parkdeck wäre auch noch Platz gewesen, aber sie hatte keine Lust, ihren Straßenkreuzer mühsam in eine Lücke zu manövrieren. Es war zwanzig vor acht, gerade noch Zeit, die Einkäufe zu erledigen. Beim HNO-Arzt hatten sie zwei Stunden warten müssen, bis Olli behandelt wurde. Nun blieb ihr keine andere Wahl, als ihre beiden Söhne in den Laden mitzunehmen, wo Jussi mit der Ausrede, sein kleiner Bruder wäre krank, bestimmt um Süßigkeiten betteln würde.

Kati klappte den Kofferraum auf und nahm Ollis Buggy und eine Getränkekiste heraus. Später, wenn die Kinder schliefen, würde sie sich eine Flasche eisgekühlten Cider gönnen, den hatte sie sich verdient. Sie machte sich nicht die Mühe, den Kofferraum abzuschließen. Das tat sie selten, und trotzdem war noch nie etwas weggekommen. Wer würde in ihrer Rostlaube schon Wertgegenstände vermuten! Sie setzte den knapp zweijährigen Olli in den Buggy, schärfte dem vierjährigen Jussi ein, sich an der Getränkekiste festzuhalten, seufzte vernehmlich und zog los.

Eine Minute vor acht kamen sie zurück. Jussi hatte so lange gequengelt, bis Kati für beide Kinder Schokopudding und eine große Tüte Xylitolkaugummi gekauft hatte. Sie hatte nicht die Nerven gehabt, konsequent zu bleiben. Der Arbeitstag an der Sommeruniversität war die reine Hölle gewesen, und der Anruf aus der Tagesstätte, Olli klage schon wieder über Ohrenschmerzen, hatte ihr den Rest gegeben. Da ihr Mann um sechs Uhr eine Vorlesung halten musste, war ihr nichts anderes übrig geblieben, als mit beiden Jungen zur Poliklinik zu fahren.

Kati setzte Olli in den Kindersitz, hob Jussi auf das Sicherheitspolster auf dem Vordersitz und schnallte die Kinder an. Sie klappte den Buggy zusammen und öffnete den Kofferraum.

Einige Sekunden stand sie nur da und starrte auf das, was sie vor sich sah. Das Mädchen im Kofferraum konnte nicht zurückschauen, seine Augen waren von getrocknetem Blut verklebt. Kati spürte, wie ihre Beine nachgaben und die Welt um sie herum ihre Konturen verlor. Erst als Jussi nach ihr rief, wurde ihr klar, dass sie handeln musste.

Vorsichtig tastete sie am Handgelenk des Mädchens nach dem Puls, wie sie es im Erste-Hilfe-Kurs gelernt hatte. Die Hand war noch warm, doch einen Pulsschlag spürte sie nicht.

Kati schlug den Kofferraum zu und verriegelte ihn. Dann öffnete sie auf Ollis Seite die Tür und sagte:

«Raus mit euch, das Auto ist kaputt. Wir müssen ein Taxi bestellen und die Polizei rufen.»

«Nein, einen Mechaniker», protestierte Jussi. «Polizisten reparieren keine Autos.»

«Die Polizisten kennen sicher auch einen Mechaniker», sagte Kati. Seltsam, wie ruhig ihre Stimme klang. Genau wie immer. Die Jungen durften nichts merken. Wo war ein Telefon? Und wie in aller Welt war das tote Mädchen in ihren Kofferraum gekommen?

Noch nie war es im Mai so kalt gewesen. Eisiger Wind schlug mir ins Gesicht, als ich auf den Radweg einbog, der unter der Autobahn durchführte. Wir hatten nicht einmal zehn Grad, die Finken zwitscherten kläglich. Noch zwei Wochen bis zum

Sommeranfang – man mochte es kaum glauben, bei diesem Oktoberwetter. Am Abend zuvor und die ganze Nacht hindurch hatte es heftig geregnet, nun zogen im Osten schon wieder dunkle Wolken auf.

Ich fror an den Brüsten und mir lief die Nase, als ich endlich beim Polizeipräsidium von Espoo ankam. Da mir Jogging im siebten Monat schwer fiel, versuchte ich mich durch Radfahren und Krafttraining fit zu halten. Die Schwangerschaft war bisher problemlos verlaufen, manchmal vergaß ich sogar, dass ich ein Baby erwartete. Wahrscheinlich handelte es sich um eine Art Schutzmechanismus, ich war nämlich ungewollt schwanger geworden, weil die Spirale versagt hatte.

Ich arbeitete als Kriminalhauptmeisterin im Dezernat für Gewaltdelikte und Gewohnheitskriminalität der Polizei von Espoo. Ab und zu freute ich mich auf den Mutterschaftsurlaub, auf eine Zeit ohne Totschlag und Körperverletzung. Von einigen Monaten Arbeitslosigkeit abgesehen, hatte ich seit dem Abitur vor dreizehn Jahren wie eine Verrückte geschuftet.

«Du sollst dich sofort bei Jyrki melden!», rief mir die Sekretärin zu. Ich brachte rasch die Jacke in mein Büro und vertauschte die Turnschuhe mit bequemen Schlappen.

Jyrki Taskinen saß an seinem Schreibtisch und sprach aufgeregt am Telefon. Bei meinem Anblick beendete er das Gespräch hastig. Mein Vorgesetzter schien in der letzten Nacht kaum geschlafen zu haben: Sein ohnehin blasses, hageres Gesicht war hefegrau, die Augen waren geschwollen, und er hatte sich nicht rasiert. Er bot mir einen Stuhl an, machte den Mund auf, brachte aber kein Wort heraus.

«Guten Morgen, Jyrki. Was gibt's?»

«Gestern Abend ist ein Tötungsdelikt gemeldet worden, ich möchte, dass du die Ermittlungen übernimmst. Du bekommst Pihko und Koivu als Mitarbeiter, und bei Bedarf natürlich noch weitere. Ström möchte ich den Fall nicht geben, weil …» Er zuckte mit den Achseln. Kommissar Pertti Ström war berüchtigt für sein gegen null tendierendes Taktgefühl und seine grobe Ausdrucksweise.

«Worum handelt es sich?», fragte ich zögernd. Da ich in knapp einem Monat in Mutterschaftsurlaub gehen würde, musste ich bei neuen Fällen damit rechnen, sie nicht selbst abschließen zu können.

«Du erinnerst dich doch sicher an die Eisshow vor zwei Wochen …» Taskinen kämpfte sichtlich um Beherrschung. «Noora Nieminen wurde gestern im Kofferraum eines Pkw aufgefunden. Sie ist erschlagen worden.»

«Um Himmels willen! Wem gehört der Wagen?»

Taskinen warf einen Blick in die Akte.

«Einer gewissen Kati Järvenperä, Studienberaterin an der Sommeruniversität, wohnhaft in der Kalastajankuja in Tiistilä. Sie sagt, sie habe den Kofferraum nicht abgeschlossen, als sie um zwanzig vor acht mit ihren Kindern zum Einkaufen ging. Als sie zurückkam, ihrer Aussage nach eine Minute vor acht, fand sie die Leiche im Kofferraum.»

Vergeblich versuchte ich, die Bilder zu verdrängen, die vor mir aufzogen. Nooras ängstlicher Blick, Schneewittchens Blick, als es den Jäger anflehte, es zu verschonen. Ihr konzentrierter Gesichtsausdruck vor dem Sprung, das triumphierende Lächeln nach der gelungenen Darbietung …

Ich bekam Sodbrennen wie so oft in letzter Zeit, mein Herz raste. Ich zwang mich, Fragen zu stellen, obwohl ich die Antworten nicht hören wollte.

«Was weiß man über den Tathergang?»

«Sie wurde am Kopf und Oberkörper mit einem bisher unbekannten Gegenstand misshandelt. Offenbar handelte es sich nicht um eine Stichwaffe. Die Todesursache ist Schädelbruch, verursacht durch einen Schlag auf den Hinterkopf. In der Wunde wurden Erde, Moos und Steinsplitter gefunden, sie ist also möglicherweise gestürzt und mit dem Kopf auf einen spitzen Stein gefallen. Die Leiche war nass. Gestern hat es ja geregnet, was ebenfalls vermuten lässt, dass Noora im Freien getötet wurde, auf dem Heimweg. Sie hat das Eisstadion in Matinkylä gegen sieben Uhr verlassen und wollte offenbar zu Fuß nach Hause gehen.»

Jyrkis Stimme zitterte. Ich hatte ihn bisher erst einmal weinen sehen, als ein Kollege bei einer Geiselnahme erschossen worden war.

«Was ist bisher unternommen worden? Sind die Angehörigen benachrichtigt?»

Taskinen berichtete, die zuerst alarmierten Streifenbeamten hätten die Leiche nicht identifizieren können. Ihr Gesicht war übel zugerichtet und voller Blut, und sie hatte weder eine Tasche noch eine Geldbörse bei sich. Der Arzt in der Poliklinik, der Nooras Tod offiziell festgestellt hatte, war ein Eissportfan und hatte sie erkannt. Daraufhin hatte Lähde, der mittlerweile herbeigerufene Beamte aus unserem Dezernat, Taskinen benachrichtigt. Nachdem er sich vergewissert hatte, dass es sich tatsächlich um die junge Sportlerin handelte, war er persönlich zu Nooras Eltern gefahren, die sich bereits Sorgen machten.

«Da hast du wohl die ganze Nacht nicht geschlafen? Weiß Silja es schon?»

«Ich bin vor einer Stunde nach Hause gefahren und habe es ihr gesagt. Sie ist völlig aufgelöst. Terttu konnte nicht bei ihr bleiben, weil sie heute früh eine Sitzung hat. Silja war gestern auch beim Training, ist aber früher gegangen, sie war schon um halb sieben zu Hause. Mirjam, unsere Nachbarin, war gerade bei uns, als sie kam. Janne und Noora waren mit den Trainern noch in der Halle geblieben, um eine neue Sprungkombination zu üben.»

Bei allem Schmerz war aus seinen Worten auch Erleichterung herauszuhören. Sicher war Silja nicht die Hauptverdächtige, doch für die Koordination der Ermittlungen konnte es nur von Vorteil sein, dass die Tochter des Dezernatsleiters ein Alibi besaß. Da sie mit dem Opfer befreundet gewesen war, befand sich Taskinen ohnehin in einer heiklen Situation.

Ich trat an die Übersichtskarte von Espoo, die hinter seinem Schreibtisch hing. Zwischen dem Eisstadion und dem Ortsteil Koukkuniemi, wo Noora gewohnt hatte, lag ein Park. Bei schönem Wetter sicher ein angenehmer Spaziergang, aber warum war Noora im strömenden Regen zu Fuß gegangen?

«Ist die Strecke vom Stadion nach Koukkuniemi schon abgesucht worden?»

«Die Kriminaltechniker haben sich gegen sechs auf den Weg gemacht. Koivu befragt mit ein paar Kollegen die Leute, die im Parkhaus einen festen Stellplatz haben. Wir hängen als Erstes im Geschäft einen Ausruf aus, und wenn das nichts bringt, schalten wir die Lokalsender und die wichtigsten Zeitungen ein. Der Film aus der Überwachungskamera wird gerade analysiert, sie nimmt aber nur die ein- und ausfahrenden Wagen auf. Notfalls überprüfen wir natürlich jeden Pkw, der zwischen sieben und acht ins Parkhaus gefahren ist. Das ist allerdings ein ziemlicher Zeitaufwand, außerdem war die Linse stark verschmutzt, es kann sein, dass nicht alle Nummernschilder zu entziffern sind.»

Taskinen hatte die Ermittlungen also zügig eingeleitet. Aber warum hatte er mich nicht sofort angerufen, als Noora identifiziert wurde, sondern gewartet, bis ich regulär zum Dienst erschien? Natürlich kannte ich den Grund: mein Zustand. Seine Rücksichtnahme, so rührend sie war, irritierte mich. Seit die Schwangerschaft publik geworden war, hatte ich Verwandten und Kollegen immer wieder versichert, ich sei durchaus fähig, weiterzuarbeiten wie bisher. Schließlich saß ich die meiste Zeit am Schreibtisch, befragte Zeugen und Verdächtige oder schrieb Berichte. In gefährliche Situationen war ich in meiner Laufbahn als Kriminalistin nur selten geraten.

«Vielleicht lasse ich Nooras Eltern vorläufig noch in Ruhe. Ich glaube, ich nehme mir zuerst die drei vor, die in der Halle waren, als Noora ging.»

«Es waren mehr als drei. Als Silja das Stadion verlassen hat, waren jedenfalls Elenas Mann Tomi Liikanen und Ulrika Weissenberg, die Vorsitzende des Eislaufvereins, dort. Und Vesku Teräsvuori können wir auch nicht ausklammern. Nooras Eltern halten ihn für den Täter.»

«Er ist zweifellos der Hauptverdächtige. Ich hole mir in der zuständigen Abteilung seine Akte.»

«Noch eine andere Idee: Ström meint, es könnte sich um den Kerl handeln, der das ganze Frühjahr über in Matinkylä und Olari kleine Mädchen belästigt hat.»

«Die Mädchen waren aber viel jünger als Noora, ungefähr zehn. Das ist Ströms Fall, nicht wahr?» Wollte Ström etwa unter dem Vorwand, es könne sich um denselben Täter handeln, die Ermittlungen über Nooras Tod an sich ziehen? Der Konkurrenzkampf zwischen uns beiden war hart genug, ich hatte keine Lust, auch noch über diesen Fall zu streiten.

«Ström kommt nicht voran. Ich halte eine Verbindung auch nicht für wahrscheinlich, aber wir müssen die Möglichkeit immerhin in Betracht ziehen.»

Taskinens Stimme war vor Müdigkeit eine halbe Oktave tiefer als sonst, er gähnte unablässig.

«Klar. Jyrki, solltest du dich nicht eine Weile aufs Ohr hauen? Silja wäre sicher auch froh, wenn du zu Hause wärst.»

«Geht nicht, ich habe heute mein Interview bei der Führungsgruppe.»

In den letzten Jahren war die Polizei von Espoo radikal umstrukturiert worden. Die einzelnen Dezernate hatten größere Handlungsfreiheit erhalten, strenge Hierarchien waren nach Möglichkeit aufgelöst worden. Nun setzte die bevorstehende Pensionierung des Polizeipräsidenten das Beförderungskarussell in Gang, und Taskinen war einer der aussichtsreichsten Anwärter auf den Posten des Kripochefs. Dummerweise gehörte er keiner Partei an. Einige Herren in der Polizeiführung aber schienen ein Parteibuch, gleich welcher Couleur, für wichtiger zu halten als die berufliche Kompetenz. Falls sie Taskinen dennoch wählen würden, ergab sich daraus in unserem Dezernat eine interessante Situation, denn für seinen Posten gab es zwei praktisch gleich qualifizierte Kandidaten: Pertsa Ström und mich. Wir hatten beide das juristische Examen abgelegt, meine Abschlussnote war etwas besser, doch dafür hatte Pertsa mehr Erfahrung im Polizeidienst. Mein größtes Handicap bestand darin, dass ich im Mutterschaftsurlaub war, wenn die Stelle neu besetzt wurde.

Ich wusste nicht, ob ich Taskinen die Daumen drücken sollte oder nicht. Er würde sicher ein guter Kripochef werden, aber Ström als Vorgesetzter, das war eine unerträgliche Vorstellung.

«Was ist mit der Frau, die die Leiche gefunden hat? Liegt das Vernehmungsprotokoll schon vor?»

«Nein, sie ist noch gar nicht richtig vernommen worden. Als der erste Streifenwagen eintraf, wirkte die Frau völlig gefasst, sie packte ihre Einkäufe zusammen und wollte ein Taxi bestellen. Die Beamten haben sie und ihre Kinder dann nach Hause gefahren. Aber sobald sie ihrem Mann die Kinder übergeben hatte, setzte der Schock ein. Schließlich musste ein Arzt gerufen werden.»

Ich nickte. Ich hatte selbst einmal eine Leiche gefunden, und das war entsetzlich gewesen, obwohl ich schon zuvor in dienstlicher Eigenschaft mehrere Tote in Augenschein genommen hatte. Obendrein war Noora Nieminens Leiche offenbar schlimm zugerichtet. Später würde ich sie mir selbst im Rechtsmedizinischen Institut ansehen müssen. Aber bis dahin war das Blut bereits abgewaschen, die Glieder waren geradegerückt worden und die Todesangst war aus den Augen geschwunden.

Erst jetzt setzte bei mir der Schock über Nooras Tod ein. Ich hätte es vorgezogen, mir keine Gedanken über das Opfer zu machen, den Fall als Routinesache zu behandeln. Aber wann hatte ich das bei einem Mordfall je fertig gebracht?

«Vielleicht fange ich mit Elena Grigorieva an», sagte ich und machte mich an die Arbeit.

Ich klopfte an die Tür zum Dienstzimmer von Koivu und Pihko. Glücklicherweise war Pihko da und hatte Zeit, mich zu den Zeugen zu begleiten. Ich warf einen Blick auf meine Stoffschuhe. Sie waren viel zu dünn für das kalte Wetter, aber in Tennisschuhen mochte ich den Hinterbliebenen auch nicht gegenübertreten.

Elena Grigorieva wohnte in einem der Hochhäuser in Kuitinmäki. Natürlich wäre es vernünftiger gewesen, durch einen Anruf festzustellen, ob sie überhaupt zu Hause war, aber ich wusste nicht, ob sie bereits von Nooras Tod erfahren hatte. Am Telefon wollte ich es ihr nicht mitteilen.

Ich überließ Pihko das Fahren und rief mir ins Gedächtnis, was ich über Elena Grigorieva wusste. Sie musste mindestens vierzig sein, denn ihre aktive Zeit als Eiskunstläuferin lag mehr als zwanzig Jahre zurück. Elena und ihr Mann Anton hatten der sowjetischen Mannschaft zur gleichen Zeit angehört wie Irina Rodnina und Aleksander Saizew. Die Grigorievs waren technisch perfekte Läufer gewesen, aber ihnen hatte die persönliche Ausstrahlung gefehlt, die das andere, bekanntere Paar auszeichnete. Dennoch hatten sie sowohl bei Europa- als auch bei Weltmeisterschaften Medaillen gewonnen. Anton Grigoriev war vor etwa acht Jahren ums Leben gekommen, bei einem Autounfall, soweit ich mich erinnerte. Die mittlerweile elfjährige Tochter Irina galt als talentierte Nachwuchsläuferin.

Wo Elena ihren zweiten Mann Tomi Liikanen, Besitzer eines Fitnesscenters, kennen gelernt hatte, wusste ich nicht.

Sie hatten vor einigen Jahren geheiratet, und Elena war mit ihrer Tochter nach Finnland gezogen. Der hiesige Eislaufverein, der ELV Espoo, hatte sie als Trainerin engagiert, und die ersten Resultate zeigten sich bereits. Silja Taskinen würde mir sicher manches über ihre Trainerin erzählen können. Ich hatte sie als zielstrebige und strenge, fast ein wenig einschüchternde Läuferin in Erinnerung, die so gut wie nie lächelte. Den Namen ihres zweiten Mannes hatte sie nicht angenommen.

Tomi Liikanen kannte ich flüchtig, denn ich trainierte gelegentlich in seinem Fitnesscenter «Tommy's Gym» in Olari. Tomi war ein ziemlicher Muskelprotz und genoss es, sich vor den Frauen, die bei ihm trainierten, zur Schau zu stellen. Zwar hatte die Polizeibehörde von Espoo einen eigenen Fitnessraum, den wir einmal wöchentlich in der Arbeitszeit benutzen durften, doch ich trainierte ungern in Gesellschaft meiner Kollegen, weil ich bei der Schinderei an den Geräten nicht an berufliche Dinge denken wollte. Manchmal ging ich nach Tapiola oder Kamppi, und manchmal eben in «Tommy's Gym». Mit einer Schlüsselkarte hatte man jederzeit Zutritt, ich war schon ganz allein dort gewesen.

«Da sind wir.» Pihko parkte am Rand eines Sportplatzes, auf dem halbwüchsige Jungen Fußball spielten, während der Lehrer versuchte, sie an Regeln zu erinnern. In dem Alter hatte ich auch Fußball gespielt, als einziges Mädchen in einer Jungenmannschaft. Ich war damit ganz gut zurechtgekommen, war aber froh, dass mein Kind, falls es ein Mädchen war und eines Tages Fußball spielen wollte, in einer Mädchenmannschaft kicken konnte, ohne schief angeguckt zu werden.

Wir fuhren mit dem Aufzug in den siebten Stock. Pihko hielt geflissentlich Abstand von meinem Bauch, der sich unübersehbar wölbte. Es war mir gelungen, bis Anfang April meine Schwangerschaft vor den Kollegen zu verbergen, obwohl Ström meinen Zustand bereits im Januar erkannt hatte. Es wunderte mich immer noch, dass er den Mund gehalten hatte, abgesehen von dummen Bemerkungen unter vier Augen. Im April hatte ich mich dann entschlossen, Taskinen zu informieren, nicht zuletzt, damit er eine Vertretung besorgen konnte. Lange hätte ich meinen Zustand ohnehin nicht mehr geheim halten können.

Die Tür, an der «Grigorieva» und «Liikanen» stand, wies einige Dellen auf. Hatte jemand versucht, gewaltsam hier einzudringen? Auf Pihkos Klingeln wurde sofort geöffnet, als hätte Elena Grigorieva uns erwartet.

«Kriminalhauptmeisterin Kallio und Kriminalpolizeimeister Pihko von der Polizei Espoo, guten Tag. Sie sind Elena Grigorieva?»

Die Frau sah uns zuerst verblüfft, dann wütend an, ihre dunkelbraunen Augen funkelten.

«Wollen Sie schon wieder meine Aufenthaltserlaubnis sehen? Sie ist in Ordnung, wie oft muss ich Ihnen das sagen! Unglaublich, dass man selbst in diesem Land nicht in Ruhe seine Arbeit tun darf!» Sie wollte die Tür zumachen, aber ich schob meinen Bauch dazwischen.

«Es handelt sich nicht um Ihre Aufenthaltserlaubnis. Es geht um Noora Nieminen. Dürfen wir hereinkommen?»

«Noora? Was ist mit ihr? Hat der Verrückte ihr etwas angetan?» Erschrocken winkte sie uns herein und führte uns in ein enges Wohnzimmer mit unzähligen Spitzendeckchen, Beistelltischen und Nippes.

«Sie haben es also noch nicht gehört. Es tut mir Leid, Noora Nieminen ist tot.»

Ihr Aufschrei ließ uns beide zusammenfahren.

«Njet! Njet! Das kann nicht sein! Ich sollte Noora zur Weltmeisterin machen!»

In letzter Sekunde konnte ich der Kristallvase ausweichen, die haarscharf an meinem Kopf vorbeiflog und das

Balkonfenster zerschlug. Pihko fasste die Frau am Arm und führte sie mit sanftem Druck zur Couch. Ich schüttelte die Glassplitter aus den Haaren, schritt vorsichtig über die Scherben und setzte mich zu ihr. Elena Grigorieva war in Tränen ausgebrochen, Pihko holte aus der Küche Haushaltspapier und ein Glas Wasser, das sie ablehnte. Nach einigen Minuten beruhigte sie sich jedoch. Sie barg den Kopf in den Händen, atmete ein paar Mal tief ein, hielt die Luft an, stieß sie heftig aus. Dann hob sie den Kopf und wischte sich die Tränen ab.

«Sie sind sicher nicht hier, um mir beim Weinen zuzusehen, sondern um Fragen zu stellen. Bitte, fragen Sie!»

Ich fand es seltsam, dass sie gar nicht wissen wollte, wie Noora ums Leben gekommen war, mochte daraus aber keine voreiligen Schlüsse ziehen. Vielleicht war sie einfach noch durcheinander. Trotzdem wollte ich die Gelegenheit nutzen, schließlich konnte ich nicht wissen, wann sie den nächsten Tobsuchtsanfall bekam.

«Sie haben gestern mit Noora trainiert. Um welche Zeit war das Training beendet, und wann hat Noora das Eisstadion verlassen?»

«Mmmh … Gegen sieben haben wir Schluss gemacht. Noora hat noch geduscht und sich umgezogen. Ungefähr um zehn nach sieben waren wir an der Tür.»

«Wer ist wir?»

«Noora und Janne, mein Mann Tomi und ich. Raimo Luoto, der zweite Trainer, war schon früher gegangen, glaube ich. Hören Sie … Sie sind doch von der Espooer Kripo? Kennen Sie Kriminalrat Jyrki Taskinen?»

«Er ist unser Vorgesetzter», antwortete Pihko.

«Warum hat er mich nicht benachrichtigt?» Erneut funkelten die kleinen braunen Augen vor Zorn.

«Er wird sicher noch mit Ihnen sprechen. Wir führen nur die ersten Vernehmungen», versuchte ich sie zu beruhigen.

«Vernehmungen? Wozu denn? Wissen Sie etwa nicht, wer Noora überfahren hat?»

Nun war zur Abwechslung ich verblüfft.

«Ööh … es war kein Verkehrsunfall. Wie kommen Sie darauf?»

Elena Grigorieva schüttelte den Kopf, ihr Blick schweifte ab. Ganz offensichtlich kämpfte sie erneut um Beherrschung. Zum Glück stand auf dem Couchtisch keine Vase.

«Entschuldigung. Wissen Sie … Anton, mein erster Mann, ist überfahren worden … Was ist Noora passiert?»

«Die genaue Todesursache steht noch nicht fest», antwortete ich ausweichend. Hatte es überhaupt Sinn, jetzt mit der Frau zu sprechen? Sie war ja völlig konfus. Ich fragte trotzdem weiter.

«Wie hat sich Noora gestern verhalten? Ist irgendetwas Besonderes vorgefallen, oder war es eine ganz normale Trainingsstunde?»

«Normal!» Elena Grigorieva spie das Wort geradezu aus. «Die Situation war bestimmt nicht normal! Die verdammte Ulrika Weissenberg, diese blöde Kuh … Pardon.» Sie atmete tief durch, sprach dann ruhiger weiter. «Ulrika Weissenberg und Noora haben sich wegen der Werbegelder gestritten. Ich weiß nichts Genaueres, Rami muss mit Noora und Janne darüber gesprochen haben. Jedenfalls war Noora mit dem Vertrag nicht einverstanden.»

«Hat Noora selbst ihre Verträge geschlossen? Mit sechzehn?»

«Noora ist nicht wie andere Sechzehnjährige. Sie ist … war sehr talentiert, aber furchtbar dickköpfig. Sie hat auch an den Choreographien mitgearbeitet. Und wenn Janne einen Fehler machte, hat sie ihn angebrüllt …» Sie schlug die Hände vors Gesicht, diesmal weinte sie still vor sich hin. Pihko sah mich fragend an, ich zuckte die Achseln. Mochte sie weinen, vielleicht war sie danach fähig, weiterzureden.

Um nicht untätig dazusitzen, stand ich auf und sammelte die größten Scherben ein. Zum Glück hatte die Vase mich verfehlt. Und wie gut, dass ich den ruhigen, besonnenen Pihko als Partner hatte. Pertti Ström hätte an seiner Stelle sicher darauf bestanden, Elena Grigorieva wegen tätlichen Angriffs auf eine Beamtin festzunehmen. Wo mochte sie Besen und Kehrblech aufbewahren? Oder den Staubsauger?

Elena Grigorieva schaute plötzlich auf. Sie schien verärgert.

«Um Himmels willen, nun fangen Sie nicht an zu putzen! Wühlt die Polizei nicht immer alles durcheinander, ohne sich ums Aufräumen zu kümmern? So war es jedenfalls bei uns in Moskau. Haben Sie noch Fragen?»

«Wenn es Ihnen nichts ausmacht, erzählen Sie uns noch etwas über das gestrige Training. Janne und Noora waren auf dem Eis, nicht wahr? Und Silja Taskinen.»

«Genau. Verstehen Sie etwas vom Eiskunstlauf?»

«Ich sehe es mir gern an. Ich war übrigens mit Kriminalrat Taskinen bei der Frühjahrsshow Ihres Vereins.»

«So. Also gut, die Wettkampfsaison war mit der WM im März beendet. Im Prinzip geht es jetzt vor allem um die Kondition, auf dem Eis trainieren wir nur zweimal wöchentlich, wir üben neue Figuren ein. Silja übt schwierige Kombinationen und feilt am dreifachen Lutz, Noora und Janne arbeiten gerade am dreifachen Salchow, an ein paar Hebesprüngen und an einer neuen Variante der Todesspirale.»

Bei diesem Wort verzog sie das Gesicht und sagte nachdenklich: «Die haben sie zuletzt geübt, vor der Gymnastik zum Schluss. Die Todesspirale … Nooras Haltung wurde immer besser, ihr Hinterkopf berührte das Eis …»

«Und Frau Weissenberg hat das Training unterbrochen?»

«Allerdings! Immerzu kommandiert sie herum, als wären ihre Angelegenheiten das Allerwichtigste. Und für unsere Erfolge steckt sie sich die Federn an den Hut. Noora und Janne waren noch beim Stretching, während Silja eine Kombination von dreifachem Lutz und dreifachem Toeloop geübt hat. Das ist bei den Frauen die schwierigste Sprungkombination», fügte sie stolz hinzu.

«Und Frau Weissenberg kam dazu», mischte sich Pihko ein. Offenbar wollte er sich keinen Vortrag über die Finessen des Eiskunstlaufs anhören.

«In der Garderobe wurde es furchtbar laut, Noora hat die Weissenberg angebrüllt. Was gesagt wurde, habe ich nicht mitbekommen, ich habe mich ganz auf Siljas Sprung konzentriert.»

«Sie haben auch später nicht erfahren, worüber sich die beiden gestritten haben, Sie wissen nur, dass es um Werbung ging?»

«So ist es. Noora konnte die Weissenberg nicht leiden, und die wiederum mag nur Leute, die ihr blind gehorchen.»

«Frau Weissenberg hat das Stadion aber lange vor Noora verlassen?»

«Sie ist nur kurz geblieben. Silja ging gegen sechs, wir haben dann noch die Todesspirale geübt. Ich hatte den Eindruck, dass Janne Noora nach Hause bringen wollte. Sie hatte so viel Zeug bei sich, ihre neuen Schlittschuhe zum Beispiel, die hat sie gestern Abend ausprobiert.»

«Ihrer Erinnerung nach hatte Noora also ihre Sporttasche dabei, als sie die Halle verließ?»

Die Grigorieva nickte. Da ihr Mann sie abgeholt und zum Aufbruch gedrängt hatte, wusste sie leider nicht, ob Noora tatsächlich in Jannes Auto eingestiegen oder zu Fuß gegangen war. Offenbar war Janne Kivi der Einzige, der darüber Auskunft geben konnte.

«Was hat man Noora angetan?»

Die Frage traf mich unvorbereitet. Bevor ich mir eine Antwort zurechtgelegt hatte, fragte die Trainerin weiter:

«Ist sie vergewaltigt worden?»

Davon hatte Taskinen nichts gesagt, nicht einmal, als wir über Pertsas Theorie sprachen. Deshalb verneinte ich, sagte kurz, es handle sich keinesfalls um einen Unfall. Noora sei erschlagen worden.

«Wann ist sie gestorben? Gleich nach dem Training?»

«Ihre Leiche wurde gegen acht Uhr gefunden.»

Aus ihrem Gesichtsausdruck wurde ich nicht schlau. Wut lag darin, Angst … aber was noch?

«Dann hat sie ja heute früh bei der Ballettstunde gefehlt! Warum hat mir denn niemand etwas gesagt …»

Ihre Stimme wurde wieder schriller, hastig fragte ich, ob sie von der Halle direkt nach Hause gefahren war. Sie zögerte.

«Ja, wir sind nach Hause gefahren. Unterwegs haben wir noch eingekauft, und dann habe ich gekocht. Fischsuppe.»

Ich hatte noch viele Fragen an Elena Grigorieva. Vorher wollte ich jedoch mit allen sprechen, die gestern im Eisstadion gewesen waren. Beim Abschied versuchte ich ihr klar zu machen, dass sie in ihrer Verfassung lieber nicht allein sein sollte, doch sie begann verwundert ihre Termine aufzuzählen.

«Um vier ist das Gruppentraining der Junioren. Das muss ich noch vorbereiten. Arbeit kuriert den schlimmsten Schmerz, das weiß ich aus Erfahrung.»

«Ja, ja, Arbeit macht frei», murrte Pihko, als wir uns wieder in den Aufzug zwängten. In zwei Wochen würde er uns verlassen, um sich auf die Aufnahmeprüfung zum Jurastudium vorzubereiten. Pihko war ehrgeizig, er wollte es mindestens zum Kriminalkommissar bringen. Wenn er die Zulassung schaffte, würde er nur noch vertretungsweise in den Semesterferien bei uns arbeiten.

«Ob Raimo Luoto zu Hause ist? Ich ruf mal an. Er hat Noora und Janne schon seit Jahren betreut, also werden die Nieminens ihn sicher informiert haben.»

Ich erreichte jedoch nur den Anrufbeantworter des Trainers. Eine angenehme, jungenhafte Stimme bat darum, eine Nachricht zu hinterlassen, worauf ich aber verzichtete.

«Kivi oder Weissenberg?», fragte Pihko. In dem Moment klingelte das Telefon. In einem Gehölz in Koukkuniemi, nicht weit vom Haus der Nieminens, war Nooras Sporttasche gefunden worden. Nun stand auch fest, womit der Täter auf das Mädchen eingeschlagen hatte: Ihre neuen Schlittschuhe lagen blutverschmiert in der Tasche.

Zwei

In dem sumpfigen Wäldchen zwischen der Siedlung und dem Park wimmelte es von Polizisten. Auch Koivu war dabei, offenbar hatte er seine Runde durch das Einkaufszentrum und das Parkhaus abgeschlossen.

«Du möchtest die Sachen sicher sehen, bevor wir sie ins Labor schicken», sagte Karttunen, einer der Kriminaltechniker. Als ich nickte, fuhr er fort: «Die Tasche war da drüben hinter dem Felsen versteckt, wenn wir nicht gezielt gesucht hätten, wäre sie sicher nicht so bald gefunden worden. Die Schlittschuhe lagen zuoberst. Guck mal.»

Er zog den Reißverschluss auf. Schweißgestank schlug mir entgegen und verdeckte fast den leicht metallischen, widerlichen Geruch von getrocknetem Blut, der von den Schlittschuhen aufstieg. Ich musste an den flehenden Blick denken, den Noora als Schneewittchen auf den Jäger geheftet hatte. Hatte sie ihren Mörder genauso angesehen?

«Vor der Untersuchung im Labor können wir natürlich nicht definitiv davon ausgehen, dass es sich um die Tatwaffe handelt, aber die Wahrscheinlichkeit ist groß», sagte ich mehr zu mir selbst als zu Pihko und Koivu, die jetzt hinter mir standen. «Schickt alles ins Labor. Den restlichen Inhalt sehe ich mir nach der Analyse der Schlittschuhe an. Ist sonst noch etwas gefunden worden, Kampfspuren zum Beispiel oder ein blutbefleckter Stein?»

«Nichts dergleichen. Aber letzte Nacht hat es geregnet, durchaus möglich, dass Petrus die Spuren weggewaschen hat. Wir suchen trotzdem weiter», seufzte Karttunen.

«Verdammt gute Mordwaffe», ertönte eine bekannte Stimme hinter mir. Ich drehte mich um und sah direkt in Pertsa Ströms pockennarbiges Gesicht, in dem die zweimal gebrochene Nase leuchtete wie eine weich gegarte Rote Bete.

«Was willst du denn hier, Pertsa? Das ist nicht dein Fall!»

«Ich war zufällig in der Nähe, als die Zentrale dich alarmiert hat. Ich dachte, das schau ich mir mal an, aus purer Neugier. Schlittschuhe also ... Die Kufen sind verflucht scharf, das weiß ich, als Kind hat mich beim Eishockey mal ein gegnerischer Verteidiger an der Backe erwischt. Hier, die Narbe sieht man heute noch. Bei den Eiskunstläufern ist vorn ja auch noch eine Säge dran. Damit kann man schon jemanden abmurksen.»

«Halt den Mund, du Idiot! Wie Noora Nieminen umgebracht worden ist, kann ich mir auch ohne deine Hilfe vorstellen!»

Das Verhältnis zwischen Pertsa und mir war nahezu unerträglich, seit feststand, dass wir um Taskinens eventuell frei werdenden Posten konkurrierten. Pertsa glaubte, die schlechteren Karten zu haben, weil der Trend momentan dahin ging, Frauen zu fördern. Sollte ich Taskinens Nachfolgerin werden, würde Pertsa garantiert überall verkünden, ich hätte die Stelle nur meinem Geschlecht zu verdanken.

«Herrgott nochmal, in Joensuu spielen nur die Skinheads verrückt, aber hier in Espoo spinnen sogar die Polizisten», motzte Koivu, der erst vor zwei Monaten in unser Dezernat gekommen war. Ich hatte vor einigen Jahren als Urlaubsvertretung bei der Kripo Helsinki mit ihm zusammengearbeitet. Koivu war dann nach Joensuu versetzt worden, und ich hatte im Sommer vor zwei Jahren ganz in der Nähe, in meiner Heimatstadt Arpikylä, den Ortspolizeidirektor vertreten. Dort hatten wir gemeinsam den Mord an einer Künstlerin aufgeklärt. In Espoo hatte ich Koivu vermisst. Umso mehr freute ich mich, nun wieder mit ihm zusammenarbeiten zu können. Eigentlich war er mehr als ein Kollege, eher sah ich in ihm den Bruder, den ich mir immer gewünscht hatte.

«Hast du bei deiner Runde durch die Geschäfte etwas herausgefunden?», fragte ich ihn. Er meinte, am aussichtsreichsten seien die Zettel, die er im Parkhaus verteilt hatte. Vielleicht erinnerte sich jemand an Kati Järvenperäs alten Mercedes und an den Wagen des Mörders, der vermutlich daneben gestanden hatte. Dass Noora mit einem Pkw in das Parkhaus transportiert worden war, stand außer Zweifel. Der Täter hatte ein ziemliches Risiko auf sich genommen. Auch Kati Järvenperä war eine Schlüsselfigur, denn vermutlich hatte sich der Mörder bei ihrer Ankunft bereits im Parkhaus aufgehalten und gesehen, dass sie ihren Kofferraum nicht abschloss.

«Als Tatort käme das Gehölz durchaus in Frage», dachte ich laut. Auf dieser Straßenseite standen keine Häuser, hier war nichts als das vermoorte Wäldchen, das in ein Weidengebüsch auslief. Dahinter erhob sich ein grasbewachsener Hügel mit zahlreichen Spazierwegen. Das Weidengebüsch und einige Kiefern verdeckten die Sicht auf den Waldstreifen. Noora hatte am Südende der Straße gewohnt, nur zwei Blocks von hier. Was mochten ihre Eltern beim Anblick der Streifenwagen und der rot-gelb-schwarzen Absperrung empfinden? Würden sie je wieder an dem Wäldchen vorbeifahren können, ohne daran zu denken, dass dort ihre Tochter erschlagen worden war?

Ich musste mich in Gedanken zur Ordnung rufen, um nicht zu viel über die Gefühle anderer Menschen nachzugrübeln. Nützlicher war es zu überlegen, wie der Mörder an Nooras Schlittschuhe gekommen war. Spitzensportlerinnen wie Noora ließen meines Wissens sowohl die Stiefel als auch die Kufen nach Maß anfertigen und kümmerten sich sorgfältig um ihre Ausrüstung. Sicher hatte Noora ihre nagelneuen Schlittschuhe nicht mit blanken Kufen, sondern in weichen

Stoffbeuteln transportiert. Die Kufenschoner aus Plastik, die man verwendete, wenn man die Schuhe an den Füßen trug, konnten Rost verursachen. Warum waren die Schlittschuhe aus der Sporttasche genommen worden? Und von wem – von Noora selbst oder von ihrem Mörder? Und wo steckten die Kufenschoner?

Ich ging ein Stück zur Seite, um zu telefonieren, und erreichte Taskinen auf dem Heimweg. Er hatte sich nun doch entschlossen, vor dem Interview nach Silja zu schauen.

«Ulrika Weissenberg? Besonders gut kenne ich sie nicht. Einmal waren wir bei ihr eingeladen, aber wir sind ihr nicht glamourös genug.» Taskinen klang ungewohnt bissig, ganz offensichtlich hatte er genauso wenig für die Vereinsvorsitzende übrig wie Elena Grigorieva. Die wichtigsten Fakten hatte er jedoch parat.

Ulrika Weissenberg war Vorsitzende des ELV Espoo und Vizevorsitzende des Finnischen Eislaufverbandes. Da sie nicht berufstätig war, konnte sie sich ganz der Vereinstätigkeit widmen, an der sie vor rund zwanzig Jahren Geschmack gefunden hatte, als ihre Tochter noch Schlittschuh lief. Die Tochter hatte das Hobby bald aufgegeben, doch Ulrika war im Verein geblieben. Soweit ich wusste, gab es im Finnischen Eislaufverband ständig Fehden, wozu die machtlüsterne Weissenberg sicher das Ihre beitrug. Sie liebte es, alles Mögliche zu organisieren, überwarf sich aber häufig mit den Sportlern.

Von Taskinen erfuhr ich außerdem, dass Ulrika Weissenbergs Mann einer der wichtigsten Branchendirektoren bei Nokia war. Es lockte mich nicht gerade, sie zu vernehmen, aber ich wollte unbedingt wissen, worüber sie am Vorabend mit Noora gestritten hatte.

«Koivu, tu mir einen Gefallen und ruf bei Ulrika Weissenberg an. Gib dich meinetwegen als Spendensammler aus. Ich möchte wissen, ob sie zu Hause ist, sie soll aber noch nicht erfahren, worum es geht.»

«Wieso gerade ich? Warum rufst du nicht selbst an, oder Pihko?»

«Na, weil ich mit Pihko hinfahre, wenn sie zu Hause ist.»

Koivu murrte, ging aber zu seinem Wagen und kam bald darauf grinsend zurück.

«Eine ziemliche Schreckschraube! Sie hat lauthals gezetert, sie würde mehrere Tausender im Jahr für die Kinderklinik und die Mission spenden, andere Bettler bekämen von ihr nichts.»

«Wofür hast du denn Geld verlangt?», erkundigte sich Pihko.

«Für ein Asyl für pensionierte Polizeihunde ... Quatsch, natürlich nicht. Ich hab gesagt, ich wäre von der Aids-Hilfe, aber das war offenbar nicht das Richtige.»

«Trotzdem vielen Dank, Koivu. Wir sehen uns sicher nachher noch. Wie wäre es mit einer Lagebesprechung, sagen wir, um zwei? Na los, Pihko, komm schon!»

Ich wollte endlich was tun und aus dem erdig riechenden Wäldchen rauskommen. Auch mein Baby war das Stillstehen leid, es schwamm unruhig herum. Am liebsten wäre ich auf den grasbewachsenen Hügel gestiegen, um den Wolken zuzuschauen und den Bewegungen in meinem Bauch nachzuspüren, mich zu beruhigen und auf die bevorstehenden Vernehmungen zu konzentrieren. Aber aktives Handeln war das beste Mittel gegen den Schmerz über Nooras Tod.

Die Weissenbergs wohnten in der Mäntytie im Ortsteil Nöykkiö, einer Ansammlung prachtvoller Villen, umgeben von großen Gärten. Das scheinbar einstöckige Haus lag an einem Hang. Es dauerte eine Weile, bevor wir zwischen Rosenstöcken die Haustür entdeckten. Ich klingelte, aber niemand machte auf. Wir wollten gerade wieder gehen, als aus dem Haus zuerst ein Kratzen, dann Gebell zu hören war, das auf ein scharfes Kommando hin verstummte. Die Tür wurde aufgerissen, und ich stand der Frau gegenüber, die bei der

Eisshow im Pelzmantel aufgekreuzt war und vergeblich versucht hatte, die Eisläufer zum Schweigen zu bringen.

Auch jetzt war sie stark und sorgfältig geschminkt. Die schwarzbraunen Haare hatte sie im Nacken aufgesteckt, das gebräunte Gesicht mit dem Adlerprofil war von goldenem Schmuck eingerahmt. Das schwarze Nadelstreifenkostüm wirkte schlicht, kostete aber sicher so viel, wie ein Kriminalmeister im Monat verdient. Die schwarzen Pumps hatten mindestens zehn Zentimeter hohe Absätze. Ulrika Weissenberg war genau der Typ Frau, bei dessen Anblick mir bewusst wird, dass meine Haare ungekämmt und meine Kleider zerknittert sind. Heute früh hatte ich mich nicht einmal geschminkt, weil ich mit dem Rad zur Arbeit gefahren war.

«Kriminalhauptmeisterin Kallio und Kriminalpolizeimeister Pihko von der Polizei Espoo», brachte ich heraus. «Dürfen wir eintreten?»

Die Frau scheuchte den kläffenden weißen Pudel zur Seite. Sie musterte uns.

«Es geht sicher um den Tod von Noora Nieminen», meinte sie.

«Sie haben es also bereits gehört?» Ich trat einfach ein, obwohl sie uns immer noch nicht dazu aufgefordert hatte.

«Nooras Vater hat mich vor einer Stunde angerufen. Kommen Sie bitte, ich will gern versuchen, Ihnen behilflich zu sein, auch wenn ich Ihnen nicht viel sagen kann. Gehen wir in mein Arbeitszimmer.» Sie drehte sich um, und wir folgten dem Jasminduft ihres Parfüms.

Das Haus war ebenso gepflegt wie seine Besitzerin. Das Arbeitszimmer befand sich am Nordende, mit Blick auf Felsen und Bäume. Der Kontrast zu Elena Grigorievas Wohnung war gewaltig, obwohl zwischen Nöykkiö und Kuitinmäki nur ein paar Kilometer lagen. In Frau Weissenbergs Arbeitszimmer standen grazile italienische Designermöbel. Pihko setzte sich vorsichtig auf einen dreibeinigen Stuhl, als fürchte er umzukippen, während ich in einem schwarzen Ledersofa versank.

«Hoffentlich dauert es nicht lange, ich muss zu Nooras Eltern und außerdem noch eine Pressemitteilung aufsetzen. Ich habe bereits versucht, Kriminalrat Taskinen zu erreichen, vielleicht kennen Sie ihn. Seine Tochter ist auch Mitglied unseres Vereins. Jyrki war nicht zu sprechen, aber Sie können mir sicher sagen, wie die Ermittlungen vorankommen. Haben Sie den Verrückten schon gefasst, der die arme kleine Noora ermordet hat?»

Sie wusste offenbar nicht, wer von uns beiden in der Hierarchie höher stand, an wen sie also ihre Frage richten sollte. Ich war die Ältere und hatte bisher das Reden übernommen, andererseits war ich eine Frau und zudem schwanger. Als sich mein Bauch zu runden begann, hatte ich erstaunt festgestellt, dass manche Menschen Schwangere offenbar für geistig minderbemittelt halten. Vermutlich war eine schwangere Kripobeamtin tatsächlich ein ungewohnter Anblick. Pihko wiederum war zwar ein Mann, aber jünger und wortkarger als ich. Auch jetzt überließ er das Reden mir.

«Vorläufig hat es noch keine Festnahme gegeben. Was hat es mit der Pressemitteilung auf sich?»

«Der ELV Espoo und der Finnische Eislaufverband müssen selbstverständlich ein offizielles Kommuniqué herausgeben! Der Tod einer Spitzensportlerin interessiert die Medien. Nooras Eltern haben zurzeit natürlich nicht die Kraft, sich um die Öffentlichkeitsarbeit zu kümmern, daher werde ich das übernehmen.»

«Den Inhalt Ihrer Pressemitteilung stimmen Sie bitte mit der Polizei ab», sagte ich verärgert, denn Weissenbergs Alleingang konnte die Ermittlungen behindern.

«Eben darüber wollte ich mit Kriminalrat Taskinen sprechen.» Ihre Stimme klang wie ein Eiszapfen, der gegen Metall schlägt, die langen Fingernägel trommelten ungeduldig auf die Tischplatte. Nur der Nagel des rechten Zeigefingers war kurz, aber wie die anderen blutrot lackiert.

«Wenn Sie jetzt ihre Fragen stellen würden, Frau Wachtmeisterin.»

Ich machte mir nicht die Mühe, den Titel zu korrigieren, obwohl sie es ganz offensichtlich darauf anlegte, mich zu beleidigen. Egal, wie sie mich anredete, es lag in meiner Macht, ihr das Leben schwer zu machen. In anklagendem Ton begann ich:

«Sie sind eine der Letzten, die Noora Nieminen lebend gesehen haben. Gestern Abend soll es zu einem heftigen Streit zwischen Ihnen gekommen sein. Sie haben nicht etwa vor dem Eisstadion auf Noora gewartet und die Auseinandersetzung fortgesetzt, in Ihrem Auto zum Beispiel?»

Pihko machte einen raschen Atemzug, er war sicher entsetzt über meine Vernehmungstechnik. Der Parfümduft wurde intensiver, unter dem Rouge breitete sich auf Frau Weissenbergs Gesicht echtes, dunkleres Rot aus.

«Wollen Sie andeuten, ich hätte ... Hören Sie, Wachtmeisterin, wie war noch der Name, wenn ich so behandelt werde, sage ich kein Wort mehr! Ich spreche nur noch mit Jyrki Taskinen. Verlassen Sie sofort mein Haus!»

Pihko holte erneut Luft, dann sagte er mit einer Autorität, die ich ihm gar nicht zugetraut hätte:

«Kriminalhauptmeisterin Kallio hatte keineswegs die Absicht, Sie zu beschuldigen.» Sein Blick forderte mich auf, mich zu entschuldigen, damit wir die Vernehmung fortsetzen konnten. Mein Stolz war dagegen, doch die Vernunft setzte sich durch.

«Es tut mir Leid, wenn ich mich missverständlich ausgedrückt habe. Dennoch möchte ich wissen, worum es bei Ihrer Auseinandersetzung ging. Möglicherweise hat Noora später mit jemand anderem über die gleiche Angelegenheit gestritten.» Jetzt war auch ich rot im Gesicht, so zuwider war mir diese Kriecherei, aber ich hatte mir die Suppe ja selbst eingebrockt.

Zögernd akzeptierte Ulrika Weissenberg meine Entschuldigung.

«Es ging um eine Fernsehreklame für Eiskrem. Es war mir gelungen, eine für den Eislaufverband sehr einträgliche Werbekampagne auszuhandeln. Noora, Janne Kivi und Silja Taskinen sollten die Stars sein. Daraus wird nun natürlich nichts. Zumindest muss das Drehbuch umgeschrieben werden. Silja und Janne könnten …»

Ich hörte förmlich, wie die Rechenmaschine in ihrem Kopf ratterte, und wurde erneut wütend.

«Wie war das mit dem Werbespot?»

«Noora fand die Idee der Werbeagentur nicht gut. Es geht um ein neuartiges Joghurteis. Der Gag dabei war, dass Noora selbstvergessen ihr Eis schleckt und sich gar nichts daraus macht, dass Janne mit Silja Pirouetten dreht. Ein lustiger, humorvoller Spot, meiner Meinung nach sehr gelungen.»

«Aber Noora war dagegen?»

«Was bildet die Göre sich ein!» Ihr alter Groll kam hoch, offenbar hatte sie sekundenlang vergessen, dass Noora tot war. «Was bildete sie sich ein, besser gesagt. Von Toten soll man nicht schlecht reden, aber Noora war unglaublich launisch. Alles hätte immerzu nach ihrem Willen gehen müssen. Aber ich habe sie durchschaut. Sie wollte nicht mitmachen, weil sie in dem Spot mit Silja um Jannes Aufmerksamkeit konkurrieren sollte. Und wen Janne lieber angeschaut hat, ist ja klar. Noora war nun wirklich keine Schönheit mit ihrem ausladenden Hinterteil.»

«Ist das nicht ziemlich hart?» Natürlich wusste ich, dass das Aussehen im Eiskunstlauf eine große Rolle spielt, dennoch fand ich ihren Kommentar unangemessen. Was hatte Noora getan, um sie derart in Rage zu bringen?

«Hart? Gewiss, aber es ist ein Faktum, das man nicht

ignorieren darf. Ein Wunder, dass Noora es mit ihrem Gesicht und ihrem Körperbau im Eiskunstlauf so weit gebracht hat. Für den Einzellauf hatte sie viel zu kurze Beine und zu breite Hüften, deshalb hat man sie ja mit Janne zusammengetan.»

«Noora hat sich also geweigert, bei dem Spot mitzumachen?»

«Sie hat es versucht. Aber das kann ich nicht zulassen, immerhin geht es um viel Geld! Außerdem war bereits alles vereinbart, sogar der Termin für die Aufnahmen. Noora hat natürlich keine Ahnung, wie schwierig es ist, Sponsoren zu finden. Damit will ich die Sportler auch gar nicht belasten. Sie tun ihre Arbeit, ich tue meine.»

Der Pudel kam hereingerannt und fing an zu winseln. Sein Frauchen erhob sich wortlos und verschwand mit dem Tier. Wahrscheinlich musste es mal. Ich versuchte meine Antipathie zu verdrängen und mir vernünftige Fragen auszudenken. Elena Grigorieva hatte ausgesagt, die Weissenberg habe das Stadion lange vor dem Ende des Trainings verlassen. Hatte sie womöglich draußen auf Noora gewartet hatte, um sie weiter unter Druck zu setzen? War der Mord in ihrem Auto geschehen?

«Die anderen hätten also bei dem Werbespot mitgemacht?», fragte ich, als Ulrika Weissenberg, wieder ohne ein Wort der Erklärung, zurückkam.

«Selbstverständlich! Silja und Janne sehen die Dinge realistisch. Trainingslager und Reisen zu Wettkämpfen sind kein billiges Vergnügen!»

Sie schüttelte heftig den Kopf, was ihrem straffen Haarknoten jedoch nichts anhaben konnte.

«Wann haben Sie das Stadion verlassen, und was haben Sie anschließend getan?»

«Gegen sechs bin ich nach Hause gefahren. Aber was geht Sie das an? Warum belästigen Sie mich überhaupt? Wieso verhaften Sie nicht endlich diesen Mann, der Nooras Familie terrorisiert hat, der ist doch mit Sicherheit der Täter!»

Pihko warf mir einen verwunderten Blick zu, er schien nicht zu wissen, von wem Ulrika Weissenberg sprach. Als Vesku Teräsvuori es besonders schlimm getrieben hatte, war Pihko noch nicht bei uns beschäftigt, auch ich hatte damals gerade erst angefangen.

«Kann jemand bezeugen, wann Sie nach Hause gekommen sind?», hakte ich nach.

«Nein! Mein Mann war noch bei der Arbeit. Was soll das überhaupt, wollen Sie mich der Tat bezichtigen?»

«Keineswegs. Diese Fragen sind Routine, wir werden sicher noch darauf zurückkommen müssen. Was das Kommuniqué betrifft, darf ich Sie bitten, sich mit Kriminalrat Taskinen abzustimmen.»

Wenn ich nicht bald aus diesem Haus herauskäme, würde ich wieder explodieren, das spürte ich. Ich hatte erwartet, die Schwangerschaft würde meinen Charakter verändern, aber ich war immer noch so aufbrausend wie früher und machte mir schon Sorgen, wie ich erst auf ein schreiendes Baby reagieren würde. Das Frühjahr war allerdings so schnell vergangen, dass ich kaum dazu gekommen war, an die Zeit nach der Entbindung zu denken. Vielleicht hatte ich mich auch davor gedrückt.

Erleichtert klemmte ich mich hinter das Lenkrad und fuhr zügig an. Gleich darauf legte ich eine Vollbremsung hin, denn ein Dackel, vier Kleinkinder, eine breite Zwillingssportkarre und eine Frau kamen uns entgegen. Offenbar waren die Kinder gut abgerichtet, routiniert wichen sie an den Straßenrand aus und starrten das Polizeifahrzeug an. Eines der Kinder, ein blonder Lockenschopf mit runden Augen, rief begeistert: «Tatütata.»

«Ob alle sechs ihre eigenen Kinder sind?», murmelte ich. Pihko gab keine Antwort. Sobald er im Auto saß, hatte er seinen juristischen Wälzer aufgeschlagen. Er war fest entschlossen, die Aufnahmeprüfung zu bestehen. Die Angst, Ström als Vorgesetzten zu bekommen, sporne ihn an, meinte er. Diesmal ließ ich ihn jedoch nicht in Ruhe lesen, sondern erklärte ihm, was es mit Teräsvuori auf sich hatte.

Regen schlug gegen die Windschutzscheibe. Mein Magen knurrte immer lauter, je näher wir der Dienststelle kamen. Ich musste unbedingt etwas essen, bevor ich auch nur daran denken konnte, weiterzuarbeiten. Im Nu hatte ich in der Kantine einen Teller Erbsensuppe verdrückt und machte mich gerade über die Pfannkuchen her, als plötzlich Ström neben mir stand.

«Isst du mal wieder für zwei, Kallio?»

«Wie originell. Setz dich, wenn du schon einmal hier bist, ich wollte dich sowieso was fragen. Diese Fälle in Matinkylä und Olari, wo Kinder belästigt wurden …»

«Aha, du denkst dasselbe wie ich?»

«Nein, aber Taskinen sagt, deiner Meinung nach handelt es sich bei Nooras Mörder um denselben Täter. Klär mich mal auf. Wie alt sind die Mädchen?»

«Zwischen acht und elf.»

«Also noch richtige Kinder? Eindeutig kindliches Aussehen?»

«Ja.»

«Was hat der Täter mit ihnen gemacht?»

Pertsa verzog das Gesicht, nahm einen Zahnstocher und fing an, sich die Fingernägel zu säubern. «Zwei Mädchen hat er zum Oralsex gezwungen. Die drei anderen hat er begrapscht. Außerdem hat er sie alle mit einem Messer bedroht.»

Der Pfannkuchen schmeckte mir plötzlich überhaupt nicht mehr. Ich schob den Teller beiseite.

«Der Mord an Noora passt nicht recht ins Bild. Die Annahme, es gäbe da eine Verbindung, erscheint mir falsch.»

«Na klar, weil du nicht willst, dass ich mich in deinen Fall einmische! Mord an einer Spitzensportlerin, was für eine Gelegenheit, in die Schlagzeilen zu kommen! Mir kannst du nichts vormachen, Kallio!» Pertsa stand polternd auf und verzog sich in die Raucherecke.

Ich steckte mir ein Xylitolkaugummi in den Mund und holte Vesa Teräsvuoris Akte aus dem Archiv. Den Bericht hatte mein Kollege Palo geschrieben, der im letzten Winter ums Leben gekommen war. Es gab mir immer noch einen Stich, wenn ich seine Unterschrift sah. Dass der Geiselnehmer damals ihn und nicht mich gekidnappt hatte, war reiner Zufall gewesen. Der Bericht war typisch für Palo, kurz und sachlich, er beschränkte sich auf die wichtigsten Fakten.

Vesa Teräsvuori, genannt Vesku, dessen Beruf mit «Karaokekönig» angegeben war, hatte sich vor zweieinhalb Jahren in Nooras Mutter Hanna Nieminen verliebt. Die Affäre hatte einige Monate gedauert, dann war Hanna zu Vesku gezogen. Einen Monat später hatte sie sich jedoch anders besonnen und war zu ihrer Familie zurückgekehrt.

Zwei Monate darauf fing der Terror an. Offenbar hatte Teräsvuori zu diesem Zeitpunkt die Hoffnung verloren, dass Hanna wieder zu ihm zurückkommen würde. Als die Nieminens sich eine Geheimnummer zulegten, um seinem Telefonterror zu entgehen, verlegte er sich darauf, bei dem Speditionsunternehmen von Hannas Mann Kauko anzurufen, wo Hanna arbeitete. Außerdem schickte er der Familie Drohbriefe und lungerte vor ihrem Haus in Koukkuniemi herum. Ab und zu hatte er auch die beiden Kinder verfolgt, Noora und ihren jetzt dreizehnjährigen Bruder Sami.

Hanna hatte lange gezögert, die Polizei einzuschalten, vielleicht weil sie sich selbst die Schuld zuschrieb und sich wegen ihres Seitensprungs schämte. Viel hätte die Polizei ohnehin nicht ausrichten können, es ist nicht verboten, sich in der Nähe einer anderen Person aufzuhalten. Nach einem

Jahr hatte Kauko Nieminen seinen Nebenbuhler schließlich verklagt. Das Urteil war verblüffend mild ausgefallen, Teräsvuori hatte nur ein paar tausend Mark Bußgeld zahlen müssen.

Der Bericht ging kaum auf Einzelheiten ein. Nach Aussage der Nieminens hatte Teräsvuori am Telefon gedroht, Hanna oder ihren Angehörigen etwas anzutun, wenn sie nicht zu ihm zurückkäme. In der Akte lagen Kopien von einigen seiner Briefe, denn das Material, das Palo gesammelt hatte, war im Prozess als Beweismittel verwendet worden. Manche Formulierungen fand ich so belastend, dass sie zumindest für eine Haftstrafe auf Bewährung ausgereicht hätten.

Liebe Hanna!
Du bist die Frau meines Lebens, ohne dich kann ich nicht existieren. Ohne dich ist meine Welt öde wie die Sahara. Mein Mantel braucht weder Nadel noch Faden, aber meine Seele dürstet nach besserer Gesellschaft, und genau das bist du. Wenn ich dich nicht haben kann, sollst du auch keinem anderen gehören, ich will dich mitnehmen ins Märchenland des Todes, wo wir für immer vereint sind.

Hanna, meine Liebste, mein teuerster Schatz!
Warum hast du aufgelegt, als du meine Stimme hörtest? Ich will dir doch nichts Böses, ich möchte nur in deiner Nähe sein. Aber auf deinen Mann bin ich eifersüchtig, was siehst du nur in diesem glatzköpfigen Fettsack? Du hast selbst gesagt, dass es Kauko an Herzenswärme mangelt. Wenn du nicht die Kraft hast, ihn abzuschütteln, überlass die Sache ruhig mir. Nur ein Wort, und Kauko ist Vergangenheit und kann dir nie mehr wehtun.

Ich las den Abschlussbericht sorgfältig durch. Es hatte Drohungen in Hülle und Fülle gegeben, und da die letzten Eintragungen vom November stammten, hatte Teräsvuori offenbar auch nach dem Prozess keine Ruhe gegeben. Vor ein paar Wochen bei der Eisshow hatte ich selbst gesehen, wie er Noora Blumen zuwarf. Hatten sich die Nieminens allmählich mit der Situation abgefunden, nachdem so lange nichts wirklich Gefährliches geschehen war? War Vesku Teräsvuori daraufhin endgültig übergeschnappt, hatte er sich an Hanna gerächt, indem er Noora, ihren ganzen Stolz, ums Leben brachte?

Die Sache schmeckte mir überhaupt nicht, sie war von vorn bis hinten widerwärtig. An sich waren unangenehme Fälle alltäglich für mich, als Kripobeamtin musste ich ja ständig in anderer Leute Mist wühlen, trotzdem ekelte mich dieser Fall besonders an.

Vesku Teräsvuori, der Karaokekönig. Vor einigen Jahren hatte er einen Karaokewettbewerb im Fernsehen gewonnen und war vorübergehend in die Promiriege aufgestiegen. Er verdiente sich seinen Lebensunterhalt mit Karaokeshows in Restaurants und auf Kreuzfahrten. Ich war ihm einmal begegnet, auf dem Polterabend von Jyri, mit dem Antti früher im Chor gesungen hatte. Auf dem Programm des Abends stand eine Karaokeserenade des Bräutigams an die anwesenden Frauen. Jyri hatte Fougstedts Romanze wunderschön gesungen, worüber Teräsvuori sich zu ärgern schien.

«Mit Serenaden kennt der Chorknabe sich aus», hatte er übers Mikrophon gewitzelt. «Aber wie steht's mit Rock'n'-Roll? Ich hätte Blue Suede Shoes zu bieten.»

Den Elvis-Hit hatte Jyri problemlos hingelegt, aber danach war unsere Gruppe endgültig in Ungnade gefallen. Antti hatte eine Stunde gewartet, um einen alten Schlager von Kirka zu singen, den er nach dem fünften Bier immer trällerte. Als er endlich an der Reihe gewesen wäre, hatte Teräsvuori die Show beendet. Ich war in Versuchung geraten, mich als Polizistin auszuweisen und den Karaokekönig herumzukommandieren, aber da ich mindestens sieben Anisschnäpse intus hatte, hätte ich mich nur lächerlich gemacht. Im Übrigen hatte Vesku Teräsvuoris überentwickeltes Ego uns den Polterabend nicht verderben können. Antti und ich waren am nächsten Morgen mit dem schlimmsten Kater des Jahrhunderts erwacht, und der Bräutigam war kaum fähig gewesen, zur Hochzeit zu erscheinen.

Elena Grigorieva, Ulrika Weissenberg, Vesku Teräsvuori ... Die Zeugen, die ich im Fall Noora Nieminen zu befragen hatte, waren nicht die angenehmsten Zeitgenossen. Ich suchte Teräsvuoris Anschrift heraus, er wohnte in Helsinki, im Stadtteil Ruoholahti. Ihn würde ich mir als Nächsten vorknöpfen, und zwar hier auf dem Präsidium. Seine Vernehmung sollte möglichst offiziell ablaufen.

«Vesku hier, hallo», sang ein heiserer Tenor. «Hinterlassen Sie bitte eine Nachricht oder wählen Sie meine GSM-Nummer.»

Die Nummer seines Mobiltelefons nannte er nicht, doch ich erfuhr sie bei der Auskunft. Beim zweiten Versuch meldete sich Teräsvuori persönlich.

«Die Espooer Polizei? Wie schön, bei euch mal eine Frauenstimme zu hören. Was kann ich für Sie tun?»

«Wir möchten Sie möglichst bald vernehmen. Passt es Ihnen heute Nachmittag um vier im Polizeipräsidium Espoo?»

Es rauschte in der Leitung, die Verbindung brach ab, doch kurz darauf war Teräsvuori wieder zu hören.

«Das geht leider nicht, ich habe heute Abend einen Auftritt in Vaasa, bin gerade auf dem Weg dorthin. Worum geht es denn?»

«In Vaasa, soso. Wo waren Sie denn gestern Abend?»

«Hör zu, Mädchen. Telefonieren beim Fahren gefährdet die Verkehrssicherheit. Ich komme morgen zurück nach Helsinki, nach zwölf bin ich zu erreichen. Ruf mich dann an, falls die Angelegenheit wichtig ist!» Er kappte die Verbindung.

Ich hinterließ eine Bitte um Rückruf auf seinem Anrufbeantworter. Im selben Moment kam Taskinen herein. Er war nach Hause gefahren, hatte sich rasiert und das Hemd gewechselt, vielleicht auch eine Weile geschlafen, denn sein Gesicht war nicht mehr ganz so grau.

«Hallo, Maria, wie geht's voran?»

«Ich habe gerade mit Vesku Teräsvuori gesprochen, er ist auf dem Weg nach Vaasa. Machen wir die Grenze dicht?»

«Nur zu, immerhin ist er der Hauptverdächtige. Silja möchte mit dir reden. Sie hat den Verdacht, der Fall wäre doch nicht so unkompliziert.»

«Wieso das?»

«Fahr hin und frag sie. Ich möchte, dass wir ganz korrekt vorgehen, so hart das für Silja sein mag.»

«Sie ist noch keine achtzehn. Kann ich sie einfach so vernehmen?»

«Terttu ist zu Hause, du brauchst also niemanden von der Kinderfürsorge. Nimm einen Kollegen mit, Silja ist bereit, eine Aussage zu machen.»

Taskinens Stimme klang ernst. Ich fragte mich, worum es gehen mochte. Von ihm würde ich nichts erfahren, das wusste ich. Die Überschneidung von Privatleben und Beruf musste bedrückend für ihn sein, ein Wunder, dass er den Fall nicht an eine andere Abteilung weitergeleitet hatte.

«Ulrika Weissenberg hat angerufen. Halte dich zurück, wenn du mit ihr sprichst. Sie ist ziemlich selbstbewusst.»

Ich nickte. Es war nicht das erste Mal, dass Taskinen zwischen mir und einem Gesprächspartner vermitteln musste. Besonders häufig lag ich im Clinch mit dem Kripochef, der mich nicht ausstehen konnte.

«Als Nächstes will ich mir Janne Kivi und Rami Luoto vornehmen.»

«Fahr bitte zuerst zu uns. Janne und Rami triffst du heute Abend im Eisstadion an, falls es dir nicht zu viel wird, so lange zu arbeiten.»

«Das schaff ich schon.» Ich versuchte zu lächeln, obwohl mir Taskinens Miene Angst einjagte. Was konnte Silja so Schreckliches zu berichten haben?

Koivu, der aus Matinkylä zurückgekommen war, begleitete mich. Lähde und er hatten zwei Zeugen ausfindig gemacht, die am Vorabend kurz vor acht im Parkhaus des Einkaufszentrums gewesen waren. Lähde würde mit ihnen sprechen und anrufen, wenn sie etwas Wichtiges zu sagen hatten. Mich interessierte im Moment vor allem, was Silja wusste. Kannte sie Nooras Mörder?

Drei

«Macht es dich nervös, die Tochter des Chefs zu vernehmen?», fragte Koivu unterwegs.

«Eine merkwürdige Situation, klar, aber ich war ja schon mal in einer ähnlichen Lage. Du erinnerst dich doch sicher an den Mordfall Meritta Flöjt? Fast alle Verdächtigen waren alte Bekannte von mir.»

«Hast du nicht auch Antti bei Mordermittlungen kennen gelernt?»

«Ja, er war sogar einer der Hauptverdächtigen. Dabei kann er nicht mal die Fische töten, die er angelt. Das Haus da drüben ist es, gleich hinter der Kirche.»

Das Gebäude wirkte schäbig. Es war eines der neuen Hochhäuser, die Anfang der neunziger Jahre in aller Eile und mit schlechtem Material hochgezogen worden waren. Zwar hatte sich Taskinen nie darüber beklagt, doch ich wusste, dass Siljas Eiskunstlauf einen großen Teil des Familienbudgets verschlang. Die Sponsorengelder, die Ulrika Weissenberg erwähnt hatte, kamen den Taskinens sicher gelegen, und Nooras Tod würde Siljas Chancen auf dem Werbemarkt kaum schmälern. Bestimmt waren nicht wenige Firmen daran interessiert, mit der bildhübschen Eisprinzessin, der Zwölftbesten der Welt, für ihre Produkte zu werben.

Terttu Taskinen ließ uns ein.

«Silja wollte unbedingt heute noch mit dir sprechen. Ich weiß allerdings nicht, ob das vernünftig ist.»

«Sei unbesorgt, notfalls brechen wir die Vernehmung ab. Aber vielleicht solltest du dabei sein.»

«Das möchte sie nicht. Ich bleibe so lange in der Küche, Silja ist in ihrem Zimmer. Geht nur zu ihr.»

Das kleine Zimmer bot gerade Platz für das Bett, einen Schreibtisch und einen kleinen Sessel. Silja hockte auf dem Bett, umgeben von Plüschtieren. Sie hielt einen lebensgroßen Waschbären im Arm. Ihre Augen waren verschwollen, die Lippen aufgesprungen. Auf den ersten Blick wirkte sie nicht vernehmungsfähig, beantwortete unseren Gruß jedoch mit überraschend fester Stimme. Ich wusste nicht recht, wie ich anfangen sollte. Koivu setzte sich an den Schreibtisch und stellte den Recorder auf. Ich überlegte, ob ich mich in den Sessel oder zu Silja aufs Bett setzen sollte, entschied mich dann für den Sessel.

«Wir machen es ganz offiziell», sagte ich und sprach Zeit und Ort der Vernehmung aufs Band. Die Routine half mir, die ungewöhnlichen Umstände der Befragung halbwegs zu vergessen.

«Du hast Noora Nieminen gut gekannt, ihr habt zusammen trainiert und die gleiche Schule besucht. Sie war deine Freundin. Hast du eine Ahnung, wer sie umgebracht haben könnte?»

«Meine Freundin war sie eigentlich nicht. Natürlich sind wir oft zusammen gewesen, zwangsläufig.»

«Ihr seid beide auf die Gesamtschule in Töölö gegangen?»

«Ja. Noora war eine Klasse unter mir.» Silja zog ein Taschentuch hervor und putzte sich die Nase, bevor sie weitersprach: «Ich glaube, sie ist schon mit sechs eingeschult worden, sie war ja zwei Jahre jünger als ich. Noora war irgendwie was Besonderes. Manchmal wirkte sie viel erwachsener als ich, dann wieder war sie unglaublich kindisch. Sie war total kompromisslos.»

«Ich habe von dem Werbeprojekt gehört. Was hältst du davon?»

«Na ja, überragend war die Idee nicht, das fand Janne

auch, aber was will man machen. Wir sind alle drei fast Weltspitze. Aber nach ganz oben zu kommen, ist nicht billig. Noora konnte es sich vielleicht leisten, wählerisch zu sein, ihr Vater verdient ganz gut, während Janne und ich …»

«Wart ihr deshalb wütend auf Noora?»

«Ich wollte mich nicht in ihren Streit mit Ulrika hineinziehen lassen. Noora hat sich sowieso mit allen gestritten. Janne war der Einzige, auf den sie ab und zu hörte. Aber seit ein paar Wochen hat es zwischen den beiden auch dauernd gekracht. Noora hat sich nach der WM in Edmonton wohl in den Kopf gesetzt, Weltmeisterin zu werden, und Janne hat sich ihrer Meinung nach nicht genügend angestrengt. An einen anderen Partner war nicht zu denken, es gibt in ganz Finnland keinen anderen männlichen Paarläufer, der so gut ist.»

«Im Einzel hätte Noora keine Chancen gehabt?»

«Nein, genauso wenig wie Janne. Für den Eiskunstlauf vertrete ich nämlich den so genannten Idealtyp», erklärte Silja ungezwungen. «Ein guter Eiskunstläufer ist zierlich, klein und leicht. Bei den Sprüngen ist es hinderlich, wenn man zu groß ist. Janne ist einsfünfundachtzig, das sind mindestens zehn Zentimeter zu viel für einen ordentlichen dreifachen Axel. Und Noora hat kurze Beine und breite Hüften, sie neigt dazu, Fett anzusetzen. Aber sie ist wahnsinnig geschmeidig und irre talentiert. Was rede ich da eigentlich?»

Silja hatte offenbar gemerkt, dass sie die falsche Zeitform verwendete, und brach in Tränen aus. Ich fragte, ob wir abbrechen sollten, doch sie wollte weitermachen.

«Rami und Elena hatten Nooras Wutanfälle und Sperenzien auch ziemlich satt. Rami hat vergeblich versucht, ihr gut zuzureden», sagte sie und fing wieder an zu weinen. Koivu reichte ihr ein Paket Tempotücher vom Schreibtisch. Mir entging nicht, dass er dabei errötete. Verheult wie sie war, sah Silja immer noch bildhübsch aus.

«In letzter Zeit herrschte in eurer Mannschaft also eine gereizte Stimmung, trotz eurer Erfolge. Wie sieht die Arbeitsteilung zwischen Elena Grigorieva und Rami Luoto aus?»

«Elena ist ja erst seit zwei Jahren in Finnland. In Russland war sie auf Paarlauf spezialisiert, aber hier trainiert sie auch Einzelläufer, weil es kaum Paare gibt. Rami hat uns alle von klein auf trainiert, er war es auch, der auf die Idee kam, Janne und Noora im Paarlauf einzusetzen. Er war mit ihnen schon ziemlich weit gekommen. Jetzt macht er die Choreographien für die Junioren- und Anfängermeisterschaften, das interessiert ihn, glaube ich, mehr als das eigentliche Training. Die Arbeitsteilung ist ziemlich vage. Manchmal übernimmt Rami eine Aufgabe, dann wieder Elena. Ich glaube, ihr geht das gegen den Strich. Aber sie haben gute Resultate erzielt.»

Silja hatte sich zusehends beruhigt, seit unser Gespräch von den zwischenmenschlichen Beziehungen zum Eiskunstlauf übergegangen war. Aber gerade auf die Beziehungen mussten wir meiner Meinung nach zurückkommen.

«Wie stehen Rami und Elena zueinander? Gab es Konflikte? Zu wem hielt Noora?»

«Direkte Konflikte gab es nicht. Rami ist … er gibt immer nach. Ich glaube, er hat ein bisschen Angst vor Elena. Noora hat sich eher auf Elena verlassen, während Janne behauptet, Ramis Stil wäre ihm lieber.»

Silja schnäuzte sich und schwieg nachdenklich. Schließlich straffte sie die Schultern, mied unseren Blick und sagte:

«Ich hab so schreckliche Angst, dass es Janne gewesen sein könnte. Er war gestern total sauer, es hat nicht viel gefehlt und er hätte Noora bei den Hebefiguren aufs Eis geknallt. Als ich gerade gehen wollte, kam er in die Loge, um etwas zu trinken. Elena zeigte Noora gerade die Beinhaltung bei der Todesspirale. Janne war fuchsteufelswild. ‹Diese verdammte Kratzbürste›, hat er gesagt. ‹Ich könnte sie umbringen!›»

Silja heulte wieder los, ich beugte mich vor und klopfte ihr tröstend auf die Schulter. Koivu sah aus, als hätte er liebend gern ihre blonden, zum Ballerinenknoten geschlungenen Haare gestreichelt.

«So etwas sagt sich leicht, ohne dass etwas dahintersteckt», versuchte ich sie zu beruhigen. «Du hast natürlich das Gefühl, Janne zu verraten, indem du uns das erzählst, aber mach dir keine Sorgen. Wegen solcher Sprüche wird niemand verhaftet. War das der Grund, weshalb du mit uns sprechen wolltest?»

«Nicht nur. Vater hat mir nicht sagen wollen, wie Noora ermordet wurde, aber ich habe gehört, wie er mit Mutter darüber gesprochen hat … Sie haben wohl geglaubt, ich bekäme es nicht mit. Ist Noora wirklich mit ihren Schlittschuhen erschlagen worden?»

Ich wusste nicht, was ich sagen sollte. Silja sah uns verzweifelt an und flehte:

«Bitte, sagt mir die Wahrheit! Solange ich nicht weiß, was passiert ist, male ich mir die schrecklichsten Dinge aus!»

«Noora wurde mit Schlittschuhen traktiert, aber die Todesursache war ein Schädelbruch», sagte ich leise.

«Wie lange hat es gedauert? Wie lange hat sie leiden müssen?»

«Das wissen wir nicht genau, aber es muss relativ schnell gegangen sein, da Noora das Stadion gegen sieben verlassen hat und kurz vor acht gefunden wurde.»

Auch ich hatte den ganzen Tag versucht, mich mit dem Gedanken zu trösten, dass Noora nicht stundenlang gelitten hatte. Aber wie will man Schmerz und Angst messen, spielt es letzten Endes eine Rolle, wie lange die Todesangst dauert? Ich erinnerte mich wieder an Nooras flehenden Blick in der Rolle des Schneewittchens. Wie hatte sie ausgesehen, als sie tatsächlich dem Tod gegenüberstand? Hastig verdrängte ich den Gedanken und fragte:

«Du hast die Halle gegen sechs Uhr verlassen. War Ulrika Weissenberg zu der Zeit schon weg? Hast du in der Umgebung jemanden gesehen, der irgendwie auffällig wirkte?»

«Ulrikas goldfarbener BMW stand noch auf dem Parkplatz. Daran erinnere ich mich genau, es hatte nämlich angefangen zu regnen, und ich habe überlegt, ob sie mich wohl zur Bushaltestelle fahren würde. Aber weil sie sich nicht blicken ließ, bin ich zur Haltestelle gelaufen. Tomi, Elenas Mann, kam gerade angefahren.»

«Vesku Teräsvuori hast du nicht gesehen?», fragte ich direkt.

«Nein. Er hat zwar oft vor dem Stadion auf Noora und ihre Mutter gewartet, aber gestern war er nicht da.»

Silja schwieg, sie nahm noch einen flauschigen Teddy in den Arm. Im Zimmer eines fast erwachsenen jungen Mädchens wirkten die vielen Plüschtiere fehl am Platz, vielleicht waren es Geschenke von Fans. Ansonsten wies nichts darauf hin, dass dieses Zimmer einer Spitzensportlerin gehörte. An den Wänden hingen Poster mit idyllischen Waldlandschaften, die getrockneten Rosensträuße auf dem Regal mochten von ihrer Konfirmation stammen. Für einen Trophäenschrank wäre allerdings auch kein Platz gewesen. Vielleicht wurden Siljas Pokale und Medaillen im Wohnzimmer aufbewahrt.

Silja schnäuzte sich geräuschvoll und brachte es fertig, auch dabei elegant auszusehen. Sie presste den Teddy und den Waschbären fester an sich und schrie beinahe:

«Es muss euch doch klar sein, wie wahnsinnig wichtig die Schlittschuhe sind! Wer Noora umgebracht hat, wusste, dass sie eine Mordwaffe bei sich hatte. Es muss jemand gewesen sein, der sie kannte!»

«Seit der WM in Edmonton wissen ziemlich viele, wie Noora aussah», antwortete ich, obwohl ich selbst bereits die gleiche Überlegung angestellt hatte. «Es ist durchaus möglich, dass der Täter ein Fremder war, der Noora erkannt hat. Und dass sie Schlittschuhe bei sich hatte, war nicht schwer zu erraten, da sie vom Training kam.»

«Aber wie hätte ein Fremder sie dazu bringen sollen, ihm ihre Schlittschuhe zu geben? Nein, ich kann mir vorstellen, wie es abgelaufen ist.» Silja putzte sich erneut die Nase, bevor sie fortfuhr. «Noora hatte sich einen sehr tiefen Hohlschliff machen lassen, weil sie damit bei der Todesspirale einen scharfen, flachen Bogen laufen konnte. Wir alle haben uns die Kufen gestern in der Halle angesehen. Jemand muss Noora auf dem Heimweg gebeten haben, ihm die Schlittschuhe zu zeigen. Jemand, dem sie vertraute ...»

Sie brach wieder in Tränen aus, ihre Worte waren kaum zu verstehen. «Statt sie sich anzusehen, hat der Kerl die Schlittschuhe genommen und auf Noora eingeschlagen ...» Sie vergrub ihr Gesicht im Fell des Waschbären. Koivu sah mich fragend an, er war offenbar dafür, das Band anzuhalten und die Vernehmung zu beenden. Terttu Taskinen kam herein, sagte jedoch nichts, sondern setzte sich zu ihrer Tochter und legte die Arme um sie.

«Wir hören jetzt auf, Silja. Ich werde deine Theorie in Betracht ziehen, aber du solltest nicht weiter grübeln, ob Nooras Mörder etwas mit deiner Mannschaft zu tun hat. Wahrscheinlich war es jemand anders. Du hast dich tapfer gehalten», sagte ich und klopfte ihr vorsichtig auf die zuckende Schulter. Dann sprach ich die obligatorischen Schlussworte aufs Band und winkte Koivu zum Aufbruch.

«Eins noch», sagte Silja, als wir gerade gehen wollten. «Noora ist endgültig ausgeflippt, als sie die Stoffbeutel nicht fand, offenbar hatte ihre Mutter sie versehentlich über die alten Schlittschuhe gezogen. Weil die Schuhe zwischen allen anderen Sachen in ihrer Tasche lagen, musste sie die Plastikschoner über die Kufen ziehen. Sie hatte Angst, dass die neuen Schlittschuhe sofort Rost ansetzen.»

Plastikschoner sind weich und porös, ideal für Fingerabdrücke. Wo waren sie abgeblieben?

Auf der Rückfahrt war Koivu ungewöhnlich still.

«Hast du Silja schon einmal auf dem Eis gesehen?», druckste er schließlich.

«Ja, im Fernsehen und auch live. Mir gefällt ihr Stil. Viele Eiskunstläuferinnen sind mir zu kitschig, aber Silja hat Feuer.»

«Und dabei sieht sie aus wie diese Fürstin von Monaco in jüngeren Jahren.»

«Du hast Recht! Sie ähnelt Grace Kelly in ‹Das Fenster zum Hof›. Aber sie ist zehn Jahre jünger als du, Koivu.»

«Na und? Das Alter ist doch nicht so wichtig», meinte er und wurde rot. Er schien sich tatsächlich in Silja verguckt zu haben.

«Hat sie etwas mit diesem Janne Kivi?», fuhr er fort. «Ich meine nur, wenn Noora vielleicht eifersüchtig war, und weil Silja so besorgt um ihn ist …» Koivu kam ins Stottern, doch seine unbeholfenen Fragen waren in all dieser Trübsal geradezu erfrischend. Es regnete schon wieder, die graue Wolkendecke lag fast in Baumhöhe, dünne Tropfen schlugen gegen die Windschutzscheibe.

«Ich habe nichts dergleichen gehört, meines Wissens ist Silja noch frei. Du darfst ihr das Vernehmungsprotokoll zum Unterschreiben bringen, okay?»

Koivu wurde noch eine Spur röter, ich zerstrubbelte ihm schwesterlich die Haare. Dann rief ich Antti an, um ihm zu sagen, dass ich frühestens in ein paar Stunden nach Hause kommen würde.

«Etwas Schlimmes?», fragte er vorsichtig. Er wusste, dass ich nicht gern über dienstliche Dinge sprach.

«Ein Mord.»

Antti seufzte. Bisher hatte er sich nicht getraut, mir offen zu sagen, wie viel Angst ihm mein Beruf seit dem Tod meines

Kollegen machte. Natürlich bangte er auch um das Kind, das ich in mir trug. Ich wusste nicht recht, was ich von seinen Ängsten halten sollte. Sicher, ich handelte oft unbedacht, und natürlich musste eine Frau im siebten Monat auch auf ihr Kind Rücksicht nehmen. Aber während der Schwangerschaft auf Alkohol zu verzichten, war etwas anderes, als psychisch belastende Aufgaben auf die Kollegen abzuwälzen. Und ich wollte mich nicht bevormunden lassen, nur weil ich schwanger war.

Wir fuhren in das Parkhaus in Matinkylä. Auf das untere Parkdeck kam man direkt von der Straße, nach oben führte eine schmale, gewundene Rampe.

Am gestrigen Abend war das obere Parkdeck nach Aussage der Streifenbeamten, die Frau Järvinen alarmiert hatte, fast leer gewesen, doch jetzt am späten Nachmittag herrschte Hochbetrieb, weil die Leute nach der Arbeit schnell einkauften, um rechtzeitig zum Beginn der allabendlichen Seifenoper zu Hause zu sein. In dem flachen, hallenden Raum waren nur wenige Stellplätze frei. Das Parkhaus war nicht abgesperrt worden, weil wir es für unwahrscheinlich hielten, dort Spuren von Nooras Mörder oder seinem Pkw zu finden. Wichtiger war es, diejenigen zu befragen, die gestern Abend hier geparkt hatten. Ich fragte Koivu, ob er über diesen Teil der Ermittlungen etwas gehört hatte. Erst da ging ihm auf, dass er vergessen hatte, sein Handy einzuschalten.

«Mist! Sorry … Lähde wollte sich darum kümmern, ich ruf ihn an. Soll ich mich auch gleich erkundigen, ob das Überwachungsvideo etwas ergeben hat?»

«Tu das. Gab es nicht Probleme mit den Aufnahmen?»

«Auch das noch! Das verflixte Handy funktioniert nicht, der Raum ist zu niedrig. Ich geh mal nach draußen, bin gleich wieder da.»

Koivu stieg aus, ich tat es ihm nach und sah mich auf dem ungemütlichen Parkdeck um. Wie war der Mörder auf die Idee verfallen, Nooras Leiche gerade hier zu deponieren? Vielleicht hatte er sie in seinem Pkw in das Parkhaus transportiert und zufällig bemerkt, dass Kati Järvenperä ihren Kofferraum nicht abschloss. Aber das Risiko, beobachtet zu werden, war unglaublich hoch. Der Täter schien nicht besonders planmäßig gehandelt zu haben. Durchaus möglich, dass wir ihm durch die Befragung der gestrigen Parkhausbesucher auf die Spur kamen. Irgendwer musste ihn doch gesehen haben!

Dann überlegte ich, wie aufmerksam ich selbst im Parkhaus die anderen Fahrzeuge betrachtete, und meine Stimmung sank. Ich nahm mir jedoch vor, für alle Fälle beim Zulassungsregister die Angaben über die Wagen von Nooras Bekannten abzurufen. Neben mir wurde ein grauer Volvo-Kombi angelassen. Hatte Frau Järvenperä ihren Mercedes mit dem Kühler zur Wand eingeparkt, wie es die meisten taten, oder war sie rückwärts in die Lücke gestoßen? In diesem Fall hätte der hochgestellte Kofferraumdeckel einen guten Sichtschutz abgegeben.

Aber wo war Noora getötet worden? In dem Wäldchen bei ihrem Elternhaus? Wie hatte der Mörder die Leiche ungesehen in seinen Wagen verfrachtet? Oder hatte er sie doch im Auto umgebracht? Ich würde nie und nimmer die Genehmigung bekommen, sechs oder sieben Pkws zu untersuchen, wenn ich keinen Beweis dafür hatte, dass in einem davon ein Gewaltverbrechen verübt worden war.

Als Koivu zurückkam, sah ich ihm am Gesicht an, dass es nichts Neues gab.

«Lähde und Puupponen vernehmen gerade die Leute, die gestern Abend im Parkhaus waren, sie haben einen gefunden, der gegen halb acht seinen Wagen auf dem oberen Parkdeck abgestellt hat. Aber die Überwachungskamera bringt uns nichts. Das Band ist fast ganz schwarz. Komm mit, ich zeig dir, warum.»

Die Überwachungskamera befand sich im unteren Parkdeck oberhalb der Zufahrtsrampe. Ein unternehmungslustiger Zeitgenosse hatte die Kamera samt Linse mit schwarzer Farbe besprüht. Sicher derselbe, der die Decken und Wände des Parkhauses mit seinen Tags dekoriert hatte. Über Sprayer regte ich mich im Allgemeinen nicht weiter auf, denn meist war das, was sie verunstalteten, vorher schon hässlich gewesen. Aber diesmal ärgerte ich mich. Immerhin war jedes Auto auf dem Weg ins Parkhaus an der Kamera vorbeigefahren.

«Wann ist das passiert?»

«Angeblich letzte Woche. Die Kamera wird einmal im Monat gereinigt, die Graffitischreiber sprayen sie immer zu, bevor sie ans Werk gehen. Und die Besitzer kümmern sich nicht mehr groß darum. Man kann hier kostenlos parken, die Kamera ist nur zum Schutz der Kundenwagen installiert. Normalerweise herrscht hier so viel Betrieb, dass Autoknacker keine Chance haben.»

«Mir will immer noch nicht in den Kopf, wie es der Täter geschafft hat, die Leiche unbemerkt in den Kofferraum zu legen! Hoffentlich können wir die Järvenperä morgen vernehmen. Und Nooras Eltern. Das wird wieder ein toller Tag!»

«Wann fängt dein Urlaub an?»

«In der Mittsommerwoche. Ich hab also noch einige Wochen Zeit, den Fall abzuschließen. Vor ihrem Kollaps hat die Järvenperä doch ausgesagt, bei ihrer Ankunft hätten nur zwei Wagen auf dem Parkdeck gestanden, oder? Die müssen wir finden. Wir bringen einen Aufruf in der Zeitung, und im ‹Fahndungszeichen›, wenn nötig, auch wenn ich die Sendung hasse. Was gibt's denn da zu lachen?»

«Dein Jagdfieber. Du willst allen beweisen, dass du das Zeug zur Dezernatsleiterin hast, stimmt's?»

«Darum geht es nicht! Ich … ach, ich weiß nicht. Du hast

vorhin gefragt, ob ich Silja auf dem Eis gesehen habe. Sie hat mich beeindruckt, aber längst nicht so wie Noora. Die war wirklich etwas Besonderes.»

Das Paar Nieminen-Kivi hatte bereits bei der EM in Sofia eine gute Leistung gezeigt. Janne war allerdings in der Pflichtkür beim dreifachen Toeloop gestürzt, und die Paarlaufpirouette war nicht ganz synchron ausgefallen. Die Kür zu Musik aus ‹Hair› hatte besser geklappt, obwohl Janne bei einer Sprungkombination auf dem Hinterteil landete und Noora nach einem geschleuderten dreifachen Salchow mit beiden Beinen aufkam. Sie wurden Zehnte, eine gute Platzierung für Nachwuchsläufer aus einem Land, das im Eiskunstlauf nicht zur Spitze gehörte. Schon damals hatten die Eurosport-Kommentatoren Nooras Temperament und Persönlichkeit gepriesen.

Die WM lief noch besser. Die beiden hatten an ihrem Programm gearbeitet, Noora war als Schneewittchen in der Pflichtkür hervorragend, und Janne schaffte den dreifachen Toeloop ohne Sturz, auch wenn das Spielbein leicht das Eis berührte. Ich fand die Kür brillant, allerdings verpatzte Janne erneut seine Sprungkombination. Die Reporter erklärten die Todesspirale des finnischen Paares zur besten des Wettkampfs. Freilich gefiel die Musik nicht allen Kampfrichtern, weshalb die Noten für den künstlerischen Gesamteindruck zwischen 4,9 und 5,5 lagen. Der neunte Platz war ein toller Erfolg, und mir waren fast die Tränen gekommen, als Chris und Simon, die Eurosport-Kommentatoren, Noora als größtes Paarlauftalent seit Irina Rodnina und Jekaterina Gordeeva bezeichnet hatten.

Und nun war sie tot.

«Wir haben noch Zeit für einen Kaffee, bevor das Training anfängt. Ich lade dich ein», meinte Koivu.

«Okay, aber für mich zur Hälfte Milch. Ich krieg neuerdings so beschissenes Sodbrennen», erklärte ich und brachte

Koivu ganz aus der Fassung. Es fiel ihm nicht leicht, unbefangen mit meiner Schwangerschaft umzugehen, und er kam aus dem Konzept, wenn ich aus der Rolle der sanften werdenden Mutter ausbrach, und sei es auch nur, indem ich fluchte. Dabei hätte er mich doch kennen müssen. Eine radikale Persönlichkeitsveränderung hatte die Schwangerschaft bei mir jedenfalls nicht ausgelöst.

Im Imbiss an der Tankstelle streifte ich die Schuhe ab, denn trotz der kühlen Temperatur waren meine Füße geschwollen. Der Kaffee schmeckte bitter, ich brachte ihn nicht herunter, obwohl ich gegen meine Gewohnheit ein Stück Zucker hineintat. Auch dem Baby schien er nicht zu schmecken, es drehte sich hin und her, als wäre es beleidigt über das furchtbare Gebräu, das durch die Nabelschnur floss. Es blieb mir nichts übrig, als ein großes Glas Buttermilch auf den Kaffee zu trinken, und da wir unsere Pause in die Länge zogen, trafen wir erst um halb sieben am Eisstadion ein. Koivus Handy klingelte, er blieb vor dem Eingang stehen.

Die Zuschauertribüne in der Halle lag im Dunkeln, nur die Eisfläche war angestrahlt. Als ich auf das Licht zuging, setzte die Musik ein. ‹Aquarius› aus dem Musical ‹Hair›, der Auftakt zu Nooras und Jannes Kür.

Im selben Moment kurvte Janne aufs Eis. Ich hatte das Programm oft genug gesehen, um zu wissen, dass jetzt eine Sprungkombination kam. Diesmal stand Janne jeden Sprung, abgesehen von einer kleinen Unsicherheit bei der Landung nach dem doppelten Toeloop.

Janne bot einen gespenstischen Anblick, denn er schien die ganze Kür hindurch eine unsichtbare Partnerin anzuschauen. Beim ersten Hebesprung stemmte er ihr Gewicht, bei der parallelen Solopirouette achtete er darauf, synchron zu ihr zu laufen. Die Melodie wechselte, nun war ‹Hair› an der Reihe. Janne griff in seine offen ins Gesicht fallenden Haare, die für einen männlichen Läufer tatsächlich ungewöhnlich lang waren, und grinste unverschämt – über diese Stelle waren die konservativsten Kampfrichter angeblich besonders erbost gewesen. Ich erinnerte mich, wie Noora in dieser Szene ausgesehen hatte, als ihr brauner Pferdeschwanz um den rotierenden Kopf kreiste. *Give me a head with hair, long beautiful hair* … Nun kam ein geschleuderter doppelter Axel, Janne glitt mit ausgestreckten Armen über das Eis, forcierte das Tempo, um den Schatten aufzufangen, mit dem er die Schrittfolge lief, die zur nächsten Melodie überleitete. *How can people be so heartless, how can people be so cruel*, so lauteten die Worte, die man sich zur vorgeschriebenen Instrumentalfassung hinzudenken musste. Der qualvolle Gesichtsausdruck während der Todesspirale war Teil der Kür, doch nun wirkte Jannes Schmerz so echt, dass ich schon im Begriff war, aufs Eis zu laufen und ihn zu unterbrechen.

«Lassen Sie ihn zu Ende laufen», flüsterte jemand hinter mir. Vage erahnte ich Rami Luotos Profil, sah die rasche Handbewegung, als er sich die Tränen abwischte. Mein Blick heftete sich wieder auf Janne, bei der nächsten Hebefigur, einer Schere, sah ich beinahe Nooras Schlittschuhe aufblitzen. Jannes Arme setzten die imaginäre Partnerin ruhig und sicher ab, dann steigerte sich das Tempo der Musik zum Finale. *Let the sunshine in*. Ich hatte Formans Film mindestens viermal gesehen, und das Ende rührte mich jedes Mal zu Tränen. Wahrscheinlich hatte ich deshalb weinen müssen, als Noora und Janne bei der WM zu dieser Musik liefen. Jannes Doppelaxel war makellos, dann glitt er in weitem Bogen übers Eis, ließ sich dramatisch fallen wie ein sterbender Soldat und erhob sich schließlich zu der hoch gelobten Todesspirale, mit der die Kür endete.

Rami Luoto lief an die Bande, auf die Janne zuglitt. Ich hoffte, jemand würde Licht machen und die unwirkliche Atmosphäre vertreiben. Verstohlen wischte ich mir das Gesicht am Ärmel ab, denn ich hatte wieder mal kein Taschentuch dabei. Im selben Moment wurde es hell. Koivu schlängelte sich durch die Bankreihen.

«Ein roter Nissan Micra, dessen Kennzeichen mit A beginnt, und ein weißer Renault Clio!», rief er schon von weitem, doch ich begriff nicht sofort, was er meinte.

«Lähde hat einen Mann ausfindig gemacht, der um viertel vor acht auf dem oberen Parkdeck war und sich mit Automarken auskennt. Außer dem Wagen der Järvenperä standen diese beiden Autos dort.»

«Aha. Gut! An die Arbeit!», sagte ich mit gespielter Munterkeit, obwohl es mich nicht im Geringsten drängte, ausgerechnet jetzt mit Janne Kivi zu sprechen. So stürmisch seine Beziehung zu Noora gewesen sein mochte, nach der Kür, die ich gerade gesehen hatte, zweifelte ich nicht daran, dass er über den Tod seiner Partnerin völlig außer sich war. Er saß auf der Spielerbank, den Kopf in den Händen vergraben, seine Kufen schnitten in den schwarzen Bodenbelag. Rami Luoto stand neben ihm, eine Hand auf seiner Schulter, und ich hatte das Gefühl, dass er bei unserem Anblick erleichtert aufatmete.

«Kriminalhauptmeisterin Kallio und Kriminalpolizeimeister Koivu von der Polizei Espoo, guten Abend. Wir haben den ganzen Tag vergeblich versucht, Sie beide zu erreichen, deshalb haben wir uns erlaubt, herzukommen und Sie beim Training zu stören.»

«Das Training fällt heute aus», sagte Luoto und reichte mir die Hand. «Rami Luoto, der Trainer von Noora und Janne. Wie kann ich Ihnen behilflich sein?»

Luoto war Mitte vierzig, auf seinem akkurat geschnittenen grauen Haar und den altmodischen Koteletten, die verblüffend kleine Ohren einrahmten, zeigte sich bereits ein Anflug von Grau. Er war klein, kaum einssiebzig, und sehnigschlank wie ein Balletttänzer. Mitte der siebziger Jahre war er der beste finnische Eiskunstläufer gewesen, doch zu einer

Medaille bei internationalen Wettkämpfen hatte es nie ganz gereicht. Er war weich und tänzerisch gelaufen, seine unglaublich schnellen Pirouetten waren phantastisch gewesen, aber mit den Sprüngen hatte er Schwierigkeiten gehabt. Meine Schwester Helena, der größte Eislauffan in unserer Familie, hatte für ihn geschwärmt. Für mich war er damals ein unmännlicher Softi gewesen, der nicht einmal besonders gut aussah. Die Jahre hatten sein Gesicht hagerer gemacht, Fältchen um seine Augen gezogen und seinen schmallippigen Mund ausdrucksvoller werden lassen.

«Es besteht Grund zu der Annahme, dass Noora Nieminen getötet wurde, kurz nachdem sie gestern Abend das Eisstadion verlassen hat. Wir versuchen, ihren letzten Weg möglichst genau zu rekonstruieren. Laut Aussage von Frau Grigorieva haben Sie und Janne das Stadion als Letzte verlassen.»

Rami Luoto ließ mich ausreden, dann sagte er mit einer Kopfbewegung zu Janne:

«Ich halte es nicht für sinnvoll, dass Sie jetzt mit Janne sprechen. Er hat gerade erst von Nooras Tod erfahren. Von ihren Eltern, die er angerufen hat, weil niemand zum Training erschien.»

Ich erinnerte mich, dass Taskinen von einer Ballettstunde gesprochen hatte, an der auch Janne heute Morgen hatte teilnehmen sollen, fragte aber nicht nach.

«Kannst du allein nach Hause fahren, Janne, oder soll ich dich begleiten?», fragte der Trainer besorgt. Janne reagierte nicht. Die Schultern im schwarzen T-Shirt bebten, es war schwer zu sagen, ob er weinte oder von der Kür außer Atem war.

«Könnten wenigstens Sie uns ein paar Fragen beantworten?», bat ich. «Haben Sie gesehen, wie Noora hinausging?»

Luoto nickte nachdenklich.

«Ja … Wie war das noch … Der Ablauf ist jeden Abend

gleich, schwer zu sagen, was wann passiert ist. Aber gestern war das Training ungewöhnlich hart. Ich glaube, ich war der Letzte, ich habe noch ein paar Worte mit dem Eismeister gewechselt, weil die Bahn in den letzten Tagen nicht ganz in Ordnung war. Da habe ich gesehen, dass Noora ging, gleichzeitig mit dir, nicht wahr, Janne?»

Keine Antwort.

«Wie sind Sie selbst nach Hause gekommen?»

«Ich? Zu Fuß, ich wohne ja ganz in der Nähe. Es hat fast sofort angefangen zu regnen, ich bin gelaufen, aber trotzdem klitschnass geworden.»

«Sie haben gesagt, das Training sei gestern ungewöhnlich hart gewesen. Haben Sie etwas dagegen, wenn wir unser Gespräch auf Band aufzeichnen? Sie müssten die Fragen, die ich gerade gestellt habe, noch einmal beantworten, nur etwas genauer, und dann über Noora und den gestrigen Tag sprechen.»

Luoto nickte und schlug vor, in den Umkleideraum zu gehen, wo es wärmer sei. Äußerlich wirkte er gefasst, aber als er Janne wieder an der Schulter berührte, sah ich, dass seine Hände zitterten. Als Trainer musste er die Gefühlsaufwallungen seiner Schützlinge dämpfen und war deshalb vielleicht gezwungen, seine eigenen Gefühle zu ignorieren.

«Komm, Janne, wir gehen. Hier ist es kalt.»

Obwohl er leise sprach, hallten seine Worte in der leeren Halle wider. Es wurde immer wieder geklagt, das Stadion sei zu klein, doch zwischen den leeren Bänken, die Hunderte von Menschen fassen konnten, fühlte ich mich winzig und verloren.

«Wenn Sie ihn nach Hause bringen wollen, können wir uns auch morgen auf dem Präsidium treffen», schlug ich vor und überlegte zugleich, ob Janne einen Arzt benötigte. Doch im selben Moment hob der Junge den Kopf und stieß zwischen den Zähnen hervor:

«Lass gut sein, Rami, ich komm schon zurecht.»

Ohne uns anzusehen, begann er seine Schlittschuhe aufzuschnüren. Luoto schloss daraus offenbar, dass Jannes Verfassung gut genug war, um ihn allein zu lassen, denn er ging uns voran zum Umkleideraum. Koivu und ich folgten ihm, doch nach einigen Schritten drehte ich mich noch einmal um. Janne hielt die Schnürsenkel in den Händen und starrte reglos auf das Eis, als sähe er Noora darübergleiten.

Luoto öffnete die Tür zu einem kleinen Umkleideraum, in dem ein vergessenes rotes Handtuch hing.

«Wir können hier reden. Janne kommt uns sicher nach, wenn er sich ein wenig gefangen hat.»

Koivu stellte den Recorder an, ich sprach die Daten ins Mikrophon, als wäre ich selbst ein Tonband. Luoto wiederholte seine Antworten auf die Fragen, die ich ihm schon einmal gestellt hatte. Auch er hatte vor dem Stadion niemanden gesehen, der Wagen von Frau Weissenberg war bereits weg gewesen, ebenso der von Tomi Liikanen. Auch Noora und Janne waren nicht mehr da gewesen, als er das Stadion verließ.

«Das gestrige Training war außergewöhnlich strapaziös, sagten Sie. Weshalb? Wegen der Auseinandersetzung zwischen Noora und Ulrika Weissenberg?»

Er nickte.

«Noora war so … willensstark. Wenn sie einen schlechten Tag hatte, mussten alle darunter leiden. Als Trainer war ich fortwährend damit beschäftigt, ihre Emotionen unter Kontrolle zu halten. Außerdem war diese Reklameidee ziemlich blöd, ich hatte Ulrika Weissenberg gleich gesagt, Noora wird damit nicht einverstanden sein. Aber auf mich hört man ja nicht. Als Noora erfuhr, dass ich von der Sache gewusst und nicht protestiert hatte, wurde sie auch auf mich wütend. Dann fuhr sie Janne an, weil er die Idee ganz in Ordnung fand.»

«Daraufhin wurde Janne seinerseits wütend. Und Sie?»

«Ein Trainer kann sich das nicht erlauben, er muss vermitteln. Ich habe mich bemüht, die Wogen zu glätten, damit wir endlich trainieren konnten, und zu guter Letzt ist es mir auch gelungen.»

«Noora war also schwierig?»

Ich war verblüfft, als Luoto in Lachen ausbrach, das jedoch bald erstarb.

«Wahnsinnig schwierig, aber einfach wunderbar! Sie war unglaublich talentiert, und sehr zielstrebig. Der Eiskunstlauf war ihr Leben. Vor zweieinhalb Jahren hatte sie eine schwierige Phase, als die körperlichen Veränderungen der Pubertät einsetzten. Sie bekam ziemliche Probleme mit den Sprüngen und der Kondition. Ich musste meinen ganzen Mut zusammennehmen und ihr sagen, dass sie als Einzelläuferin vermutlich nie an die Spitze vorstoßen würde.»

«Warum nicht? Wegen der Sprünge?»

«Unter anderem. Die Motorik beim Eiskunstlauf ist keine leichte Sache. Aber Noora war unerhört talentiert, und da Janne Kivi ein ähnliches Problem hatte, er ist ja zu groß, um zum Beispiel den dreifachen Axel sauber springen zu können, dachte ich mir, wir probieren einmal, ob sich aus den beiden ein Paar machen lässt. Und das war tatsächlich die richtige Entscheidung, ich bin heute noch stolz darauf.»

«Sie haben die beiden zwei Jahre lang trainiert, und im letzten Winter kam dann Elena Grigorieva dazu, nicht wahr?»

«Genau.»

«Ich habe mir sagen lassen, dass Noora dagegen war, mit zwei Trainern zu arbeiten», sagte ich ohne Umschweife. Dass er Noora deshalb umgebracht hätte, glaubte ich natürlich nicht, aber ich wollte sehen, wie er reagierte. Er schwieg eine ganze Weile, bevor er antwortete:

«Es ist kein Geheimnis, dass Noora es vorgezogen hätte, nur von Elena trainiert zu werden. Tatsächlich haben Janne und Noora sich rasant entwickelt, seit Elena in unserem Team ist. Aber meiner Meinung nach wurde ich auch gebraucht. Elena und Noora sind sich vom Temperament her zu ähnlich, ihnen fehlt die Kompromissbereitschaft. Wenn ich nicht dazwischengehe, gibt es am Ende noch Tote.»

Luoto grinste über seinen Witz, begriff erst dann, was er gesagt hatte, lief rot an und redete hastig weiter:

«Das hat man ja gestern wieder gesehen. Elena wütete und schimpfte mit Noora um die Wette. Meiner Meinung nach war Elena zu autoritär, eben ein Produkt der Moskauer Eislaufschule, wo jeder Trainer ein Halbgott ist. Was die Technik betrifft, ist sie allerdings brillant, das gebe ich zu.»

«Wer hat denn nun gestern mit wem worüber gestritten?», warf Koivu ein, weil er von den Eislaufgeschichten die Nase voll hatte.

«Na ja, gestern haben wir Trainer nicht gerade geglänzt. Wir hätten zwischendurch Urlaub machen müssen, aber wegen der Eisshow des Vereins ging es nicht. Die Saison war erfolgreich, aber furchtbar anstrengend», sagte Luoto nachdenklich. Koivu wippte nervös mit den Beinen.

«Noora Nieminen hat also mit allen Anwesenden gestritten?», unterbrach er den Trainer.

«Nicht mit allen. Aus irgendeinem Grund hat sie Silja Taskinen in Ruhe gelassen. Silja ist übrigens früher gegangen, wir haben dann noch einige neue Paarlauffiguren geübt. Obwohl Noora trotz allem konzentriert arbeitete, wirkte sie beim Weggehen immer noch aufgebracht. Es würde mich gar nicht wundern, wenn sie aus purer Zerstreutheit vor das Auto gelaufen wäre.»

Koivu und ich sahen uns verdutzt an, dann erinnerte ich mich an Frau Grigorievas Vermutung, Noora wäre überfahren worden. Meine Richtigstellung hatte sie offenbar in ihrer Erschütterung nicht verstanden, sondern Rami Luoto die falsche Version weitererzählt.

«Noora wurde nicht überfahren», sagte ich schließlich, «es handelt sich nicht um einen Unfall. Sie wurde ermordet.»

Luotos Gesicht färbte sich eisgrau, er zitterte am ganzen Körper, er sackte in sich zusammen und weinte wie ein kleines Kind.

Als typischer Finne wurde Koivu verlegen, wenn er einen Mann weinen sah. Er wandte das Gesicht ab, während ich den Zeitpunkt der Unterbrechung aufs Band sprach.

«Ich hole Kivi», sagte mein Kollege, froh über einen Vorwand, sich zu entfernen. Ich besorgte dem Trainer inzwischen einen Stapel raue gelbe Papierhandtücher aus der Toilette.

Seine Tränen versiegten auf der Stelle, ebenfalls wie bei einem Kind. Nach ein paar Minuten war er wieder der Alte und wollte wissen, was mit Noora geschehen sei. Ich sagte nichts von den Schlittschuhen, erzählte ihm aber, dass Noora misshandelt und in einen Kofferraum gesteckt worden war.

«Haben Sie schon eine Spur des Täters?» Bevor ich Luoto antworten konnte, kam Koivu mit dem Hausmeister zurück.

«Janne Kivi ist verschwunden.»

Wir rannten auf den Flur, als ginge es um einen Notfall. Der Hausmeister und Luoto riefen nach Janne und kontrollierten sämtliche Umkleidekabinen. Schließlich gingen wir nach draußen, aber dort war er auch nicht. Rami Luoto zog verwundert die Augenbrauen hoch und sagte:

«Dann ist er wohl nach Hause gefahren. Sein Auto ist jedenfalls weg, oder sehen Sie es hier irgendwo? Es ist ein kleiner roter Nissan Micra.»

Vier

«Wo wohnt er?», fragte ich Luoto, der sich natürlich nicht erklären konnte, weshalb wir ihn anstarrten wie ein Gespenst.

«In Otaniemi.»

Jetzt wollte ich mit Janne Kivi sprechen. Und zwar sofort. Ich lief zu unserem Wagen, während Koivu ins Stadion rannte, um den Recorder zu holen. Hastig zwängte ich mich auf den Fahrersitz. Der Bauch war hinderlich, ich hatte mich immer noch nicht ganz an meine eingeschränkte Bewegungsfähigkeit gewöhnt. Luoto klammerte sich an die Wagentür:

«Sie werden doch Janne nicht verdächtigen! Der Junge ist völlig von Sinnen. Wenn Sie mit ihren absurden Beschuldigungen bei ihm auftauchen, gerät er erst recht aus dem Gleichgewicht. Das kann die schlimmsten Folgen haben!»

Als Koivu angerannt kam, schlug ich die Tür zu und startete, noch bevor er ganz eingestiegen war.

«Ruf bei der Zulassungsstelle an und frag nach dem Kennzeichen von Jannes Nissan, damit wir keine übereilten Schlüsse ziehen», sagte ich schwer atmend und bog auf die Schnellstraße ein. Ich überlegte, ob ich das Martinshorn einschalten sollte, verzichtete aber darauf, weil die anderen Verkehrsteilnehmer ohnehin brav an den Rand fuhren, wenn sie den Streifenwagen im Rückspiegel sahen. Ich erschrak beinahe selbst über das Tempo, mit dem ich über die Fahrspur jagte, die bei der Abfahrt Haukilahti schmaler wurde, hatte aber das Gefühl, es sei Eile geboten. Dabei wussten wir nicht einmal, ob Janne zu Hause war. Vielleicht rasten wir umsonst nach Otaniemi.

«Kivi fährt einen roten Nissan Micra, Baujahr 94, Kennzeichen AZG-577. Wir können ihn ja bitten, ins Parkhaus zu fahren, und den Zeugen dazuholen. Und dann lassen wir den Wagen natürlich auf Fasern untersuchen.»

«Klar. Aber zuerst sprechen wir mit dem Jungen.»

Auf dem Parkplatz vor Jannes Haus stand der rote Nissan, schief geparkt. Offenbar hatte der Fahrer es eilig gehabt.

Janne wohnte im zweiten Stock. Normalerweise machte mir das Treppensteigen keine Mühe, aber diesmal ging mir schon in der ersten Etage die Puste aus. Koivu war schneller, er klingelte ungestüm. Nach dem dritten Klingeln hörten wir Jannes Stimme:

«Lass mich in Ruhe, Rami!»

«Janne, mach auf, hier ist die Polizei!», rief ich zurück. Wo wohnte der Hausmeister, wie kamen wir an einen Generalschlüssel? Doch den brauchten wir nicht, denn Janne öffnete die Tür.

Auf seiner Stirn standen Schweißtropfen, sein Atem roch nach Erbrochenem. Sein Gesicht war so weiß wie Nooras Schlittschuhe.

«Haut ab! Ich hab nichts zu sagen.»

Er brachte es jedoch nicht über sich, mich wegzustoßen, was ich wahrscheinlich meinem dicken Bauch zu verdanken hatte. Stattdessen verschwand er auf der Toilette. Kurz darauf waren Würgegeräusche zu vernehmen, bei denen sich auch mir fast der Magen umdrehte. Um sie nicht hören zu müssen, ging ich weiter in die Wohnung hinein. Rechts vom Flur lag eine kleine Küche, in der nur ein Tisch und zwei Stühle Platz hatten. Auf dem Tisch standen eine zusammengedrückte Saftpackung und ein halb leerer Becher Dickmilch. Davon abgesehen war die Küche fast übermäßig sauber.

Der zweite Raum war ein Wohnschlafzimmer. Ein breiter Futon mit zerknüllten Laken lag auf dem Boden. Ich ließ mich in einen Sessel fallen und versuchte, meine Gedanken zu ordnen. Koivu rutschte unruhig auf seinem Stuhl hin und her, dann stand er auf und probierte, ob die Toilettentür verriegelt war.

«Willst du dich in der Kloschüssel ertränken?», fragte er. Die Antwort war ein unverständliches Gemurmel. Nach einer Weile hörte man die Spülung rauschen und Wasser plätschern, schließlich kam Janne ins Wohnzimmer, zog sein T-Shirt hoch und wischte sich damit das Gesicht ab. Unwillkürlich betrachtete ich seinen muskulösen Oberkörper und den flachen Bauch, der von der Anstrengung des Übergebens zitterte. Dann kam ich mir plötzlich vor wie eine schmierige alte Tante und wandte den Blick ab.

Janne setzte sich an den Rand des Futons und verbarg das Gesicht im T-Shirt. Ich sah Koivu an, der mit der Befragung begann.

«Wir haben gehört, dass du das Eisstadion gemeinsam mit Noora verlassen hast. Wo habt ihr euch getrennt?»

Janne gab keine Antwort. Sein Gesicht war immer noch hinter dem schwarzen Hemd verborgen, die Bauchmuskeln zuckten. Koivu suchte meinen Blick, hob die Augenbrauen und schüttelte den Kopf. Ich überlegte, ob tatsächlich Nooras Mörder vor uns hockte.

«Hey, Janne, mit Schweigen kommst du nicht weiter. Sag uns, was gestern passiert ist, dann lassen wir dich in Ruhe.»

Wieder keine Antwort. Koivu stand auf und trat an das Bücherregal, auf dem mehr Schallplatten und Krimskrams standen als Bücher. Dann bückte er sich und hob ein großes, gerahmtes Bild auf. Das Glas war zersplittert. Wortlos reichte er es mir. Die Kleidung und der Bildhintergrund deuteten darauf hin, dass die Aufnahme bei der WM in Edmonton gemacht worden war. Die beiden Eisläufer hatten die Arme umeinander gelegt und lächelten fröhlich. Janne sah in die Kamera, Noora blickte Janne an, und ihr Gesicht ließ keinen Zweifel daran, dass sie ihren Partner verehrte.

«Wann hast du das zerschlagen?», fragte ich.

«Glaubt mir doch endlich, ich habe nichts zu sagen!» Er brüllte so laut, dass mir das Bild aus der Hand glitt und die Haut zwischen Zeigefinger und Daumen von einem Glassplitter aufgerissen wurde. Janne sprang auf, ließ sich dann aber wieder auf den Futon fallen. Immer noch war sein Gesicht schweißüberzogen, die hellgrünen Augen hielt er auf den Fußboden geheftet.

Wir bemühten uns vergeblich, etwas aus ihm herauszuholen, bekamen aber nur immer wieder zu hören, er habe nichts zu sagen. Schließlich wusste ich nicht mehr weiter. Zwar konnte ich mir kaum vorstellen, dass Janne Noora getötet hatte, doch er verhielt sich, als wäre er schuldig. Verwirrt war er auf jeden Fall, es konnte riskant sein, ihn allein zu lassen. Sollte ich Taskinen anrufen und um Instruktionen bitten? Aber nein – ich musste selbständig entscheiden. Als Dezernatsleiterin würde ich mir auch keine Rückendeckung mehr holen können. Einen offiziellen Haftbefehl musste ich mir vom Kriminalrat natürlich ausstellen lassen.

«Pack deine Sachen!», wies ich Janne an. «Wir machen auf dem Präsidium weiter.»

«Hast du gehört, was Hauptmeister Kallio gesagt hat?», brüllte Koivu, da Janne keine Reaktion zeigte. «Und gib uns deine Autoschlüssel, der Wagen muss untersucht werden.»

Nun sah Janne mich zum ersten Mal an.

«Was soll das? Wollt ihr mich verhaften? Dann müsst ihr mich schon tragen.»

«Du hast Anspruch auf einen Anwalt bei der Vernehmung. Willst du gleich jetzt telefonieren?», fragte ich bemüht ruhig. Mir war keineswegs daran gelegen, Janne mit Gewalt in eine Zelle zu sperren, ich wollte ihm nur Angst einjagen, damit er endlich redete.

Da er keine Anstalten machte, aufzustehen und sich anzuziehen, öffnete ich auf gut Glück den nächsten Schrank, in dem ich Socken und Hemden fand. Ich nahm heraus, was zuoberst lag, ein grünes Baumwollhemd und schwarze Socken, gab Janne die Sachen und forderte ihn noch einmal auf, sich anzuziehen. Er gab keine Antwort, blieb reglos sitzen und starrte zu Boden.

So verwirrt und unsicher wie jetzt war ich in meiner Laufbahn nur selten gewesen. Eine innere Stimme sagte mir, dass Jannes Verhaftung eine Schnapsidee war, schließlich hatten wir keine Beweise gegen ihn. Verdächtig war nur seine totale Weigerung, mit uns zu kooperieren, doch die konnte auf den Schock zurückzuführen sein.

Andererseits hatte ich allmählich die Nase voll, ich wollte endlich nach Hause.

«Dann müssen wir dich eben anziehen», sagte ich und streifte ihm die Socken über. Es war eine idiotische Situation. Zwar hatte ich schon Betrunkene ausgezogen und an den merkwürdigsten Typen Leibesvisitationen durchgeführt, doch bei dem attraktiven jungen Mann brachte mich die körperliche Nähe ganz durcheinander. Zum Glück kam Koivu dazu und zog Janne das Hemd an, ich streifte ihm Slipper über, die ich im Flur gefunden hatte, Koivu half ihm in den Mantel.

«Die Autoschlüssel!», sagte ich. «Und was du sonst noch mitnehmen willst.»

Janne reagierte nicht. Ich wies Koivu an, in die Manteltasche zu fassen, und dort waren sie tatsächlich, der Schlüssel zum Pkw und der zur Wohnung, den ich einsteckte. Ich bat Janne aufzustehen, doch er hatte seine Bemerkung, wir müssten ihn tragen, offenbar ernst gemeint.

«Soll ich die Handschellen holen?», fragte Koivu schließlich. Zum Glück war der einzige Zeuge der jämmerlichsten Verhaftungsaktion meiner Laufbahn dieser ruhige, besonnene Kollege, der sich bereitwillig darauf verließ, dass ich mit jeder Situation fertig wurde.

«Der kommt auch so mit», sagte ich und zog Janne an den Schultern hoch.

«Bist du verrückt, in deinem Zustand?», brüllte Koivu ungewohnt heftig, packte Janne am Arm und stemmte ihn hoch. Er war einige Zentimeter größer und fünfzehn Kilo schwerer als der Junge und schaffte es fast ohne meine Hilfe. Da Janne nun immerhin seine Beine bewegte, gelang es uns schließlich, ihn ins Auto zu bugsieren. Koivu setzte sich freiwillig neben ihn auf die Rückbank. Als wir auf die Schnellstraße kamen, begann Janne zu meiner Verblüffung zu sprechen.

«Darf ich erfahren, mit welcher Begründung ihr mich festnehmt und meinen Wagen untersuchen lasst?»

«Weil um die Zeit, als Nooras Leiche im Parkhaus abgelegt wurde, dort ein roter Nissan Micra gesehen worden ist», erklärte ich ihm.

Er stöhnte unwillkürlich auf, und ich sah im Rückspiegel, wie er den Kopf auf die Arme sinken ließ. Mir war, als hätte ich einen Eisklumpen in der Kehle. Natürlich hatte ich gehofft, Nooras Tod schnell aufzuklären, doch dieses Ergebnis war nicht nach meinem Geschmack.

Mehr war aus Janne nicht herauszuholen. Ich ließ ihn mit Koivu warten und bat den Dienst habenden Kriminalrat der benachbarten Abteilung um einen Haftbefehl. Er sträubte sich zuerst, stellte den Schein dann aber aus. Zum Glück war Ström nicht im Dienst, er hätte Janne sicher die ganze Nacht in die Mangel genommen. Ich zog es vor, ihn einige Stunden schmoren zu lassen, damit er am nächsten Morgen gesprächiger war.

Als er abgeführt wurde, hatte ich trotz allem Mitleid mit ihm. Auf meine Frage, ob er einen Arzt, einen Psychologen oder einen Rechtsbeistand wolle, hatte er beharrlich geschwiegen und nicht einmal darum gebeten, jemanden über seine Festnahme zu informieren.

Lähde tippte in seinem Büro noch an dem Bericht über die Befragung der Parkhausbesucher. Er rief die Daten des Zeugen auf, der den Micra gesehen hatte, und bestellte ihn für den nächsten Morgen um acht aufs Präsidium, um Jannes Wagen in Augenschein zu nehmen. Da fiel mir ein, dass der Nissan noch in Otaniemi stand.

«Ich kann ihn ja morgen holen», bot Koivu an.

«Er muss aber gleich ins Labor. Der Kofferraum sollte sofort untersucht werden. Wenn wir Blutspuren finden …»

«Jetzt noch?», stöhnte Koivu, doch als ich sagte, dann würde ich eben allein fahren, kam er murrend mit. Ich wählte ein unmarkiertes Dienstfahrzeug, mein Fahrrad konnte über Nacht im Präsidium bleiben.

«Brauchen Schwangere nicht besonders viel Schlaf?», fragte Koivu unterwegs.

«Soll das ein Wink mit dem Zaunpfahl sein? Ich kann nicht schlafen, bevor das Auto im Labor steht. Ehrlich gesagt, bin ich nicht sicher, ob Jannes Festnahme richtig war.»

«Jedenfalls hat er alles getan, um schuldig zu wirken. Wie hast du es nur geschafft, so ruhig zu bleiben? Ich bin ein paar Mal fast ausgerastet, als er dahockte und auf den Boden starrte.»

«Das ist der wundersame Einfluss der Schwangerschaft. Pass auf, ich werde noch so gelassen und mütterlich, dass du mich nicht wieder erkennst.»

«Hast du Angst?», fragte Koivu, der das Thema bisher strikt gemieden hatte. «Vor den Wehen und so?»

«Vor der Geburt hab ich weniger Angst als vor dem, was danach kommt. Andere werden damit zwar auch fertig, aber … Wahrscheinlich werde ich darauf brennen, wieder arbeiten zu gehen.»

Auf einer Rasenfläche sah ich ein Hasenpärchen sitzen, das von einem vorbeilaufenden Jogger aufgescheucht wurde. Der Nissan Micra stand unverändert vor dem Haus in der

Otaniementie, unter dem Scheibenwischer steckte ein Zettel mit der Aufforderung, den schräg geparkten Wagen ordnungsgemäß abzustellen.

Wir streiften Handschuhe über und knipsten die Taschenlampe an. Ich weiß nicht, was ich erwartete, als ich den Deckel öffnete, eine Blutlache etwa? Bis auf ein Warndreieck und eine Flasche Motoröl war der Kofferraum jedenfalls leer.

Auch das Wageninnere war unglaublich sauber, als wäre erst heute jemand mit dem Staubsauger zugange gewesen. Das wirkte verdächtig.

«Deck den Sitz ab, bevor du einsteigst. Ich versuche morgen, mit Kati Järvenperä und Nooras Eltern zu sprechen, ich ruf dich danach an.»

Koivu nahm einen Plastiksack aus dem Einsatzkoffer und breitete ihn über den Fahrersitz.

«Echt professionell», spottete ich, obwohl mir eigentlich nicht zum Lachen war. Es war bereits neun Uhr, die Erbsensuppe vom Mittag hatte ich längst verdaut, und mein Blutzuckerpegel hatte Tiefststand erreicht. Glücklicherweise fand ich ganz unten im Rucksack die Schokolade für Notfälle, die Antti mir vor zwei Wochen gekauft hatte. Ich stopfte mir fast einen ganzen Riegel in den Mund, bevor ich nach Hause fuhr.

Seit über einem Jahr wohnten wir zur Miete in einem verwitterten Holzhaus in Vähä-Henttaa. Durch die Fenster auf der Ostseite sah man Felder, auf denen jetzt gerade das Getreide zu sprießen begann. Wir lebten in der zweitgrößten Stadt Finnlands und dennoch wie auf dem Land, weit weg von allen Läden und ohne direkte Busverbindung. Wir hatten das Haus und den verwilderten Garten lieb gewonnen. Leider war es mit der Idylle bald vorbei, denn jenseits des Feldes sollte die neue Umgehungsstraße gebaut werden, worüber vor allem Antti sehr aufgebracht war.

Er saß lesend im Wohnzimmer, unser Kater Einstein lag

faul auf dem Sofa und ließ sich kaum herbei, zur Begrüßung ein Auge zu öffnen. Offenbar hatte er seine abendliche Thunfischration bereits bekommen. Ich zog rasch die Schuhe aus, die mich den ganzen Tag gezwackt hatten, dann setzte ich mich auf Anttis Schoß.

«Schlimmer Tag?», fragte er und gab mir einen Kuss auf den Nacken.

«Allerdings. Und bei dir?»

«So la la. Hauptsächlich hab ich Klausuren korrigiert, das Semesterende ist immer furchtbar.» Antti war Assistent am mathematischen Institut der Universität Helsinki, hatte unregelmäßige Arbeitszeiten und schuftete oft bis spät abends, wie ich. Das Kind würde unsere Lebensweise zurechtstutzen müssen. Jedenfalls hieß es in allen Ratgebern, Babys bräuchten einen regelmäßigen Tagesablauf.

«Du könntest mir den Nacken massieren, oder noch lieber den ganzen Rücken», bat ich.

«Was macht Schnüppchen?» Antti hatte darauf bestanden, unserem Baby einen vorläufigen Namen zu geben.

«Schlägt wieder Purzelbäume, fühl mal. Das wird bestimmt ein Delphin.»

Antti legte das Ohr an meinen Bauch und lachte, als der Babypo seine Gehörknöchelchen zum Vibrieren brachte.

«Hast du schon gegessen? In der Küche ist frisches Brot, vor einer Viertelstunde aus dem Ofen geholt.»

«Himmlisch … Ich nehm erst das Brot und dann die Massage …» Ich löste mich aus Anttis langen Armen, zog die Jacke aus und ging in die Küche. Einstein schlüpfte mir nach und stieß mit seinem weiß geschecktem Fell gegen meine Beine, doch ich ließ mich nicht erweichen. Seine Thunfischdose war leer.

Antti musste meine Schultern lange kneten, bevor ich mich so weit entspannte, dass ich einschlafen konnte. Aber noch im Halbschlaf dachte ich an Noora, die in der Rechtsmedizin im Kühlfach lag, und an Janne, den ich in eine Haftzelle eingeliefert hatte.

Am nächsten Morgen hatte ich mich gerade an den Schreibtisch gesetzt, als Taskinens präzises Klopfzeichen ertönte.

«Komm nur rein, Jyrki!»

Er sah eine Spur besser aus als gestern, sein Gesicht hatte wieder die übliche Weißbrotfarbe, die Haare waren akkurat gekämmt, das Hemd faltenlos. Aber sein Gesichtsausdruck versprach nichts Gutes.

«Du hast gestern Abend Janne Kivi festgenommen», sagte er statt einer Begrüßung.

«Ja. Er hat sich sehr merkwürdig verhalten», murmelte ich und erklärte, was vorgefallen war. Taskinen nickte, schien jedoch nicht überzeugt. Da hatte ich wohl einen riesigen Fehler gemacht.

«Du hättest mich anrufen sollen», unterbrach er meine Schilderung der Ankleideaktion.

«Es war schon spät. Ich wollte dich nicht stören, der Dienst habende Kriminalrat war ja da. Und ich hatte wirklich Angst, Janne würde sich etwas antun.»

«Sicher eine berechtigte Befürchtung. Aber glaubst du im Ernst, Janne könnte der Täter sein? Bisher steht ja nicht einmal fest, wo sich dieser Teräsvuori zur Tatzeit aufgehalten hat.»

Jyrki war ungewöhnlich nervös. Ich erinnerte mich an Koivus Überlegung, ob Silja womöglich etwas mit Janne hatte, und fragte rundheraus danach.

«Nein, da ist nichts, obwohl Janne vermutlich nichts dagegen hätte. Silja interessiert sich nicht für ihn, zum Glück! Es ist so schon schlimm genug. Ich habe gestern eine ganze Stunde lang mit Ulrika Weissenberg telefoniert, bevor ich sie überreden konnte, vorläufig keine Pressemitteilung herauszugeben.»

Taskinens Stimme klang nicht mehr so scharf, aber er blickte immer noch grimmig drein. Ganz offensichtlich war er mit meinem Vorgehen nicht einverstanden.

«Hast du schon mit Nooras Eltern gesprochen? Meinst du, ich kann sie heute vernehmen?», fragte ich.

«Ich rufe sie gleich an. Aber kümmere dich zuerst um Janne. Ich finde, du solltest ihn laufen lassen, es sei denn, er legt ein Geständnis ab. Konzentrier dich lieber auf Teräsvuori. Du hast doch die Akte gelesen?»

«Klar, hab ich. Weißt du nicht mehr, dass ich gestern mit ihm telefoniert habe? Da war er auf dem Weg nach Vaasa. Ich schicke einen Streifenwagen zu seiner Wohnung und lasse ihn herbringen, sobald er da auftaucht.»

«Gut.»

«Willst du an Jannes Vernehmung teilnehmen?», fragte ich spitz, was Taskinen mit einem amüsierten Blick quittierte.

«Das schaffst du auch ohne mich. Soweit ich weiß, ist Pihko frei.»

«Kannst du bitte die Nieminens fragen, ob sie Janne berichtet haben, wie Noora getötet wurde? Ruf mich dann im Vernehmungsraum zwei an.»

Der für die Haftzellen zuständige Beamte sagte, Janne habe sich ruhig verhalten, aber kaum geschlafen. Das Frühstück habe er nicht angerührt. Ich bestellte Kaffee, Tee und belegte Brote in den Vernehmungsraum, sagte Pihko Bescheid und schickte einen Streifenwagen zu Teräsvuoris Wohnung. Vorsichtshalber ging ich auch noch auf die Toilette, denn Jannes Vernehmung konnte länger dauern, und ich musste neuerdings stündlich aufs Klo. Manche Begleiterscheinungen der Schwangerschaft waren wirklich störend.

Ich tuschte mir die Wimpern nach. Heute früh war ich so blass gewesen, dass ich sogar Rouge aufgelegt hatte. Meine roten Haare standen wild vom Kopf ab wie immer, der Pony war zu lang. Meine Schwestern behaupteten, ich bekäme einen Jungen, weil meine Stupsnase breiter geworden und noch nicht von Sommersprossen bedeckt war. Mein oranger Lippenstift kam mir plötzlich zu knallig vor, er ließ meine Unterlippe noch breiter erscheinen, als sie ohnehin war. Ich rieb ihn ab, so gut es ging, dann machte ich mich auf den Weg zum Vernehmungsraum.

Janne war noch nicht gebracht worden. Pihko kaute hungrig an einem Butterbrot, als hätte er nicht gefrühstückt.

«Hast du es schon gehört?», fragte er aufgeregt. «Gestern wurde ein Zeuge ausfindig gemacht, der gesehen hat, wie Noora Nieminen und Janne Kivi vorgestern Abend gegen viertel nach sieben zusammen auf dem Pfad hinter dem Eisstadion in Richtung Koukkuniemi gegangen sind. Der Zeuge führte gerade seinen Rottweiler aus, der trotz des Wolkenbruchs partout nicht nach Hause wollte.»

Jetzt sah es für Janne wirklich böse aus. Trotzdem erkundigte ich mich, ob der Zeuge zuverlässig war und woran er Noora und Janne erkannt hatte. Ich erfuhr, dass er keine Sportschau versäumte und auch beim Eiskunstlauf nie abschaltete.

Bevor ich genauer nachdenken konnte, wurde Janne ins Zimmer geschoben. Er hatte sich offensichtlich zur Wehr gesetzt, denn er trug Handschellen.

«Guten Morgen, Janne», sagte ich so freundlich, wie ich konnte. Vielleicht war es an der Zeit, die mütterliche Güte einzusetzen, die Koivu mir bescheinigt hatte. Jannes hartnäckiges Schweigen brachte mich nicht aus dem Konzept. «Warum Handschellen?», fragte ich den Aufsichtsbeamten, von dem ich wusste, dass er einer der gröbsten war.

«Anders war der Kerl nicht auf Trab zu bringen!»

«Nimm ihm die Dinger ab, damit er bequemer sitzt. Dann kannst du gehen», befahl ich. In Jannes Augen flackerte Überraschung auf. Er betrachtete seine befreiten Hände, als ob er an ihnen eine Veränderung erwartete.

«Setz dich, Janne. Es gibt Brot, Tee und Kaffee. Bedien dich, wenn du magst.» Er setzte sich in die äußerste Ecke und rührte sich nicht. Ich goss mir eine Tasse Tee ein, davon bekam ich nicht ganz so schlimmes Sodbrennen wie von Kaffee. Die belegten Brote sahen gut aus, aber mit vollem Mund fehlte mir bei der Vernehmung die nötige Autorität.

«Wir haben einen Zeugen, der dich mit Noora auf dem Weg vom Stadion nach Koukkuniemi gesehen hat. Nun sag schon, was vorgestern Abend vorgefallen ist.»

«Da gibt es nichts zu sagen.»

Ein vollständiger Satz, immerhin, wir machten Fortschritte. Ich entschloss mich, doch ein Roggenbrot mit Käse und Salat zu nehmen, hielt auch Janne den Teller hin. Keine Reaktion. Er lehnte den Kopf an die Wand und schloss die Augen. Seine Gesichtsmuskeln spannten sich, er knirschte mit den Zähnen. Ohne die Augen zu öffnen, sagte er leise:

«Du warst in unserer Schneewittchen-Show, stimmt's?»

Hastig schluckte ich den Bissen runter.

«Ja. Es war eine phantastische Show.»

«Schick den anderen Polizisten raus, dann sag ich, was passiert ist.»

Ich bedeutete Pihko hinauszugehen, den Recorder aber weiterlaufen zu lassen. Als die Tür zufiel, goss Janne sich Kaffee ein. Seine Hände wollten ihm nicht gehorchen, ein Teil des Kaffees landete neben der Tasse, und er starrte die Pfütze ratlos an. Ich nahm eine Serviette und wischte die Brühe auf. Janne trank ein paar Schluck, dann schloss er erneut die Augen, als müsse er Kraft sammeln. Ich spürte, wie sich meine Bauchmuskeln verkrampften und mein Puls raste. Bekam ich jetzt ein Geständnis zu hören?

«Rami hat dir sicher von unserem letzten Training erzählt. Wie heißt du noch gleich?»

«Maria Kallio. Ja, Luoto hat uns berichtet, dass es beim Training Streit gab.»

«Noora war absolut unmöglich. Sie wollte bei diesem blöden Werbespot nicht mitmachen, sie begriff Ramis Erklärungen zu den Bewegungsabläufen nicht, ich hielt sie angeblich nicht richtig an der Hand und so weiter. Schließlich hatte ich genug. Ich beschloss, ihr zu sagen, dass ich nicht mehr mit ihr laufe. Was war ich für ein Idiot …»

Janne vergrub das Gesicht wieder in den Händen, ich betrachtete verstohlen seinen schön geformten Nacken und seine kräftigen Haare, blond wie Mädesüß. Und war gespannt auf seine nächsten Worte.

«Ich hab im Gang auf Noora gewartet. Als sie endlich vom Duschen kam, hab ich ihr angeboten, sie nach Hause zu fahren, weil es so schüttete und weil ich mit ihr reden wollte. Noora hat gekreischt, zu so einem Scheißkerl steige sie nicht ins Auto, und ist mit ihrer Riesentasche nach draußen gerannt, in den Regen. Ich bin hinterher und hab gerufen, sie soll auf mich warten. Aber sie ist einfach weitergelaufen. Aber als ich gerufen hab, ich würde mit dem Eiskunstlauf aufhören, ist sie immerhin stehen geblieben. Rate mal, was sie gesagt hat!»

Zum ersten Mal sah Janne mich an, seine grünen Augen funkelten wie die einer Katze, die sich die Pfote verletzt hat.

«Was denn?»

«Nur zu, hat sie gesagt. In zwei Tagen überlegst du es dir sowieso anders. Und dann ist sie weitergerannt. Das Schlimmste war: Ich wusste, dass sie Recht hatte. Außer Eislaufen hab ich nichts gelernt, aber im Einzellauf habe ich keine Chance. Und eine neue Partnerin zu finden ist nicht so leicht. Jetzt ist sowieso alles vorbei, Noora ist tot!»

Die Gefühle, die er bisher nur auf dem Eis zu zeigen gewagt hatte, waren ihm nun am Gesicht abzulesen. Ich war sicher, er würde gleich weinen.

Genau in dem Moment piepte mein blödes Handy. Taskinen rief an.

«Ich habe die Nieminens erreicht. Kauko, Nooras Vater, ist bereit, heute mit dir zu sprechen.»

«Und meine Frage?»

«Kauko hat Janne nur gesagt, dass Noora tot ist. Ich hatte ihn nämlich gebeten, keine Einzelheiten bekannt zu geben.»

Ich schaltete das Handy aus. Es schien mir, als hätte der Anruf das dünne Vertrauensverhältnis zerstört, das zwischen Janne und mir entstanden war. Janne hatte sich wieder unter Kontrolle, sein Gesicht war wie versteinert.

«Und dann?», fragte ich, da er nicht weiterredete.

«Nichts. Das heißt eine Menge, aber Noora habe ich nicht mehr gesehen. Ich war stocksauer. Ich bin nach Hause gefahren, hab den letzten Rest Whisky ausgetrunken und bin ins Täffä gegangen, um mich zuzudröhnen. Der Quittung nach hab ich mindestens sieben große Bier getrunken, ich kann mich nicht daran erinnern. Deswegen hab ich gestern früh die Ballettstunde verschlafen, aber wahrscheinlich wäre ich sowieso nicht hingegangen. Das Telefon hatte ich abgestellt. Ich bin dann durch die Gegend gefahren – dabei wusste ich nicht mal, ob ich schon wieder fahrtüchtig war. Erst wollte ich das Training auch sausen lassen, aber dann bin ich doch hin. Da habe ich es dann gehört, ich hab nämlich die Nieminens angerufen, weil von den anderen keiner kam.»

Jannes Darstellung klang ziemlich glaubhaft. Allerdings halten sich die besten Lügen dicht an die Wahrheit. Vielleicht hatte er einfach nur ausgelassen, dass er Noora umgebracht hatte, bevor er saufen ging.

«Wie erklärst du dir dann, dass dein Auto um viertel vor acht im Parkhaus beim Einkaufszentrum Matinkylä gesehen wurde?»

«Unmöglich, da war ich nicht!»

«Dein Wagen wird jedenfalls zur Zeit untersucht. Wir bräuchten deine Fingerabdrücke, um sie von den anderen

Abdrücken im Wagen unterscheiden und eliminieren zu können.»

«Nooras Fingerabdrücke in meinem Nissan beweisen überhaupt nichts. Sie ist oft bei mir mitgefahren!»

Ich nickte. Tatsächlich suchten wir ja nicht nur nach Fingerabdrücken. Auf meine Frage, wer sein Alibi bestätigen könne, gab er patzig zurück, wir sollten es bei den Nachbarn und beim Barkeeper im Täffä probieren.

«Warum hast du das alles nicht gestern schon erzählt?», fragte ich und goss mir noch etwas Tee ein. Meine Bauchmuskeln hatten sich normalisiert, ich hatte ein schales Gefühl.

«Du denkst natürlich, ich hätte mir die Story über Nacht zurechtgelegt», lächelte Janne traurig. «Ich hab mir gleich gedacht, dass ihr mir nicht glaubt. Dabei weiß ich nicht mal, was man mir vorwirft. Wie ist Noora … gestorben?» Es fiel ihm sichtlich schwer, das letzte Wort über die Lippen zu bringen.

«Das darf ich nicht sagen.»

«Natürlich nicht. Polizisten antworten nicht, sie fragen nur.»

«Genau. Und jetzt möchte ich, dass du deine Aussage in Anwesenheit eines Zeugen wiederholst, damit wir ein offizielles Vernehmungsprotokoll aufsetzen können. Danach darfst du gehen.»

«Gehen? Zurück in die Zelle?»

«Nach Hause oder sonstwohin, nur nicht allzu weit weg. Kann ich Kriminalmeister Pihko jetzt hereinbitten?»

Janne war so verblüfft, dass er brav nickte. Diesmal rasselte er seinen Bericht emotionslos herunter, seine Stimme klang matt und erschöpft. Es dauerte nur einige Minuten, seine Aussage aufzunehmen. Dann begleitete ich ihn zum Dienst habenden Beamten, wo er seine wenigen Habseligkeiten in Empfang nahm: Gürtel und Schlüssel.

«Deine Geldbörse hast du gestern offenbar nicht mitgenommen. Wie kommst du jetzt nach Hause, soll ich dich von einem Streifenwagen hinbringen lassen? Es wird leider einige Tage dauern, bis dein Auto freigegeben wird.»

«Ich stehe also weiterhin unter Verdacht.» Jannes Lächeln war schmal und verbittert. «Ein Polizeifahrzeug will ich nicht, da geh ich lieber zu Fuß. Hoffentlich sehen wir uns nie wieder!»

Es war mir unangenehm, Janne allein gehen zu lassen, ich war ganz sicher, dass er uns etwas verschwieg. Insgeheim freute es mich jedoch, dass die Nacht in der Zelle ihn zum Reden gebracht hatte. Vielleicht hatte ich doch nicht so schwer gepatzt, wie Taskinen glaubte.

Fünf

Das Haus der Nieminens stand am Ende der Koukkuniementie, in Ufernähe. Die raue weiße Backsteinfassade wirkte wie eine unbeholfene Nachahmung mediterraner Architektur. Die Eleganz des penibel angelegten Vorgartens wurde durch einen riesigen roten Lkw zunichte gemacht, auf dessen Tür in Goldbuchstaben der Firmenname stand: Kaukospedition. Der von Nooras Vater gegründete, ehemals kleine Betrieb hatte von der Öffnung der russischen Grenze profitiert und beschäftigte heute Dutzende von Angestellten, wie ich in einem Interview mit Noora gelesen hatte. Sie hatte einen Bruder, Sami, der Eishockey spielte. Wenigstens hatten die Nieminens also nicht ihr einziges Kind verloren, aber das war natürlich nur ein schwacher Trost. Instinktiv streichelte ich meinen Bauch, worauf Pihko mir einen verwunderten Blick zuwarf.

Die Klingel über dem protzigen, kupfergetriebenen Namensschild klimperte eine fröhliche Melodie. Ein korpulenter Mann mit blanker Glatze und buschigem Schnurrbart öffnete die Tür. Ich erkannte ihn wieder, er hatte Noora damals von der Eisshow abgeholt. Während er uns einließ, sprach er aufgebracht in sein Mobiltelefon.

«Was ist denn beim Zoll in Vartius schon wieder los, verflucht nochmal? Die Visa sind absolut in Ordnung. Die verdammten Russen wollen bloß abkassieren, aber nicht mit mir! Sieh zu, dass du die Sache regelst, ich kann heute nicht weg. Die Polizei ist gerade gekommen.»

Kauko Nieminen hörte einen Moment zu, fluchte noch einmal und beendete das Gespräch.

«Entschuldigen Sie bitte, die Firma lässt mir keine Ruhe», sagte er und trocknete sich mit einem gestreiften Taschentuch die Stirn. Er trug eine schwarze Hose und ein enges weißes Hemd, aus dem sein behaarter Bauch hervorlugte. Es war nicht zu übersehen, dass Noora den Schmollmund und die runde Gesichtsform ihres Vaters geerbt hatte. Die Augen allerdings nicht: Ihre waren rund und dunkelgrau gewesen, bei ihm waren sie klein und hellblau.

«Kauko Nieminen.» Er reichte uns die Hand und führte uns in das Wohnzimmer, das für meinen Geschmack viel zu blumig eingerichtet war. Zwischen brennenden Kerzen stand ein Foto von Noora auf dem weißen Klavier. Ihre Eiskunstlauftrophäen waren in einem Regal am anderen Ende des Zimmers platziert, daneben lag ein allem Anschein nach funktionstüchtiges Jagdgewehr, ein Fremdkörper in dieser Umgebung. Auf dem Couchtisch stand ein Riesenstrauß weiße und rosa Nelken mit einer Kondolenzkarte.

«Bitte nehmen Sie Platz. Ich sage meiner Frau Bescheid. Hanna ist noch ziemlich erschüttert, aber sie wird versuchen, mit Ihnen zu sprechen.» Nieminen warf einen kurzen Blick auf meinen Bauch, der sich im Sitzen vorwölbte. Er schien etwas sagen zu wollen, ging dann jedoch wortlos hinaus und kam mit seiner Frau zurück.

Hanna Nieminen war jünger, als ich erwartet hatte, bei Nooras Geburt konnte sie höchstens zwanzig gewesen sein. Ihr Mann wirkte etwa zehn Jahre älter, doch das mochte an seinem Übergewicht liegen. Auch Hanna Nieminen war rundlich, aber auf eine hübsche, feminine Art. Von ihr hatte Noora offenbar die breiten Hüften und die Form der Augen geerbt. Ihr Gesicht war rot und verquollen, das Make-up zerlaufen. Das schwarze Kleid mit den Schulterpolstern war ein paar Nummern zu klein und musste irgendwann in den Achtzigern topmodern gewesen sein. Vermutlich hatte sie es damals für eine Beerdigung angeschafft, folgerte Sherlock Maria.

«Mein aufrichtiges Beileid zum Tod Ihrer Tochter. Wenn Sie die Kraft haben, einige Fragen zu beantworten, wäre das für unsere Ermittlungen sehr hilfreich», begann ich vorsichtig.

Auch Hanna Nieminen sah meinen Bauch an, in dem Schnüppchen gerade seine Mittagsgymnastik trieb.

«Ist das Ihr erstes Kind?», fragte sie. Sie sprach leicht verwaschen, offenbar war sie mit Beruhigungsmitteln voll gepumpt.

«Ja», sagte ich. Anders als Janne Kivi behauptet hatte, genügte es bei der Polizeiarbeit nicht immer, Fragen zu stellen. Häufig waren Antworten der Schlüssel zum Vertrauen.

«Dann können Sie gar nicht wissen, was wir durchmachen! Außerdem verstehe ich nicht, was die Polizei noch zu fragen hat. Es ist doch ganz klar, wer Noora ermordet hat!»

Sie schluchzte, Kauko, der neben ihr saß, tätschelte ihr das Knie. Seltsamerweise wirkte die tröstlich gemeinte Geste anzüglich.

«Meine Frau meint natürlich Vesku Teräsvuori. Er terrorisiert unsere Familie schon seit langem, und nun hat er seine Drohung wahr gemacht. Ist er schon verhaftet worden?»

«Noch nicht, aber vor seiner Wohnung wartet eine Streife. Er wird zur Vernehmung vorgeführt, sobald wir seiner habhaft werden», beschwichtigte ich.

«Das wird aber auch Zeit! Sie kennen doch die Geschichte, die Drohungen, Forderungen und so weiter?», hakte Kauko Nieminen nach.

«Ich habe die Protokolle der Voruntersuchung gelesen, aber es wäre hilfreich, wenn Sie die wichtigsten Punkte noch einmal rekapitulieren könnten.»

«Es ist mir unbegreiflich, dass Teräsvuori mit einer lächerlichen Geldbuße davongekommen ist! Die Polizei hat die ganze Zeit nur Däumchen gedreht. Als wären die nächtlichen Anrufe nicht schlimm genug gewesen, und dass er unseren Kindern aufgelauert hat. Und jetzt ist es passiert! Am liebsten würde ich die Justizbehörden und die Polizei von Espoo verklagen!»

Ich verstand seine Erbitterung. Solange es kein Kontaktverbot gab, war es schwierig, in derartigen Fällen einzuschreiten. Die Kopien von Teräsvuoris Briefen, die dem Bericht beilagen, hätten meiner Meinung nach ausgereicht, ein Kontaktverbot zu verhängen. Allerdings hatte der Mann in erster Linie Hanna Nieminen bedroht, daher war ich nicht bereit, ihn ohne weiteres für Nooras Mörder zu halten. Natürlich war es möglich, dass ihn Nooras Erfolg in Edmonton auf eine neue Idee gebracht hatte. Vielleicht hatte er sich gedacht, die süßeste Rache an Hanna wäre die Ermordung ihrer bereits zur künftigen Weltmeisterin erklärten Tochter.

«Die Belästigungen begannen also, nachdem Ihre Frau zu Ihnen zurückgekehrt war.» Mein Gefühl ließ es mir ratsam erscheinen, die Affäre zwischen Hanna und Vesku möglichst rasch abzuhaken.

«Genau. Teräsvuori akzeptierte einfach nicht, dass meine Frau nichts mehr mit ihm zu schaffen haben wollte. Zuerst kamen Briefe und Blumen, nächtliche Anrufe und dergleichen. Dann wurden die Briefe drohender, statt Blumen schickte er Kränze. Er schien überall zu sein. Wenn wir zur Arbeit fuhren, stand er auf der Straße. Manchmal kam er in die Firma, angeblich, um sich nach dem Transport von Karaoke-Anlagen nach Russland oder Deutschland zu erkundigen. Als ob er für seine erbärmlichen Schallplatten einen Lkw bräuchte! Er hat vor dem Stadion in Matinkylä gewartet, wenn meine Frau Noora zum Training brachte. Der Scheißkerl war überall!»

Kauko Nieminen rieb sich erneut die Stirn und die rot angelaufene Glatze trocken. Hanna saß stumm auf dem Sofa, eine einzelne Träne lief ihr über das Gesicht und zog einen Streifen blaue Wimperntusche hinter sich her. Ihre Haare, die sie ebenso straff aufgezwirbelt trug wie Ulrika Weissenberg, waren blondiert, sie wuchsen bereits dunkel nach.

«Teräsvuori hat Noora also vor dem Stadion abgepasst?»

«Ab und zu. Vor ein paar Wochen, am Muttertag, veranstaltete der ELV Espoo eine Eisshow mit Noora in der Hauptrolle. Da ist der Kerl auch aufgetaucht und hat ihr Blumen zugeworfen.»

«Die Show habe ich gesehen, Noora war phantastisch.» Ohne es zu wollen, hatte ich genau das Falsche gesagt. Hanna heulte laut auf. Im Nu waren ihre Wangen blau gefärbt, und Kauko drückte ihr verstört sein Taschentuch in die Hand.

«Entschuldigen Sie, so geht das andauernd», murmelte er und wusste ganz offensichtlich nicht, wie er seine Frau beruhigen sollte.

«Sie brauchen sich nicht zu entschuldigen. Wäre es nicht besser, wenn Ihre Frau sich eine Weile hinlegt?»

Im selben Moment klingelte das Handy, das an seinem Gürtel hing. Er war augenscheinlich erleichtert über die Unterbrechung.

«Was zum Teufel! Das kann doch nicht wahr sein! Warte kurz, ich gehe ins Nebenzimmer, die Polizei ist hier.»

Nieminen unterbrach das Gespräch, um uns zu erklären, es handle sich um eine wichtige geschäftliche Sache. Dann verschwand er und ließ uns allein mit seiner Frau zurück, deren Wimperntusche inzwischen auch das Taschentuch blau eingefärbt hatte.

Sobald er das Zimmer verlassen hatte, begann Hanna zu reden:

«Kauko gibt natürlich mir die Schuld an Nooras Tod», sagte sie hastig, als wolle sie loswerden, was sie auf dem Herzen hatte, bevor ihr Mann zurückkam. «Dabei hat er es sich selbst zuzuschreiben, dass ich mich in Vesku verliebt habe. Ich war erst neunzehn, als wir geheiratet haben, und dann kam gleich Noora. Von meiner Jugend habe ich nicht viel gehabt. Und Kauko hat seit Jahren nichts anderes im Sinn als die Expansion seiner Firma.»

«Wie haben Sie Vesku Teräsvuori kennen gelernt?»

«Bei einem Karaoke-Abend natürlich! Ich war mit ein paar Freundinnen im ‹Garden›, schließlich muss ich ja auch mal unter Leute, und nach ein paar Glas Wein hatte ich Lust zu singen. Vesku war total begeistert. Ich hätte eine schöne Stimme, hat er gesagt, und ich wäre hübsch. So etwas habe ich von Kauko seit Jahren nicht mehr gehört», flüsterte sie, als hätte sie Angst, ihr Mann würde uns belauschen.

Was dann geschah, hatte ich in den knappen Polizeiprotokollen bereits gelesen. Zuerst eine heimliche, leidenschaftliche Affäre, dann hatte Hanna ihre Familie verlassen. Nach zweimonatigem Zusammenleben hatte sie eingesehen, dass Vesku doch nicht ihr Traumprinz war, und war zu ihrer Familie zurückgekehrt.

«Natürlich wollte ich Vesku nicht das Herz brechen», fügte Hanna hinzu, verstummte jedoch schlagartig, als ihr Mann zurückkam.

«Es gibt irrsinnig viel zu tun, die Mädels kriegen ohne mich nichts hin! Morgen muss ich unbedingt in die Firma. Komm doch mit, Hanna, das bringt dich auf andere Gedanken!»

«Sie arbeiten beide in Ihrem Familienbetrieb?», warf ich ein.

«Ja. Wir haben zu zweit angefangen, damals hatten wir nur zwei Lkw, und das Büro war in unserer winzigen Wohnung untergebracht. Jetzt haben wir fünfzig Fahrzeuge und zig Millionen Umsatz», erklärte Kauko Nieminen stolz. Ich erinnerte mich an Silja Taskinens Bemerkung, Noora hätte keine Probleme gehabt, ihre Sportkarriere zu finanzieren. Die Kaukospedition schien einiges abzuwerfen.

Ich erkundigte mich, wie Noora normalerweise vom Training nach Hause gekommen war. Jannes Aussage zufolge hatte sie an ihrem letzten Abend den Fußweg nach Koukkuniemi genommen. Die Eltern erklärten, diesen Weg habe sie selten gewählt, nur wenn das Training tagsüber stattfand. Im Winter, wenn die Eishockeyspieler das Stadion in Beschlag nahmen, trainierten die Eiskunstläufer entweder früh um sechs oder abends nach zehn Uhr. Manchmal hatte Hanna Nieminen den Chauffeur gespielt, an anderen Tagen hatte Janne Noora von zu Hause abgeholt und wieder zurückgebracht, gelegentlich war sie auch bei Elena Grigorieva oder ihrem Mann mitgefahren.

«Und für den Mittwochabend hatten Sie nichts vereinbart? Es hat doch fast den ganzen Tag geregnet.»

«Nein. Es war noch früh, und weit ist es ja nicht. Wahrscheinlich waren wir allmählich sorglos geworden, was Teräsvuori angeht», sagte Kauko Nieminen wütend. «Ich war um die Zeit noch in der Firma, mit den Russlandtransporten hat es das ganze Frühjahr Probleme gegeben …»

«Ich hätte Noora abholen müssen», schluchzte Hanna. «Wenn ich geahnt hätte …»

«Du konntest doch nicht wissen, dass der Verrückte gerade an dem Abend zuschlägt!», brüllte ihr Mann. «Du hättest dir eben vorher überlegen sollen, mit wem du ins Bett steigst!»

Hanna zuckte zusammen, als hätte er sie geschlagen, dann fing sie wieder an zu weinen. Ich rief mich lautlos zur Ordnung. Die Sache ging mich nichts an, so sehr mich Kauko Nieminens Worte in Rage brachten. Natürlich suchten Menschen in seiner Lage nach einem Sündenbock, und der Seitensprung seiner Frau hatte ihn zweifellos in seinem Stolz verletzt – trotzdem hätte ich ihm liebend gern die Meinung gegeigt. Stattdessen ging ich zu Hanna, zog ein zerknittertes Stück Küchenkrepp aus der Tasche und hielt es ihr hin.

Kauko Nieminen war nach seinem Ausbruch ans Fenster getreten und starrte hinaus, als wolle er sich vergewissern, dass der Lkw noch vor dem Haus stand. Sollten wir uns allmählich verabschieden? Sicher würde Teräsvuori bald von seiner Reise zurückkehren. Kauko Nieminens Handy gab schon wieder Laut.

«Nieminen … Grüß dich, Ulrika. Danke für die Blumen.»

Ulrika Weissenberg sagte offenbar etwas Merkwürdiges, denn Kaukos Gesicht lief erneut dunkelrot an. Er versuchte, den Redefluss der Anruferin zu unterbrechen, was ihm jedoch erst nach einer guten Minute gelang.

«Die ermittelnde Beamtin ist gerade hier, aber von Jannes Verhaftung hat sie nichts gesagt! Was zum Teufel geht hier vor!» Jetzt brüllte er mich an.

«Janne Kivi wurde heute Morgen auf freien Fuß gesetzt», erklärte ich.

«Wie? Nein, Teräsvuori ist nicht verhaftet worden, wahrscheinlich versuchen sie es nicht mal! Der Kerl hat bei der Polizei einen Stein im Brett!», wetterte Nieminen am Telefon.

Ich seufzte und setzte mich zu Hanna Nieminen aufs Sofa. Ihre Tränen waren versiegt, als sie von Jannes Verhaftung hörte. Ohne sich um ihren Mann zu kümmern, fragte sie mich:

«War es doch nicht Vesku, sondern Janne?»

«Wir wissen es noch nicht. Möglicherweise keiner von beiden. Hören Sie, Sie waren vorgestern Abend zu Hause, als Noora sich auf den Heimweg machte. Ist etwas Besonderes vorgefallen? Hat sich Teräsvuori bei Ihnen gemeldet?»

Sie dachte nach. Ihr Mann hatte sich mit seinem Handy ans andere Ende des Zimmers zurückgezogen, das Gespräch schien sich nun um die Beerdigung zu drehen.

«Vesku hat nicht angerufen … Seit der Eisshow habe ich nichts mehr von ihm gehört. Ich dachte, er hätte endlich aufgegeben und würde uns von nun an in Ruhe lassen.» Hanna trocknete sich die Wangen. An den Wimpern hing keine Spur der blauen Farbe mehr, der Puder und die Grundierung hatten sich in den Hautporen verklumpt. «Aber Ulrika Weissenberg hat angerufen und gesagt, sie wäre wütend auf Noora. Sie hatten sich gestritten, weil Noora nicht in einem Werbespot auftreten wollte, den Ulrika ausgehandelt hatte. Sie wollte später am Abend noch vorbeikommen, um Noora zur Vernunft zu bringen, hat sich aber nicht blicken lassen. Und kurz vor sieben hat Tomi angerufen, der Mann von Elena Grigorieva. Er sagte, er hätte in seinem Fitnesscenter gerade Nooras Halskette gefunden, die sie ein paar Tage vorher verloren hatte.»

Das klang alles sehr interessant. Ulrika Weissenberg kündigte ihren Besuch an, kam aber nicht. Und Tomi Liikanen – war sein Anruf wirklich aus dem Fitnesscenter gekommen? Ich fragte nach, aber Hanna hielt an ihrer Aussage fest. Dabei hatte die Grigorieva doch behauptet, sie sei mit ihrem Mann geradewegs nach Hause gefahren. Warum hätte sie lügen sollen?

«Und Ihr Mann war noch in der Firma. Wann ist er nach Hause gekommen?»

«Ich habe ihn gegen neun im Büro angerufen, weil ich mich wunderte, wo Noora blieb. Er kam sofort, unterwegs hat er noch beim Stadion nachgesehen, ob sie dort war. Anfangs habe ich mir keine großen Sorgen gemacht, ich dachte, Noora wollte nach dem Streit mit Ulrika eine Weile allein sein. Sie ist manchmal stundenlang durch den Regen gelaufen.»

Kauko Nieminen hatte sein Gespräch beendet und wollte sich gerade wieder uns zuwenden, als sein Mobiltelefon erneut anschlug. Offenbar gehörte er zu dem Menschenschlag, dem die Existenz der Ausschalttaste unbekannt war. Er hörte eine Weile zu und sagte dann verärgert:

«Tut mir Leid, ich muss jetzt unbedingt in die Firma. Die werden ohne mich nicht fertig. Ich glaube sowieso nicht, dass die Polizei mich noch benötigt. Verhaften Sie Teräsvuori, das ist alles, was ich Ihnen raten kann. Hanna, hängt mein Jackett im Schlafzimmer oder an der Garderobe?»

«An der Garderobe.»

Grußlos stapfte Kauko Nieminen hinaus. Bald darauf wurde vor dem Haus ein Auto angelassen. Ich blickte neugierig auf die Straße. Ein dunkelblauer Ford Scorpio. Dass Nieminen einen Nissan Micra oder Renault Clio fuhr, hatte ich allerdings auch nicht erwartet.

«Darf ich mir Nooras Zimmer ansehen?»

«Natürlich, wenn Ihnen das weiterhilft.»

Seit ihr Mann gegangen war, wirkte Hanna Nieminen gefasster. Hatte er ihr von Anfang an die Schuld an Nooras Tod gegeben? Ich musste noch einmal mit ihm sprechen, vielleicht würde ich ihn in den nächsten Tagen überraschend in seiner Firma aufsuchen. In den nächsten Tagen? Wieso ging ich nicht davon aus, dass Vesku Teräsvuori der Täter war? Warum machte ich den Fall komplizierter, als er war?

Nooras Zimmer war hell und geräumig, sicher so groß wie Jannes komplette Wohnung. Außer dem Bett hatten dort ein Schreibtisch, ein Sofa und ein Bücherregal mit Stereoanlage, Fernseher und Video Platz. In der Sitzecke stand obendrein ein Hometrainer. Es handelte sich unverkennbar um das Zimmer einer Eiskunstläuferin. Über dem Sofa hingen kleine Schlittschuhe, sicher Nooras erste. Dutzende von Fotos und Plakaten zeigten Weltmeisterpaare sowie Noora und Janne. Über dem Bett hing die gleiche gerahmte Vergrößerung, die ich mit zerschlagenem Glas bei Janne gesehen hatte.

Nooras Büchergeschmack war interessant. Mädchenbücher, säuberlich aufgereiht, dann Jane Austen und Virginia Woolf. Dazwischen ein paar englischsprachige Fachbücher über Eiskunstlauf, moderne Lyrik von Riina Katajavuori und Heidi Liehu, die Biographie der Eistänzer Rahkamo und Kokko. Hinter einer Glastür standen außerdem etwa zwanzig schwarze Kladden mit Schloss, wahrscheinlich Tagebücher. Lohnte es sich, sie zu lesen?

«Entschuldigen Sie die Unordnung, ich bringe es noch

nicht über mich, hier aufzuräumen», sagte Hanna Nieminen.

Von Unordnung konnte keine Rede sein, fand ich. Ein paar Bücher lagen auf dem Tisch, daneben eine umgekippte Dose Haarspray. Auf der Stereoanlage sah ich eine offene CD-Hülle, Instrumental Versions of the Greatest Opera Arias. Hatte Noora Musik für eine neue Kür gesucht? Über der Sofalehne hingen eine dicke schwarze Strumpfhose und ein lila Pullover. Ein schwarz und orange gemusterter Trägerrock lag zerknüllt auf dem Tisch, neben einem Stapel Notenhefte. Noora hatte zwischen Schule und Training offenbar Zeit gehabt, nach Hause zu kommen. Ihre Schultasche hatte sie hinter den Schreibtischstuhl geschoben. Sie war prall gefüllt, zuoberst lagen Französisch- und Mathematikbücher.

«Eigentlich will ich in diesem Zimmer auch gar nichts anfassen. Es ist, als wäre Noora noch am Leben …» Ich warf Hanna einen besorgten Blick zu, doch ihre Stimme klang nicht mehr hysterisch. Wir waren allein, Pihko wartete im Flur.

«Eiskunstlauf war Nooras Leben. Trotzdem ist sie in der Schule gut mitgekommen und hat sogar noch Gesangsstunden genommen. Rami hat immer gesagt, Eiskunstläufer müssen pedantisch sein, und das war Noora wirklich. Sehen Sie mal!»

Sie deutete auf ein Blatt Papier, das über dem Schreibtisch hing. Ein Speiseplan für zwei Wochen, vernünftig, gesund und vielseitig, aber nur 1200 Kalorien pro Tag. Ziemlich heftig für eine sechzehnjährige Leistungssportlerin.

«Noora wollte ein paar Kilo abnehmen. Die Arme hat unseren Körperbau geerbt, Kauko und ich werden furchtbar schnell dick. Wenn ich bloß ein Stück Torte anschaue, habe ich schon ein Pfund extra auf den Rippen. Janne hatte sich beklagt, er könne Noora nicht mehr heben, deshalb hat Elena sie auf Diät gesetzt.»

100 Gramm gegrillte Hähnchenbrust und eine Tomate. 1 dl Jogurt naturel und eine Scheibe Knäckebrot. Hoffentlich war Noora in den letzten Tagen ihres Lebens nicht völlig ausgehungert gewesen.

«Sind das ihre Tagebücher?» Ich zeigte auf die schwarzen Kladden.

Hanna nickte. Als ich fragte, ob ich sie lesen dürfe, zögerte sie.

«Sie hat keinem erlaubt, die Bücher auch nur anzufassen … Ich weiß nicht einmal, wo die Schlüssel sind.»

«Ich kriege sie auf, ohne das Schloss zu beschädigen. Es kann durchaus sein, dass sie etwas Wichtiges enthalten, vielleicht über seltsame Fremde, von denen sie verfolgt wurde, oder über andere Dinge, von denen die Eltern oder die Trainer nichts erfahren.»

«Na gut, aber bringen Sie sie zurück! Das letzte ist nicht im Regal, das hatte sie immer bei sich.»

Demnach lag es in der Sporttasche, die hoffentlich vom Labor in die Asservatenkammer geliefert worden war. Ich bat Pihko, sich zu notieren, dass wir uns die Tasche ansehen und möglichst bald mit Tomi Liikanen sprechen mussten. Inzwischen hatte Hanna eine Plastiktüte geholt, in der ich die Tagebücher verstaute, einheitliche schwarze Hefte mit goldener Nummerierung. Die höchste Ziffer war die XV, also lag in der Sporttasche vermutlich das sechzehnte Heft. Vorsichtshalber sah ich in der Schultasche nach, aber dort war es nicht.

Seit meiner Teenagerzeit hatte ich nicht mehr Tagebuch geführt. Antti, der regelmäßig Tagebuch schrieb, hatte ein gemeinsames Schwangerschaftstagebuch angelegt, in dem ich neuerdings fast täglich meine Stimmungen und aktuelle Ereignisse festhielt. Vielleicht interessierte Schnüppchen sich in zwanzig Jahren dafür.

Hanna wirkte jetzt gefasst. Ich hätte gern davon profitiert und ihr noch einige Fragen gestellt, sah jedoch, dass die Anzeige meines Mobiltelefons blinkte. Es war 12 Uhr 23, mein Magen meldete sich auch bereits. Der Anrufer war, wie erwartet, der Streifenpolizist Mononen, der mir mitteilte, er befinde sich jetzt in Terävuoris Wohnung.

«Bring ihn aufs Präsidium, und sei so gut, einen Vernehmungsraum zu reservieren, am liebsten die Zwei.» Dieser Raum war am wenigsten beengt, zudem hing dort eine in Blautönen schwelgende Seenlandschaft.

«Wir haben Teräsvuori aufgegriffen», erklärte ich Hanna Nieminen.

«Hat er ein Geständnis abgelegt?» Sie sah gequält aus, ihr Schuldgefühl musste unerträglich sein. Hoffentlich hatte sie einen guten Therapeuten oder wenigstens eine Freundin, bei der sie sich aussprechen konnte.

«Ich werde ihn gleich vernehmen», sagte ich. Im selben Moment strampelte mein Baby so heftig, als wollte es mir die Nieren zerquetschen. Ich musste unbedingt zur Toilette, wofür Hanna als zweifache Mutter volles Verständnis hatte.

Pihko ließ den Motor an. Wir hatten versehentlich den Horrorsaab erwischt, der an den unmöglichsten Stellen abzusaufen pflegte. Erst nach ein paar saftigen Flüchen entschloss er sich anzuspringen.

«Fahr bei McDonald's in Niittykumpu vorbei. Ohne BigMac kann ich keinen Mordverdächtigen verkraften», bat ich beim Einsteigen.

Als ich mir gerade die letzten Fritten in den Mund schob, meldete sich Koivu, den ich unterwegs um Rückruf gebeten hatte.

«Na, wie steht's mit deinem Zeugen aus dem Parkhaus?»

«Das wird dir jetzt nicht gefallen … Er kommt aus Savo …»

«Ich hab nichts gegen die Leute aus Savo, ich komm ja selbst zu einem Viertel von da.»

«Na ja, aber dieser Zeuge ist einer von denen, die sich absolut nicht festlegen. Kann gut sein, dass es sich bei dem Micra, den er gesehen hat, um Jannes Auto handelt, oder eben nicht. Totale Fehlanzeige. Ich hab den Wagen ins Labor geschickt.»

«Gut.» Ich wollte schon auflegen, als Koivu hinzufügte:

«Ööh … Ich hab das Protokoll von Siljas Vernehmung fertig. Ich könnte es ihr heute noch zum Unterschreiben bringen. Wir haben ein Lob bekommen, Maria, von Jyrki. Silja hat ihm gesagt, sie hätte sich keine netteren Polizisten wünschen können.»

An seiner Stimme hörte ich, dass er rot wurde.

«Hat sie auch dazugesagt, dass sie vom attraktivsten Beamten des Dezernats vernommen wurde?», frotzelte ich. Koivu war einfach süß, wenn er verliebt war. Wahrscheinlich hatte er bei Silja keine Chance, aber ich wäre die Letzte, die ihm das sagen würde.

Der Imbiss hatte mich aufgemöbelt, bei der Ankunft im Präsidium fühlte ich mich topfit. Vesku Teräsvuori wartete bereits im Vernehmungsraum. Ich hatte zwei Stunden Zeit für die Befragung, dann kam Kati Järvenperä, die die Leiche gefunden hatte. Sollte ich bis dahin mit Teräsvuori nicht fertig sein, würde er eben warten müssen. Meine Einstellung zu ihm war von vornherein negativ.

Pihko, der es fertig gebracht hatte, beim Fahren Chicken Nuggets und Salat zu essen, folgte mir zum Vernehmungsraum, wo Teräsvuori breitspurig neben dem Streifenbeamten saß, als gehöre ihm die Welt. Bei meinem Anblick stand er auf und kam mir freundlich lächelnd mit ausgestreckter Hand entgegen.

«Vesku Teräsvuori, guten Tag. Habe ich die Ehre mit der Ermittlungsleiterin?»

«Ja. Ich bin Kriminalhauptmeisterin Maria Kallio, wir haben gestern telefoniert. Nehmen Sie bitte Platz. Einen Kaffee?»

«Danke, gern. Darf ich fragen, warum man mich nach der Rückkehr von einem anstrengenden Gastauftritt sofort aufs Polizeipräsidium geholt hat?»

Ich konnte mir durchaus vorstellen, dass ihn manche Frauen attraktiv fanden. Er war breitschultrig wie die Helden in alten Heimatfilmen und hatte sich helle Strähnen in die Haare färben lassen, die vor zwanzig Jahren radikal ausgesehen hätten. Er lächelte oft, und der schmale schwarze Schnurrbart zog den Blick auf seinen Mund.

«Noora Nieminen ist ermordet worden. Es dürfte Sie also kaum überraschen, dass wir mit Ihnen sprechen möchten.»

«Im Gegenteil, das überrascht mich sehr. Warum denn nur?» Sein Gesichtsausdruck veränderte sich ständig – suchte er nach der angemessenen Reaktion, oder handelte es sich tatsächlich um widerstreitende Gefühle? «Noora ist tot, Hannas Tochter! Wie wird Hanna damit fertig?»

«Wo waren Sie vorgestern Abend?»

«Maria, hör mal, darf ich telefonieren? Ich muss Hanna Blumen schicken. Das ist ja ganz furchtbar!»

«Wenn wir hier fertig sind. Kommen wir jetzt zu meinen Fragen.»

«Maria, Maria, Maria! Bitte, sag du zu mir, du wundervolle, fruchtbare Frau!» Pihko hüstelte in seiner Ecke, um nicht laut herauszuplatzen. Teräsvuoris theatralische Pose amüsierte mich und widerte mich zugleich an. Nun begann er auch noch, «Maria» aus der West Side Story zu singen.

«Schnauze!», fuhr ich ihn an. «Ich bin unmusikalisch. Du terrorisierst die Familie Nieminen seit einem halben Jahr. Ich kenne den Fall, ich habe deine Drohbriefe gelesen. Im Fall Noora Nieminen bist du unser Hauptverdächtiger.»

Teräsvuori breitete die Arme aus wie eine Operndiva.

«Warum sollte ich Noora umbringen, dieses herrliche Geschöpf? Eine ungeheuer begabte Eiskunstläuferin, hast du sie je auf dem Eis gesehen, Maria? Wann …»

«Wo waren Sie vorgestern Abend, also am Mittwoch?», fragte ich kühl. Der Typ ging mir wirklich auf den Geist. Dieses eine Mal hätte ich mir Pertti Ström als Vernehmungspartner gewünscht, er hätte den Kerl garantiert zusammengestaucht.

«Am Mittwoch? Da wurde die kleine Noora also ermordet? Moment … Am Mittwochabend hatte ich im Restaurant ‹Fishmaid› in Haukilahti eine Karaokeshow. Sie hat um sechs Uhr begonnen und bis eins gedauert. Ich war den ganzen Abend dort.»

Eisklumpen regneten mir in den Nacken, eine Zeit lang bekam ich kein Wort heraus. Na klar. Vesku Teräsvuori hatte ein wasserdichtes Alibi für die Tatzeit. Natürlich bat ich Pihko, die Sache sofort nachzuprüfen, immerhin war nicht auszuschließen, dass der Zeuge uns ungeniert anlog.

«Deshalb hat man mich herzitiert?», fragte Teräsvuori selbstsicher.

«Warten wir ab, was die Überprüfung Ihres Alibis ergibt.»

«Mädchen, Mädchen, glaubst du mir etwa nicht?»

«Bei Tötungsdelikten pflegen wir alles nachzuprüfen. Und ich rate Ihnen, die Nieminens endlich in Ruhe zu lassen. Die Familie hat es auch ohne Sie schwer genug. Dass Sie Ihre Geldstrafe bezahlt haben, ist kein Freibrief für neuerliche Belästigung.»

«Belästigung? Man darf doch wohl der Frau seines Lebens Briefe und Blumen schicken! Ich begreife nicht, warum Hanna zu diesem fetten Grobian zurückgegangen ist. Hanna, so sensibel und feminin, sie verkümmert doch in einer solchen Umgebung! Nichts als stinkende Lkw und Eishockey im Fernsehen!»

Ich musste aufstehen und ihm den Rücken zukehren, um nicht loszuprusten. Vielleicht hatte Hanna in Teräsvuoris Karaokeballaden tatsächlich Nahrung für ihre sensible Seele gesucht. Aufs Labern verstand er sich jedenfalls.

Pihko kam zurück und bat mich in den Flur.

«Das Restaurant hat gerade aufgemacht. Ich habe mit dem Barkeeper gesprochen, der am Mittwoch Dienst hatte. Er hat Teräsvuoris Alibi bestätigt.»

«Fahr trotzdem hin und sprich persönlich mit ihm. Immerhin braucht man vom Restaurant keine zehn Minuten bis nach Koukkuniemi. Vorläufig müssen wir Teräsvuori wohl laufen lassen.»

Kauko Nieminen würde darüber nicht erfreut sein.

Aber noch war die Vernehmung nicht beendet. Teräsvuori hatte die Familie Nieminen in den letzten zwölf Monaten intensiv beobachtet. Wusste er vielleicht etwas über Noora, was zur Aufklärung des Mordes beitragen konnte?

Er sprach gern über die Nieminens.

«Noora war dreizehn und eine richtige Bohnenstange, als ich Hanna kennen lernte. Sie lief seit ungefähr einem Jahr mit diesem Janne, und die beiden hatten schon irgendwelche Jugendmeisterschaften gewonnen. Gerade um die Zeit, als Hanna zu mir zog, entwickelte sich Noora zur Frau. Innerhalb weniger Monate wuchs ihr ein Busen, und ihre Hüften wurden breiter. Hanna glaubte, sie würde aus Kummer über den Verlust ihrer Mutter zu viel essen, dabei war es eine ganz normale Entwicklung. Aber diese Eiskunstläuferinnen müssen ja so schrecklich mager sein. Ich finde nichts an diesen Bohnenstangen, das tut kein normaler Mann. Eine Frau wie du, eine Schwangere, ist das Allerschönste, rund und fruchtbar …»

Sein Gelaber ging mir auf die Nerven, doch ich ließ ihn schwatzen, schob nur ab und zu eine Frage ein.

«Sie haben gelegentlich vor dem Eisstadion gewartet, wenn Hanna ihre Tochter vom Training abholte. Ist Noora häufig allein nach Hause gegangen?»

Teräsvuori grinste, er wusste offensichtlich, worauf ich hinauswollte.

«Die Kleine interessierte mich nicht! Sicher, ich habe ihr ein paar Mal angeboten, sie nach Hause zu fahren, wenn schlechtes Wetter war und sie nicht abgeholt wurde. Aber sie ist nie eingestiegen. Kauko hatte es ihr bestimmt verboten.»

«Wie hat Noora reagiert, als Hanna zu Ihnen gezogen ist?»

«Sie war natürlich nicht begeistert, ebenso wenig wie ihr Bruder Sami. Nicht dass Noora eine Mutter gebraucht hätte, eher jemanden, der den Haushalt schmiss und sie herumkutschierte. Das hat Hanna jedenfalls gesagt. Kauko brauchte sie nur als Sekretärin und Mitarbeiterin, im Bett brachte er sowieso nichts mehr. Noora hatte nur ihren Sport im Kopf. Nach Sami hat sich Hanna manchmal gesehnt, aber der Junge war mit seinem Leben vollauf zufrieden, nachdem sein Vater ihm eine neue Spielkonsole gekauft hatte. Und trotzdem hat Hanna mich verlassen und ist zu ihrer Familie zurückgekehrt, obwohl ich ihr viel mehr bieten konnte als diese egoistischen Monster!»

So wichtig mir Insiderinformationen über Nooras Familie auch waren, ich ertrug diesen Aufschneider nicht länger. Widerstrebend ließ ich Teräsvuori gehen. Dann bat ich Pihko, alle an der Ermittlung Beteiligten für vier Uhr zusammenzutrommeln. Eine gemeinsame Besprechung vor dem Wochenende war notwendig, damit jeder wusste, in welchem Stadium wir uns befanden und was noch zu erledigen war.

Auf dem Gang traf ich Taskinen.

«Was ist mit Teräsvuori?», fragte er sofort.

«Festgenommen und gleich wieder freigelassen.»

«Wie bitte?»

Taskinen sah mich nachdenklich an, als ich ihm berichtete, wie Teräsvuori den Mittwochabend verbracht hatte. Pihko war bereits unterwegs, um sein Alibi abzuklopfen, doch ich glaubte nicht, dass er Lücken finden würde. Der Fall hing wieder völlig in der Luft. Vielleicht war der Täter doch nicht in

Nooras Umfeld zu suchen. Hatte ein zufälliger Passant sie ermordet, ein Verrückter ohne Motiv?

«Besprechung im Konferenzraum um vier, hast du Zeit? Wir wollen die bisherigen Ergebnisse zusammenfassen.»

«Ich bin dabei, jedenfalls für eine Weile. Heute Abend gehe ich mit Silja ins Kino. Sie sollte in zwei Wochen nach Kanada fliegen, aber ich weiß nicht, ob etwas daraus wird. Wir können das Honorar für Rami und Elena nicht allein aufbringen. Bisher ging es so gerade, weil die Kosten zwischen Silja, Janne und Noora geteilt wurden. Und nun fällt auch noch der Werbespot weg. Aber damit will ich dich nicht belasten.»

Nach kurzem Überlegen beschloss ich, Taskinen noch nicht zu sagen, dass ich über die Aktivitäten von Elena Grigorieva und Tomi Liikanen am Abend des Mordes widersprüchliche Informationen erhalten hatte. Bei der Besprechung würde er es ohnehin erfahren. Seine offensichtliche Unzufriedenheit mit dem Gang der Ermittlungen irritierte mich. Vielleicht hatte er Genaueres über die anstehende Beförderung gehört. Jedenfalls wusste er so gut wie ich, dass ich mir keine Fehler erlauben durfte, wenn ich Ström im Kampf um die Dezernatsleitung schlagen wollte.

Kati Järvenperä traf pünktlich um drei Uhr ein. Sie war klein, hatte die krausen braunen Haare nachlässig im Nacken zusammengebunden und trug zu ihren schwarzen Jeans eine weite schwarze Jacke, die offenbar ein paar überzählige Pfunde kaschieren sollte. Gleich zu Beginn der Vernehmung bat sie mich, sie zu duzen, weil sie sonst das Gefühl hätte, unter Anklage zu stehen. Ich begann vorsichtig, da sie vermutlich immer noch erschüttert war. Obwohl sie sichtlich um ihre Fassung kämpfen musste, machte sie präzise Aussagen.

«Auf dem oberen Parkdeck standen nur drei Wagen, als ich ankam. Der eine war ein grauer Lieferwagen, der zweite ein roter Kombi. An den dritten erinnere ich mich nicht, er muss ziemlich klein gewesen sein. Unser alter Mercedes ist nicht gerade wendig, deshalb suche ich mir immer einen möglichst bequemen Stellplatz. Weil so wenig Betrieb war, habe ich rückwärts eingeparkt. Ich dachte mir, dann hätte ich es beim Rausfahren leichter.»

«Unmittelbar neben dir stand also niemand?»

«Nein. Der Lieferwagen stand ein paar Plätze weiter, der rote Kombi am anderen Ende des Parkdecks.»

Bei dem Kombi handelte es sich sicher um den Volvo, dessen Besitzer sich gemeldet und seinerseits einen Nissan Micra und einen Renault Clio gesehen hatte. Auf meine Frage, ob sie sich an die Typen oder die Nummernschilder der anderen Wagen erinnere, schüttelte Kati Järvenperä den Kopf.

«Ich interessiere mich überhaupt nicht für Autos. In der Situation, mit zwei kleinen Kindern, hatte ich nichts anderes im Sinn, als den Einkauf über die Bühne zu kriegen.»

«Und bevor du zum Einkaufen gingst, hast du den Kofferraum geöffnet?»

«Ja, um die Flaschenkiste und Ollis Buggy rauszunehmen. Ich erinnere mich genau, dass ich den Kofferraum nicht abgeschlossen habe. Es ist noch nie etwas weggekommen.»

«Ist im Geschäft irgendetwas Außergewöhnliches vorgefallen?»

«Nein. Ich habe Milch, Katzenfutter und Schokoladenpudding gekauft und eine Tüte Xylitolkaugummi für die Jungen, damit sie auf der Rückfahrt still sind.»

«Und als du ins Parkhaus zurückkamst? Was hast du da gesehen?»

«Ich war total erleichtert, endlich nach Hause zu kommen. Soweit ich mich erinnere, war der Lieferwagen weggefahren, ein anderes Auto war dazugekommen, aber keins stand mir im Weg. Darauf achte ich immer als Erstes, weil der Mercedes so schwer zu handhaben ist … Ich habe die Jungen ins Auto gesetzt und angeschnallt. Dann …», ihr Gesicht verzog sich, doch sie redete tapfer weiter, «… dann habe ich den Kofferraum aufgemacht. Zuerst habe ich gar nicht begriffen, was passiert war und wieso das Mädchen da lag. Mein nächster Gedanke war, die Jungen sollen nichts merken. Ich habe den Kofferraum zugeschlagen und abgeschlossen.»

Zu diesem Zeitpunkt war ihrer Aussage nach niemand mehr im Parkhaus. Sie hatte ins Einkaufszentrum zurückgehen müssen, um von der Telefonzelle aus die Polizei zu alarmieren.

«Ich glaube, ich stand unter Schock. An das, was danach passiert ist, kann ich mich kaum erinnern. Aber ich habe über etwas nachgedacht, was Jussi gesagt hat. Er ist ja schon fast fünf und ziemlich aufgeweckt, aber mit einer regen Phantasie begabt. Gestern hat er mich gefragt, ob es der dumme Onkel war, der im Parkhaus unser Auto kaputtgemacht hat. Der dumme Onkel ist bei uns jeder, der Abfall auf die Erde wirft oder im Winter Sand auf die Rodelbahn streut. Ich hab Jussi gefragt, ob er den dummen Onkel im Parkhaus gesehen hat. Ja, hat er gesagt. Der dumme Onkel hätte an seinem Wagen gestanden und im Kofferraum nach Kaputtmachwerkzeug gesucht.»

Sechs

An diesem Abend fand ich keinen Schlaf. Schnüppchen strampelte, und der Wind wehte so stark, dass ich fürchtete, eine der alten Kiefern neben dem Haus würde uns aufs Dach krachen. Ich dachte an den dummen Onkel, den der bald fünfjährige Jussi Järvenperä gesehen hatte, und an die deprimierende Lagebesprechung am späten Nachmittag. In Koukkuniemi waren Beamte von Tür zu Tür gegangen, im Einkaufszentrum mehrere hundert Menschen befragt worden, doch das Ergebnis war mager: zusammenhanglose Informationen, vage Hinweise und nur zwei zuverlässige Beobachtungen, die beide auf Janne Kivi hinwiesen. In Teräsvuoris Alibi hatte Pihko nicht die kleinste Lücke entdeckt.

Unsere gesamte Abteilung hatte sich im Konferenzraum eingefunden, dazu die Beamten der benachbarten Abteilungen, die die Befragungen in Koukkuniemi durchgeführt hatten. Taskinen hatte das Reden mir überlassen, offenbar um zu demonstrieren, wie die Besprechungen verlaufen würden, wenn ich Dezernatsleiterin wäre. Dabei war seine Beförderung keineswegs sicher – der Polizeichef hatte dem Vernehmen nach in Turku einen Kandidaten aufgetan, der einen besseren «Hintergrund» besaß, was vermutlich bedeutete, dass er Freimaurer und Parteifreund des Chefs war.

Pertti Ström hatte sich mitten im Konferenzraum breit gemacht, als wolle er seine Anwesenheit möglichst sichtbar demonstrieren. Ob er im Dezernat bleiben würde, wenn ich seine Vorgesetzte werden sollte? Oder war eine Frau als Chefin zu viel für ihn, zumal eine, die zur gleichen Zeit die Polizeischule besucht hatte wie er?

«Ich denke, wir sollten die Befragungen von Haus zu Haus fortsetzen», sagte er, sobald ich unser weiteres Vorgehen ansprach. «In Matinkylä gibt es jede Menge Verrückte, und im Gegensatz zu dir bin ich überzeugt, dass es sich um den Kerl handelt, der seit geraumer Zeit kleine Mädchen belästigt.»

«Es gibt keinerlei Hinweis auf ein Sexualdelikt.»

«Vielleicht hat er sie zur Fellatio gezwungen», meinte Ström. Einer der jungen Polizeimeister lachte auf, verstummte jedoch sofort.

«Der Gerichtsmediziner hat auch im Oralbereich weder Verletzungen noch Sperma gefunden», gab ich kühl zurück. «Koivu, haben wir schon Ergebnisse zu Janne Kivis Auto?»

«Die bekommen wir erst nächste Woche. Am Mercedes der Frau Järvenperä wurden massenhaft Fingerabdrücke sichergestellt, die momentan mit den Registern verglichen werden. Die Abdrücke der Familie sind noch nicht eliminiert, das soll am Montag geschehen.»

Kati Järvenperä hatte versprochen, Jussi noch einmal nach dem dummen Onkel zu fragen. Vor Gericht hatte die Äußerung eines Vierjährigen sicher keinen Wert, aber wenn der Junge irgendeine Beschreibung geben konnte, würde sie uns vielleicht weiterhelfen. Jussi hatte von einer großen Tasche gesprochen. Vielleicht handelte es sich um Nooras Sporttasche, die ich immer noch nicht inspiziert hatte. So sehr ich mich bei der Besprechung bemüht hatte, die effektive Kriminalistin zu spielen, die alle Fäden souverän in der Hand hält, war sicher keinem entgangen, dass die Ermittlungen kein Stück vorangekommen waren.

Als mir endlich die Augen zufielen, schlief ich unruhig. Immer wieder drängten sich Nooras Augen in meine wirren Träume. Um halb neun wurde ich vom Klingeln des Telefons geweckt. Als ich Ströms müde Stimme erkannte, hätte ich am liebsten gleich aufgelegt.

«Ein Fall für dich, Kallio. Deine berühmte weibliche Empathie ist gefragt.»

«Aha. Was und wo?»

«Ein totes Kind in der Sokinsuontie. Pihko und Puupponen sind schon da, aber sie brauchen Verstärkung.»

«Ein totes Kind? Mehr weißt du nicht? Ist es ein Krippentod, oder was?»

«Mehr haben die Jungs nicht gesagt. Ich war die ganze Nacht auf den Beinen und hab immer noch mit einer Messerstecherei zu tun, also fahr du hin!»

Nachdem ich mir die Adresse notiert hatte, zog ich mich lustlos an. Antti war bereits unten in der Küche und kochte Kaffee. Eigentlich hatten wir für den Vormittag eine Wanderung in Nuuksio geplant, doch die fiel nun flach.

Ich frühstückte und fuhr los. Es war ein grauer, kühler Morgen, mit Pullover und Jeansjacke war ich keineswegs zu warm gekleidet. Über dem Wagen vollführten Bachstelzen Sturzflüge, die Felder waren menschenleer. Mein Herz verkrampfte sich schmerzhaft, obwohl ich versuchte, nicht an die kleine Leiche zu denken, die mich erwartete. In meiner bisherigen Laufbahn hatte ich zum Glück erst zwei tote Kinder zu Gesicht bekommen. Der erste Fall, ein plötzlicher Kindstod, hatte sich zugetragen, als ich frisch von der Polizeischule kam. Die Notrufzentrale hatte meine Streife hingeschickt. Ich erinnerte mich immer noch an das trostlose Schluchzen der Eltern, die ihr erstes Kind verloren hatten.

Der zweite Fall hatte sich im vergangenen Sommer ereignet. Ein sechsjähriger Junge war beim Sommerhaus seiner Eltern von einem Felsen ins Meer gefallen, hatte sich den Kopf angeschlagen und war ertrunken. Der Staatsanwalt hatte auf eine Anklage wegen Verletzung der Aufsichtspflicht verzichtet, weil er der Ansicht war, die Eltern seien bestraft genug und ein Prozess würde den beiden jüngeren Geschwistern des Opfers eher schaden als nützen.

Ich hatte nicht die Angewohnheit, jahrelang über alte Fälle nachzugrübeln, doch nicht alle Erinnerungen ließen sich auslöschen. Die Schwangerschaft hatte mich für alles, was mit Kindern und auch mit meiner eigenen Kindheit zu tun hatte, besonders sensibel gemacht. Zudem war selbst für Polizisten, Ärzte und Krankenschwestern, die beruflich mit dem Sterben zu tun hatten, der Tod eines Kindes besonders bedrückend. Kein Wunder also, dass ich nervös war. Ström hätte mir wenigstens sagen können, was mich in der Sokinsuontie erwartete.

Vor dem achtstöckigen Haus standen zwei Streifenwagen und eine Ambulanz. Rundum gafften die Nachbarn, ich musste lange auf den Aufzug warten, der mich in den fünften Stock trug. Auf dem Türschild stand der Name Markkanen.

«Du, Maria?», fragte Pihko entgeistert. «Wollte Ström nicht selbst …»

«Er hat einen anderen Fall. Was ist passiert?» Ich betrat die enge Zweizimmerwohnung, in der sich Polizisten und Sanitäter drängten.

«Jaana Markkanen sitzt im Wohnzimmer. Ihre Tochter Minni, neun Monate alt, lag heute früh tot im Bettchen.»

«Wer hat die Kleine gefunden?»

«Frau Markkanen selbst, kurz nach sieben. Sie hat sofort einen Krankenwagen gerufen, aber es war zu spät. Die Sanitäter haben uns alarmiert.»

«Warum?»

«Komm mit und schau dir das Kind an», sagte Pihko zögernd.

Ich folgte ihm ins Schlafzimmer. Es war klein und spärlich möbliert, eine schmale Matratze auf dem Fußboden, an der anderen Wand ein weißes Gitterbettchen mit abblätterndem Lack, in dem das tote Kind lag. Der Mund war weit aufgerissen, die Augen standen hervor, der kleine Körper hatte sich verkrampft wie zu einem stummen Schrei.

«Erstickt», sagte einer der Sanitäter.

«Im Schlaf unter das Kissen gerutscht?», war das Erste, was mir einfiel.

«In dem Alter schlafen sie ohne Kissen», erwiderte der Sanitäter. «Es lag auch keins im Bett, als wir kamen. Siehst du die Blutergüsse? Der Kleinen hat ein Erwachsener die Luft abgedrückt.»

Es war heiß in der Wohnung, sie roch nach Rasierwasser, Schnaps und Erbrochenem. Der kleine blaue Schlafanzug hatte ein Loch am Knie, Breiflecken zierten den verblichenen Stoff. Das Mädchen hatte zarte blonde Löckchen und mollige Finger, eine Hand ragte durch die Gitterstäbe. Plötzlich schwankte das Bettchen wie ein Schaukelpferd. Ich musste mich an der Wand abstützen und einen Moment die Augen schließen.

Es klingelte, der Fotograf war da. Seine Ankunft brachte mir zum Bewusstsein, dass Arbeit auf mich wartete.

«Die Mutter hat also den Krankenwagen gerufen. Was hat sie gesagt?»

«Der Notrufzentrale zufolge hat sie hysterisch geschrien, ihr Kind atme nicht mehr. Name und Adresse zu erfahren hat eine Weile gedauert. Bei unserem Eintreffen war definitiv nichts mehr zu machen, das Kind war schon mehrere Stunden tot.»

«War außer der Mutter noch jemand hier?»

«Nein», antwortete Pihko. «Sie lebt allein. Sie hat einen fürchterlichen Kater, vielleicht ist sie auch noch betrunken, ich weiß es nicht. Bei Verstand ist sie jedenfalls nicht.»

Zum zweiten Mal innerhalb von zwei Tagen musste ich einer trauernden Mutter gegenübertreten. Ich ging in das kleine Wohnzimmer, das ebenfalls dürftig eingerichtet war. Der einzige Luxus war ein Fernseher mit 28-Zoll-Bildschirm vor dem Fenster.

Jaana Markkanen war eine junge Frau, fast noch ein Kind. Sie war extrem mager, unter dem kurzen, bunten Nachthemd schauten dünne Waden hervor, unterhalb des linken Fußknöchels war ein Drache auftätowiert. Jaana weinte zuckend und lautlos, Tränen und Rotz liefen ihr über das Gesicht. Vor der Balkontür sah ich eine bräunliche Pfütze, offenbar hatte sie es nicht mehr geschafft hinauszulaufen, bevor sie sich übergeben musste.

«Jaana?», sagte ich behutsam und setzte mich zu ihr auf das dunkelgrüne Plüschsofa, Modell Flohmarkt.

«Mein Kind ist tot», wisperte Jaana. «Minni ...»

«Ruf einen Arzt», wies ich Puupponen an, der neben dem Fernseher stand und Jaana anstarrte. «Und wisch die Kotze auf, der Gestank ist nicht auszuhalten.»

«Sie wollte auf den Balkon, runterspringen, hat sie gesagt, und als ich sie festgehalten habe, hat sie mich voll gekotzt», klagte Puupponen.

Jaana fasste mich an der Schulter und rückte näher. Die rosinenfarbenen Augen zwinkerten, ihr Blick wanderte von meinem Gesicht zu meinem Bauch.

«Du kriegst ein Baby?»

«Ja.»

«Wann kommt es? Gib es mir, mein Baby ist tot!»

Wieder weinte sie lautlos, hob das Nachthemd an und wischte sich damit über das Gesicht. Sie trug keine Unterwäsche, eine violette Kaiserschnittnarbe zog sich über ihren Bauch.

«Das hab ich nicht gewollt», stieß sie hervor. «Ich hab's nicht mehr ausgehalten, wie sie schrie, ich war total blau und wollte bloß noch schlafen. Du glaubst mir doch, wo du selbst ein Baby im Bauch hast! Ich wollte Minni nicht totmachen.

Ich hab sie bloß gedrückt, und dann hat sie nicht mehr gebrüllt.»

Der Fotograf hatte seine Arbeit unterbrochen, Puupponens Finger waren über den Tasten des Telefons erstarrt. Jaana Markkanen warf sich in meine Arme und schrie, ich strich ihr über die verfilzten, schwarz gefärbten Haare und sprach beruhigend auf sie ein. Puupponen wischte das Erbrochene auf, als sei er froh, etwas tun zu können. Am liebsten hätte ich mir die Ohren zugehalten, als die junge Frau, deren Trunkenheit allmählich nachließ, wieder und wieder beteuerte, dass sie ihr Kind nicht töten wollte. Der Sanitäter kam mit Diapam, mit vereinten Kräften brachten wir Jaana dazu, die Tablette zu schlucken, obwohl sie glaubte, wir wollten sie vergiften.

«Hoffentlich sterb ich daran!», heulte sie. «Dann komm ich zu Minni in den Himmel.»

Es klingelte wieder: eine Nachbarin, die sich mit gellender Stimme erkundigte, was los sei.

«Hat Jaana sich verletzt? Sie war wahnsinnig betrunken, als sie heute Nacht nach Hause kam. Ich war hier und hab auf Minni aufgepasst, ich mag kleine Kinder so gern …»

«Ist Fräulein Markkanen gestern ausgegangen?», hörte ich Pihko fragen.

«Ausgegangen! Sie ist saufen gegangen und Männer aufgabeln! Um eins wollte sie wieder hier sein, aber es war fast zwei, als sie sich nach Hause bequemt hat. Ich hab am Fenster gestanden, sie hat es kaum geschafft, aus dem Taxi zu steigen. Was ist mit Jaana? Ich kann mich um Minni kümmern, mich kennt sie besser als ihre eigene Oma …»

Pihkos Antwort hörte ich nicht, denn die Sanitäter brachten das Laken, in das Minni nun, nachdem die Fotos gemacht waren und die Todesursache feststand, gewickelt werden sollte. Die neugierige Nachbarin begriff offenbar, dass der Säugling das Opfer war, und fing an zu schreien. Jaana hob den Kopf, als Minni hinausgetragen wurde.

«Nehmt mir mein Kind nicht weg!», schrie sie und sprang auf. Der Sanitäter, der Minnis Leiche in den Armen hielt, sah mich fragend an. Puupponen half mir, die verzweifelt flehende Mutter festzuhalten.

«Lasst sie ihr Kind eine Weile halten», sagte ich leise und ließ Jaana los. Ich musste den Blick abwenden, als der Sanitäter das kleine Bündel zögernd in ihre Arme legte. Sie begann etwas zu summen, das an ein Wiegenlied erinnerte.

Jaana wollte die Leiche ihres Kindes nicht wieder hergeben. Schließlich überredete ich sie, sich anzuziehen, indem ich ihr versprach, sie dürfe Minni begleiten. Der Arzt kam gerade zur rechten Zeit und injizierte ihr ein Beruhigungsmittel.

«Wohin willst du sie bringen?», wisperte Puupponen, während Jaana sich mit langsamen Bewegungen die Schuhe anzog.

«Wenn sie sich nicht beruhigt, erst mal in die Klinik. Mit etwas Glück schläft sie während der Fahrt ein. Verhaften muss ich sie so oder so, der Fall ist ja völlig klar. Sei so lieb und ruf Antti an, er soll unseren Fiat abholen. Ich bringe die Markkanen von der Klinik in die Haftzelle.»

Wie ich gehofft hatte, schlief Jaana im Krankenwagen ein. Am liebsten wäre ich nach Hause gegangen, hätte ein Beruhigungsmittel genommen wie sie oder mich gründlich betrunken. Stattdessen bugsierte ich Jaana mit Unterstützung des Arztes in die Krankenzelle des Präsidiums. Schnüppchen schlug in meinem Bauch Purzelbäume, als wäre ihm klar geworden, dass die Welt da draußen kein sicherer Ort war.

«Wir lassen sie heute in Ruhe, ich komme morgen und rede mit ihr», sagte ich zu dem Beamten, der die Haftzellen beaufsichtigte. Diesmal hatte zum Glück einer von den Netteren Dienst. «Wenn sie einen Arzt haben will oder so, kümmere dich darum. Ich bitte Ström, dir den Haftbefehl zu bringen.»

Ich machte mich auf den Weg zu unserer Abteilung, doch Ström kam mir bereits im Vestibül entgegen, von zwei Polizeimeistern begleitet.

«Tag Pertsa. Gut, dass ich dich treffe, du musst einen Haftbefehl bestätigen. Der Kindsmord in der Sokinsuontie.»

«Ein klarer Fall? War deine weibliche Empathie diesmal nicht gefragt?»

Man hatte Ström zu verstehen gegeben, dass seine mangelhaften sozialen Fähigkeiten das größte Handicap für die Wahl zum Dezernatsleiter waren. Ich galt ihm in dieser Hinsicht als überlegen, auch wenn der Polizeipräsident mir mangelnden Respekt vor meinen Vorgesetzten bescheinigt hatte.

«Die Mutter ist geständig. Die Sanitäter hatten schon Verdacht geschöpft, habe ich mir sagen lassen. Du verwöhnst mich ja geradezu, wenn du mir so leichte Fälle zuschusterst.»

«Ich nehme nur Rücksicht auf deinen Zustand», grinste Pertsa.

«Allerdings!», sagte ich trocken und ging in mein Büro. Auf dem Schreibtisch lagen zwei Bitten um Rückruf, von Ulrika Weissenberg und Kauko Nieminen. Ich drehte die Zettel unschlüssig in den Händen und stellte fest, dass ich jetzt nicht die Nerven hatte, die beiden anzurufen. Mochten sie bis morgen warten, oder bis Montag. Aber vielleicht hatten sie mir etwas Wichtiges zu sagen?

Zuvor rief ich jedoch zu Hause an.

«Hallo», antwortete Antti schwer atmend. «Ich hab das Auto geholt, bin gerade reingekommen. Was war denn da passiert? Die Nachbarn haben von einem Kindsmord gesprochen. Bist du okay, Maria?»

In Jaana Markkanens Wohnung hatte ich nicht gewagt, Antti selbst anzurufen, aus Angst, die Tränen nicht mehr zurückhalten zu können, wenn ich seine Stimme hörte. Ich hatte Recht gehabt, denn jetzt fing ich an, so wüst zu heulen, dass Antti in Panik geriet. Zum Glück war der Anfall bald vorbei, nach ein paar Minuten war ich fähig, ihm zu erzählen, was passiert war.

«Dem Ström polier ich die Fresse, wenn ich ihn zu Gesicht kriege», wetterte Antti.

«Lass gut sein, ich kann schon auf mich aufpassen. Und irgendwie hat er ja Recht. Wenn ich im Beruf vorwärts kommen will, kann ich mich nicht drücken.»

Allerdings nahm ich mir vor, möglichst bald mit der Psychologin Eva Jensen, der Frau von Anttis Kollegin, zu reden. Ich wollte nicht abstumpfen.

«Komm mich abholen, dann gehen wir irgendwo essen. Heute brauche ich mein wöchentliches Glas Wein.»

Antti versprach, gleich loszufahren. Unschlüssig betrachtete ich die Rückrufzettel. Kauko Nieminen … Ich hatte mir nicht die Mühe gemacht, das Alibi von Nooras Eltern zu überprüfen. Aber bei wem wäre sie vertrauensvoller eingestiegen als bei ihren Eltern? War Hanna bei dem Regen doch zur Halle gefahren, um ihre Tochter abzuholen, oder hatte Kauko sie auf dem Rückweg von der Firma aufgelesen?

Immerhin kam es vor, dass elterliche Wutausbrüche außer Kontrolle gerieten. Meine Mutter war öfter ausgerastet, als ich klein war, ein paar Mal hatte sie mir beinahe die Haare ausgerissen. Meine Schwestern und ich hatten das für völlig normal gehalten, viele unserer Freunde wurden sogar geprügelt. Erst als Erwachsene war mir aufgegangen, dass die Wutanfälle meiner Mutter in den meisten Fällen total übersteigert waren.

Natürlich fürchtete ich, ihren Jähzorn geerbt zu haben. Auf der Polizeischule hatte ich einem widerwärtigen Mitschüler fast den Ellbogen gebrochen, später war ich einmal mit einer Bronzestatue auf einen zweifachen Mörder losgegangen. Verbale Zornausbrüche bekam ich fast täglich. Wenn mein Baby Tag und Nacht schrie, wie es das erste Kind meiner Schwester Helena getan hatte, würde ich den Impuls unterdrücken können, es an die Wand zu klatschen? In den Ratgebern war die Rede von Mutterinstinkten und Hormonen, die dafür sorgten, dass Mütter in jeder Situation zärtlich mit ihren Kindern umgingen. Aber ich hatte zu viele Gegenbeispiele gesehen.

Mit anderen Worten: Ich musste die Alibis von Nooras Eltern doch noch überprüfen.

Antti saß wartend im Fiat auf dem Parkplatz vor dem Polizeigebäude. Die graue Wolkendecke war hier und da aufgerissen, dahinter schaute der blaue Himmel hervor, über den in rasender Fahrt Federwölkchen zogen. Der Wind wehte mir Sand in die Augen. Ich rettete mich in den überheizten Wagen und schmiegte mich in Anttis Arme.

«Wohin?», fragte er, nachdem ich eine Weile versucht hatte, in seine alte Lederjacke zu kriechen.

«Egal, nur weg von hier. Irgendwohin, wo man zur Ruhe kommt.»

Antti fuhr zu einem Café an der Tamminiementie. Ich aß ein großes Stück Zwiebelkuchen und platzte fast. Auch Schnüppchen wurde endlich ruhiger. Ein Glas Weißwein zu trinken erschien mir herrlich sündhaft, ich war überzeugt, dass die anderen Gäste mich missbilligend anstarrten.

«Wann entscheidet sich eigentlich eure Beförderungssache?», fragte Antti, den Mund voll Himbeercreme.

«Wenn ich das wüsste! Zuerst wird ein neuer Polizeipräsident ernannt, der jetzige Kripochef hat die größten Chancen, den Posten zu kriegen. Also muss ein Nachfolger für ihn gewählt werden. Wenn sie dafür jemand anders nehmen als Taskinen, bleibt in unserem Dezernat alles beim Alten. Bevor ich in Mutterschaftsurlaub gehe, ist jedenfalls noch nichts entschieden.»

«Und wenn du Dezernatsleiterin wirst?»

«Kriminalhauptkommissarin Maria Kallio … Klingt gut. Ich hätte natürlich noch mehr zu tun als bisher. Die Beförderung würde sicher zum Jahreswechsel in Kraft treten. Ich müsste mir entweder für die erste Zeit eine Vertretung besorgen oder auf den Elternurlaub nach der Schutzfrist verzichten.»

«Den könnte ich doch nehmen, oder?» Antti schien von der Idee geradezu begeistert. Am Mathematischen Institut der Universität Helsinki war vor einem Monat ein als schwierig verschriener Mann zum Assistenzprofessor ernannt worden. Da fast alle Mitarbeiter gegen ihn opponierten, war das Arbeitsklima noch schlechter als in unserem Dezernat, und Antti träumte davon, das Institut zu verlassen. Vor zwei Jahren war er als Stipendiat in Chicago gewesen, und auch jetzt hatten wir mit dem Gedanken gespielt, für die Zeit meines Mutterschaftsurlaubs ins Ausland zu gehen, diesmal nach England. Bei der Vorstellung, allein mit dem Baby in einer Wohnung in Oxford zu hocken, war mir allerdings nicht wohl.

«Das wäre eine gute Lösung», sagte ich erfreut. Antti war von Anfang an begeistert über meine ungeplante Schwangerschaft gewesen, während ich ein paar Wochen gebraucht hatte, bevor ich mich freuen konnte.

Nach dem Essen gingen wir auf der Insel Seurasaari spazieren, bewunderten die knospenden Blätter und die Eichhörnchen, die sich enttäuscht abwandten, weil wir keine Nüsse für sie hatten. Als wir wieder im Auto saßen, machte ich den Fehler, auf das Display meines Mobiltelefons zu schauen. Ich hatte eine Nachricht erhalten.

«Ulrika Weissenberg, guten Tag.» Die Stimme war kalt wie eine gerade vom Eis genommene Schlittschuhkufe. «Bitte rufen Sie mich schnellstmöglich an.»

«Ich bin nicht mehr im Dienst», motzte ich das Telefon an, gab dann aber doch Weissenbergs Nummer ein. Sie schien keineswegs erfreut, meine Stimme zu hören.

«Die Nieminens haben mir gesagt, dass Teräsvuori freigelassen wurde», kam sie ohne Umschweife zur Sache.

«Und wie haben die Nieminens davon erfahren?»

«Teräsvuori stand vorhin mit einem Blumenstrauß vor der Tür und wollte ihnen sein Beileid aussprechen. Ist die Polizei denn machtlos? Darf der Mann eine der besten Eiskunstläuferinnen des Landes ermorden und dann auch noch ihre Eltern verhöhnen?»

«Es tut mir Leid, Frau Weissenberg, aber Teräsvuori hat für die Tatzeit ein unanfechtbares Alibi.»

«Wen muss ich denn noch anrufen, damit dieser Mann hinter Gitter kommt! Den Leiter der Polizeiabteilung im Innenministerium? Oder reicht es, mit dem Polizeipräsidenten von Espoo zu sprechen?»

Sekundenlang spielte ich mit dem Gedanken, die Weissenberg auf den Polizeipräsidenten zu hetzen, das geschähe beiden ganz recht. Ich verhielt mich jedoch wie eine verantwortungsbewusste Erwachsene und fragte, ob sie bereits mit Jyrki Taskinen gesprochen habe.

«Selbstverständlich, aber er sagt, Sie seien für die Ermittlung verantwortlich. Als Siljas Vater müsse er sich aus dem Fall heraushalten.»

Die Verbindung rauschte, als wir am Stadtteil Otaniemi vorbeifuhren. Ich dachte flüchtig an Janne Kivi. In welcher Verfassung mochte er sein? Als könne sie Gedanken lesen, begann Frau Weissenberg nun, mich wegen Jannes Verhaftung abzukanzeln.

«Sind Sie zu Hause?», fragte ich schließlich, als mir das Gekeife zu viel wurde. «Dann würde ich gern zu einem inoffiziellen Gespräch vorbeikommen, um die Angelegenheit zu klären.»

Antti warf mir einen verwunderten Blick zu, die Weissenberg schwieg sekundenlang, stimmte dann aber zu. «Fahr nach Nöykkiö», bat ich.

«Du willst den Fall abschließen, bevor dein Urlaub anfängt, stimmt's?», fragte Antti, als wir an der Kreuzung Finnoontie an der Ampel standen. Ich nickte nur und gab ihm das Handy. Er wollte sich so lange in die Schrebergartenkolonie setzen und lesen.

Erneut bestaunte ich die blühenden Gärten an der Mäntytie. Bisher hatte ich hier nie zu tun gehabt. In Espoo gab es viele ruhige Winkel wie diesen, kleine Wäldchen und Siedlungen, abseits vom betriebsamen Alltag.

Ulrika Weissenberg hatte offenbar hinter der Tür gestanden, denn auf mein Klingeln öffnete sie sofort. Heute trug sie ein purpurfarbenes Kostüm und Chanel Nr. 5 – so ungefähr das einzige Parfüm, das ich identifizieren konnte. Wieder fühlte ich mich neben ihrer makellosen Eleganz verschwitzt und abgerissen. Offensichtlich kleidete und schminkte sie sich auch dann sorgfältig, wenn sie nicht aus dem Haus ging.

Sie führte mich in ihr Arbeitszimmer. Der Pudel war im Garten angeleint und kläffte eine magere schwarze Katze an, die durch die Büsche strich.

«Jetzt ist das widerliche Vieh der Nachbarn schon wieder in unserem Garten! Kann da die Polizei nicht einschreiten? Laut Ordnungsvorschrift darf man Katzen nicht frei laufen lassen!»

«Sie haben das Recht, die Katze zu fangen und einschläfern zu lassen», sagte ich abweisend. Auch unser Einstein verstieß laufend gegen den bewussten Paragraphen.

«Natürlich ist die Polizei gegen Katzen machtlos, sie kann ja nicht einmal Morde aufklären! Ich habe mir sagen lassen, Sie hätten Janne Kivi festgenommen. Um Himmels willen, warum denn nur?»

«Haben Sie nach der Festnahme mit ihm gesprochen?», fragte ich zurück.

«Er war gestern Abend zum Essen hier. Der arme Junge hat kaum einen Bissen heruntergebracht. Wie kommen Sie auf die Idee, er hätte Noora ermordet? Die beiden hatten doch ein gemeinsames Ziel: die Weltmeisterschaft.»

Ich überlegte, wie alt Ulrika Weissenberg sein mochte. Ihr Gesicht war nahezu faltenlos, dank des Make-ups wirkte ihre Haut glatter als meine. Die schwarzen Haare waren garantiert gefärbt. Sie hatte die straffe Figur einer ehemaligen Turnerin oder Eiskunstläuferin. Nur ihre Hände verrieten, dass sie die Fünfzig bereits überschritten hatte. Wie kam sie nur mit diesen langen Fingernägeln zurecht? Aber vermutlich brauchte sie keine Hausarbeit zu verrichten. Es war auch schwierig, sich Ulrika Weissenberg beim Kloputzen vorzustellen.

«Wie fühlte er sich?»

Ihre Augen wurden dunkler, offensichtlich hatte sie eine derartige Frage von einer Polizistin nicht erwartet.

«Janne? Müde und sehr traurig. Ich habe ihm angeboten, hier zu übernachten, aber er wollte lieber nach Hause. Ich habe jahrelang Mutterstelle an ihm vertreten, seine Eltern sind nämlich geschieden, und die Mutter lebt mit ihrer neuen Familie in Paris. Jannes Vater hat für Eiskunstlauf nichts übrig, er hält diesen Sport für unmännlich.»

«Wer finanziert Jannes Training?»

«Seine Eltern unterstützen ihn finanziell, das schon, und natürlich tut der Verein, was er kann, aber der arme Junge hat es nicht leicht. Letztes Jahr hat er gelegentlich als Fotomodell gearbeitet, obwohl er diesen Job nicht mochte.»

Verglichen mit dem Ton, in dem Ulrika Weissenberg von Noora gesprochen hatte, war ihre Zuneigung zu Janne mehr als offensichtlich. Und Janne hatte nicht viel Geld … Für ihn wäre es ein schwerer Schlag gewesen, wenn Noora durch ihre Zicken den Werbespot verhindert hätte.

«Am Abend von Nooras Tod haben Sie bei Nieminens angerufen und gesagt, Sie wollten vorbeikommen und Noora überreden, dem Werbevertrag zuzustimmen. Sie sind dann aber doch nicht erschienen. Haben Sie Noora unterwegs getroffen?»

«Was reden Sie denn da?» Ihre kühle Gelassenheit war nicht so leicht zu erschüttern. «Warum bedrängen Sie Unschuldige und lassen den wahren Mörder frei herumlaufen? Was ist das für ein Alibi, das Teräsvuori haben soll? Sind Sie sicher, dass er nicht einen Haufen windiger Zeugen gekauft hat?»

«Dann hätte er sämtliche Gäste eines Restaurants bestechen müssen. Sprechen wir von Ihnen, Frau Weissenberg. Leugnen Sie, dass Sie Noora am Mittwochabend noch einmal getroffen haben?»

«Ich habe das Haus nicht mehr verlassen!»

«Ihr Wagen wurde kurz vor halb sieben in Matinkylä gesehen. Ein goldfarbener BMW», log ich unverfroren.

«Wer behauptet das? Unmöglich! Wenn ich sage, ich war nicht in Matinkylä, dann war ich nicht in Matinkylä! Was bilden Sie sich eigentlich ein, Unschuldige zu bezichtigen? Sind Sie überhaupt fähig, die Ermittlungen zu leiten?» Sie warf einen skeptischen Blick auf meinen runden Bauch und die zerknitterte Bluse.

«Sie kennen die Familie Nieminen seit langem. Wie hat Noora reagiert, als ihre Mutter zu Vesku Teräsvuori gezogen ist?»

Sie war von meiner Frage überrascht und musste eine Weile nach den richtigen Worten suchen.

«Es war in jeder Hinsicht eine eigenartige Episode», sagte sie schließlich. «Hanna war bis dahin eine hervorragende Eislaufmutti gewesen, sie hatte sich um alles gekümmert und für Nooras Karriere Opfer gebracht. Dass sie sich aus heiterem Himmel in einen anderen Mann vergafft, hätte niemand erwartet. Natürlich kann man Kauko nicht als romantische Gestalt bezeichnen, er ist ja recht vulgär …»

Ihre Wortwahl amüsierte mich, doch über das Privatleben der Nieminens war sie erstaunlich gut informiert.

Hannas Seitensprung war sowohl für Kauko als auch für

die Kinder ein Schock gewesen. Sami hatte sich anfangs in sich zurückgezogen und kein Wort mehr gesprochen, Noora wiederum hatte in intensivem Training ein Ventil für ihre Wut und Verwirrung gefunden.

«Ich habe damals viel mithelfen müssen, damit Noora während der Abwesenheit ihrer Mutter versorgt war. Eiskunstlauf fordert vollen Einsatz, da muss das häusliche Leben geregelt sein. Hanna hat meiner Meinung nach unverantwortlich gehandelt. Das habe ich ihr auch gesagt.»

Ulrika Weissenberg schien sich recht intensiv eingemischt zu haben. Sie hatte den Nieminens ihre eigene Putzfrau ins Haus geschickt und, so behauptete sie, Hanna so lange zugesetzt, bis sie Teräsvuori verließ und zu ihrer Familie zurückkehrte.

«Für Kauko war es natürlich eine schwere Zeit. Der Umsatz seiner Spedition hat sich nach der Öffnung der russischen Grenze verdreifacht. Man konnte nicht von ihm verlangen, Noora zum Training zu chauffieren. Zudem versteht er nicht viel vom Eiskunstlauf, seine Unterstützung ist hauptsächlich finanzieller Art.»

Ulrika Weissenberg verbreitete sich gern über ihren Einfluss auf das Leben anderer Menschen. Ich ließ sie reden, hörte mir ihre gehässigen Bemerkungen über Elena Grigorieva an, die sie offenbar nur als Trainerin schätzte. Rami Luoto seinerseits könne gut mit Jugendlichen umgehen, sei jedoch keinesfalls in der Lage, Talente wie Noora, Janne und Silja international an die Spitze zu bringen. Sie schien beschlossen zu haben, Rami künftig nur noch die Junioren trainieren zu lassen.

Aber als ich auf die Frage zurückkam, wo sie sich am Abend des Mordes aufgehalten hatte, war das Ergebnis gleich null. Sie bestritt kategorisch, das Haus noch einmal verlassen zu haben.

«Ich hatte mir überlegt, doch lieber erst am nächsten Tag

mit Noora zu sprechen, wenn sie sich beruhigt und noch einmal über die Sache nachgedacht hatte.»

Dabei blieb sie. Ich bat, telefonieren zu dürfen, und ging dann zur Tankstelle in Suomenoja, wo ich mich mit Antti verabredet hatte. Der Wind blies durch meine Jacke hindurch. Am Abend wollte ich in die Sauna gehen, um endlich einmal warm zu werden. Ich hatte eigentlich damit gerechnet, ständig zu schwitzen, wenn mein Körper aus dem Leim ging, stattdessen hatte ich seit Beginn der Schwangerschaft fast nur gefroren.

Ich bat Antti, in das Industriegebiet von Suomenoja zu fahren, um zu testen, wie lange die Fahrt von der Kaukospedition nach Koukkuniemi dauerte. Die Firma war leicht zu finden, die protzigen Goldbuchstaben auf dem Dach der Lkw-Halle leuchteten weithin. Ich fand es interessant, dass die Weissenberg Kauko Nieminen als vulgär bezeichnete, ihn zugleich aber bewunderte. Offenbar machte ein hohes Einkommen in ihren Augen einiges wett.

Obwohl es keine direkte Verbindung von Suomenoja nach Koukkuniemi gab, dauerte die Fahrt keine zehn Minuten. Waren zur Tatzeit Mitarbeiter im Büro der Spedition gewesen, die Nieminens Alibi bestätigen konnten?

Antti hatte nicht gefragt, warum ich gerade diese Strecke fahren wollte. Als ich ihn jedoch bat, auf dem Parkplatz an der Koukkuniementie anzuhalten, runzelte er die Stirn:

«Hast du vor, mich den ganzen Tag als Chauffeur zu beschäftigen?»

«Sorry. Ich hab nur gerade überlegt, wie man einen leblosen Körper unbeobachtet aus dem Wald ins Auto schaffen könnte.»

«Was dir so alles durch den Kopf geht!», feixte Antti. Für meine Arbeit an sich interessierte er sich weniger als für die Frage, wie sie sich auf mich und auf unsere Beziehung auswirkte. Wir hatten beide akzeptiert, dass es Zeiten gab, in denen der Beruf Vorrang hatte. Aber Antti war kein Kollege, ich durfte nicht von ihm erwarten, dass er sich an den Ermittlungen beteiligte.

Nach der Sauna machte ich es mir vor dem Fernseher bequem, wo gerade die Sportschau lief. Die Rallye-Ergebnisse interessierten mich nicht, und ich wollte gerade auf die Kriminalserie umschalten, als der Sprecher ein ernstes Gesicht aufsetzte und sagte:

«Am vergangenen Mittwoch verstarb die Eiskunstläuferin Noora Nieminen. Die Polizei geht davon aus, dass sie getötet wurde. Noora Nieminen erreichte mit ihrem Partner Janne Kivi bei der diesjährigen Europameisterschaft den zehnten und bei der Weltmeisterschaft den neunten Platz. Zum Abschluss unserer Sendung und im Gedenken an Noora Nieminen zeigen wir nun Ausschnitte aus ihrer Kür.»

Nooras Gesicht erschien auf dem Bildschirm. Man sah ihr an, wie intensiv sie sich auf den doppelten Lutz konzentrierte. Nach dem gelungenen Sprung lächelte Janne, doch Noora blieb ernst wie die Musik in diesem Teil der Kür. Dann setzte der ausgelassene Titelsong aus «Hair» ein, und sie lächelte strahlend. Ihr Auftritt hätte jeder Schauspielerin Ehre gemacht. Bei der nächsten Hebefigur wurde der Film angehalten, erneut war Nooras Gesicht mit den runden, lachenden Augen in Großaufnahme zu sehen. Ich schaute in ihre Augen und schwor mir herauszufinden, wer sie zum Erlöschen gebracht hatte.

Sieben

Lustlos öffnete ich am Sonntagmorgen die Tür zum Präsidium. Ich wollte Jaana Markkanens Vernehmung möglichst schnell hinter mich bringen. In der Nacht war mir die kleine Minni im Traum erschienen, ich hatte in den Wehen gelegen und ein Mädchen auf die Welt gepresst, das nicht atmete. In meinem Traum hatte ich gewusst, dass es sich um Minni handelte und dass sie mit einem Schlittschuh erschlagen worden war. Antti war von meinem Schrei aufgewacht und hatte mich geweckt. Es hatte lange gedauert, bevor ich erneut Schlaf fand.

Als Partner bei der Vernehmung hatte ich Koivu eingeteilt, weil Puupponen und Pihko nicht im Dienst waren. Außerdem hatte ich vor, den Nachmittag im Eisstadion zu verbringen, wo Rami und Elena mit Silja trainierten, und nahm an, dass Koivu mich begleiten wollte. Ich kam mir beinahe vor wie eine alte Tante, die nichts Besseres zu tun hat, als junge Leute zu verkuppeln. Als wir uns vor vier Jahren kennen gelernt hatten, hatte Koivu zuerst versucht, bei mir zu landen, dann hatte er sich in eine herrische Krankenschwester verliebt, die ihn später wegen eines Neonazis aus Joensuu sitzen ließ. Danach folgten zwei von Anfang an zum Scheitern verurteilte Beziehungen, zuerst mit einer fast Vierzigjährigen, die Koivu benutzte, um sich an ihrem untreuen Mann zu rächen, dann mit einer karrieregeilen Betriebswirtschaftlerin, die vor einem Monat nach Brüssel entschwunden war. Ich hatte seine Abenteuer amüsiert, aber auch besorgt verfolgt und hoffte, er würde eines Tages die Richtige finden.

Obwohl ich mit einer anstrengenden Vernehmung gerechnet hatte, erschreckte mich die Verfassung, in der ich Jaana Markkanen antraf. Nachdem ihr Rausch in den frühen Morgenstunden abgeklungen war, hatte sie dem Aufsichtsbeamten zufolge pausenlos geheult, sich jedoch geweigert, Schlaftabletten oder Beruhigungsmittel zu nehmen. Nun saß sie vor mir im Vernehmungsraum und sah aus, als hätte sie Dutzende von schlaflosen Nächten hinter sich.

Die Vernehmung an sich war unproblematisch, denn Jaana gab zu, ihr Kind erstickt zu haben, erinnerte sich allerdings nicht genau an den Hergang. Sie war im Restaurant «Fishmaid» gewesen, wo Vesku Teräsvuori seine Karaokeshows veranstaltete. Im Lauf des Abends hatte sie mindestens sieben Salmiakschnäpse und mehrere Longdrinks gekippt. Sie wusste nicht mehr, wie sie nach Hause gekommen war, und auch die Erinnerung an ihre Tat war verschwommen. Am Morgen war sie wie von einer inneren Uhr geweckt worden, um die Zeit, zu der Minni gewöhnlich hungrig schrie. Doch die Kleine hatte still in ihrem Bettchen gelegen, und als Jaana sich über sie beugte, um auf ihren Atem zu lauschen, hatte sie gemerkt, dass ihr Kind nicht mehr lebte.

«Sie war blaurot angelaufen und hat nicht geatmet, ich wusste nicht, was ich tun sollte. Zum Glück war am Telefon so ein Aufkleber, eins eins zwei», schluchzte Jaana. «Begreift ihr, dass ich das Schlimmste getan hab, was man sich vorstellen kann? Ich hab mein eigenes Kind umgebracht. Ich will nicht mehr leben! Warum habt ihr mich nicht vom Balkon springen lassen?» Sie hatte ein unbezwingliches Bedürfnis zu reden, uns und auch sich selbst zu erklären, wieso sie ihre Tochter getötet hatte. Sie war erst zwanzig. Minnis Vater war eine Zufallsbekanntschaft gewesen, aber Jaana hatte das Kind trotzdem gewollt. Aufgrund ihrer Schwangerschaft hatte sie eine Sozialwohnung bekommen. Doch das Leben als Mutter war nicht nur süße Symbiose gewesen.

«Die ersten Monate hing sie mir die ganze Zeit an der Brust, kaum dass ich mal aufs Klo konnte, schon schrie sie nach mehr. Aber wenn sie schlief, war sie wahnsinnig süß. Wie ein Engelchen. Und als ich sie mit fünf Monaten abgestillt hab, bin ich ab und zu auch mal wieder unter die Leute gekommen. Ich konnt mich doch nicht in dem Betonbunker vergraben, bloß weil ich ein Kind hab. Und die Nachbarin hat gern auf sie aufgepasst.»

Die meiste Zeit hörten Koivu und ich einfach zu. Der Fall war klar, wir würden Jaana das Protokoll der Voruntersuchung unterschreiben lassen und beim Gericht Haftbefehl beantragen. Sobald er, sicher schon am nächsten Tag, vorlag, würde Jaana nach Hämeenlinna ins Frauengefängnis eingeliefert werden, um auf ihren Prozess zu warten. Man konnte nur hoffen, dass sie einen kompetenten Rechtsbeistand bekam, der die entscheidenden Details aus ihrem Redefluss herausfilterte: Kindheit in einer Alkoholikerfamilie, Arbeitslosigkeit, abgebrochener Schulbesuch, eine postnatale Depression, die nie behandelt worden war. Ihre Geschichte war ebenso trist wie banal, alle Vorzeichen der Tragödie waren zu erkennen. Nun würde alles noch schlimmer werden, und ich konnte nichts dagegen tun. Jaana hatte bereits als Teenager übermäßig viel getrunken, und im Gefängnis würden mit Sicherheit Drogen hinzukommen. Fast hoffte ich, dass sie vorher in die Fänge irgendeiner religiösen Sekte geriet.

«Was passiert jetzt mit mir?», fragte Jaana, als ich die Vernehmung beendete. Ich erklärte es ihr und riet ihr, sich einen Anwalt zu besorgen. Als ihr endlich aufging, dass sie eine lange Haftstrafe zu erwarten hatte, fing sie wieder zu heulen an. Es fiel mir schwer, sie in die Zelle zurückzuschicken, aber was hätte ich sonst tun können? Ich war nur die vernehmende Polizistin, keine Sozialarbeiterin.

«Möchtest du mit einem Psychologen reden?», fragte ich unbeholfen.

«Hältst du mich für bekloppt? Hab ich deshalb Minni umgebracht?», schrie sie, und ihr magerer Körper krümmte sich wie vor Schmerz. Ich riet ihr noch einmal, Hilfe zu suchen, doch sie war nicht mehr ansprechbar. Sie hätte ihr Kind getötet und müsse ins Gefängnis, obwohl sie lieber sterben wolle, wiederholte sie unaufhörlich, auch dann noch, als sie abgeführt wurde.

«Armes Ding», seufzte Koivu, als Jaanas Geheul verklungen war. «Wie kann so was passieren … Man rastet ein paar Minuten aus, und dann ist das ganze Leben endgültig versaut. Sein eigenes Kind töten, darüber kommt man wohl nie hinweg, oder?»

«Bestimmt nicht. Es ist schon schwer genug, wenn das Kind stirbt, an Krebs oder bei einem Unfall … Ich überlege manchmal, wie es wäre, wenn mein Kind bei der Geburt stirbt oder so schwer behindert ist, dass es nicht lange lebt. Der bloße Gedanke tut weh, dabei ist es noch gar nicht auf der Welt.»

Schnüppchen war real geworden, seit ich seine Bewegungen spürte. Beim ersten Mal war es ein seltsames Gefühl, ich war mir nicht sicher gewesen, ob ich mir das leise Flattern nicht nur eingebildet hatte. Als hätte ein kleiner Fisch vorsichtig mit dem Schwanz gewackelt, in einem Wasserbecken, von dem ich nicht wusste, dass ich es in mir trug. Langsam hatte ich die Bewegungen kennen gelernt, allmählich waren sie stärker geworden, und nun wusste ich sie bereits zu erwarten und war besorgt, wenn Schnüppchen zu lange schlief.

«Das Eislauftraining beginnt um zwei», sagte ich, um nicht länger über meine Ängste nachzudenken. «Vorher überprüfen wir die Berichte über die Wagen, die am Mittwochabend in Koukkuniemi beobachtet wurden. Vielleicht stoßen wir ja doch auf den goldfarbenen BMW.»

Meine Hoffnung erfüllte sich nicht, ich hatte nach wie vor keinen Beweis dafür, dass Ulrika Weissenberg noch einmal nach Matinkylä gefahren war und Noora zur Rede gestellt hatte. Dennoch sagte mir ein seltsamer Instinkt, dass genau das passiert war. Ich rief mir Matinkylä ins Gedächtnis, die backsteinroten Etagenhäuser, zwischen denen zähe Bäume wuchsen. Ein goldfarbener BMW wäre dort sicher aufgefallen. Vielleicht sollten wir die Jungen befragen, die auf den Höfen Fußball spielten.

Bevor wir zum Eisstadion fuhren, schleifte Koivu mich zum Essen in eine Pizzeria. Ich spielte die Gesundheitsbewusste und nahm eine vegetarische Variante, Koivu bestellte eine Anschovis-Salami-Pizza, an der er nur herumpickte.

«Glaubst du, wir sollten wirklich beim Training stören?», meinte er schließlich nervös. «Für Silja als Spitzensportlerin ist es doch sicher wichtig …»

«Ich störe ja auch ungern, aber ich möchte lieber in der vertrauten Umgebung mit den Trainern sprechen als auf dem Präsidium. Schließlich stehen die beiden nicht direkt unter Verdacht.»

Koivu murmelte vor sich hin, er fürchtete offenbar, sich vor Silja zu blamieren.

«Iss deine Pizza auf, dann gehen wir», sagte ich wie eine große Schwester. Aber Koivu stocherte nur in den Anschovis herum und brachte kaum seine Milch herunter. Von meiner Pizza waren nur noch die Ränder übrig, und ich fühlte mich entsprechend: übersatt und verschwitzt. Zum Glück hatte ich noch ein Kaugummi in der Tasche, das den schlimmsten Fettgeschmack vertrieb.

Als ich vor dem Eisstadion parkte, sah ich, dass am Vordereingang irgendetwas los war. Aus dem Stadion kamen kleine Mädchen, deren Eltern wartend in ihren Autos saßen, aber es kam mir vor, als ob der Pförtner versuchte, jemanden hinauszudrängen. Wie gut abgerichtete Hunde setzten wir uns in Trab. Nun sah ich, dass Männer mit Mikrophonen und Kameras den Eingang belagerten. Reporter.

Die Meldung des Sportstudios, die Polizei betrachte Nooras Tod als Tötungsdelikt, hatte offenbar die Redaktionen der Boulevardzeitungen und Rundfunksender alarmiert. Bisher war der Name des in Matinkylä tot aufgefundenen Mädchens nicht bekannt gegeben worden, doch nun hatten die Reporter eins und eins zusammengezählt. Die Eltern der kleinen Eiskunstläuferinnen wirkten eingeschüchtert, und schon von weitem hörte ich zweistimmiges Gebrüll, das die Fragen der Presse abzuwürgen versuchte.

Es war schwer zu sagen, wer wütender war, Elena oder Janne.

«Sie können hier nicht einfach hereinplatzen und das Training unterbrechen!», schrie Elena. «Wir wissen über Nooras Tod nicht mehr, als dass sie nach Verlassen des Stadions starb. Verschwinden Sie!»

«Janne, für dich muss das alles furchtbar sein», sagte einer der Reporter in einem Ton, der mitfühlend wirken sollte. «Du trainierst aber heute, wirst also weitermachen?»

«Schert euch zum Teufel!» Janne kochte vor Wut, einen Moment lang glaubte ich, er würde sich auf den Mann stürzen. Dann bemerkte er Koivu und mich. «Da kommen die Kripobeamten, die Nooras Tod untersuchen. Nehmt zur Abwechslung die in die Mangel!»

Zum Weglaufen war es zu spät. Als die Fragen auf uns niederprasselten, grinste Janne so unverschämt, dass ich ihm am liebsten die Zunge gezeigt hätte.

Stimmte es, dass Nooras Leiche in einem Kofferraum gefunden worden war wie die des berühmten Drogengangsters Jack Morre? Wem gehörte das Fahrzeug, stand der Besitzer unter Verdacht? Nicht? Wer dann?

Ich war nicht befugt, Informationen an die Presse zu geben, wollte aber Taskinen nicht deshalb am Sonntag stören. Einige der Eltern hatten kehrtgemacht, als sie das Wort Kripo hörten, sie scharten sich fordernd um uns.

Ich sagte, Noora Nieminen sei tatsächlich in einem Parkhaus in Matinkylä im Kofferraum eines Wagens gefunden worden, und die Polizei betrachte den Fall als Tötungsdelikt. Auf Einzelheiten könne ich nicht eingehen, um die Ermittlungen nicht zu gefährden. Auch die Identität von Kati Järvenperä gab ich nicht preis. Zum Glück war sie nicht publicitysüchtig. Ich nutzte die Gelegenheit, an alle zu appellieren, die sich am Abend der Tat in Matinkylä und besonders im Parkhaus des Einkaufszentrums aufgehalten hatten:

«Wenden Sie sich an die Espooer Polizei, wenn Sie irgendetwas Verdächtiges beobachtet haben. Jeder Hinweis ist wichtig.»

Eine der kleinen Eisläuferinnen weinte. Noora war für die Mädchen das große Vorbild gewesen.

«Die Polizei will aber auch Nooras Partner und ihre Trainer vernehmen?», fragte der Reporter des Lokalsenders, der sich wohl für besonders schlau hielt.

«Noora Nieminen wurde auf dem Heimweg vom Eisstadion getötet. Wir wollen lediglich das Umfeld kennen lernen», sagte ich mit aller Geduld, deren ich fähig war. «Mehr kann die Polizei zur Zeit nicht bekannt geben.»

Es war so leicht, «wir» oder «die Polizei» zu sagen, als trüge ich persönlich keinerlei Verantwortung für die Ermittlungen. Die Reporter wichen überraschend fügsam zurück, als ich, dicht gefolgt von Koivu, in die Halle marschierte. Immer noch strömten etwa zehnjährige Mädchen zum Ausgang, offenbar hatten sie Gruppentraining gehabt. Elena Grigorieva sprach mit einem der Mädchen, ließ die Kleine jedoch stehen, als sie mich sah, und kam mir mit langen Schritten entgegen.

«Haben Sie die Journalisten verscheucht? Gut! Mitten im Gruppentraining der Anfänger hier aufzutauchen! Und Ulrika ist natürlich nicht hier, das eine Mal, wo wir sie gebraucht hätten!»

Ich hatte mich schon bei der ersten Befragung gewundert, wie gut Elena Finnisch sprach. Sie brauchte nie nach einem Wort zu suchen, machte kaum grammatische Fehler, und ihr russischer Akzent war zwar unverkennbar, aber nicht störend. Dabei lebte sie erst seit zwei Jahren in Finnland.

«Und was will die Polizei hier?», fragte sie. «Sind Sie die Nächsten, die uns belästigen wollen? Das Training ist nicht zu Ende.»

«Ich weiß. Aber Ihre Aussage über den Mittwochabend …» Ich wurde von einem spindeldürren Mädchen unterbrochen, das sich in Elenas Arme warf.

«Mama, mamotška! Gde Tomi? Ja hazu …»

«Sprich finnisch, Irina! Wir sind nicht in Russland!»

«Mama, wo ist Tomi? Ich will nach Hause, im Fernsehen kommt ein Film …»

«Tomi kann dich nicht abholen, er hat zu tun. Du musst warten, bis Silja fertig ist.»

«Aber Mama …»

«Keine Widerrede! Setz dich in den Umkleideraum und mach deine Hausaufgaben!»

Irina murmelte etwas vor sich hin, zog dann aber, beleidigt mit den kaum vorhandenen Hüften wackelnd, davon. In ihren grazilen Bewegungen lag ein Selbstbewusstsein, das bei einem Kind eigenartig wirkte. Rami kam ihr auf dem Gang entgegen, Irina sagte etwas zu ihm, breitete theatralisch die dünnen Arme aus, und Rami klopfte ihr besänftigend auf die Schulter. Sicherlich war Irina Grigorieva dazu erkoren, eine Eiskunstläuferin der Spitzenklasse zu werden, vielleicht würde sie in fünf Jahren beginnen, Weltmeistertitel zu scheffeln. Bis dahin hatten sie und ihre Mutter sicher die finnische Staatsbürgerschaft.

Rami Luoto wirkte erschöpft.

«Sind die Reporter weg? Gut. Ich hatte schon befürchtet, Janne würde sich auf sie stürzen. Seit seiner Verhaftung ist er ganz fremd geworden», sagte er in scharfem Ton zu mir. «Was habt ihr mit ihm gemacht?»

«Wir haben ihn lediglich befragt, sonst nichts.»

«Sein Auto habt ihr auch konfisziert. Habt ihr ihn allen Ernstes in Verdacht?»

«Wir verdächtigen jeden», warf Koivu ein.

Die ersten Ergebnisse zu Jannes Wagen sollten am nächsten Tag vorliegen. Dann würde ich auch Nooras Leiche ansehen und die aus dem Labor zurückgekommene Sporttasche untersuchen. Bis Mittsommer und Urlaubsbeginn waren es nur noch vier Wochen, was man allerdings dem Wetter nach nicht vermuten würde. Von hellen Frühlingsnächten konnte keine Rede sein, der Himmel war verhangen mit feuchtgrauen Wolken, hinter denen die Sonne nicht hervorkam. Ob die Selbstmordrate dieses Jahr noch höher lag als gewöhnlich, da der Frühling alle Erwartungen enttäuschte?

Ohne weitere Absprache waren wir in die Trainingshalle gegangen, Rami und Elena voran, wir Polizisten zielstrebig hinterdrein, als wüssten wir, was zu tun sei. Janne und Silja saßen auf der Spielerbank, Janne redete aufgeregt, während Silja den Arm um seine Schulter gelegt hatte. Sie sah aus wie ihr Vater, wenn er sich die Sorgen seiner Untergebenen anhörte. Auch wenn Silja und Janne nichts miteinander hatten, waren sie ganz offensichtlich gute Freunde. Ich spürte, wie Koivu neben mir zusammenzuckte und hätte ihm gern mitfühlend auf die Schulter geklopft, aber das ließ ich natürlich bleiben. Überhaupt, was gingen mich Silja und Janne an, ich war hier, um mit Elena Grigorieva zu reden.

«Janne, wenn du aufs Eis willst, dann setz dich in Bewegung!», kommandierte die Trainerin. «Und du, Silja, lauf dich warm! Wir haben nicht mehr viel Zeit bis zur Kanada-Reise.»

«Ich glaub, ich mag heute nicht», sagte Janne ausweichend und strich sich die Haare aus der Stirn. Am rechten Ohrläppchen trug er einen kleinen Goldreif, der fast etwas zu zierlich wirkte.

«Ach nein? Bummelei und Selbstmitleid helfen dir nicht weiter. Los, geh dich umziehen, oder willst du die Arbeit der letzten Jahre einfach wegwerfen? Du weißt genau, dass deine Karriere nicht mit Nooras Tod enden muss. Na los, geh schon!»

Elena sprach so schnell, dass ihre Kommandos im Echo der Halle miteinander verschmolzen. Dennoch bewirkten sie, dass Janne aufstand, die riesige Sporttasche über die Schulter warf und sich in Richtung Umkleideraum in Bewegung setzte. Rami Luoto wühlte hastig in einem Stapel Kassetten und suchte offenbar nach der Musik, zu der sich Silja warm laufen sollte.

«Hallo, Maria.» Silja stapfte in ihren Schlittschuhen zu uns. Die Kufenschoner behinderten sie in ihren Bewegungen. «Tag, Pekka. Gibt es etwas Neues?»

«Kaum. Wir sind hier, um ein bisschen Atmosphäre zu schnuppern», sagte Koivu und bemühte sich, Silja nicht allzu auffällig anzustarren.

«Habt ihr Janne verhaftet, weil ich euch erzählt habe, was er gesagt hat? Er könnte Noora umbringen?»

«Nein, wirklich nicht», beruhigte ich sie. «Ist dir noch irgendetwas eingefallen? Wie ist es mit der Schule? Hatte Noora dort Feinde?»

«In der Schule? Weiß ich nicht, wir waren ja nicht in derselben Klasse. Viele Freunde hat sie wohl nicht gehabt, weil ihre ganze Zeit für den Eiskunstlauf draufging. Sie war die Einzige, die sich nie beklagt hat, nicht mal dann, wenn wir im Winter früh um sechs in der eiskalten Halle trainieren mussten. Sie war so fanatisch. Sie hielt sich für besser als alle anderen, sie wusste immer alles. Das ging einem manchmal auf die Nerven.»

Beim Sprechen machte Silja Dehnungsübungen. Sie legte

das rechte Bein auf die Bande und beugte den Oberkörper darüber. Ich war nie besonders gelenkig gewesen, selbst vor der Schwangerschaft konnte ich von einem Spagat nur träumen, Silja dagegen schien in jeder Richtung biegsam zu sein. Soweit ich mich erinnere, hatte sie sogar die Biellmann-Pirouette in ihrer Kür.

«Wie hätte Noora reagiert, wenn ein Fremder sie angegriffen hätte? Wäre sie weggelaufen oder hätte sie sich gewehrt?»

«Du meinst, sie hätte selbst die Schlittschuhe aus der Tasche genommen und wäre damit auf den Angreifer losgegangen?», ergänzte Silja meinen Gedankengang. «Dazu wäre sie imstande gewesen.»

«Silja, aufs Eis!», ertönte Elena Grigorievas Stimme vom Nordende der Halle. Die entsetzliche Queen-Instrumentalisierung, die bereits eine Weile im Hintergrund gedudelt hatte, wurde lauter. Achselzuckend nahm Silja die Kufenschoner ab und betrat die Eisfläche, beugte sich noch einmal zu uns und sagte:

«Elena kennt keine Gnade. Es wird gelaufen, und wenn der Himmel einstürzt.»

Dann glitt sie über das Feld, wobei es anfangs nur darum ging, sich warm zu laufen und ein Gespür für das Eis zu bekommen. Bogen, Schlinge, Dreier, bei Silja sahen selbst die einfachen Grundfiguren anmutig aus. Koivus Augen folgten der blonden Gestalt im grauen Trikot mit sehnsüchtigem Blick. Der arme Kerl, sein Herz war tatsächlich wieder einmal in Gefahr.

«Schön, nicht wahr?», bemerkte ich leichthin.

«Wunderschön. Aber wenn du im Präsidium was verrätst, bring ich dich um», wisperte Koivu.

Ich bring dich um. Wie leicht sagte sich das, und es bedeutete nichts weiter als: Sei so lieb und halt den Mund. Sicher hatten Jannes Worte auch nicht mehr bedeutet.

Janne kam nun auch aufs Eis, glitt vorsichtig, beinahe tastend über die blanke Fläche. Sicher war er seit Donnerstag nicht mehr gelaufen. Ob er vorhatte, sich als Einzelläufer zu versuchen? Oder wurde bereits eine neue Partnerin für ihn gesucht?

Wir schoben uns näher an Elena Grigorieva heran, die sich an die Bande lehnte. Ihr dicker brauner Wollmantel war im ewigen Winter der Eishalle genau das Richtige. Pathetische Streichmusik begleitete das Rauschen der Kufen, bei jeder Bremsung stoben Eiskristalle auf.

«Frau Grigorieva, wir möchten mit Ihnen über Mittwochabend sprechen ...»

«Gehen Sie weg! Sehen Sie nicht, dass ich arbeite?»

«Wir auch. Sie haben ausgesagt, Sie wären am Mittwochabend mit Ihrem Mann zum Einkaufen und anschließend nach Hause gefahren. Einer Zeugenaussage nach war Ihr Mann jedoch am Mittwoch kurz vor sieben Uhr in seinem Fitnesscenter.»

Die Trainerin, die bis dahin aufs Eis geschaut hatte, drehte sich abrupt um.

«Wann soll ich das gesagt haben?»

«Am Donnerstag, als ich mit Kriminalmeister Pihko bei Ihnen war.»

«Am Donnerstag! Da hatten Sie mir doch gerade mitgeteilt, dass Noora tot ist. Das hat mich völlig aus der Fassung gebracht, ich konnte nicht klar denken!»

«Sie geben also zu, nicht die Wahrheit gesagt zu haben?»

«Gelogen habe ich nicht! Sie können mich nicht für das verantwortlich machen, was ich in der Situation gesagt habe. Sie müssen sich doch erinnern, war ich Ihrer Meinung nach etwa ausgeglichen?»

Natürlich erinnerte ich mich an die Weinkrämpfe, die zerschmetterte Vase und an ihre hartnäckige Überzeugung, Noora sei überfahren worden. So hatte sie es auch Rami

Luoto erzählt, als hätte sie nicht verstanden, was wir gesagt hatten. Oder war all das nur ein Täuschungsmanöver?

Auch Rami war nun auf dem Eis und lief dieselben Grundfiguren wie Silja und Janne. Er bewegte sich immer noch geschmeidig wie ein Jüngling, irgendwie war es nett, einen bereits ergrauten Mann auf dem Eis zu sehen, wo sonst Zwanzigjährige liefen. Alle drei entwickelten ein wahnsinniges Tempo und schienen das Feld besser auszufüllen als zwei komplette Eishockeymannschaften. Vielleicht wirkte die zähflüssige Instrumentalversion des Queen-Hits «Radio Gaga» inspirierend. Ich selbst hätte allerdings lieber den seligen Freddie gehört als vibrierende Geigen.

«Janne! Lass den Kopf nicht so hängen!», rief Elena Grigorieva. Die richtige Kopfhaltung war, soweit ich wusste, beim Eiskunstlauf sehr wichtig, da sie sich nicht nur auf den allgemeinen Eindruck auswirkte, sondern auch auf das Gelingen der Sprünge und Pirouetten. Silja stoppte an der Bande und machte weitere Dehnübungen, lockerte die Schulterblätter und den Oberkörper und ließ die Finger kreisen wie eine Pianistin vor dem Konzert. In diesem Winter war sie ihre Kür zu einem Bluespotpuorri gelaufen. Eine gute Wahl. Zwar wirkte Silja, die kühle Blonde, wie geschaffen für klassische Melodien, doch Rockmusik brachte ihr Temperament besser zur Geltung.

«Was war denn nun am Mittwochabend?», fragte ich die Grigorieva, die uns allem Anschein nach völlig vergessen hatte und sich ganz auf die Läufer konzentrierte.

«Tomi hat Irina und mich nach Hause gebracht, unterwegs haben wir noch eingekauft. Dann hat er kurz im Fitnesscenter vorbeigeschaut, war aber nicht lange weg. Eine halbe Stunde, vielleicht etwas mehr. Als er zurückkam, hatte ich die Fischsuppe gerade fertig.»

Ihr Blick folgte Silja, der auch Koivu so gebannt zusah, dass er kaum hörte, was wir sprachen.

«Ist Ihr Mann mit dem Wagen zum Fitnesscenter gefahren?» Sie nickte nur. Offenbar war sie der Ansicht, lange genug mit uns geredet zu haben, denn sie ging resolut davon. Was hätte sie auch weiter sagen können? Sie war zur Tatzeit zu Hause gewesen und hatte Fischsuppe gekocht. Wo ihr Mann, Tomi Liikanen, sich aufgehalten hatte, danach musste ich ihn selbst fragen.

Elena hielt die Queen-Kassette an. Einen Moment lang hörte man nur die Kufen auf dem Eis, dann ertönte eine neue Melodie. Tschaikowskys Klavierkonzert b-Moll. Sie hatte doch nicht etwa vor, Silja zu einem derart abgegriffenen Stück ihre Kür laufen zu lassen?

Nein, es wurden weiterhin Grundfiguren geübt. Auch Janne war nun in Fahrt gekommen. Wenn er solo lief, trat die Eckigkeit seiner Bewegungen deutlicher hervor, er schien einfach zu groß zu sein für einen Eiskunstläufer. Dieser Eindruck verstärkte sich noch, als er bei Rami Luoto anhielt, um ihn etwas zu fragen. Wirkte Luoto wie ein ehemaliger Balletttänzer, so sah Janne neben ihm aus wie ein Sprinter. Im Paarlauf war seine mangelnde Gewandtheit nicht weiter aufgefallen, denn die geschmeidige, temperamentvolle Noora hatte alle Blicke auf sich gezogen. Als Einzelläufer würde Janne in der Masse derjenigen untergehen, die sogar um die Zulassung zum Kurzprogramm kämpfen mussten.

Nun begab sich Elena auf die Eisfläche, um mit Silja zu sprechen, während Rami Luoto in weit ausgreifenden Schwüngen zu uns an die Bande kam. Janne folgte ihm verdrossen. Zum Glück war ich keine zwanzig mehr, sonst hätte ich seinem mürrischen Charme absolut nicht widerstehen können.

«Möchtet ihr noch mit Janne und mir sprechen?» Luoto bemühte sich ganz offensichtlich, uns freundlich zu behandeln. Vielleicht glaubte er, dass wir alles taten, um Nooras Mörder zu finden. Wie Silja schien auch er zu den Vernünftigeren im Eiszirkus zu gehören. Er konnte uns bei der Erstellung von Nooras Persönlichkeitsprofil von Nutzen sein, wobei wir freilich nicht vergessen durften, dass auch er zu den Verdächtigen zählte.

«Du bekommst deinen Wagen sicher morgen zurück», wandte ich mich an Janne.

«Es wurde also nichts gefunden, was mich belastet», erwiderte er barsch.

«Das steht noch nicht fest. Freu dich nicht zu früh.» Koivus Stimme klang ausgesprochen unfreundlich, ich musste beinahe lachen. Was waren wir für ein Gespann! Von Objektivität keine Spur: Der eine war eifersüchtig auf einen der Verdächtigen, die andere sortierte sie rein gefühlsmäßig in Nette und Widerwärtige.

«Wir wollen euer Training nicht mehr beeinträchtigen als nötig. Von mir aus kannst du weiterlaufen, Janne. Wir melden uns, wenn die Untersuchung deines Wagens abgeschlossen ist.»

Offensichtlich erleichtert schoss Janne davon. Silja hatte gerade zu einer Sprungkombination angesetzt. Zuerst ein Lutz: Sie lief einen weiten Bogen rückwärts, hockte fast auf ihrem linken Fuß und zog das linke Bein und die Arme nach hinten. Mit der Säge an der Spitze der linken Kufe stieß sie sich ab und sprang. «Linke Schulter runter!», rief Luoto, doch seine Warnung kam zu spät. Nach knapp drei Umdrehungen landete Silja unsanft auf dem Hintern und rutschte ein gutes Stück über das Eis, bevor sie aufstand.

«Das hat bestimmt wehgetan», ächzte Koivu. Ich kannte einige Menschen, die weder beim Eiskunstlauf noch beim Skispringen zuschauen wollten, um nur ja keinen Sturz zu sehen. Für mich lag die Faszination des Eiskunstlaufs gerade darin, dass der kleinste Fehler – verspäteter Absprung, falsche Arm- oder Kopfhaltung – den ganzen Sprung verderben konnte. So spielend manche Läufer den dreifachen Axel auch hinzulegen schienen, hinter jedem Sprung stand jahrelange harte Arbeit.

Silja erhob sich, schüttelte die Beine aus, glitt eine Weile übers Eis und setzte zu einem neuen Versuch an. Wieder die Vorbereitung: Gewichtverlagerung auf die Außenkante, das freie Bein nach hinten und hoch! Diesmal gelang der Sprung, sie landete sicher und setzte noch einen doppelten Toeloop drauf.

«Bald schafft sie den dreifachen», murmelte Luoto vor sich hin. Dann bemerkte er Koivus Gesichtsausdruck und fügte hinzu: «Sie ist gut, nicht wahr? Perfekte Technik und makellose Bögen. Wenn sie lernt, mehr Ausdruck zu zeigen, wird sie Medaillen einfahren, zumindest bei Europameisterschaften. Silja könnte ein wenig von Nooras dramatischem Wesen vertragen. Noora hat ihre Gefühle nicht zurückgehalten, im Gegenteil, man musste sie eher bändigen.»

Laut Zulassungsregister hatte Rami Luoto kein Auto. Ich hatte vergessen nachzuprüfen, ob er einen Führerschein besaß. Vielleicht war er Janne und Noora nachgelaufen, hatte abgewartet, bis sie sich nach ihrem Streit trennten, und dann vergeblich versucht, Noora zu beruhigen. Dabei war er selbst in Rage geraten und hatte sie erschlagen. Konnte es so gewesen sein? Aber wie hätte er Nooras Leiche ins Parkhaus schaffen sollen?

Luoto, der von Teräsvuoris Freilassung gehört hatte, fragte verwundert, ob der Karaoke-König tatsächlich unschuldig sei.

«Diesen Mann hat Noora wirklich gehasst. Ich könnte mir gut vorstellen, dass sie auf ihn losgegangen ist und er in Notwehr zu heftig zugeschlagen hat. Als Hanna von zu Hause wegging, war das ein schwerer Schlag für Noora, auch wenn sie die Gleichgültige spielte. Wir haben uns ganz schön anstrengen müssen, damit sie trotzdem im Sport und in der Schule weiterkam. Nicht jedes Mädchen hätte das geschafft, aber Noora – Noora war eine Kämpfernatur!»

Ich hatte keine weiteren Fragen an den Trainer, seine Aussage über seinen Heimweg von der Eishalle zur Wohnung in der Liisankuja war klar und eindeutig gewesen. Wir konnten also gehen. Ich schubste Koivu an, der jedoch Siljas Sprungübungen so fasziniert beobachtete, dass er nichts merkte. Rami Luoto lächelte mir verschwörerisch zu, offenbar war ihm klar geworden, worauf Koivus überraschendes Interesse für die Feinheiten der Kombination von dreifachem Lutz und dreifachem Toeloop beruhte. Neugierig maß er Koivu, registrierte die breiten Schultern, die Grübchen an den Wangen, seine ganze Erscheinung, die an einen knuddeligen Teddybären erinnerte. Die blaue Polizeiuniform hatte meinem Kollegen blendend gestanden, aber auch in Jeans machte er eine gute Figur. «Er sieht nett aus», sagte Luoto halblaut zu mir.

«Er ist auch nett», erwiderte ich. Wie üblich vergaß ich die Rollenverteilung zwischen Polizisten und Verdächtigen und wurde zum Kumpel. Rami Luoto hatte etwas Vertrauen Erweckendes. Deshalb kam er wohl mit Jugendlichen so gut zurecht.

Nachdem es mir endlich gelungen war, Koivu loszueisen, fuhren wir zur Dienststelle, wo ich Nooras Tagebücher einpackte. Vielleicht enthielten sie wenigstens einen kleinen Hinweis, der mir zu verstehen half, was am Abend des Mordes geschehen war. Koivu fuhr mich nach Hause. Unterwegs fragte er schüchtern:

«Was meinst du, Maria, ob ich mit Silja ausgehen kann, wenn dieser Fall abgeschlossen ist?»

«Wie schön, dass du den Fall auch so schnell wie möglich erledigen willst», lachte ich. «Aber sie ist erst siebzehn.»

«Du meinst, sie hält mich für uralt?»

«Vielleicht auch nicht ... Warum man sich in jemanden verliebt, ist total mystisch, da kann man gar nichts vorhersagen», erklärte ich wie eine Kummerkastentante. Koivu wurde wieder rot und gab auf dem Rest des Wegs kein Wort mehr von sich.

Am Abend las ich in Nooras Tagebüchern. Die ersten sechs hatte sie geschrieben, als sie noch keine zehn war, sie enthielten Aufzeichnungen über Schule und Training. Das einzig Bemerkenswerte an ihnen war Nooras frühreifer, präziser Stil. Sorgfältig hatte sie ihre Noten eingetragen, ebenso die Trainingsstunden und die Punkte in den ersten Wettkämpfen. Zwischen den Zeilen war herauszulesen, dass sie nicht viele Freundinnen gehabt hatte. Auch einige Eifersuchtsdramen waren hier festgehalten. Einmal hatte es ihr fast das Herz gebrochen, als eine gewisse Tinja nicht mehr ihre beste Freundin sein wollte. Tinja fand, Noora hätte nur den Eiskunstlauf im Sinn und zu wenig für die Reitstunden übrig.

Eigentlich finde ich Pferde blöd. Ich verstehe nicht, was Tinja und die anderen an ihnen so toll finden. Jede Woche wie ein Mehlsack auf so einem Gaul zu hängen! Erst nach einem Jahr darf man springen. Auf dem Eis mache ich schon doppelte Sprünge.

Die beiden nächsten Kladden befassten sich ausschließlich mit dem Eiskunstlauf und einigen Schülerlieben, die Noora sehr leidenschaftlich erlebt hatte. Eigentlich durfte ich mich über die Schwärmerei der Elfjährigen für den Nachbarjungen Jesse, der mit seinen langen Wimpern aussah wie Donnie von New Kids on the Block, nicht lustig machen. Schließlich war ich selbst mit elf in Mick Jagger verschossen gewesen und hatte meine Zimmerwände mit Postern von ihm tapeziert. Und heute zierte eine Männercollage, die ich zum Polterabend bekommen hatte, mein Büro, und als einer der Leckerbissen prangte darauf der ewig junge Jagger.

Als sie das neunte Tagebuch anfing, war Noora zwölf, und ihre Eintragungen wurden nachdenklicher und kritischer. Sie fragte sich, warum sie zur Schule ging, warum sie mit dem Eiskunstlauf weitermachte, warum sie sich wieder verliebt hatte, diesmal in einen Jungen aus der Klasse über ihr. Rami

Luoto war aus Kanada zurückgekehrt und ihr Trainer geworden. Noora hatte das Gefühl, in einem Monat mehr von ihm gelernt zu haben als bei allen bisherigen Trainern zusammen. Nun tauchten auch andere bekannte Namen im Tagebuch auf:

Ulrika Weissenberg finde ich widerlich. Dauernd schnattert sie und kommandiert uns herum, dabei hat sie selbst bestimmt nie Schlittschuhe angehabt. Mutter hält Ulrika für wahnsinnig elegant und schön, aber ich finde, sie sieht aus wie eine alte Hexe mit zu viel Schminke im Gesicht. Wie die böse Stiefmutter in Schneewittchen.

Nooras Pubertätsprobleme nahmen zu, immer heftiger kritisierte sie ihre Eltern. Es war, als läse ich mein eigenes Tagebuch aus Teenagerzeiten, in dem meine Eltern beinahe wie Monster erschienen. Musste das immer so sein? Würde Schnüppchen, das gerade in meinem Bauch Fußball spielte, Antti und mich eines Tages hassen, uns für verkalkte Tyrannen halten, mit denen man am besten gar nicht erst redete, weil sie sowieso nichts schnallten?

Mutsch und Paps hatten irgendwelche Leute zu Besuch, eine Firmenparty. Mutsch war schon drei Tage vorher total nervös, hat geschrubbt, gebacken und gekocht und dabei versucht abzunehmen, damit ihr Hintern in ihr altes Kleid passt. Paps schert sich nicht um seine Pfunde, der liegt auf dem Sofa, trinkt Bier, frisst Chips und guckt Rallyes. Meistens fällt ihm gar nicht auf, was Mutsch anhat, obwohl er ihr manchmal an den Hintern grabscht oder an den Busen, sogar am Esstisch, als wäre sie ein Stück Schinken. Die beiden widern mich an.

Am Abend war Paps blau wie ein Gartenzwerg, und Mutsch hat ihn angebrüllt, er hätte die ganze Party versaut. Ich weiß nicht, was passiert ist, ich war den ganzen Abend auf meinem Zimmer und hab mir das Video von der Olympiade in Albertville angesehen. Viktor Petrenko ist einfach toll. Wenn Nancy Kerrigan lächelt, sieht sie aus wie ein Monster. Susanna und Petri waren irre gut, der sechste Platz ist ganz okay, aber sie hätten mehr verdient gehabt. Nächstes Jahr ist schon die Olympiade in Lillehammer. Und in fünf Jahren in Nagano, in Japan. Da will ich dabei sein.

Der Druck auf meinen Augen kam nicht nur von der Müdigkeit. Ich schlug Nooras zehntes Tagebuch zu. Schnüppchen spielte immer noch Fußball, mir zitterte das Schambein bei seinem Kopfballtraining. Hatten Nooras Eltern ihre Tagebücher gelesen, oder hatten sie es geschafft, die Finger davon zu lassen? Ich erinnerte mich an die aufreibenden Versuche, meine Aufzeichnungen vor zwei neugierigen kleinen Schwestern zu verbergen. In der Oberstufe hatte ich zum Schutz eine fast unleserliche Handschrift entwickelt. Noora hingegen schrieb deutlich und gleichmäßig. Beim M war der erste Bogen viel höher als der zweite, was angeblich auf ein egozentrisches Wesen hindeutet. Nach und nach wurde die Handschrift enger, bereits nach einigen Bänden sah man den Übergang von der runden Schönschrift des kleinen Mädchens zu den heftigen Strichen der Pubertierenden.

Trotz meiner Müdigkeit brannte ich darauf zu erfahren, wie Noora auf den Vorschlag reagiert hatte, Paarläuferin zu werden. Vielleicht stand die Antwort im elften Band, einem dicken, schwarz eingebundenen Heft. Ich blätterte fieberhaft und entdeckte bald eine im November vor zweieinhalb Jahren geschriebene Seite, auf der die Querstriche beim T steil nach unten zeigten.

Rami hat heute gesagt, ich könnte nicht springen. Oder nein, so hat er sich nicht ausgedrückt, er hat gesagt, im Paarlauf könnte ich noch besser werden als im Einzellauf. Meine Ausdrucksfähigkeit und Geschmeidigkeit kommen am besten zur Geltung, wenn ich mit einem Jungen laufe, und wegen der dreifachen Sprünge brauche ich mich dann auch nicht zu stressen, beim Paarlauf reichen ja Toeloop und Salchow.

Er hat gesagt, er hätte schon einen Partner für mich gefunden. Was ich von Janne Kivi hielte? Ein arroganter Schnösel, der sich einbildet, gut auszusehen! Ich weiß, dass die Mädchen seine grünen Augen anhimmeln, aber Eis laufen kann er nicht.

Nooras Ärger war bald verflogen, schon im Januar 1994 hatte sie ihre Ansicht geändert:

Janne ist einfach phantastisch! Dass man uns beide zum Paar gemacht hat, ist das Beste, was mir je passiert ist. Vielleicht wollte Rami etwas wieder gutmachen. Die anderen Mädchen sind grün vor Neid, weil ich mit Janne laufen darf und wir unsere eigenen Trainingsstunden und Programme haben. Mit dem Timing gibt es natürlich Probleme, und Janne ist manchmal furchtbar langsam, aber irre stark. Ich hatte schreckliche Angst, als er mich zum ersten Mal gehoben hat, ich wiege ja viel zu viel, schon 45 Kilo. Ich muss unbedingt abnehmen, sonst hält er mich noch für eine Fettsau.

Danach ging es in den Aufzeichnungen immer häufiger um Janne, alles andere trat in den Hintergrund. Janne und der Eiskunstlauf wurden eins, Hebungen und Kreuzfassungen registrierte Noora als Berührungen, die Umarmung nach dem erfolgreichen ersten Wettkampf war für sie mehr als eine beiläufige Geste. Die fünf Jahre Altersunterschied schienen sie nicht zu stören, aber welche Vierzehnjährige verliebt sich schon in einen Gleichaltrigen. Ich dachte an meine erste Liebe, an den schönen Gitarristen Johnny, und hatte das Gefühl, mich ganz und gar mit Noora identifizieren zu können.

Auch als ihre Mutter erklärte, sie würde die Familie verlassen, war Janne für Noora wichtig gewesen.

Ich kapier das einfach nicht! Mutsch hat einen anderen kennen gelernt, sie will sich von Paps trennen und zu dem Kerl ziehen. Sie sagt, sie hätte es satt, als unbezahlte Arbeitskraft in Paps' Firma zu schuften und Sami und mich zu bedienen. Der Mann ist Karaokesänger, was findet der bloß an meiner uralten, fetten, langweiligen Mutter?

Janne hat mich nach Hause gefahren, er hat mich gefragt, warum ich beim Training so down war, und da hab ich's ihm erzählt. Er sagt, er kennt die Situation. Seine Eltern haben sich getrennt, als er zwölf war, jetzt sind beide wieder neu verheiratet. Keiner versteht mich so gut wie Janne. Rami hat auch versucht, mir was zu erklären, aber der soll lieber still sein.

«Was liest du denn da?» Antti kam ins Schlafzimmer, Einstein auf dem Arm. «Macht Schnüppchen gerade Abendgymnastik? Ich dachte, Einstein würde das gern mal erleben.»

Er setzte den Kater vorsichtig auf meinen Bauch. Schnüppchen war offenbar zu Basketball übergegangen, seine Bewegungen waren kraftvoll und drängend, als versuchte es, einen Ball durch meine Bauchdecke zu stoßen. Einstein bestaunte das Gewoge ein paar Minuten, hielt es dann aber für klüger, sich ans ruhige Fußende zurückzuziehen. Ich schmiegte mich an Antti und genoss es, ihn, den Kater und das allmählich ruhiger werdende Baby zu spüren. Bald fiel ich in einen tiefen, traumlosen Schlaf.

Acht

Am nächsten Morgen nahm ich den Bus zum Rechtsmedizinischen Institut, um Nooras Leiche zu inspizieren und mit dem Pathologen zu sprechen, der sie obduziert hatte. Es war mein alter Bekannter Kervinen, der mindestens einmal im Monat die Marke seines Rasierwassers wechselte. Vielleicht hoffte er, dadurch den Leichengeruch zu übertünchen, der trotz der Kälte in den Kellerräumen dominierte.

Leichen anzuschauen war mir nie besonders angenehm gewesen, doch ich hatte bewusst versucht, mich daran zu gewöhnen. Meistens hatte ich die Opfer ja nicht persönlich gekannt, sie wurden wirklicher, wenn ich sie wenigstens nach ihrem Tod zu Gesicht bekam. Tote reden nicht, heißt es, und doch erfuhr ich von den Leichen viel über die Art, wie sie gestorben waren. Ideal war es, das Opfer am Tatort in Augenschein zu nehmen, wo man im Allgemeinen konkrete Spuren fand. In Nooras Fall kannten wir den Tatort allerdings immer noch nicht.

«Der Bericht ist fertig, ich habe ihn gerade rübergefaxt», sagte Kervinen lässig, als ich ihn im Gang traf. Heute duftete sein Rasierwasser nach Sandelholz und Leder, für ein synthetisches Erzeugnis geradezu angenehm. Kervinen spekulierte gern über Tathergänge, auch wenn seine offiziellen Berichte äußerst knapp und sachlich waren. Ich hatte ihn einmal in einer Verhandlung erlebt, wo er lang und breit erklärte, wieso die Kratzer am Rücken und die Druckstellen an den Knöcheln bewiesen, dass das Opfer bewusstlos durch den Wald geschleift worden war. Nachdem er eine Viertelstunde lang geredet hatte, war der Richter nervös geworden, aber letzten Endes war das Urteil vor allem aufgrund von Kervinens Gutachten gefällt worden.

«Noora Nieminen ist hier drin. Ich habe noch nie von einem Fall gehört, wo jemand mit Schlittschuhen erschlagen wurde. Allerdings sind die Kanten ja ziemlich scharf. Wurde nicht einem Eishockeyspieler von einem Schlittschuh die Schlagader aufgerissen? Ein idiotischer Sport, dieses Eishockey, ich sehe mir lieber Golf an.»

«In diesem Fall handelt es sich um Kunstlaufschlittschuhe.»

«Genau, die haben auch noch Zacken. Das sieht erst schön aus, schau mal.»

Nooras Leiche lag unbekleidet auf dem Stahltisch. Sie war übersät von Quetschwunden und Schnitten, die sowohl von den Kufen als auch vom Skalpell des Rechtsmediziners stammten. Unter anderem hatte ein Hieb mit dem Schlittschuh das linke Auge getroffen, sodass sich der Augapfel teilweise gelöst hatte. Auch am Hals und an den Handgelenken hatte sie tiefe Schnitte. Brüste und Oberschenkel waren durch die Kleidung geschützt gewesen, doch offenbar unzureichend, denn an den Brüsten konnte ich ebenfalls Schnittwunden erkennen. Noora sah sehr jung und zerbrechlich aus, wie sie da auf dem Seziertisch lag, man hatte fast das Bedürfnis, sie zuzudecken, damit sie nicht fror.

«Die Schnittwunden haben stark geblutet, hätten aber allein nicht zum Tod geführt. Tödlich war der Schlag auf den Hinterkopf. Ich würde annehmen, dass sie zuerst mit den Schlittschuhen auf den Kopf geschlagen und dann auf einen harten Gegenstand geschleudert wurde, wahrscheinlich auf einen Stein, was zum Schädelbruch führte.»

«War sie da noch bei Bewusstsein?»

«Wahrscheinlich, falls der Schlag auf Auge und Schläfe sie nicht vorübergehend bewusstlos gemacht hat.»

«Erlauben die Schläge Rückschlüsse auf den Täter?»

«Er war größer als das Mädchen, aber das will nicht viel heißen, sie war ja nur einsvierundfünfzig. Ziemlich stark, die Kleine, für eine Sechzehnjährige hatte sie bemerkenswert gut entwickelte Muskeln. War sie Spitzensportlerin? Im Eiskunstlauf kenne ich mich nicht aus, ich interessiere mich nur für Golf und Fußball … Eiskunstläuferinnen müssen auf ihr Gewicht achten, nicht wahr? Das würde die Fenterminrückstände im Urin erklären, Übergewicht hatte sie ja nicht.»

«Was ist Fentermin?»

«Ein Appetitzügler, Bestandteil von Schlankheitspillen wie Mirapront. Eng verwandt mit Amphetamin. Der Fentermingehalt im Urin lässt darauf schließen, dass sie es spätestens vierundzwanzig Stunden vor ihrem Tod eingenommen hat.»

«Steht das Mittel auf der Dopingliste?»

«Da muss ich nachsehen. Warte mal.» Kervinen nahm einen dicken Wälzer aus dem Regal und blätterte darin. «Ja.»

Ich betrachtete Noora, ihre im Tod erschlafften Muskeln, ihren Bauch, der zwar nicht flach wie ein Brett, aber auch nicht dick war, die runden, festen Brüste, die bei einem weniger sportlichen Mädchen wahrscheinlich schwer herabgehangen hätten, denen das harte Training jedoch alles überschüssige Fett entzogen hatte. Es war doch wohl undenkbar, dass ein Arzt einer normalgewichtigen Sechzehnjährigen ein Mittel zur Gewichtsabnahme verschrieb? Und warum hatte Noora ihre Karriere mit Doping aufs Spiel gesetzt? Oder hatte sie nicht gewusst, was sie einnahm? Hatten ihr die Trainer Fentermin gegeben?

«Sonst was Auffälliges?»

«Eigentlich nicht. Sie war nicht mehr Jungfrau, aber die Sechzehnjährigen heutzutage …» Kervinen errötete, es war mir früher bereits aufgefallen, dass alles, was mit Sexualität zu tun hatte, ihm irgendwie fremd war. Ziemlich komisch, bei seinem Beruf.

«Dass keine Anzeichen für sexuelle Gewalt vorliegen, weißt du ja schon. Der einzige klare Hinweis auf den Täter ist der abgebrochene Fingernagel in den Haaren, und der stammt von einer Frau.»

Mein Mund war plötzlich trocken, es dauerte eine Weile, bis ich die Sprache wieder fand.

«Fingernagel? Was sagst du da? Davon weiß ich gar nichts.»

«Steht im Bericht. Ach ja, den hast du noch nicht gelesen. In den Haaren des Mädchens, ich glaube, auf der linken Seite, hatte sich ein Stück von einem dunkelrot lackierten Fingernagel verfangen. Es hat die gleiche Farbe wie getrocknetes Blut, deshalb haben wir es nicht sofort gemerkt. Ich habe es ins Labor geschickt», fuhr Kervinen fort. Offenbar sah er mir an, dass ich wusste, wem der Nagel gehörte.

Ulrika Weissenberg würde mir einiges zu erklären haben.

«Das Mädchen selbst hatte leider sehr kurze Nägel, die nicht viel hergeben», bedauerte Kervinen. «Sie scheint sich kaum verteidigt zu haben. Dabei wehrt man sich doch instinktiv, wenn jemand auf einen einschlägt.»

Ich dachte an die Wut, die sich in den Schlägen entladen hatte, und wurde meinerseits vom Hass gepackt. Was gab dem Mörder das Recht, die Träume Nooras und so vieler anderer Menschen zu zerstören? Vor lauter Zorn stiegen mir Tränen in die Augen. Kervinen merkte es und sagte verlegen:

«Kein schöner Anblick. Und in deinem Zustand bist du besonders empfindsam.»

«Die Schwangerschaft ist ein guter Vorwand, endlich mal menschlich zu reagieren!», giftete ich. «Normalerweise dürfen Polizisten natürlich nicht weinen!»

«In diesem Job kann man es sich nicht leisten, über jeden Kadaver Tränen zu vergießen.»

«Musst du sie als Kadaver bezeichnen, um deine Arbeit ertragen zu können? Pass bloß auf, dass du innerlich nicht bald genauso tot bist wie deine Kadaver!», brüllte ich, und erst Kervinens betretene Miene machte mir klar, dass ich etwas an ihm ausließ, was ich selbst nicht ganz begriff. Es war wohl besser zu gehen.

Ich sah Noora noch einmal an, ihre Haut, die die Farbe von rohem Weißbrotteig hatte, die Schnitte, das unversehrt gebliebene Auge, die Waden, auf denen schwarzer Flaum wuchs. Vorsichtig streichelte ich ihre Beine, wie zum Abschied, dann ging ich wortlos hinaus.

Irgendwie schaffte ich es zur Dienststelle. Natürlich hatte Kervinen Recht, niemand würde es aushalten, die Hälfte seines Lebens im Leichenkeller zu verbringen, wenn er seinen Gefühlen freien Lauf ließ. Auch ich hatte im Lauf der Jahre Schutzmechanismen entwickelt, mit deren Hilfe ich die ständige Konfrontation mit Leid und Gewalt ertrug. Meist verbiss ich mich einfach in meine Arbeit, ohne nach links und rechts zu schauen. Im letzten Winter hatte ein entflohener Häftling meinen Kollegen Palo gekidnappt, und beim Befreiungsversuch waren beide ums Leben gekommen. Es hätte ebenso mich treffen können, denn Palo und ich hatten gemeinsam die Ermittlungen geführt, die den Mann ins Gefängnis gebracht hatten. Danach hatte ich lange darüber nachgedacht, ob und wie ich mit meinem Beruf zurechtkam. Mit meiner Zweitausbildung als Juristin hätte ich mir ohne weiteres einen geruhsameren Job suchen können. Doch das war nichts für mich. Der Mutterschaftsurlaub würde mir Gelegenheit zu einer Atempause bieten, doch ich war sicher, dass ich nach einigen Monaten darauf brennen würde, in den Polizeidienst zurückzukehren. Wahrscheinlich fürchtete ich mich sogar ein wenig vor dem Innehalten. In gewisser Weise war es gut, dass ich keine Erfahrung mit Babys hatte, so würde ich in eine neue Welt hineingeworfen werden, in der mir hoffentlich keine Zeit blieb, über zurückliegende Morde nachzudenken.

Die Sonne schob sich halb zwischen den Wolken hervor, verbarg sich jedoch gleich wieder, als sei sie erschrocken über das, was sie sah. Ich rief in der Asservatenkammer an. Nooras Tasche und ihre Kleidung waren aus dem Labor gekommen, ebenso Jannes Auto. Ich ging hinunter, um mir die Tasche und die Schlittschuhe anzusehen, auf denen fünf verschiedene Fingerabdrücke sichergestellt worden waren. Jannes Auto musste zurückgebracht werden, ich überlegte, ob ich das selbst übernehmen sollte.

An der Tür zur Asservatenkammer kam mir Pertsa Ström entgegen. Sein pockennarbiges Gesicht war noch röter als sonst, vermutlich hatte er am gestrigen Abend zu tief ins Glas geschaut. Meines Wissens war Alkohol bei ihm kein Problem, etwa einmal im Monat betrank er sich gründlich, aber ansonsten blieb es bei einem gelegentlichen Bierchen. War am Wochenende etwas passiert, wovon ich noch nichts wusste? Auf meine Frage stöhnte er ausgiebig, bevor er sagte:

«Der Pädophile hat wieder zugeschlagen, diesmal in Kaitaa. Er hat versucht, sein Opfer zum Oralsex zu zwingen, ist aber von einem zufälligen Passanten gestört worden und dann entkommen, wieder mal. Die Boulevardzeitung bringt eine Riesenschlagzeile über die Unfähigkeit der Polizei.»

«Der Kerl wird ja immer aktiver. Irgendeine Personenbeschreibung?»

«Unser Zeichner macht sich heute Nachmittag mit dem Passanten ans Werk. Das Mädchen ist so geschockt, es erinnert sich an nichts. Einmal hat der Scheißkerl einen Handschuh verloren, den hab ich mir gerade nochmal angeguckt, aber er bringt uns nicht weiter.»

Pertsa war genervt, man sah es ihm an. Er war wie besessen von dem Fall, vielleicht bildete er sich ein, die Aufklärung würde ihm die Beförderung zum Dezernatsleiter garantieren. Ich spielte die Edelmütige und sagte:

«Wenn wir ein gutes Bild bekommen, können wir es an die

Lokalpresse geben, vielleicht sogar ans Fernsehen. Der Kerl ist in letzter Zeit ziemlich eifrig, womöglich wird er übermütig. Derselbe *MO* wie bisher?»

Der Täter sprach die kleinen Mädchen stets mit der Frage an, ob sie seinen entlaufenen Hund gesehen hätten. Er beschrieb das Tier ausführlich, zeigte manchmal auch ein Foto von einem niedlichen Collie. Sobald er das Interesse des Mädchens für den Hund geweckt hatte, verging er sich an ihr.

«Wir haben die Kleine noch nicht befragen können. Koivu wird das übernehmen, er kann Sinikka dazuholen, wenn eine Frau gebraucht wird. Eine Fürsorgetante muss auch wieder dabei sein. Ich ertrag diese flennenden Mädchen nicht mehr», stieß Pertsa hervor. Er hatte eine zehnjährige Tochter, Jenna, die bei ihrer Mutter lebte, denn die Ströms waren seit einigen Jahren geschieden. Bei der Befragung der Opfer dachte er bestimmt an seine Tochter, davon war ich überzeugt. Das sagte ich jedoch nicht. Er würde es ohnehin abstreiten, denn seiner Meinung nach konnten Polizisten sich keine Gefühle leisten, und wenn sich das Herz doch einmal regte, sprach man besser nicht darüber.

Ich war froh, als Pertsa verschwand und mir nicht auf die Finger schaute. Obwohl er ständig klagte, er hätte zu viel um die Ohren, schien er immer Zeit zu haben, sich in meine Fälle einzumischen oder einfach in meinem Büro zu erscheinen und mich anzupflaumen, oft unter dem Vorwand, er wolle sich nach dem Befinden der werdenden Mutter erkundigen. Meist wurde ich ihn los, indem ich über die Mühen der Schwangerschaft klagte und behauptete, alle zehn Minuten aufs Klo zu müssen.

«Kann ich die Sachen mit nach oben nehmen?», fragte ich den Polizeimeister, der die Asservatenkammer beaufsichtigte, aber so in seine Totozeitung vertieft war, dass er mein Eintreten kaum wahrgenommen hatte. Da er keinen Einspruch erhob, nahm ich den Kleidersack und den großen Beutel, in dem sich Nooras Tasche samt Inhalt befand, und verzog mich in mein Büro. Um mich ungestört mit Nooras Sachen befassen zu können, stellte ich die Türampel auf Rot. Dann schnitt ich dem herzerwärmend von der Wand lächelnden Hugh Grant eine Grimasse und sah mir als Erstes die Kleidung an.

Grau melierte Baumwollunterwäsche. Die Unterhose war unversehrt, aber verschmutzt, der BH zerrissen und blutig. Offenbar war der Hieb zwischen die Brüste mit enormer Wucht geführt worden. Noora hatte einen lila Baumwollpullover und einen orangefarbenen Anorak getragen, beide waren zerfetzt. Allerdings fand ich es eigenartig, dass sich an der Rückseite der Ärmel oberhalb des Ellbogens keine Schnitte fanden. Gerade dort hätten die Schläge sie treffen müssen, wenn sie schützend die Arme gehoben hatte.

Der Anorak war von der Sorte, wie sie heutzutage jede Dritte trägt. Ich besaß die gleiche Windjacke in Olivgrün, hatte sie jedoch vorübergehend ausgemustert, weil sie sich nur mühsam über meinen Bauch ziehen ließ. Nooras Jacke hatte Erdflecken am Rücken und war steif von getrocknetem Blut. Auch an den verblichenen lila Jeans und in den Plateaustiefeln war Blut gefunden worden. Nooras Kleidung war das normale Outfit einer Sechzehnjährigen. Um den Hals hatte sie eine Silberkette mit Kreuzanhänger getragen.

Der Inhalt der Sporttasche roch nach Blut und getrocknetem Schweiß. Ich las den Bericht des Beamten, der die Tasche untersucht hatte. Die blutigen Schlittschuhe hatten obenauf gelegen, darunter ein feuchtes Handtuch, das ebenfalls Blutflecken aufwies sowie Haare von Noora, als hätte der Mörder versucht, ihr das Blut abzuwischen.

Außerdem befand sich in der Tasche Nooras Trainingskleidung: Sweatshirt, warme Leggings, dünne Baumwollsocken und Sportunterwäsche, alles sauber gefaltet, bereit für die Waschmaschine. Der Schminkbeutel enthielt Duschgel und

Feuchtigkeitscreme, beides Naturkosmetik, die nicht in Tierversuchen getestet wurde. Ich dachte an Pertsas Bericht über den Pädophilen, der mit Hundebildern kleine Mädchen anlockte. Auch wenn Noora in vielerlei Hinsicht wie eine Erwachsene gelebt hatte, auf die Hundegeschichte hätte sie durchaus hereinfallen können. Vielleicht sollte ich einen eventuellen Zusammenhang zwischen Pertsas und meinem Fall doch nicht völlig ausschließen.

In Nooras Geldbörse befanden sich eine Karte für den Geldautomaten, sechzig Finnmark, ein Krankenversicherungsausweis mit einem Bild von Noora, auf dem sie mager und traurig aussah, ein Bibliotheksausweis, eine Monatskarte für den Bus und diverse Fotos. Die einzigen Personen, die ich darauf erkannte, waren Silja und Janne. Hätte es sich nicht um Beweismaterial gehandelt, hätte ich Siljas Bild für Koivu eingesteckt. Es war im Halbprofil aufgenommen, und mit ihren feinen Gesichtszügen und dem strahlenden Lächeln sah Silja darauf aus wie ein Filmstar. Janne blickte direkt in die Kamera wie auf einem Passbild und schaute ernst drein. Auf dem zerknitterten Zeitungsfoto, das in einem Plastiketui steckte, lächelte er dagegen strahlender als nach einem gelungenen Sprung. Wem mochte dieses Lächeln gelten? Janne war der Einzige, von dem Noora zwei Fotos in der Geldbörse hatte. Ihre Eltern waren überhaupt nicht vertreten.

In der Tasche lagen außerdem ein Kalender, ein paar Schulbücher und ganz zuunterst das, was mich am meisten interessierte: Nooras sechzehntes Tagebuch, in blauen Stoff mit Chinamuster gebunden. Ich schlug es wahllos auf und sah leere Seiten. Noora hatte das Buch nur zur Hälfte voll geschrieben. Langsam blätterte ich zurück, bis mein Blick an Großbuchstaben hängen blieb.

ICH HALTE ES NICHT MEHR AUS! KEINER LIEBT MICH!

Ich las den anschließenden, kleiner geschriebenen Text,

Nooras schmerzliche Erkenntnis, dass Janne nicht mehr in ihr sah als seine Eislaufpartnerin. Sie fühlte sich immer einsam, außer beim Eislaufen mit Janne. Der Sport hielt sie aufrecht, der Eiskunstlauf und Janne gaben ihrem Leben Sinn. Doch selbst auf ihren Sport hätte Noora verzichtet, wenn Janne … Nein, doch nicht. Und dennoch, NOORA LIEBT JANNE, mit großen Buchstaben und immer wieder.

Es war so leicht, die Gefühlsausbrüche Jugendlicher für pathetisch und übertrieben zu halten, ihre Kümmernisse, die aus der Sicht der Erwachsenen geringfügig erschienen, nicht ernst zu nehmen: schlechte Noten, Pickel, unerwiderte Liebe. Das geht vorbei, sagte man, in ein paar Wochen ist alles vergessen. Ich hatte lange gebraucht, bis ich lernte, nicht zu bagatellisieren, was ich als Jugendliche empfunden hatte, das Gefühl, in meiner Heimatstadt, in der Familie, ja im eigenen Körper eine Fremde zu sein, die erste unglückliche Liebe, die Beklemmung angesichts der traditionellen Frauenrolle, der ich mich nicht anpassen wollte. Inzwischen brachte ich es fertig, meine alten Tagebücher zu lesen, ohne mich zu schämen, und manchmal hätte ich die Vierzehnjährige, die sie geschrieben hatte, am liebsten in die Arme genommen und ihr versichert, eines Tages würde das Leben schön sein. Bestimmt hatte ich das Gleiche geschrieben wie Noora, vielleicht mit fast denselben Worten:

Wenn es doch einen gäbe, der mich so akzeptiert, wie ich bin. Der mich weinen lässt, wenn ich traurig bin, und lachen, wenn mir zum Lachen ist, der nicht über meine Kleider und meine Frisur herzieht wie Mutsch und Paps, nicht über ein paar Kilo zu viel meckert wie Rami, der Scheißkerl. Was die Mädchen in der Schule schnattern, geht an mir vorbei, ich mag nicht ewig über Schminktipps reden, die sollten lieber mal ein Buch lesen! Ich fühle mich überall so ANDERS! Hätte ich doch nur eine verwandte Seele, mit der ich über alles reden kann. Damals, als meine Eltern sich tren-

nen wollten, dachte ich, Janne wäre so jemand, aber ich habe mich getäuscht. Er sieht wahnsinnig gut aus und kann richtig nett sein, wenn er will, aber er macht sich nichts aus mir.

ACH, WENN MICH NUR JEMAND LIEBEN WÜRDE!

Die mit dünnem schwarzem Filzstift geschriebenen Zeilen verschwammen vor meinen Augen. Sie flossen ineinander, wurden unleserlich. Es war so verdammt ungerecht, dass man Noora die Chance geraubt hatte, die Verwirklichung ihrer Träume zu erleben. Ich versuchte gar nicht erst, die Tränen zurückzuhalten. Nur gut, dass ich hinter verschlossenen Türen saß, sonst hätte ich mir wieder dämliche Bemerkungen von meinen Kollegen anhören müssen.

Als ich mich ausgeheult hatte, nahm ich den Beutel mit den Schlittschuhen zur Hand. In Kufennähe waren auf dem Leder Blutspritzer zu erkennen. Ich musste an Schneewittchens Mutter denken, die sich beim Nähen in den Finger stach. Man sah den Schlittschuhen an, dass Noora sie noch kaum benutzt hatte, das Leder am Schaft war glatt und ohne Schrammen. Trotz der Behandlung im Kriminallabor überzog eine dunkle Blutschicht die Kufen.

Dem Bericht zufolge hatten die Techniker an den Kufen außer Nooras Blut auch Haare, Hautfetzen und Knochensplitter sowie Erde und Gras gefunden. Da sich in der Schädelwunde ebenfalls Erde und Steinsplitt befand, war anzunehmen, dass das Verbrechen unter freiem Himmel geschehen war. Ich las weiter. Fasern und Staub von der Kleidung wurden zur Zeit analysiert, die Ergebnisse würden jedoch erst in einigen Tagen vorliegen. An einem der Schnürhaken hatte man ein Stück schwarzes Plastik gefunden, vermutlich von einem Müllsack. Wenn der Täter die Leiche in Plastik gewickelt hatte, würde es schwer werden, das Transportfahrzeug zu identifizieren. Aber warum hatte er sich die Mühe gemacht, die Umhüllung abzureißen, als er Noora in

Kati Järvenperäs Kofferraum lud? Konnte der Müllsack einen Hinweis auf die Identität des Mörders liefern?

Und der purpurrote Fingernagel ... Ich wollte Ulrika Weissenberg im Präsidium sehen, und zwar bald. Diesmal würde ich nicht als ungebetener Gast in ihrem Haus auftauchen.

«Kriminalhauptmeisterin Maria Kallio, Polizei Espoo, guten Tag. Ich möchte Sie bitten, sobald wie möglich nach Nihtisilta auf das Präsidium zu kommen.»

«Und weshalb? Ach was, natürlich geht es um den Mord an Noora Nieminen.»

«Genau. Ist Ihnen zwei Uhr recht?»

Ihre Zustimmung überraschte mich ein wenig. Ich überlegte, wie viel Gewicht auf das Stück Fingernagel zu legen war. Um eine Nagelprobe verlangen zu können brauchte ich stichhaltige Gründe, obendrein wollte ich auch Ulrika Weissenbergs Fingerabdrücke. Ich hatte mir in Gedanken eine Liste derjenigen angelegt, die Nooras neue Schlittschuhe angefasst haben konnten. Außer dem Verkäufer und Janne kamen die beiden Trainer in Frage, dazu Silja und Nooras Familie, eventuell auch Frau Weissenberg. Also mussten wir ihnen allen Fingerabdrücke abnehmen. Das konnte Pihko erledigen, er war taktvoll genug. Obwohl sich Koivu natürlich liebend gern persönlich um Siljas Abdrücke kümmern würde.

Ich wollte Pihko gerade anrufen, als das Telefon klingelte.

«Kauko Nieminen, guten Tag. Wie stehen die Ermittlungen über den Tod meiner Tochter?»

«Es geht voran. Das Labor analysiert gerade das an Nooras Leiche sichergestellte Material», antwortete ich steif. Das Wort Leiche zu verwenden fiel mir schwer, doch was hätte ich anderes sagen können? Die Verblichene?

«Meine Frau ist sehr bestürzt, weil Sie Teräsvuori freigelassen haben. Sie befürchtet, dass er als Nächstes unserem Sohn etwas antut.»

«Teräsvuori hat für die Tatzeit ein wasserdichtes Alibi.»

«Hören Sie, Sie kennen den Mann nicht! Dieser Gauner bringt die Leute dazu, genau das zu sagen, was er will!»

Was mochte Kauko Nieminen im tiefsten Innern über das Verhältnis seiner Frau mit Vesku Teräsvuori denken? Machte er ihr immer noch Vorwürfe, dachte er womöglich im Ernst, Nooras Tod sei zumindest indirekt die Schuld seiner Frau?

«Hat er sich in den letzten Tagen bei Ihnen gemeldet?»

«Er hatte die Frechheit, Blumen zu schicken, ein protziges Nelkengesteck. Ich begreife nicht, woher er das Geld nimmt. Hanna hat er immer wieder teuren Schmuck geschickt. So einträglich kann dieser Karaoke-Firlefanz doch nicht sein!»

«War ein Kärtchen bei den Blumen?»

«Ja, eine schwülstige Kondolenz. Meiner lieben Hanna und ihrer Familie.» In seiner Stimme lag unverfälschter Hass, der natürlich berechtigt war, immerhin hatte Teräsvuori seine Frau verführt und später die ganze Familie terrorisiert. Vielleicht liebte Nieminen seine Frau tatsächlich aus ganzem Herzen, wie sollte man das als Außenstehender wissen. Dann konnte Hannas Seitensprung eine echte Tragödie für Kauko gewesen sein.

«Sie wissen also immer noch nicht, wer unsere Noora ermordet hat, wenn Teräsvuori tatsächlich nicht in Frage kommt? Was ist mit der Beerdigung? Ulrika möchte die Alte Kirche buchen, aber das muss bald geschehen, bevor die Hochzeitssaison beginnt.»

«Die Obduktion und die kriminaltechnischen Untersuchungen sind beendet, die Leiche kann freigegeben werden. Ich habe Nooras Sachen hier, Kleidung, Geldbörse und so weiter. Möchten Sie sie haben? Die Schlittschuhe müssen wir allerdings noch behalten.»

«Die will ich nie mehr sehen!», entfuhr es ihm. Die Trauer, die sich hinter seinem kontrollierten Gebaren verbarg, brach in aller Heftigkeit hervor.

«Ich werde jemanden mit den anderen Sachen vorbeischicken», sagte ich hastig und erklärte, wozu ich die Fingerabdrücke aller Familienmitglieder benötigte.

«Haben Sie Teräsvuori vernommen?», fragte Nieminen zum Schluss. Als ich bejahte, sagte er scharf:

«Er versteht es, Frauen den Kopf zu verdrehen. Vielleicht sollten Sie ihn lieber von einem Mann verhören lassen.»

Deutlicher hätte er seine Zweifel an meinen Fähigkeiten nicht zum Ausdruck bringen können. Das leise Mitgefühl, das ich verspürt hatte, erlosch, ich konnte mich nur mit Mühe davon abhalten, einfach den Hörer aufzuknallen. Trauernde sagen alles Mögliche. Bei einem männlichen Ermittler hätte Kauko Nieminen vielleicht auch einen Grund zur Kritik gefunden, wer weiß. Trotzdem ärgerte ich mich nach wie vor über die erstaunlich zählebige Vorstellung, Frauen seien für den Polizeidienst letztlich ungeeignet. Warum musste man einen Menschen von vornherein über sein Geschlecht definieren?

Wie mochte die Welt beschaffen sein, wenn Schnüppchen so alt war wie ich jetzt? Ich wusste nicht, ob ich ein Mädchen oder einen Jungen unter dem Herzen trug, wollte es auch gar nicht wissen. Meine eigene Geburt war eine Enttäuschung gewesen, weil ich ein Mädchen war, das hatte ich in meiner Kindheit immer wieder gehört, und da auch die beiden nächsten Kinder das falsche Geschlecht hatten, war die Frustration meiner Eltern weiter gestiegen. Seit ich selbst schwanger war, dachte ich häufiger an meine Kindheit. Sie war irgendwie realer geworden, wie eine Narbe oder ein Muttermal, das man sein Leben lang trug. Gerade das Bewusstsein, dass ich bei der Erziehung meines eigenen Kindes so viel falsch machen konnte, jagte mir Angst ein. In dreißig Jahren würde mein Kind womöglich auf der Couch eines Psychiaters über die Neurosen weinen, die es mir zu verdanken hatte, oder in einer Kneipe hocken und seine Erinnerungen im Alkohol ertränken …

Ich schüttelte die unerquicklichen Gedanken ab und ging

in die Kantine. Der Wursteintopf schmeckte nach nichts, und das Schwarzbrot, das es dazu gab, musste ich mir aus Angst vor Sodbrennen verkneifen. Zum Glück saß Pihko auch gerade beim Essen, sodass ich ihn beauftragen konnte, die Fingerabdrücke zu besorgen. Er sollte mit Ulrika Weissenberg anfangen, die sicher protestieren würde.

«Sag bitte auch Janne Kivi Bescheid, er kann seinen Wagen abholen. Und erkundige dich nach Müllsäcken.»

Pihko machte große Augen, aß jedoch als wohlerzogener Mensch den Mund leer, bevor er fragte, warum.

«Die Mülltonnen im Einkaufszentrum sind natürlich längst geleert, da werden wir keinen blutverschmierten Müllsack mehr finden. Ach übrigens … der goldfarbene BMW ist nicht unbedingt das einzige Auto der Weissenbergs. Vielleicht haben sie einen Renault Clio als Zweitwagen. Überprüfst du das bitte?»

All das waren nur zusammenhanglose Ideen, verzweifelte Versuche, neue Ermittlungsstränge zu finden. Im selben Moment kam Puupponen in die Kantine, fragte mich nach einem ganz anderen Fall und bat mich nach dem Essen noch in sein Büro, um Einzelheiten zu besprechen. Ich schaffte es nur knapp, meinem redseligen Kollegen zu entkommen, bevor Ulrika Weissenberg eintraf.

Pihko hatte unterdessen bereits festgestellt, dass die Weissenbergs tatsächlich einen Zweitwagen besaßen, allerdings keinen Renault, sondern einen großen schwarzen Volvo. Er erklärte sich bereit, in den Berichten nachzulesen, ob ein solcher Wagen in Matinkylä gesehen worden war.

Das Stück Fingernagel war mir auf meine Anforderung hin aus dem kriminaltechnischen Labor geschickt worden. Es war vielleicht drei bis vier Millimeter lang und hatte unregelmäßige Ränder. Der Lack schien die gleiche Farbe zu haben, die ich an Ulrika Weissenbergs Nägeln gesehen hatte, doch diese flüchtige Beobachtung genügte natürlich nicht.

Frau Weissenberg kam einige Minuten zu früh. Ihre schwarzen Haare waren diesmal zu einer prachtvollen Lockenmähne toupiert, offenbar kam sie direkt vom Friseur. Für das Make-up hatte sie Purpurtöne gewählt, die mit dem dunklen Violett ihres Kostüms und ihrer Seidenbluse harmonierten. Wie lange mochte sie brauchen, um sich morgens zurechtzumachen? Ich warf einen Blick auf ihre langen, makellos lackierten Fingernägel. Sie waren alle gleichmäßig lang.

Als Erstes nahm Pihko die Fingerabdrücke. Ulrika Weissenberg stimmte der Prozedur überraschend friedfertig zu, bestand allerdings darauf, sich anschließend auf der Damentoilette die Hände zu waschen. Ich führte sie hin und wartete auf dem Gang, es dauerte erstaunlich lange. Als sie endlich herauskam, war das Purpurrot auf ihren Wangen noch dunkler und zog sich bis zu den fleischigen Ohrläppchen. Eine Spur mehr Rouge, und man hätte geglaubt, sie sei verprügelt worden.

«Wie ich höre, haben Sie die Organisation der Beerdigung übernommen», plauderte ich auf dem Rückweg zu meinem Büro.

«Ja. Die arme Hanna ist dazu nicht in der Lage, und Kauko hat mit seiner Firma genug zu tun. Wann wird die Leiche freigegeben?»

Das Wort Leiche kam ihr wesentlich leichter über die Lippen als mir. Bestimmt würde sie eine prunkvolle Feier organisieren, hoffentlich ohne Schlittschuhspalier am Sarg. Ich erklärte, Noora könne heute noch abgeholt werden.

«Man hat mir von Ihrem Eingreifen gegen die Reporter in der Eishalle berichtet», sagte die Weissenberg beinahe freundlich, als ich ihr die Tür aufhielt. Da Pihko noch mit den Fingerabdrücken unterwegs war, versuchte ich, weiterhin unverbindlich zu plaudern.

«Erstaunlicherweise hatten die Medien die Mannschaft bis

dahin ja weitgehend in Ruhe gelassen. Nooras Tod ist für Janne und natürlich auch für Silja sicher traumatisch genug, auch ohne Presserummel. Andererseits ist die Polizei auf die Mithilfe der Bevölkerung angewiesen. Haben Sie Anfragen von der Presse erhalten?»

«In Hülle und Fülle. Einen Nachruf auf Noora werden wir doch schreiben dürfen, oder hat die Polizei Einwände?»

«Keineswegs. Ist Ihnen zum vergangenen Mittwoch noch etwas eingefallen?» Pihko war wieder da, die eigentliche Vernehmung konnte beginnen.

«Darum geht es also? Wollen Sie alles noch einmal durchkauen?»

«Ihrer Aussage nach haben Sie sich mit Noora Nieminen gestritten. Wo genau war das?»

«Im Gang vor dem Umkleideraum.»

«War noch jemand dabei?»

«Nein … Nein, niemand. Silja war mit Noora aus dem Umkleideraum gekommen, blieb aber nicht stehen. Allerdings war unser Gespräch weithin zu hören.»

«Wie trug Noora ihre Haare zum Zeitpunkt des Gesprächs? Knoten, Pferdeschwanz, offen?»

In ihren Augen las ich Verblüffung und Misstrauen. Ganz offensichtlich überlegte sie, worauf ich hinauswollte. Als Noora gefunden wurde, waren ihre schulterlangen Locken offen gewesen, aber beim Training hatte sie sie sicher zusammengebunden. Wie leicht brach eigentlich ein zigfach lackierter Nagel? Ich ließ mir nie die Nägel wachsen, weil sie immer absplitterten.

«Warten Sie … ich glaube, sie hatte Rattenschwänze, die sind bei jungen Mädchen ja heute in Mode.»

Der Fingernagel hatte sich etwa sieben Zentimeter von den Haarspitzen auf der linken Seite verfangen. Wenn Noora Rattenschwänze getragen hatte, war er möglicherweise bereits in der Eishalle abgebrochen. Ich blickte auf Ulrika Weissenbergs rechte Hand, der Nagel am Zeigefinger schien mir etwas schmaler als die anderen. War es ein künstlicher? Wieder holte ich das Nagelstück aus der Schublade, zeigte es ihr jedoch noch nicht. Die Farbe schien identisch zu sein.

«Wie gesagt, die Untersuchung von Nooras Leiche ist abgeschlossen. In ihren Haaren wurde ein abgebrochener Fingernagel gefunden. Kommt Ihnen die Farbe des Nagellacks bekannt vor?»

Ich hielt den kleinen Plastikbeutel hoch. Frau Weissenberg sah ihn an, dann schoss ihre Hand vor wie die Kralle eines Raubvogels. Pihko sprang auf, als rechne er damit, dass sie sich auf mich stürzte.

«Wie kommt Ihr Fingernagel in Nooras Haare?»

Ihr Gesicht war wutverzerrt, doch in den dunkelbraunen Augen glaubte ich auch Furcht zu entdecken.

«Ich habe Noora nicht getötet!», fauchte sie. «Sie hat so unverschämt geredet, dass ich ihr eine Ohrfeige gegeben habe. Dabei ist der Nagel abgebrochen, ein widerliches Gefühl.»

«War das in der Eishalle – oder später?»

«In der Halle natürlich! Ich habe Ihnen doch schon zigmal gesagt, dass ich sie danach nicht mehr gesehen habe.»

«Womit hat Noora Sie derart provoziert?»

«Das geht Sie nichts an! Mit ihrem Tod hat es nichts zu tun.»

«Darüber entscheide ich», sagte ich verdrossen. Ich war die Drohgebärden leid, aber offenbar ließ sich Ulrika Weissenberg nur so zum Reden bringen. Engagierte sie sich für den Eislauf, weil sie nicht ausgefüllt war? Wurde sie für ihre Arbeit bezahlt, oder ging es ihr nur darum, sich wichtig zu machen?

«Sie sagte, ich sei eine tyrannische alte Hexe», donnerte sie plötzlich. «Dabei habe ich mich enorm anstrengen müssen, um den Werbevertrag zu bekommen. Ich fand ihr Verhalten über die Maßen undankbar. Sind Sie nun zufrieden, Hauptmeisterin Kallio?»

Diesmal titulierte sie mich korrekt, vielleicht aus taktischen Gründen. Entscheidend war jedoch, dass sie glaubhaft erklären konnte, wie das Stück ihres Fingernagels in Nooras Haare gelangt war. Ich hatte keine weiteren Fragen, bat sie nur noch, der Presse gegenüber nicht zu erwähnen, wie Noora getötet worden war.

Wieder allein im Büro, nahm ich mir erneut Nooras Tagebuch vor. Fast sofort fiel mein Blick auf eine Eintragung, die vor einem Monat entstanden war.

Ulrika ist LÄCHERLICH. Sie schmachtet Janne an, als wäre sie verliebt in ihn, dabei könnte sie seine Mutter sein. Ach was, selbst dafür ist sie fast zu alt, schon über fünfzig. Man merkt doch, warum sie Janne andauernd anfasst, angeblich, um ihm die Haare aus dem Gesicht zu streichen oder die Kleidung zu richten. Fehlt nur noch, dass sie ihm an den Schwanz fasst.

Hat Ulrika an ihrem Mann nicht genug? Oder geht es allen so? Ich brauch ja nur an meine Mutter zu denken, die sich in den blöden Vesku Teräsvuori mit der blökenden Stimme verknallt hat. Wenn ich Janne nicht haben kann, will ich gar keinen.

Heute hat Ulrika sich selbst übertroffen. Sie hatte ja in Edmonton versprochen, Silja, Janne und mir ein Gourmetdinner zu spendieren. Sie hat uns zu sich nach Hause eingeladen, damit auch wir Minderjährigen Wein trinken können. Ulrika meint, ein Gläschen würde uns nichts schaden, aber Elena hätte uns umgebracht, wenn sie gesehen hätte, dass Silja und ich zwei Glas Wein getrunken haben, und Janne mindestens drei. So ist Janne nun mal, er nimmt den Eiskunstlauf nicht so ernst wie ich.

Ulrika hatte uns Schmuck gekauft, für Silja und mich einen ganz tollen Kreuzanhänger, ich hätte ihn furchtbar gern, wenn er nicht von ihr wäre. Für Janne hätte sie den gleichen Anhänger kaufen können, Jungen tragen so was auch, aber Ulrika findet das natürlich unpassend. Sie meint ja auch immer, Jannes Haare wären zu lang. Na jedenfalls, sie hatte für Janne eine Krawattennadel gekauft, mit Diamanten und Smaragden – sie sagte, die Smaragde hätten dieselbe Farbe wie Jannes Augen. Das Ding hat bestimmt einige Tausender gekostet! Sie hat uns der Reihe nach umarmt, als sie uns den Schmuck gab, igitt, wie ihr Parfüm stinkt! Als Janne dran war, hat sie ihn gar nicht mehr losgelassen und ihn andauernd auf die Backen geküsst, und als ihr Mann nach Hause kam, hat sie Platten aufgelegt und wollte tanzen. Ihr Mann hat abwechselnd mit Silja und mir getanzt. Wir hatten gar keine Lust, aber Ulrika klebte förmlich an Janne. Schließlich hat Silja gesagt, wir müssten gehen, weil wir morgen Schule haben. Ulrika meinte, Janne könnte ja noch bleiben, aber er hat sich zu uns ins Taxi geflüchtet. Er hat nichts gesagt, aber sobald wir im Auto saßen, hat er die Krawattennadel abgenommen und in die Tasche gesteckt. Der Arme! Es muss furchtbar sein, von so einer alten Schachtel belästigt zu werden. Aber ICH LIEBE JANNE!

War das der wahre Grund, weshalb Ulrika Weissenberg Noora geohrfeigt hatte? Weil Noora sich über ihre Schwärmerei mokiert hatte? Aber war Ulrika daraufhin wütend genug gewesen, um zurückzukommen, Noora mit ihren Schlittschuhen zu attackieren und ihr den Schädel einzuschlagen? In diesem Moment hielt ich das durchaus für möglich.

Neun

Gerade als ich Feierabend machen wollte, kam Pertsa Ström zur Tür herein.

«Zwei von diesen schwulen Eiskunstläufern irren draußen rum und suchen dich. Der ältere hat mir die Hand gegeben, pfui Teufel. Ich muss mir schleunigst die Hände waschen.»

«Schnellstens zum Aids-Test mit dir! Hast du sie etwa im Flur stehen lassen?»

«Sie haben zufällig Taskinen getroffen. Wieso erlaubt der seiner Tochter den Umgang mit solchen Typen? ‹Könnten Sie mir sagen, wo ich Hauptmeisterin Kallio finde?›», lispelte Ström in stereotypem Schwulenton, den ich weder bei Janne noch bei Rami wahrgenommen hatte. Wie kam er auf die Idee, die beiden wären andersrum? Sagte man das Eiskunstläufern ebenso nach wie Balletttänzern? Eiskunstlauf war beinahe die einzige Sportart, bei der Männer außer Kraft auch Sensibilität zeigen mussten. Über Jannes oder Ramis sexuelle Orientierung hatte ich nicht weiter nachgedacht, nahm jedoch an, dass Noora sich in ihrem Tagebuch dazu geäußert hätte, wenn an Ströms Vermutung etwas dran gewesen wäre.

Kurz darauf traten Rami, Janne und Taskinen ein. Letzterer blieb an der Tür stehen, als könne er sich nicht entscheiden, ob er mit hereinkommen wollte oder nicht. Vielleicht war er unschlüssig, wie aktiv er an den Ermittlungen teilnehmen sollte.

«Guten Tag. Wir wollen Jannes Auto abholen», sagte Rami Luoto.

«Dann habt ihr die Nachricht also bekommen. Gut. Wir

brauchen aber noch deine Fingerabdrücke. Jannes haben wir ja schon.»

«Meine Fingerabdrücke? Wozu denn?», fragte Rami verwundert.

«Nur zur Eliminierung. Es ist doch anzunehmen, dass sich deine Abdrücke sowohl in Jannes Auto als auch an Nooras Schlittschuhen finden.»

Janne hatte sich bisher schweigend im Hintergrund gehalten. Nun breitete sich auf seinem Gesicht Entsetzen aus.

«An Nooras Schlittschuhen? Was haben die mit der Sache zu tun?»

Mir war selbst nicht mehr ganz klar, mit wem ich über den Tathergang gesprochen hatte. Anfangs hatte ich versucht, ihn geheim zu halten, und nur Silja und Nooras Eltern informiert, aber Rami und Ulrika schienen es ebenfalls zu wissen. Nach seinem Gesichtsausdruck zu schließen war Janne jedoch ahnungslos. Allerdings wusste ich, dass er ein ganz passabler Schauspieler war, auch wenn Noora ihn als Holzklotz bezeichnet hatte.

«Der Täter hat mit den Schlittschuhen auf Noora eingeschlagen», sagte ich, so sanft ich konnte. Janne ließ sich auf mein Sofa fallen und war eine Weile ganz still. Rami und Taskinen wechselten Blicke, die ich nicht zu deuten wusste.

«Dir ist wohl klar, dass nicht jeder von den Schlittschuhen in Nooras Tasche wusste», sagte Janne schließlich und sah mich zum ersten Mal direkt an.

«Ziemlich viele immerhin», beschwichtigte Taskinen. «Du kannst dir nicht vorstellen, wie bekannt ihr schon wart.»

«Bringen wir das mit den Fingerabdrücken hinter uns, damit wir gehen können», schlug Rami vor. Er trat unablässig von einem Bein aufs andere und schlenkerte mit den Armen, als hätte er bisher zu wenig Bewegung gehabt.

Da Pihko bereits nach Hause gegangen war, begleitete ich Rami und Janne ins Erdgeschoss.

«Ich komme mir vor wie ein Schwerverbrecher», witzelte Rami. Es war ihm offensichtlich zuwider, sich die Fingerkuppen schwärzen und auf einen Papierbogen drücken zu lassen, seine Hände zitterten leicht.

«Der Schwerverbrecher bin ich, mich haben sie sogar schon eingesperrt», warf Janne ein, der sich an die Wand gelehnt hatte und zuschaute. Dann zog er ein nicht ganz sauberes Papiertuch aus der Tasche seiner abgewetzten braunen Lederjacke und warf es Rami zu. Es flog jedoch nicht weit genug, sondern landete vor meinen Füßen, und mit ihm fiel noch etwas klirrend zu Boden. Ich bückte mich, um die Sachen aufzuheben, und war schneller als Janne. Als ich mich aufrichtete, stießen wir mit den Köpfen aneinander, ich verlor das Gleichgewicht und landete mit einem saftigen Fluch auf dem Allerwertesten. Janne beugte sich über mich, um mich hochzuziehen.

«Hast du dir wehgetan?», fragte Rami besorgt und half von hinten auf. Da musste ich lachen. Offenbar hielten die beiden eine Frau im siebten Monat für manövrierunfähig.

«Nein, gar nicht», wiegelte ich ab, obwohl mir der Kopf brummte und Schnüppchen, durch den Aufprall geweckt, mir schmerzhaft in die Rippen trat. Ich richtete mich auf und öffnete die Faust, in der das lag, wonach sich Janne so hastig gebückt hatte.

Eine schwere goldene Krawattennadel mit funkelnden Steinen, Diamanten und Smaragden, soweit ich es beurteilen konnte. Es musste sich um Ulrika Weissenbergs Geschenk handeln. Ich war keine Juwelenexpertin, schätzte den Wert des Schmuckstücks jedoch auf eine fünfstellige Summe. Und Janne trug es einfach so in der Tasche.

Wortlos reichte ich ihm die Nadel, er steckte sie verlegen ein. Dann führte ich die beiden zu Jannes Auto.

«Überzeuge dich bitte, dass nichts fehlt, und quittiere hier», sagte ich. Janne betrachtete seinen Wagen, als hätte er ihn noch nie gesehen, warf einen Blick ins Innere, öffnete dann den Kofferraum. Täuschte ich mich, oder lag Furcht in seinen Augen? Bis auf einen zerbeulten Ölkanister war der Kofferraum leer.

«Alles okay», sagte Janne, ohne sich an dem Staub zu stören, den die Fingerabdruckexperten auf dem Armaturenbrett hinterlassen hatten. «Ich kann ihn also mitnehmen?»

«Ja. Wir melden uns, falls die Untersuchungsergebnisse es nötig erscheinen lassen. Fahr in den nächsten Tagen nicht allzu weit weg, ohne uns zu informieren.»

«Bis Helsinki darf ich wohl?»

«Ja, aber nicht weiter», sagte ich und verließ die Garage. Vom Benzingestank bekam ich Kopfschmerzen. Ich beschloss, zur Erholung zu Fuß nach Hause zu gehen. Nördlich der Ausfallstraße war noch Verkehrslärm zu hören, doch als ich nach einem kurzen Spaziergang über die Felder das Wäldchen an der Ison-Henttaantie erreichte, wurde es still. Die Landschaft war seit Jahrzehnten unverändert. Auf einigen Feldern sprießte das erste Grün, andere waren braun, frisch gepflügt und rochen nach Pferdemist. Das Getreide, das hier bald gesät wurde, würde heranwachsen wie mein Kind, und Ende August waren beide reif. Die Vorstellung, dass mein Kind zur Erntezeit geboren wurde, war atemberaubend, überhaupt hatte ich mich das ganze Frühjahr hindurch so intensiv als Teil der Natur empfunden wie nie zuvor. Ich hatte Schnüppchens erste Bewegungen gespürt, als in der Birke vor unserem Haus die erste Amsel tirilierte, als der erste Huflattich aus der Erde drang, hatte ich zu unterscheiden gelernt, in welcher Richtung das Baby in meinem Leib herumschwamm. Im Sommer würde ich Erdbeeren und weiße Rüben essen und rund werden wie eine reife Frucht. Und wenn das Korn aus den Ähren fiel, würde mein Kind sein eigenes Leben beginnen und seinen Eltern sagen, wer es eigentlich war.

Doch der Spätsommer schien in weiter Ferne zu liegen,

denn als ich in den Weg zu unserem Haus einbog, schlug mir Schneeregen ins Gesicht. Einstein saß maunzend auf der Treppe. Ich öffnete die Tür, im Flur herrschte Chaos. Antti kramte in den Hängeschränken.

«Was suchst du?»

«Die Reservekette für mein Fahrrad. Ich hab sie doch im Herbst da oben verstaut, oder?»

«Keine Ahnung. Lass mich mal vorbei.»

Stattdessen nahm Antti mich in die Arme. Sein Gesicht war ölverschmiert, der ganze Kerl roch nach Fahrradöl. Schnüppchen trat durch meinen Bauch hindurch nach Antti und brachte uns beide zum Lachen. Schließlich liebten wir uns inmitten der verstreuten Kleidungsstücke.

«Weißt du, was mir der Mann deiner Schwester erzählt hat? Wovor er Angst hatte, als Eva schwanger war und sie sich geliebt haben?», fragte Antti plötzlich grinsend und hielt in seinen Bewegungen inne.

«Was denn?»

«Dass das Baby zuguckt», lachte Antti.

«Na, das tut es doch die ganze Zeit! Über so was redet ihr also unter Männern?» Dann verschloss Anttis lachender Mund meine Lippen, seine Zunge tastete sich suchend vor, sein Bauch bog sich über meiner Rundung, und drei wurden eins.

Am liebsten hätte ich Antti gar nicht mehr losgelassen, doch ich hatte mir vorgenommen, noch in «Tommy's Gym» zu gehen. Ich wollte etwas für meine Fitness tun und nebenbei mit Tomi Liikanen reden.

«Hat dir unsere Gymnastik nicht gereicht?», fragte Antti, der mitten im Wohnzimmer sein Fahrrad putzte.

«Ja, ja, du liebst mich bekanntlich bis zur Erschöpfung. Aber ich geh trotzdem, mit letzter Kraft», gab ich zurück. Weil es regnete, tat ich etwas, was ich eigentlich für lächerlich hielt: Ich fuhr mit dem Wagen zum Fitnesscenter.

«Tommy's Gym» befand sich am Ortsrand von Olari, im Keller eines sechsstöckigen Hauses. Der Eingang wirkte nicht besonders anziehend, die Tür war fest verschlossen. Ich holte meine Zugangskarte aus der Tasche, sie war noch einen Monat gültig. Im Prinzip saß nur von elf bis drei eine Aufsicht in «Tommy's Gym», doch der Besitzer war oft auch außerhalb dieser Zeit anwesend. Dass man das Center von morgens um sechs bis Mitternacht benutzen konnte, fand ich besonders bequem. Ein paar Mal war ich die einzige Besucherin gewesen, zudem war die Anlage so verwinkelt, dass man in manchen Ecken die anderen Benutzer gar nicht zu Gesicht bekam. Auch jetzt waren nur wenig Leute da, darunter glücklicherweise Tomi Liikanen. Er schien sich voll auf seinen rechten Bizeps zu konzentrieren, den er im Spiegel betrachtete, während er eine zwanzig Kilo schwere Hantel stemmte. Ich rief ihm einen Gruß zu und ging in den asketischen, nach Putzmitteln riechenden Umkleideraum. Dort zog ich mir gerade das Sporthemd über, als ich eine bekannte Stimme hörte:

«Hallo, Maria, was machst du denn hier?»

Silja Taskinen stand hinter mir und trank Wasser. Beim Hereinkommen hatte ich sie nicht bemerkt, vielleicht war sie in der Ecke bei den Geräten für die Oberschenkel- und Gesäßmuskeln gewesen, die man von der Tür aus nicht sah.

«Ich will ein bisschen trainieren», sagte ich leicht verlegen, als täte ich etwas Verbotenes. «Ich komme ab und zu her, wir wohnen in der Nähe.»

«Klar. Und der ELV Espoo benutzt dieses Studio, weil Tomi uns einen anständigen Rabatt gibt. Eigentlich wundert es mich, dass sich keiner von den anderen blicken lässt. Rami und Janne wollten jedenfalls kommen.»

«Sie waren vor ein paar Stunden auf dem Präsidium, um Jannes Auto abzuholen. Hör mal, Silja, du erinnerst dich doch sicher an den Abend, als ihr bei den Weissenbergs zum

Essen eingeladen wart?», fragte ich, während ich die Schuhe zuschnürte. Es war mühsamer als sonst, weil Schnüppchen sich quer gelegt hatte.

«Natürlich. Ich fand es blöd von Ulrika, Rami und Elena nicht einzuladen. Die Trainer sind schließlich auch wichtig für das Team.»

«Und Ulrika hat euch Schmuck geschenkt ...»

«Ja, das war total lächerlich!»

Silja erzählte, der Abend sei für sie eher verwirrend als schmeichelhaft gewesen. Ulrika, im himbeerroten langen Abendkleid, hatte ein Menü mit vier Gängen und Wein serviert, dann mit feierlichen Worten die Schmuckstücke überreicht und schließlich darauf bestanden zu tanzen. Paul Weissenberg, Noora und Silja hatten peinlich berührt zugeschaut, wie sie sich an Janne schmiegte.

Also hatte Noora in ihrem Tagebuch nicht übertrieben. Verrückt, wie misstrauisch ich geworden war, ich akzeptierte eine Aussage erst, wenn sie durch eine zweite bestätigt wurde. Im Allgemeinen glaubte man zwar, dass sich Menschen gerade in ihren Tagebüchern offen und ehrlich äußerten, vor allem, wenn sie Teenager waren und abschließbare Kladden benutzten. Aber auch solche Aufzeichnungen enthielten nur die schmale, verzerrte Wahrheit eines Einzigen. Also fragte ich Silja:

«Glaubst du, Ulrika Weissenberg ist in Janne verliebt?»

«Janne ist ein hübscher Junge», sagte Silja bedächtig. «Und Liebe schaut nicht aufs Alter, obwohl mir das Ganze schon ein wenig seltsam vorkommt. Ulrika ist über fünfzig und verheiratet, ihre Kinder sind älter als Janne.»

«Wie steht Janne dazu?»

«Er versucht sich irgendwie durchzuwurschteln, gleichzeitig freundlich und unerreichbar zu sein, genau wie bei Noora. Keiner will sich Ulrika zum Feind machen.» Silja trank noch einen Schluck Wasser. Ich beschloss, mit dem Tratschen aufzuhören und an die Geräte zu gehen, doch sie sprach weiter.

«Man hat uns Fingerabdrücke abgenommen, Vater hat mich dazu aufs Präsidium geholt. Hilft es dir weiter, wenn ich dir sage, dass wir alle Nooras neue Schlittschuhe in der Hand gehalten haben, auch Ulrika? Und Janne hat Noora und mich nach dem Frühtraining oft zur Schule gefahren, und donnerstags nach der Ballettstunde auch.»

Ich nickte, öffnete die Tür und prallte fast gegen Irina Grigorieva. Ihre Mutter Elena folgte ihr und runzelte bei meinem Anblick verwirrt die Stirn. Offenbar fiel es ihr schwer, mich mit der Ermittlerin im Fall Noora Nieminen in Verbindung zu bringen.

Ich brachte einen flüchtigen Gruß heraus und verzog mich zu den Rädern. Dass die gesamte erste Mannschaft des ELV Espoo hier auftauchen würde, hatte ich wahrhaftig nicht erwartet. Unter diesen Umständen würde es schwierig sein, mit Tomi Liikanen zu reden. Aber gehen wollte ich auch nicht, nachdem ich mich einmal herbemüht hatte. Ich regulierte den Widerstand, stellte den Zeitnehmer auf zehn Minuten und trat in die Pedale. Im Spiegel sah ich einen lockigen Pferdeschwanz, darunter Arme und Schultern, muskulös wie seit Jahren, zu beiden Seiten der Lenkstange schaute mein breiter Bauch hervor. Wie würde mein Körper nach der Entbindung aussehen, würde die Bauchdecke schlaff herunterhängen wie bei kastrierten Katern? Während der Schwangerschaft hatte ich acht Kilo zugenommen, doch das war normal. Mein Kugelbauch machte mich stolz und verwirrte mich zugleich, mein Körper war wirklicher als je zuvor und dennoch fremd, ein Versteck für Geheimnisse.

Im Spiegel sah ich auch, wie Silja eine Stange auf die Schultern stemmte. Sie hatte etwa zehn Kilo Gewicht aufgelegt, mit dieser Last hüpfte sie federnd auf der Stelle, offenbar um die Sprungkraft ihrer schlanken Beine zu steigern.

Tomi Liikanen sah ihr eine Weile zu und korrigierte dann fachmännisch die Position der Stange. Neben der schlanken Silja wirkte er wie ein Kleiderschrank. Er war vielleicht einsfünfundsiebzig groß, brachte jedoch sicher hundert Kilo auf die Waage. Überschüssiges Fett war allerdings nur in der Bauchgegend zu erkennen. Bei jeder Muskelbewegung wanden sich auf seinen Oberarmen tätowierte Schlangen. Die tabakbraunen Haare waren kurz und stark gekräuselt, so kraus wie die dichte Brustbehaarung, die er vor Bodybuilder-Wettkämpfen wahrscheinlich abrasieren musste. Sogar in den leicht abstehenden Ohren wuchsen krause Härchen.

Elena trat hinzu, sagte etwas, dann kam sie mit Liikanen in die Fahrradecke.

«Hier ist mein Mann, fragen Sie ihn selbst, ob ich am Abend von Nooras Unfall zu Hause war», begann sie herausfordernd.

«Du warst schon öfter hier, ich erinnere mich», sagte Tomi Liikanen neugierig zu mir, «ich hatte keine Ahnung, dass du Polizistin bist. Was willst du wissen? Ich helf gern.»

Er gehörte offenbar zu der stetig wachsenden Schar von Menschen, die das Siezen nie gelernt haben. Also duzte ich ihn auch:

«Deine Frau hat sich anfangs erinnert, dass ihr letzten Mittwoch gemeinsam die Eishalle verlassen habt und nach dem Einkaufen nach Hause gefahren seid. Sie meinte, ihr wärt die ganze Zeit zusammen gewesen und hättet die Wohnung an dem Abend nicht mehr verlassen. Nooras Mutter sagt aber, du hättest sie am selben Abend kurz vor sieben von hier aus angerufen, weil du ein Schmuckstück von Noora gefunden hattest. Wie war es denn nun?»

«Von welchem Abend sprichst du?» Seine Ratlosigkeit wirkte echt.

«Na, von Mittwoch letzter Woche, erinnerst du dich nicht? Ich hatte beim Training einen Wutanfall wegen dieser Werbegeschichte!», mischte sich Elena ein. Ich hätte es vorgezogen, allein mit Tomi Liikanen zu sprechen, aber was sollte ich machen.

«Am Mittwoch … Da hat doch dieser Lindroos angerufen, als wir aus dem Laden kamen, erinnerst du dich nicht, Elena? Er wollte Trioxin-Powerdrink kaufen, deswegen bin ich hergekommen. Ich betreibe nämlich neben dem Fitnesscenter einen Importhandel mit Sportlernahrung», setzte Liikanen erklärend hinzu. Das wusste ich längst, denn die Wände waren mit Reklame für Proteingetränke und Eisentabletten gepflastert. «Ich hab Elena zu Hause abgesetzt und bin hergefahren. Hinter dem Tresen hab ich plötzlich Nooras Kette gefunden. Sie hatte irgendwann mal beim Weggehen danach gesucht. Deshalb hab ich angerufen. Aber Nooras Mutter meinte, ich sollte Elena die Kette zum nächsten Training mitgeben.»

Tomi Liikanen machte also kein Hehl daraus, dass er tatsächlich im Fitnesscenter gewesen war, etwa eine halbe Stunde lang, wie er auf meine Frage erklärte. Im Prinzip hätte er Zeit für einen Abstecher nach Matinkylä gehabt.

«Kann ich die Telefonnummer von diesem Lindroos haben?», fragte ich schnaufend. Ich hatte während des Gesprächs unablässig gestrampelt, weil mir das irgendwie natürlicher erschien.

«Wieso? Ich hab doch nichts getan!»

«Nun gib sie ihr schon», drängte Elena. «Ich habe mich geirrt, weiter nichts. Ich war zu Hause und habe gekocht, Irina kann es bezeugen, sie saß in ihrem Zimmer über den Hausaufgaben. Dort drüben ist sie, Sie können sie gleich fragen.»

«Schon gut», sagte ich rasch. Ich wusste, dass die Familie Liikanen-Grigorieva zwei Autos besaß, einen auf die Firma eingetragenen Lieferwagen und einen alten Saab. Auch Elena hätte es in einer halben Stunde von ihrer Wohnung zum Eisstadion und zurück geschafft. Doch da ich keinerlei Indizien gegen sie hatte, sah ich keinen Grund, die elfjährige Irina zu vernehmen, die sich an der Ballettstange neben der Verkaufstheke akrobatisch verrenkte. Die Stange wirkte in dieser Umgebung wie ein Fremdkörper, sicher war sie auf Elenas Wunsch angebracht worden.

Die letzten fünf Minuten fuhr ich mit stärkerem Widerstand, der Schweiß floss in Strömen, und ich wischte mir das Gesicht am Hemd ab. Als der Zeitnehmer endlich piepte, war ich reif, in der Frauengarderobe Wasser zu holen. Getränkeautomaten gab es in «Tommy's Gym» nämlich nicht. Ich stieg vom Rad, drehte mich um und sah Rami Luoto und Janne Kivi hereinkommen. Mein erster Impuls war, die Flucht anzutreten, doch stattdessen schritt ich mit hocherhobenem Kopf und eingezogenem Bauch zum Umkleideraum. Während Rami höflich grüßte, begnügte sich Janne mit einer Kopfbewegung, die man mit gutem Willen als Nicken auffassen konnte. Natürlich verstand ich seine ablehnende Haltung. Ich war eine ständige Erinnerung an Nooras gewaltsamen Tod, an ein Erlebnis, das ihn und alle anderen Beteiligten bis an ihr Lebensende verfolgen würde.

Das Wasser schmeckte erdig wie immer im Frühjahr. Ich nahm den Becher mit und setzte mich an das Gerät für die Oberschenkelmuskeln. Übungen, bei denen man auf dem Bauch liegen musste, waren mir seit einigen Wochen unangenehm. Daher konzentrierte ich mich jetzt auf die Körperteile, die am stärksten beansprucht wurden, Oberschenkel, Rücken und Bauchmuskeln. Im Spiegel sah ich Janne auf dem Rad, von dem ich gerade gestiegen war. Rami wärmte sich am Laufband auf. Er hatte sich auch nach dem Ende seiner aktiven Karriere fit gehalten, wie der sehnige Körper und die geschmeidigen Bewegungen zeigten. Plötzlich kam es mir witzig vor, die Männer im Spiegel zu beobachten wie eine Geheimagentin. Zudem funktionierten meine Oberschenkel ausgezeichnet. Meine gute Laune kehrte zurück.

Silja schien sich heute ganz ihrer Beinmuskulatur zu widmen, denn nachdem sie die Sprungübungen beendet hatte, setzte sie sich an die Beinpresse neben meinem Gerät. Zum Glück sprach sie nicht mehr über Nooras Tod, sondern über ein ganz anderes Thema: Koivu.

«Pekka ist wohl neu bei euch, ich habe ihn früher nie gesehen», begann sie. Es klang ungewohnt, seinen Vornamen zu hören. Bei uns war es üblich, sich mit dem Familiennamen anzureden, auch ich war auf der Dienststelle meist Kallio und nicht Maria.

«Ja, er ist vor ein paar Monaten gekommen. Ich kenn ihn aber schon seit Jahren, wir haben früher ein paar Mal zusammengearbeitet.»

Bereitwillig berichtete ich Silja, deren Interesse unverkennbar war, von Koivus Werdegang. Wir tauschten die Geräte und unterhielten uns weiter, bis ich das Gefühl hatte, meine Oberschenkelmuskeln würden gleich reißen. Bei der Entbindung würden sie sicher beansprucht werden, denn schlimmstenfalls würde ich stundenlang mit gespreizten Beinen daliegen müssen.

Der Endorphinrausch, den das harte Training auslöste, war so intensiv, dass ich viel länger im Fitnessraum blieb, als ich vorgehabt hatte. Es war angenehm leer. Außer mir und dem Eislaufteam waren nur zwei weitere Besucher da, die nach etwa einer Stunde aufbrachen, um die gleiche Zeit wie Mutter und Tochter Grigorieva. Zwei Muskelprotze kamen herein und kauften bei Tomi Sportlernahrung. Ich ertappte mich dabei, dass ich Janne beim Training beobachtete. Der Junge war eine Augenweide, kein Wunder, dass sowohl Noora als auch Ulrika Weissenberg ihr Herz an ihn verloren hatten. Das ärmellose Ringerhemd ließ den Blick auf seine schweißbedeckten Schultermuskeln frei, die ich unverschämt lange anstarrte, bis ich mich zur Ordnung rief und mit der Bauchmuskelübung weitermachte. Plötzlich stand Rami Luoto neben mir und sah mir zu.

«Schadet das nicht dem Baby?», fragte er schließlich unsicher.

«Nee, gar nicht. Ich will verhindern, dass meine Bauchmuskeln sich nach der Entbindung in Hängematten verwandeln», erklärte ich, und Luoto lachte über den Vergleich, den ich in einem der vernünftigeren Ratgeber gelesen hatte.

«Tja, also ... auf dem Präsidium habe ich vergessen, davon zu sprechen ... Ich habe letzten Mittwoch mehrere Schnürproben an Nooras Schlittschuhen gemacht, sie sind also sicher voll von meinen Fingerabdrücken.»

«Natürlich», ächzte ich. Rechts oben spürte ich plötzlich Seitenstiche, wollte aber nicht aufgeben, solange Luoto zusah. Ich kämpfte mich durch die Serie, Rami rührte sich nicht vom Fleck. Um das Schweigen zu brechen, fragte ich ihn:

«Wusstest du, dass Noora Appetitzügler genommen hat, die Fentermin enthalten, ein Dopingmittel? Wo hatte sie die wohl her?» Ich stand auf und wischte mir den Schweiß aus dem Gesicht. Die Stiche waren immer noch zu spüren. Ob etwas nicht stimmte?

«Appetitzügler mit Dopingstoff!», rief Rami, dämpfte dann jedoch die Stimme. «Gewusst habe ich es nicht, aber ich habe so etwas vermutet. Als ich Noora danach fragte, hat sie es allerdings abgestritten. Ich weiß nicht, woher sie das Zeug hat, kein Arzt, der etwas auf sich hält, würde einem noch nicht voll ausgewachsenen, normalgewichtigen Mädchen solche Medikamente verschreiben.»

Wir hatten uns auf die Hantelbank gesetzt, wobei Rami ängstlich darauf bedacht war, jede Berührung zu vermeiden.

«Was Liikanen verkauft, weiß ich nicht», fuhr er im Flüsterton fort. «Er hat Verbindungen nach Russland, dort bekommt man alle möglichen Pillen. Er selbst hat seine Muskeln sicher auch nicht mit Haferbrei aufgepäppelt.»

«Wohl kaum», stimmte ich zu und nahm mir vor zu überprüfen, ob es in «Tommy's Gym» je eine Razzia gegeben hatte. Ich hatte mich ohnehin bereits gefragt, wieso Nooras Kette hinter dem Verkaufstisch gefunden worden war, wo Außenstehende nichts zu suchen hatten.

«Wurde bei Noora in der letzten Saison ein Dopingtest gemacht?»

«Kein einziger. Beim Eiskunstlauf war Doping bisher kein Thema. Was hat sie sich nur dabei gedacht?» Er wirkte verstört, vielleicht hatte er wirklich nichts von der Sache gewusst.

«Rami, ich bin fertig. Ich mach noch Stretching und geh dann», unterbrach Silja unser Gespräch. «Maria, grüß Pekka von mir!»

«Mach ich, er wird sich freuen.» Ich setzte mich auf die Ruderbank, stellte den Widerstand ziemlich niedrig ein und ruderte zehn Minuten. Als ich aufstand, sah ich Silja weggehen. Nun waren nur noch Rami, Janne, Tomi Liikanen und ich im Fitnesscenter.

Eigentlich war mir das nicht sehr angenehm. Jeder der drei konnte Nooras Mörder sein. Allerdings würde wohl keiner auf die Idee kommen, mir etwas anzutun, es musste allen klar sein, dass die Ermittlungen erst in den Anfängen steckten. Ich ging an die Seilzüge und schuftete noch eine halbe Stunde an verschiedenen Geräten, bis ich das Gefühl hatte, meine letzten Kraftreserven aufgezehrt zu haben. Also verzog ich mich in das Saunakabuff, um meinen gequälten Muskeln Entspannung zu verschaffen.

Es war tatsächlich ein Kabuff, in das höchstens drei Frauen passten, doch angesichts der harten Konkurrenz in der Branche hatte Liikanen sich gezwungen gesehen, trotz Platzmangels Saunas einbauen zu lassen. Die Männersauna war etwas geräumiger. Das hatte mir Antti berichtet, der mich ein paar Mal begleitet hatte, obwohl er sich beim Kraftsport nicht wohl fühlte. Er trainierte seine Kondition lieber, indem er gleichzeitig etwas Nützliches tat, zum Beispiel mit dem Fahrrad zur Arbeit fuhr oder Holz hackte.

Nachdem ich meine Dehnübungen gemacht hatte, blieb ich noch eine Weile in der Dampfstube sitzen, obwohl das Thermometer neunzig Grad zeigte. Dann duschte ich und zog mich in aller Ruhe an. Ich war gerade bei den Schuhen angelangt, als das Licht ausging.

Es wurde unglaublich dunkel. Die einzige Lichtquelle waren die phosphoreszierenden Zeiger meiner Uhr. Ich überlegte eine Weile, dann tastete ich nach dem Lichtschalter, den ich neben der Tür vermutete. Er war schwer zu finden, ich schlug mit dem rechten Ellbogen gegen das Trinkbecken und mit dem Knie gegen etwas Undefinierbares, bevor ich ihn endlich entdeckte. Ich knipste, doch das Licht ging nicht an.

Sicher ein Stromausfall. Ich musste nur ein paar Minuten warten, dann würde es wieder hell werden. Ob die Männer draußen im Saal mehr wussten? Ich öffnete die Tür, spähte in die Dunkelheit und rief:

«Tomi?»

Keine Antwort. Vielleicht zogen sie sich gerade um. Ich versuchte mir den Grundriss ins Gedächtnis zu rufen. Die Tür zum Umkleideraum der Männer musste einige Meter weiter links liegen. Ich schob mich an der Wand entlang, stolperte über eine Hantel, die irgendein Idiot auf dem Boden abgelegt hatte, verlor das Gleichgewicht und stieß mir die Stirn an der Stange des Beincurlers. Beinahe wäre ich lang hingeschlagen. Vorsichtig betastete ich meine Stirn. Sie blutete nicht, aber morgen würde ich mit einer prächtigen Beule herumlaufen.

Endlich erreichte ich die Tür und machte sie ohne Hemmungen auf. Ganz egal, ob da drinnen ein Haufen nackter Männer stand, im Dunkeln sah ich ohnehin nichts.

«Tomi? Ist hier jemand?»

Keine Antwort, kein Lichtschimmer außer von der Wanduhr, die ihr monotones Lied in die Stille tickte. Was zum Teufel ging hier vor, wo steckten die anderen? Und warum war der Stromausfall immer noch nicht behoben?

Am besten öffnete ich die Eingangstür, es war ja erst acht, und das Licht, das von draußen hereinfiel, würde mir reichen, um meine Sachen einzupacken. Die Strecke zum Eingang war einigermaßen unkompliziert, diesmal gelang es mir, der heimtückischen Hantel auszuweichen. Fest an das Geländer geklammert, tastete ich mich die Treppe hoch und drückte die Klinke herunter. Sie gab nach, und ich erwartete, dass die Tür aufging, doch es tat sich nichts.

Ich drückte noch einmal, lehnte die Hüfte gegen die Tür und presste mit aller Kraft, doch sie bewegte sich nicht. Ich fummelte am Drehschloss herum. Nichts. Die Tür war fest verriegelt. Von außen ließ sie sich mit der Zugangskarte öffnen, aber von innen brauchte man normalerweise nur die Klinke herunterzudrücken. Ganz offensichtlich war die Zentralverriegelung eingeschaltet worden, die nach Mitternacht den Zugang zum Fitnesscenter verhinderte. Vielleicht wurde dabei automatisch auch das Licht gelöscht.

Aber wer hatte sie eingeschaltet? Tomi Liikanen? Wieso hatte er sich nicht vorher vergewissert, dass niemand mehr in den Räumen war? Und wozu überhaupt die Verriegelung, das Studio sollte doch noch vier Stunden geöffnet sein.

Die Situation war absurd. Ich probierte den Drehverschluss noch einmal, diesmal ruhig und überlegt, aber erfolglos. Dann vergewisserte ich mich, dass die Zugangskarte die Tür tatsächlich nur von außen öffnete. Eine Weile trat ich mit meinen müden Beinen gegen die Tür, doch auch das brachte nichts. Zwar befand sich «Tommy's Gym» im Untergeschoss eines Etagenhauses, doch die Tür lag nach hinten, zum Wald hin, wo selten jemand vorbeikam. Meine einzige Hoffnung war ein Hausbewohner, der trotz des ungemütlichen Wetters zum Rauchen auf den Balkon ging und mein Gepolter hörte.

Aber warum so lange warten, wozu hatte ich ein Telefon. Nein, verdammt, ich hatte das Handy zu Hause gelassen, es steckte in der Aktentasche, mit der ich von der Arbeit gekommen war und die sicher immer noch zwischen Anttis Kram im Flur lag. Aber das Fitnesscenter hatte ja auch einen Anschluss, wahrscheinlich am Verkaufstisch oder irgendwo in der Nähe. Zurück nach unten!

Ich hatte Angst vor der Treppe, weil mein Bauch den Gleichgewichtssinn beeinträchtigte. Vorsichtig tastete ich mich von einer Stufe zur anderen, fühlte nach Hindernissen, versuchte die Vibrationen der Umgebung mit den Händen wahrzunehmen, wie es die Blinden tun. Von irgendwoher strömte Frischluft in den Treppenaufgang. Bewegte sich da unten jemand? Mir war, als wäre etwas über den Boden gerollt, vielleicht die Hantel, über die ich gestolpert war. Ich musste auf der Hut sein.

Es war doch nicht vollkommen dunkel, an einem Schalter leuchtete ein grüner Streifen. Der schmale Lichtstreif bildete einen Fixpunkt, an dem ich mich orientieren konnte. Ich fand den Tresen und fuhr mit der Hand langsam über die Tischplatte. Ich war mir fast sicher, dort ein Telefon gesehen zu haben.

Meine Hand stieß an einen Papierstapel. Er fiel herunter und riss etwas Gläsernes mit sich, das klirrend zerbrach. Instinktiv schloss ich die Augen, um sie vor Splittern zu schützen, doch das Ding war offenbar auf der anderen Seite des Tresens gelandet. Systematisch setzte ich meine Suche fort – nichts. Glassplitter knirschten unter meinen Füßen, als ich auf die andere Seite ging und die Platte abtastete. Kartons, Stifte, Gummibänder, Handgelenkgewichte mit Klettverschluss.

Plötzlich hörte ich Schleifgeräusche in der Nähe des grünen Lichtstreifens.

«Hallo! Ist da jemand?»

Keine Antwort, auch das Geräusch war verstummt. Dennoch hatte ich nun das unangenehme Gefühl, nicht allein in der Finsternis zu sein. Aber warum sollte jemand mit mir Verstecken spielen, dachte ich gerade in dem Moment, als meine Hand gegen etwas Hartes, Metallisches stieß. Eine Pistole – nein, ein Revolver. Die Form, die meine Fingerspitzen ertasteten, war mir vertraut, ich konnte feststellen, dass die Waffe nicht geladen war. Trotzdem unverantwortlich, sie offen herumliegen zu lassen! Besaß Tomi Liikanen überhaupt einen Waffenschein?

Ich legte den Revolver auf den Tisch und setzte meine Suche fort, fand aber kein Telefon. Irgendwo musste es doch sein! Ich hatte nicht vor, die ganze Nacht im stockdunklen Fitnesscenter zu verbringen. Allerdings wusste Antti ja, wo ich war, und würde sich spätestens um Mitternacht Sorgen machen, wenn ich nicht nach Hause kam – oder? Immerhin war er daran gewöhnt, dass Diensteinsätze meine Pläne jederzeit über den Haufen werfen konnten. Meist sagte ich zwar Bescheid, wenn es spät wurde, doch dazu hatte ich nicht immer Gelegenheit. Auf Anttis Hilfe durfte ich also nicht rechnen.

Ich tastete die Wand hinter dem Tresen ab und fühlte eine Klinke. Richtig, hinter dem Verkaufstisch befand sich ein kleines Büro, dort musste das Telefon stehen. Ich riss die Tür auf und trat ein.

Der Schlag zwischen die Schulterblätter traf mich völlig unvorbereitet. Er warf mich nach vorn, sodass ich mit der Brust und den Schultern schmerzhaft gegen einen Tisch prallte. Über mir sauste ein schwerer Gegenstand durch die Luft, Bauch und Rücken taten mir weh, ich weinte vor Schmerzen, aber auch vor Angst.

«Wer zum Teufel ist da!», brüllte ich in die Stille. Ich krümmte mich in Erwartung eines weiteren Schlages, legte einen Arm schützend über den Bauch, tastete auf dem Tisch nach etwas, womit ich mich wehren konnte – und fand eine Streichholzschachtel.

Ich vergaß die Angst vor dem schweigsamen Angreifer, schnappte mir die Schachtel und riss ein Streichholz an. Bevor die Flamme erlosch, konnte ich gerade noch die Umrisse eines Telefons auf dem Tisch und einen Sandsack über meinem Kopf erkennen. Ich riss das nächste Hölzchen an, jetzt traute ich mich schon aufzustehen. Der von der Decke herabhängende Sack war offenbar mit der Unterseite so an der Tür befestigt, dass er vorwärts schwang, sobald man den Raum betrat. Eine idiotische Konstruktion.

Im Licht des dritten Hölzchens tippte ich unsere Telefonnummer ein. Zum Glück war Antti zu Hause. Ich bat ihn, sowohl Tomi Liikanen als auch die Einsatzzentrale anzurufen und zu erklären, was los war. In der Schachtel waren nur noch zwei Streichhölzer, und ich hatte in dem kleinen Raum nichts entdeckt, was ich gefahrlos anzünden konnte.

Antti vergeudete keine Zeit mit überflüssigen Fragen, sondern sagte hastig, er werde Hilfe besorgen, und legte auf. Ich ließ mich auf den Bürostuhl fallen und horchte in mich hinein. Wo mich die Stange des Beincurlers getroffen hatte, schmerzte mir der Kopf, und zwischen den Schulterblättern würde sich vermutlich ein prächtiger Bluterguss bilden. Aber im Bauch spürte ich keine Stiche mehr. Ich tastete ihn vorsichtig ab. Ihr Götter im Himmel, gebt, dass Schnüppchen nichts passiert ist …

Das Klingeln des Telefons durchschnitt die Stille. Ich fuchtelte herum, bis ich den Hörer erwischte.

«Hallo!»

«Tomi Liikanen hier! Ist da jemand eingesperrt?»

«Allerdings! Die Tür ist fest zu, und das Licht geht nicht an!»

«Verflixt nochmal! Ich komm sofort rüber, der Hausmeister hat keinen Schlüssel. Halt noch fünf Minuten durch!»

Diese fünf Minuten verbrachte ich gedankenverloren in der Dunkelheit. Bilder von Noora und von meinem Baby zogen mir durch den Kopf. Es überraschte mich, wie heftig das Gefühl der Erleichterung war, als ich die Tür gehen hörte und das Licht aufflammte, so hell, dass ich die Augen schließen musste und vorsichtig unter den Lidern hervorspähte.

Tomi Liikanen war völlig aufgelöst und entschuldigte sich wortreich. Offenbar sei das Verriegelungssystem defekt. Als Entschädigung gebe er mir eine Zugangskarte für ein ganzes Jahr. Ach, ich hatte versehentlich die Obstschüssel vom Tresen gestoßen? Halb so schlimm. Hauptsache, mir sei nichts passiert.

Antti, der auf dem Fahrrad angerast kam, traf zur gleichen Zeit ein wie der Streifenwagen. Fast war es mir peinlich, dass ich so viel Aufregung verursacht hatte. Und doch – wenn der Sandsack mich nicht an der Schulter, sondern am Kopf getroffen hätte? Womöglich hätte ich das Bewusstsein verloren und mich beim Sturz schwer verletzt. Und wenn ... Ich mochte gar nicht weiterdenken. Ob man mich wirklich versehentlich eingesperrt hatte, war mir jetzt auch egal. Ich wollte nur noch nach Hause, ins Bett.

Scheinbar ruhig fragte ich Tomi Liikanen nach der Waffe, und er versicherte mir, er besitze einen Waffenschein. Auf meine Frage, warum er den Revolver am Tresen aufbewahrte, antwortete er ausweichend, er habe Angst vor Raubüberfällen. Die Waffe diene natürlich nur zur Abschreckung, sie sei ja nicht geladen ...

Ich hatte keine Kraft mehr. Antti schraubte den Vorderreifen von seinem Fahrrad ab und verstaute sein Gefährt auf der Rückbank des Fiat. Ich setzte mich auf den Beifahrersitz und schickte ein Dankgebet an den unbekannten Gott, als Schnüppchen energisch zu strampeln begann. Trotzdem dachte ich unablässig an das, was ich gleich am nächsten Morgen tun würde.

Ich musste Tomi Liikanens Geschäfte überprüfen.

Zehn

Am nächsten Morgen prangte eine Riesenbeule auf meiner Stirn. Obwohl ich drei Schmerztabletten genommen hatte, tat mir der Kopf weh, als ich nach Informationen über Tomi Liikanen und sein Fitnesscenter suchte. Das Ergebnis war mager. Sowohl mit «Tommy's Gym» als auch mit dem Importhandel schien alles in Ordnung zu sein. Zudem hätte Liikanen mich wohl kaum eingesperrt, wenn die Möglichkeit bestanden hätte, in seinen Räumen anabole Steroide zu finden. Ich war fast geneigt, ihm die Geschichte von dem Defekt abzunehmen. Oder steckte einer der beiden anderen dahinter? Immerhin war es möglich, dass Janne, der an der TH studierte, genug praktischen Ingenieursverstand besaß, um die Zentralverriegelung neu zu programmieren.

Nooras Tagebücher lagen griffbereit auf dem Schreibtisch, ich schlug aufs Geratewohl den dreizehnten Band auf, den sie schrieb, als ihre Mutter die Familie verließ.

Mutsch hat heute einen irrsinnigen Wutanfall gekriegt, wie neuerdings fast jeden Tag. Sie hat Sami das Wischtuch ins Gesicht geknallt, weil er seinen Teller nicht in die Spülmaschine geräumt hatte. Mich hat sie angebrüllt, weil ich die Sportsachen nicht so ordentlich auf die Leine gehängt hatte, wie sie es haben will. Schlagen wollte sie mich auch, aber ich hab sie noch rechtzeitig am Arm gepackt, und das hat sie wohl zur Vernunft gebracht. Paps hat ihr knallhart gesagt, sie wäre übergeschnappt.

Mit Paps ist auch nichts anzufangen, der guckt dauernd diese blöden Lkw-Rennen auf Eurosport, kippt ein Bier nach dem an-

dern und wird immer fetter. Wie soll ich jemals schlank werden, wenn ich von beiden Seiten haufenweise Fettzellen geerbt habe? Ohne den Eislauf und Janne könnte ich diese Familie und die tödliche Langeweile in der Schule nicht ertragen. Wir sind mitten in der intensiven Trainingsphase, da sehe ich ihn jeden Tag. Janne ist so süß, wenn er mich anschaut und lächelt …

Ulrika reitet die ganze Zeit darauf herum, wie wichtig die Unterstützung der Eltern ist. Da kann ich bloß lachen! Klar, die fahren mich zum Training, das ja, aber das so genannte geistige Klima ist ein besserer Witz, bei einem Vater, der entweder in der Firma hockt oder säuft, und einer neurotischen Mutter, die verzweifelt versucht, was Besseres zu sein. Sie hat sich das gleiche Kostüm gekauft wie Ulrika und war stocksauer, als ich gesagt hab, Dunkellila steht ihr nicht.

Dann folgten wieder seitenlange Loblieder auf Janne, detaillierte Berichte über das, was er wann gesagt und wie er Noora angesehen hatte. Es war mir peinlich, diese Ergüsse zu lesen, ich übersprang sie und blätterte weiter zum Ende des Bandes, wo von Hanna und Vesku Teräsvuori die Rede war.

Heute war ich nach der Schule in der Itämerenkatu bei Mutsch und diesem Vesku. Die Wohnung war furchtbar unordentlich, zu Hause hätte Mutsch so was nie geduldet, aber vielleicht hat sie wirklich ein neues Leben angefangen. Da saß sie nun in einem geschmacklosen, tief ausgeschnittenen Minikleid, in dem ihr breiter Hintern und ihre dicken Oberschenkel voll schrecklich aussahen, und erklärte mir, sie müsste endlich auch mal an sich selber denken, bisher hätte sie bloß für Paps und uns Kinder gelebt. «Dein Vater kann sich eine Haushälterin leisten, mehr bin ich ja sowieso nicht gewesen. Er prahlt doch immer mit seinem Geld, das ist das Einzige, was für ihn zählt», hat sie gesagt und dabei mit ihren großen Kuhaugen Vesku angesehen, der neben ihr saß und alberne

Schlager trällerte. Total lächerlich, wenn die eigene Mutter versucht, jung und verliebt zu wirken, sie ist immerhin schon vierunddreißig. Mutsch hat gesagt, sie hätte die Scheidung eingereicht, das Haus und alles andere könnte Paps behalten, aber sie würde für all die Jahre rückwirkend Gehalt verlangen.

Ich hatte mich mit Janne an der U-Bahn-Station in Ruoholahti verabredet, er hat mich da abgeholt und zum Training gefahren. Zum Glück hat Mutsch mich nicht begleitet. Als ich ging, hat sie gesagt, sie hätte Sami und mich lieb, aber sie könnte nicht ihr Leben lang nur Mutter sein. Sie wollte mit Teräsvuori noch ins Kino und dann essen gehen. Paps hat sie nie ausgeführt, außer zum Betriebsfest. Und Teräsvuori schenkt ihr angeblich jeden Tag rote Rosen. Ob es schön ist, so verwöhnt zu werden? Bestimmt. Allerdings fällt es mir schwer, mir die beiden im Bett vorzustellen, aber das hab ich mir von Mutsch und Paps ja auch nie vorstellen können, obwohl ich sie manchmal gehört habe und mir das Kissen über die Ohren ziehen musste. Zum Kotzen!

Als ich in Jannes Nissan gestiegen bin, war mir zum Heulen, aber dann ging es wie immer mit Janne: Er hat über irgendwas Witze gerissen und ich hab meinen Kummer vergessen, weil er so süß ist.

Warum hatte Hanna ihren Liebhaber wieder verlassen? Fand ich die Antwort in Nooras Tagebüchern? Warum in aller Welt riss mich die alltägliche und zugleich missratene Welt der Nieminens so mit, was faszinierte mich daran? Glaubte ich, in ihrer Familie oder in Nooras Tagebüchern die Erklärung für den Mord zu finden?

Zu meiner Verwunderung ertönte der Türsummer. Ich erwartete niemanden, und meine Kollegen klopften normalerweise an. Sobald ich das grüne Lämpchen aufleuchten ließ, trat ausgerechnet Hanna Nieminen ein. Ihr Gesicht war rot und verschwollen, das Make-up konnte die Tränensäcke unter den Augen nicht verbergen, und der pinkfarbene Lippenstift hatte sich auf den aufgesprungenen Lippen ungleichmäßig abgesetzt.

«Ich möchte Nooras Sachen abholen.» Ihre Stimme war heiser und belegt. In den wenigen Tagen hatte Hanna so viel Gewicht verloren, dass sie wieder in ihr schwarzes Kleid passte.

«Die sind nicht mehr hier. Soweit ich weiß, sollten sie heute bei Ihnen abgeliefert werden. Wenn Sie einen Moment warten, prüfe ich es nach. Nehmen Sie doch bitte Platz.»

Hanna Nieminen ging mit seltsam abgezirkelten Bewegungen zum Sessel und setzte sich. Ich rief in der Asservatenkammer an, wo ich Nooras Sachen ordnungsgemäß abgeliefert hatte. Aus irgendeinem Grund waren sie dort liegen geblieben. Ich bot Frau Nieminen an, sie hinzuführen, doch sie blieb sitzen und fragte verlegen:

«Hätten Sie einen Moment Zeit, Hauptmeisterin Kallio? Mir ist etwas eingefallen, was Ihnen helfen könnte, Nooras Mörder zu finden.»

Da bemerkte sie plötzlich Nooras Tagebuch auf dem Schreibtisch. Ihr Gesicht erstarrte, sie streckte die Hand aus.

«Das gehört Noora, nicht wahr? Ich glaube, ich hätte Ihnen die Bücher nicht geben sollen. Noora wäre das sicher nicht recht gewesen. Sie hat immer aufgepasst, dass ja niemand liest, was sie schreibt. Nachdem Kauko es einmal versucht hatte, hat sie abschließbare Kladden benutzt. Vielleicht sollte ich sie mitnehmen und … verbrennen.»

«Ich muss sie leider vorläufig noch behalten. Möglicherweise liefern sie mir entscheidende Informationen. Aber Sie wollten mir etwas sagen, Frau Nieminen. Ich höre.»

Hanna zupfte an der Haut neben dem Daumennagel. An beiden Daumen war die Haut bereits eingerissen, das entzündete Fleisch leuchtete blutrot und ließ den rosa Nagellack farblos erscheinen. Am liebsten hätte ich ihr verboten, die Finger zu malträtieren, doch ich brachte es nicht über mich.

«Haben Sie schon mal daran gedacht, dass Vesku möglicherweise jemanden beauftragt hat, Noora zu ermorden?», fragte Hanna schließlich, während ihre Finger das Zerstörungswerk fortsetzten. «Er kennt alle möglichen Typen, manche davon haben sogar im Gefängnis gesessen ...»

Ich nickte. Die Geschichte klang weither geholt, doch ich musste jeden Hinweis ernst nehmen, zumal es keine einzige ordentliche Spur zu geben schien – bis auf den roten Nissan Micra im Parkhaus.

«Als ich zu Vesku gezogen bin, ist Kauko ausfällig geworden. Einmal war ich in unserem Haus, um Kleider zu holen, und da wollte er mich nicht gehen lassen. Danach hat Vesku gesagt, er kenne Leute, die Kauko notfalls eine Lehre erteilen können. Da habe ich zum ersten Mal Angst bekommen, mit so etwas wollte ich nichts zu tun haben.»

«Können Sie Namen nennen?»

Hanna zupfte immer frenetischer an ihren Fingern, sie schien gar nicht zu merken, was sie tat.

«Seine Freunde habe ich kaum gekannt. In den Wochen, die ich bei ihm gewohnt habe, waren wir immer zu zweit. Wenn Vesku arbeitete, habe ich ihn meistens begleitet. Wir hatten Karaoke-Abende in verschiedenen Städten, in Hyvinkää, Hämeenlinna, Kouvola ... Überall haben wir in erstklassigen Hotels übernachtet und Champagner getrunken, den Vesku sich eigentlich gar nicht leisten konnte. Ich habe mich gründlich in ihm getäuscht. Lachen Sie mich ruhig aus, aber ich habe wirklich geglaubt, er wäre sensibel und romantisch. Dabei ist er bloß ein kleinkrimineller Weiberheld.»

War Nooras Tod eventuell doch quasi eine Art Unfall gewesen? Eine als Drohung gedachte Körperverletzung, die zu heftig ausgefallen war? Ganz undenkbar war das nicht, es würde zudem erklären, wieso die Leiche in einem Kofferraum abgelegt wurde. So war es nämlich neuerdings im Drogenmilieu üblich.

Hanna hatte mittlerweile eine offene Wunde am linken Daumen, schien jedoch keinen Schmerz zu spüren, sondern zupfte unbeirrt weiter.

«Ist Teräsvuori auch Ihnen gegenüber gewalttätig geworden?», fragte ich, während ich in der Schublade nach Pflaster kramte. Ich hatte es mir schon gedacht, das Päckchen war leer. Koivu hatte ein paar Tage zuvor das letzte Pflaster verbraucht, nachdem er sich beim Schälen einer Apfelsine in den Mittelfinger geschnitten hatte.

«Das nicht. Es waren die nächtlichen Anrufe von achtzehnjährigen Mädchen, die mich dazu gebracht haben, nach Koukkuniemi zurückzukehren. Vesku hat immer mehrere Frauen gebraucht. In Karjaa hatte er eine Abiturientin, die er ganz groß rausbringen wollte, und in Hamina eine verheiratete Frau. Die hat er ab und zu besucht, wenn er angeblich auf Tournee war. Aber mir hat er vorgeschwindelt, ich wäre die Frau seines Lebens. Mit der Zeit habe ich allerhand über ihn erfahren. Er hatte überall Schulden, ich weiß nicht, woher er das Geld für die Blumen und Geschenke für mich nahm. Kauko ist zwar langweilig und hässlich, aber seine Finanzen hält er in Ordnung. Die Firmenbücher sind immer tipptopp.»

Ein Bluttropfen fiel auf ihr schwarzes Kleid. Ich nahm mir vor, Pihko noch einmal auf Vesku Teräsvuori anzusetzen. Von Geschwindigkeitsüberschreitungen und Steuerschulden abgesehen, war er bisher nicht aktenkundig geworden, doch sein jüngerer Bruder hatte bereits zweimal wegen Betrugs eingesessen. Vielleicht hatte Vesku durch ihn Kontakt zu Auftragsschlägern.

«Es würde mich nicht wundern, wenn Vesku versucht hätte, mir wehzutun, indem er Noora zusammenschlagen lässt. Besonders viel Phantasie verlangt das nicht, mit dieser Nancy Kerrigan hat man es vor ein paar Jahren in Amerika ja auch so gemacht. Bescheuert wie ich war, habe ich Vesku erzählt, wie sehr ich mir als Kind gewünscht habe, Eiskunstläuferin zu werden, was aber damals, Ende der sechziger Jahre, in einer Kleinstadt unmöglich war.»

Hannas Blick schweifte über die Wand, doch sie sah garantiert ganz andere Bilder als die Männercollage, die dort hing.

«Im Winter hat mein Vater auf dem Hof eine Eisbahn angelegt, klein und holprig, aber zwei Kinder konnten schon darauf herumschlittern. Ich habe unseren alten Plattenspieler ans Fenster gestellt und auf dem Eis Tango getanzt. Mein Bruder hatte eine Beatles-Platte, aber die ließ er mich nicht spielen. Ich hätte gern ein richtiges Kostüm gehabt, mit Pelzbesatz, wie die Marja aus meiner Klasse, aber Mutter wollte mir keins nähen. Damals habe ich mir geschworen: Wenn ich mal eine Tochter bekomme, wird sie Eiskunstläuferin.»

Geschichten wie diese hatte ich allzu oft gehört, und meist gingen sie traurig aus. Aber Noora war mit ihrem Los offenbar zufrieden gewesen, sie hatte sich die Träume ihrer Mutter zu Eigen gemacht.

Hanna schien fest daran zu glauben, dass Teräsvuori auf die eine oder andere Weise für Nooras Tod verantwortlich war, und gab sich alle Mühe, mich zu überzeugen. Dennoch traute ich ihrer Theorie nicht ganz.

«Wir werden selbstverständlich überprüfen, ob Teräsvuori einen Schläger beauftragt hat. Hat er denn jemals mit so etwas gedroht?»

Sie schüttelte den Kopf, erzählte mir aber gleich darauf von einem gewissen Karttunen, der Vesku einmal fünftausend Mark geschuldet und behauptet hatte, er könne sie nicht zurückzahlen. Am selben Abend war er überfallen worden, und am nächsten Tag stand er mit gebrochener Nase und dem Geld vor der Tür. Hanna war allein in der Wohnung gewesen und hatte sich über den dicken, schmuddeligen Briefumschlag gewundert, der ihr in die Hand gedrückt wurde.

«Ich habe nicht gewagt, Fragen zu stellen, vor allem weil

Vesku das Geld brauchte, um seine eigenen Schulden zu bezahlen. Aber damals ist mir klar geworden, dass ich bei ihm wohl doch keine Geborgenheit finde. Und außerdem …»

Sie wurde unterbrochen, weil Puupponen anklopfte und mir die letzten Ergebnisse der Haus-zu-Haus-Befragung in Matinkylä brachte.

«Wann bist du frei?», fragte er und sah mich an, als hätte er mir etwas Wichtiges mitzuteilen.

«Ich muss sowieso gehen», sagte Hanna rasch. Ich sah, dass nun auch ihr linker Daumen blutete.

«Holen wir jetzt Nooras Sachen», schlug ich vor und dachte an die zerrissenen, blutigen Kleidungsstücke, die ebenfalls in der Asservatenkammer lagen. Es war bestimmt besser, wenn Hanna sie nicht zu Gesicht bekam. Und was sollte ich mit den Tagebüchern machen? Es ging mich zwar nichts an, aber für Kauko und Hanna wäre es sicher schlimm, mit der Wut und Verachtung ihrer Tochter konfrontiert zu werden.

Hanna stöckelte vor mir her, als hätte sie Probleme, auf ihren hohen Absätzen zurechtzukommen. Schweigend legten wir den Weg zur Asservatenkammer zurück. Auch als sie Nooras Tasche erblickte, von der im Labor jedes Stäubchen abgesaugt worden war, sagte sie kein Wort, sondern holte nur tief Luft. Aber bei der Frage, ob sie Nooras Kleidung auch mitnehmen wolle, schrie sie auf:

«Nein! Behalten Sie sie hier!»

«Es ist alles drin außer den Schlittschuhen, den Kufenschonern und dem Tagebuch», sagte ich zu Hanna, die die Tasche in der Hand zu wiegen schien.

«Ach ja, die Schlittschuhe, deshalb ist sie so leicht», sagte sie zerstreut, und im selben Moment liefen die Tränen. Sie wischte sich hastig über das Gesicht und beschmierte sich dabei mit ihrem Blut.

Ich sprach beruhigend auf sie ein und führte sie dann zur Toilette, damit sie sich das Gesicht waschen konnte. Schließlich machte sie sich auf den Heimweg. Ich war mir überhaupt nicht sicher, ob sie in der Lage war, Auto zu fahren, aber um alles konnte ich mich ja nun wirklich nicht kümmern. Oder doch?

Als ich zurückkam, lungerte Puupponen immer noch auf dem Gang herum. Sein roter Schopf stach grell von den weißen Wänden ab, in seinem blassen Gesicht leuchteten Sommersprossen. Er kam aus Kuopio und wurde von den Kollegen, die aus Espoo stammten und sich für echte City-Cops hielten, wegen seiner ländlichen Herkunft aufgezogen. Er nahm es mit Humor und machte sich einen Spaß daraus, seinen Dialekt bei passender Gelegenheit besonders dick aufzutragen.

«Ich hab gehört, du suchst ein Paar Kufenschoner», raunte er geheimniskrämerisch und folgte mir in mein Büro.

«Stimmt.» Ich ließ mich aufs Sofa fallen. Mir tat der Rücken weh, ich hätte zu gern die Beine hochgelegt.

«Wie es scheint, hat Pertsa sie gefunden.»

«Wie bitte?!»

«Er war mit Lähde und ein paar Männern von der Technik an der Ausfahrt Matinkylä, wo sich der Kinderschänder öfter gezeigt hat. Du weißt ja, wie besessen Ström von dem Fall ist, jetzt, wo er von der Presse breit getreten wird, erst recht. Sie haben nach einem Hundefoto gesucht, das der Kerl bei seinem letzten Anschlag verloren haben soll. Gefunden haben sie es nicht, aber dafür hatte Ström plötzlich blutige Kufenschoner in der Hand, die offenbar hinter einem Felsbrocken versteckt waren.»

«Wann war das, heute Morgen?»

«Nein, gestern Nachmittag.»

«Wo steckt Ström? Wieso hat er mir nichts davon gesagt? Woher weißt du es überhaupt?»

«Die Typen von der Technik haben sich auf dem Klo darüber unterhalten. Ström hätte die Abdrücke auf den Dingern verwischt und würde sich deshalb nicht trauen, sie vorzuzeigen.» Puupponen grinste breit. Er hasste Ström mehr als jeder andere in unserer Abteilung und genoss es sichtlich, mich auf ihn zu hetzen.

«Du hast das also ganz zufällig mitgekriegt? Wer waren die Techniker?»

«Wie der eine heißt, weiß ich nicht, aber der andere war Hirvonen, der Kleine mit dem Spitzbart. Einer von Ströms Saufkumpanen, oder?»

«Dieser verdammte Ström! Gut, dass du es mir gesagt hast.» Natürlich passierte so etwas nicht zum ersten Mal. Wenn jemand aus Achtlosigkeit oder Ungeschick Beweismaterial verhunzte, hielten die Kollegen zusammen, damit der Vorgesetzte nichts davon erfuhr. Manche Beweisstücke verschwanden sogar spurlos. Mit diesem Trick hatte unser oberster Chef es bereits zweimal geschafft, seine Freunde zu schützen – den einen lediglich vor einer Geldstrafe wegen überhöhter Geschwindigkeit, den anderen immerhin vor einer Anklage wegen Urkundenfälschung. Über derartige Vorfälle wurde im ganzen Polizeipräsidium gemunkelt, jeder wusste, was lief, und sicherte sich ab.

Aber in diesem Fall ging es nicht nur um die versehentliche Beschädigung von Beweismaterial. Ström sabotierte meine Ermittlungen. Und natürlich erreichte ich ihn weder am Dienstapparat noch am Handy. Lähde, mit dem er sich das Büro teilte, war ebenfalls nicht im Haus. Von der Zentrale erfuhr ich, dass Ström gerade als Zeuge in einem Verfahren aussagte. Ich hinterließ ihm eine Nachricht und marschierte zu den Kriminaltechnikern. Zwar übernahm das Zentrallabor in Tikkurila den Löwenanteil der technischen Untersuchungen, aber unsere Dienststelle hatte eine eigene kleine kriminaltechnische Abteilung für Routineaufgaben. Dort traf ich Hannu Hirvonen an, der gerade einen Bericht überflog. Bei meinem Anblick kniff er die Augen hinter den dicken Brillengläsern zusammen, und sein Spitzbart begann zu zittern. Ganz offensichtlich ahnte er, weshalb ich aufkreuzte.

«Wie ich höre, habt ihr gestern in Matinkylä Noora Nieminens Kufenschoner gefunden», sagte ich und setzte mich so auf die Schreibtischkante, dass mein Bauch fast Hirvonens Gesicht berührte.

«Das waren irgendwelche Plastikdinger. Ein Name stand nicht drauf», wich er aus.

«Was hat Ström dir versprochen, wenn du den Mund hältst? 'ne Flasche Schnaps? Wo sind die Schoner jetzt?»

«Gar nichts hat er mir versprochen. Sind die Dinger denn wichtig? Ström hat sie behalten, frag ihn selbst.»

«Er ist nicht da. Sag mir, wo ihr sie gefunden habt.»

«Ich hab nicht daneben gestanden.» Hirvonen versuchte sich hinter seinem Bericht zu verschanzen. Sein Gesicht war knallrot wie das eines Fünfzehnjährigen, der mit einem frisierten Mofa erwischt worden ist.

Offenbar hatte mir die Schwangerschaft noch nicht genug dämpfende Brutpflegehormone ins Blut geträufelt, denn ich sah rot. Hirvonens lächerlicher Spitzbart kam mir gerade recht, ich griff danach und zog sein Gesicht dich an mich heran.

«Raus mit der Sprache! Kapierst du nicht, dass nur Loser mit Ström gemeinsame Sache machen? Er wird nicht Dezernatsleiter, den Posten kriege ich! Und spätestens dann geht's dir an den Kragen, wenn du jetzt nicht spurst!»

Offenbar stürzte der Widerspruch zwischen meinem sanft-mütterlichen Aussehen und meinem rabiaten Verhalten Hirvonen dermaßen in Verwirrung, dass er zu reden begann und ein Stück Papier zu Hilfe nahm, als die Worte nicht reichten. Der Fundort lag in einem kleinen bewaldeten Streifen unterhalb der Autobahnausfahrt. An der Bushaltestelle, die wegen der Bauarbeiten an der neuen Zufahrtsrampe vorübergehend an diese Stelle verlegt worden war, hatte der Pädophile seinem bisher letzten Opfer aufgelauert.

Wo sich die Kufenschoner jetzt befanden, wusste Hirvonen nicht. Ich tippte auf Pertsas Büro. Also kehrte ich in unsere Abteilung zurück und bat die Sekretärin, mir sein Zimmer aufzuschließen.

«Ström hatte versprochen, einen Bericht für mich auf seinem Schreibtisch zu hinterlegen, aber offenbar hat er versehentlich abgeschlossen», schwindelte ich. Die Sekretärin fragte nicht weiter, die Büros waren schließlich keine Privaträume. Die meisten Kollegen schlossen nicht mal ab, wenn sie das Haus verließen.

Lähde und Ström waren starke Raucher und pafften in gegenseitigem Einverständnis in ihrem Dienstzimmer, obwohl das Rauchen seit Inkrafttreten des neuen Gesetzes in der ganzen Abteilung verboten war. Da beide mit dem Arrangement zufrieden waren, mochte sich niemand beschweren, auch wenn jedes Mal Qualm auf den Gang zog, sobald die Tür geöffnet wurde. Im Gegenteil, die anderen Schmaucher in unserer Abteilung frönten ihrem Laster lieber im Büro der Kollegen, als sich in das zwei Etagen tiefer gelegene Raucherzimmer zu bemühen. In diesem Punkt waren die Gesetzeshüter die Ersten, die gegen das Gesetz verstießen.

Auch jetzt war die Luft zum Schneiden dick. Eine Trennwand teilte den Raum, auf Lähdes Seite herrschte fröhliches Chaos, während in Pertsas Reich alle Papiere akkurat in ihren Fächern lagen. Eingang, Ausgang, In Bearbeitung. Nur ein paar zerknüllte Zigarettenschachteln und der überquellende Aschenbecher störten die pedantische Ordnung. An der Trennwand hing eine Karte von Espoo; die blauen Stecknadeln rund um Matinkylä markierten vermutlich die Stellen, wo der Pädophile aktiv geworden war.

Von einem Foto neben der Karte lächelten Jenna und Jani, Ströms Kinder, die er, wie er klagte, viel zu selten sah.

Die Schreibtischschubladen waren das nahe liegende Versteck für einen Gegenstand von der Größe der Kufenschoner. Ich streifte dünne Latexhandschuhe über und machte mich an die Arbeit, wobei ich ein eigenartiges Schuldgefühl verspürte, obwohl in diesem Spiel doch Pertsa Ström der Schurke war. In der obersten Schublade lagen nur Papiere und zwei volle Zigarettenschachteln, offenbar Pertsas eiserne Reserve. Die nächste Schublade war leer, in der dritten befanden sich ein Paar schmutzige Socken und ein brauner, am Zeigefinger aufgerissener Lederhandschuh.

In der untersten Schublade entdeckte ich eine Tüte mit dem Aufdruck des Alkoholgeschäfts, in der ich eine Schnapsflasche ertastete. Verdammt nochmal, war Pertsa etwa so tief gesunken, dass er im Dienst trank? Rasch nahm ich die Tüte heraus. Sie enthielt eine leere Halbliterflasche. Doch die interessierte mich nun nicht mehr, denn daneben lag noch etwas anderes: graue, zerkratzte Kufenschoner aus Plastik, mit dunklen, teilweise verblassten Flecken. Als hätte jemand versucht, sie abzureiben. An der Ferse des einen Schoners waren deutlich die Initialen N. N. zu erkennen. Es mussten Nooras sein.

Aber wie waren sie auf die Baustelle geraten? Und warum hatte Pertsa sie nicht einfach weggeworfen, wenn er ihre Existenz verheimlichen wollte?

In dem Moment ging die Tür. Ich schaffte es gerade noch, mich aufzurichten, als Pertsa auch schon vor mir stand.

«Was machst du da?», herrschte er mich an.

«Ich habe gehört, du hättest Material, das für meine Ermittlung wichtig ist. Ich wollte es möglichst schnell ins Labor bringen, deshalb habe ich nicht auf dich gewartet», antwortete ich kühl und hielt die Kufenschoner hoch.

Pertsas zweimal gebrochene, grotesk verformte Nase wurde als Erstes rot. Dann breitete sich die Röte auf den pockennarbigen Backen und der flachen Stirn aus, und zuletzt erröteten auch die leicht abstehenden Ohren.

«Wer hat gepetzt?», fauchte er.

«Du hättest dir doch denken können, dass so etwas nicht geheim bleibt. Hättest sie eben sofort wegwerfen müssen. Jetzt landen sie in Tikkurila. Deine Fingerabdrücke werden sie dort sicher eliminieren können.»

Ich zwängte mich an ihm vorbei und war schon an der Tür, als er mich am Arm packte. Seine Augen hatten die Farbe von unfiltriertem Bier, sein Blick war voller Bitterkeit. Ich starrte zu ihm hoch, viel zu wütend, um den Schmerz wahrzunehmen, den sein Zangengriff mir bereiten musste.

«Und morgen weiß es das ganze Präsidium, was?» Pertsas Stimme klang belegt. Teufel auch, er hatte Angst! Ich riss mich los, schlüpfte hinaus und sagte honigsüß:

«Eine gute Frage, werter Kollege!»

Auf dem Flur kam mir Koivu entgegen. Ich bat ihn, mich zu begleiten. Als Erstes würden wir die Schoner nach Tikkurila bringen, ich wollte sie nicht mehr aus den Augen lassen. Auf der Fahrt erzählte ich ihm die ganze Geschichte.

«Du meine Güte.» Er machte große Augen. «Wirst du Taskinen informieren?»

«Nein. Von irgendwem wird er es sowieso erfahren. Natürlich wäre es fairer, es ihm selbst zu sagen, aber fair kann ich jetzt nicht mehr sein. Ström hält sich ja auch nicht an die Spielregeln.»

Wir lieferten die Kufenschoner im Kriminaltechnischen Labor ab – wahrscheinlich würde nichts Entscheidendes gefunden werden, aber den Versuch war es wert. An einer Tankstelle aßen wir hastig eine Suppe, die mich ganz schläfrig machte. Doch für Mittagsschlaf war jetzt keine Zeit. Wir mussten zurück zur Baustelle in Matinkylä. Ich wollte den Fundort mit eigenen Augen sehen, ohne genau zu wissen, was ich mir davon versprach.

Auf der Baustelle wurde nicht gearbeitet. So war es fast immer: Erst riss man die Erde auf, und dann ließ man alles stehen und liegen – wie als Denkmal für die Verrücktheit des Menschen. Antti, der die Asphaltierung der Welt strikt ablehnte, verglich das Abholzen der Wälder und das Sprengen von Felsen mit Mord:

«Sie bringen die Landschaft um, und zwar ganz legal. Wenn sie ihre Baggerschaufeln schwingen, fühlen sie sich als Helden.»

Tatsächlich trug die Landschaft Spuren von Misshandlung, in die Felsen waren Löcher gebohrt wie Wunden, der Kiesgrund, auf dem die Straße entstehen sollte, leuchtete wie ein Bluterguss am Rand der Baumgruppe.

Hirvonen hatte einen exakten Lageplan gezeichnet, ich fand das Versteck mühelos. Es handelte sich um einen Findling, etwa einen Meter hoch, unter dem sich eine fußgroße Aushöhlung gebildet hatte. In derartige Löcher stopfte ich bei Wanderungen Bananenschalen, Klopapier und andere kompostierbare Abfälle. Der kürzeste Weg vom Eisstadion zur Behelfshaltestelle führte genau an dem Findling vorbei.

«Gehen wir mal rüber zum Stadion, ich muss nachdenken», schlug ich vor.

«Können wir den Wagen hier stehen lassen? Nicht dass er als Schrottauto abgeschleppt wird», meinte Koivu mit einem Blick auf unseren rostigen Lada, der schon seit zehn Jahren pensionsreif war.

«Der Chef vom Fuhrpark wäre nur froh, wenn die Karre geklaut würde. Guck mal, dort ist das Stadion und da drüben das Einkaufszentrum», sagte ich und zeigte nach links und rechts ins Gebüsch. «Vielleicht ist Nooras Mörder in Panik geraten, hat die Leiche an der erstbesten Stelle abgelegt und dann entsetzt festgestellt, dass er die Schoner noch bei sich hatte. Er muss sich in Matinkylä gut auskennen.»

Der Pfad, der durch das Weidengebüsch führte, war schlickig, meine Tennisschuhe wurden feucht. Ich wollte gerade kehrtmachen, als von der anderen Seite des Gebüschs

Schritte zu hören waren, dann eine leise, freundliche Männerstimme.

«Entschuldige die Störung, Kleine. Kommst du aus der Schule in Matinkylä? Prima. Hast du dort mein Hündchen gesehen, einen kleinen Cockerspaniel?»

Die Antwort des Mädchens war nicht zu hören. Wir standen reglos da. Das Weidengebüsch verdeckte die Sicht fast völlig, ich konnte nur etwas Dunkelblaues erkennen, einen Mantel oder eine Trainingsjacke. Seltsam, dass der Mann unsere Schritte nicht gehört hatte, aber vielleicht hatte der Verkehrslärm sie übertönt.

«Bist du sicher, dass du ihn nicht gesehen hast? Komm, schau dir mal das Bild hier an. Das ist meine kleine Prinzessin, ist sie nicht niedlich? Sie ist mir heute Morgen entlaufen, ich mache mir große Sorgen.»

Da man nicht geräuschlos durch das Weidengebüsch kam, schlich Koivu rückwärts davon, um eine Lücke zu suchen. Als er seinen Schuh aus dem Schlamm hob, gab es ein schmatzendes Geräusch, und ich rechnete fest damit, dass der Mann auf der anderen Seite die Flucht ergreifen würde. Doch er konzentrierte sich ganz auf das Mädchen und sprach weiter beschwörend auf es ein:

«Du hast aber schöne Haare, und so weich. Wie das Fell von meiner Prinzessin. Magst du Hunde?»

Diesmal hörte ich ein schüchternes Ja, und jetzt sah ich auch kleine rosa Tennisschuhe mit weißen Spitzenbändern.

«Du könntest mir helfen, meinen Hund zu suchen.»

Die Stimme des Mannes war noch sanfter und freundlicher geworden.

«Ich muss aber nach Hause.»

«Geh noch nicht. Lass mich deine Haare streicheln, sie sind wie das Fell von meinem Hündchen, nach dem ich solche Sehnsucht habe. Hab keine Angst, ich tu dir nichts …»

Als ich das erschrockene Wimmern des Mädchens hörte,

hielt mich nichts mehr. Ich zwängte mich durch die Büsche, ohne auf die Zweige zu achten, die mir ins Gesicht peitschten. Die beiden Menschen auf der anderen Seite erstarrten. Ein magerer kleiner Mann hielt ein mageres kleines Mädchen an der Schulter fest, beide sahen mich erschrocken an. Als Koivus hastige Schritte die Stille zerstörten, ließ der Mann das Mädchen los und ergriff die Flucht. Ich setzte ihm nach und foulte ihn so gekonnt, wie ich es einst auf dem Bolzplatz gelernt hatte. Er flog bäuchlings in den Schlamm, ich warf mich mit meinem ganzen Gewicht auf ihn.

«Polizei», erklärte ich sicherheitshalber, riss dem Mann die Arme auf den Rücken und hoffte, dass Koivu Handschellen dabei hatte. Hatte er natürlich nicht. Er stand bei dem Mädchen, versuchte, die Kleine zu beruhigen und ihr klar zu machen, dass wir wirklich von der Polizei waren und dass sie keine Angst mehr zu haben brauchte.

«Nimm das Handy aus meiner Tasche und ruf einen Streifenwagen», ächzte ich. Der Mann wand sich unter mir, dieser erbärmliche Wicht. Durchgeknallte, einsame Typen wie er machten Schlagzeilen, aber von den anderen redete keiner. Weder von denen, die reich genug waren, ein paar Mal im Jahr in ferne Länder zu fliegen und sich für ein, zwei Wochen ein Kind zu kaufen, noch von denen, die an der Spitze der Hierarchie saßen und Gleichgesinnte schützten. Diese Leute hasste ich wirklich.

Koivu half mir, den Mann auf die Beine zu stellen. Sein Gesicht kam mir nicht bekannt vor, es war klein und kantig, merkwürdig ausdruckslos. Das Hundebild lag auf der Erde: ein braunscheckiger Spanielwelpe mit großen, feuchten Augen. Ob er wirklich einen Hund besaß? Das Mädchen stand immer noch wie verdattert da, die rosa-violett gemusterte Jacke war halb offen, ein geblümter Schulranzen lag neben ihm. Ich fragte die Kleine, wie sie hieß und wo sie wohnte, doch sie brachte kein Wort heraus. Viele würden sagen, sie habe Glück gehabt, mit dem Schrecken davongekommen zu sein, doch wie lange würde dieser Schreck sie verfolgen?

Es schien eine Ewigkeit zu dauern, bis der Streifenwagen kam, dabei waren nur sechs Minuten vergangen. Koivu hielt den Pädophilen fest, der mindestens so furchtsam dreinschaute wie die Kleine, die mir endlich ihren Namen verraten hatte: Laura. Der Mann wimmerte erbärmlich, als die Streifenbeamten ihm nicht übermäßig behutsam Handschellen anlegten.

«Bringt ihn aufs Präsidium und informiert Hauptkommissar Ström, dass der Kinderschänder, nach dem er fahndet, gefasst worden ist», wies ich die uniformierten Kollegen an. Koivu und ich wollten Laura an den Arbeitsplatz ihrer Mutter in Tapiola fahren, wohin sie unterwegs gewesen war.

«Kommt der Mann jetzt ins Gefängnis?», fragte Laura zaghaft, als ich sie auf dem Rücksitz des klapprigen Lada anschnallte.

«Ja, für ganz lange Zeit. Er hat schon öfter Böses getan», sagte ich in dem Versuch, sie zu trösten. Auch wenn Laura äußerlich unverletzt war, schien es mir doch geraten, sie zum Arzt zu bringen. Aber zuerst mussten wir die Mutter finden. Sie arbeitete in einer Apotheke und war natürlich entsetzt, als sie erfuhr, was passiert war. Der Kinderschänder war seit Wochen allgemeiner Gesprächsstoff, und Lauras Mutter machte sich Vorwürfe, weil sie ihre Tochter allein von der Schule nach Hause gehen ließ. Wir brachten beide zum Arzt, vor allem die Mutter schien ein Beruhigungsmittel nötig zu haben. In einigen Tagen würde Pertsa die Kleine dann befragen.

Ich verstand Lauras Mutter. In Finnland konnte man Kinder durchaus allein den Schulweg zurücklegen lassen, sobald sie gelernt hatten, sich vor dem Straßenverkehr in Acht zu nehmen. Wie sollten Berufstätige ihre Kinder denn auch zur Schule bringen und wieder abholen? Sollte man jemanden bezahlen, der das übernahm? Woher das Geld nehmen?

Diese Fragen stellte Lauras Mutter immer wieder, sie fürchtete wohl den Vorwurf, ihre Achtjährige vernachlässigt zu haben.

«Na, bist du zufrieden?», fragte Koivu, als wir endlich auf dem Weg zum Präsidium waren.

«Du meinst, weil wir den Kerl vor Pertsa geschnappt haben? Ich weiß nicht. Ich fühl mich irgendwie leer.»

Koivu grinste, denn mit meinem runden Bauch wirkte ich ganz und gar nicht leer. Aber ich triumphierte tatsächlich nicht. Dass wir den Täter erwischt hatten, war keineswegs das Ergebnis detektivischen Genies, sondern purer Zufall gewesen. Wem war die Festnahme zu verdanken, Lauras Schutzengel vielleicht?

«Ich möchte doch noch nicht ins Präsidium. Lass uns erst nochmal zu dem Wäldchen in Koukkuniemi fahren.»

Achselzuckend nahm Koivu die Auffahrt. Vor uns fuhr ein weißer Lieferwagen mit dem grünen Schriftzug «Tommy's Gym». In der Hektik des Tages hatte ich mein gestriges Abenteuer im Fitnesscenter fast vergessen. Wer saß am Steuer, Liikanen selbst oder die Grigorieva?

«Fahr neben ihn», bat ich Koivu, als der Lieferwagen auf die Spur einscherte, die zur Tankstelle führte, und an der roten Ampel hielt. Elena Grigorieva saß am Steuer, ihre Tochter Irina auf dem Beifahrersitz. Sie sahen nicht zu uns herüber, sondern sprachen aufgeregt miteinander, Irina schüttelte den Kopf und Elena gestikulierte heftig. Dann sprang die Ampel um, und sie fuhren an die Tankstelle.

«Wir folgen ihnen, ich hab ein paar Fragen wegen der Kufenschoner.»

Elena Grigorieva hatte bereits angefangen, den Tank zu füllen, sie verzog dabei das Gesicht, als sei ihr der Benzingestank zuwider.

«Guten Tag, Frau Grigorieva», sagte ich munter. Sie fuhr erschrocken zusammen und hätte fast den Stutzen fallen lassen. Etwas Benzin spritzte auf die Erde und auf ihren linken Schuh.

«Um Himmels willen, Sie haben mich erschreckt!»

«Entschuldigung. Nur eine Frage: Haben Sie Noora veranlasst, Appetitzügler zu nehmen?»

«Wie bitte?» Sie hängte den Schlauch ein, nahm ein Stück Papier aus der Tasche und drehte mit der so geschützten Hand den Tankverschluss zu. Dann sah sie mich mit einem eigenartigen Gesichtsausdruck an.

«Was reden Sie da? Davon höre ich zum ersten Mal! Noora hatte doch keine Appetitzügler nötig!»

«Eben, aber in ihrem Urin wurde Fentermin gefunden, das den Appetit dämpft. Es steht auf der Dopingliste.»

«Doping! Ich hätte Noora umgebracht, wenn sie …»

Zu spät merkte sie, was ihr da entschlüpft war, und schlug die Hand vor den Mund, als wollte sie ihre Worte ungesagt machen. War es so gewesen? Hatte die Trainerin von den Pillen erfahren, war es darüber zum Streit gekommen? Aber ich wusste ja, wie leicht man so etwas sagte.

«Sie hätten Noora umgebracht, wenn Sie gewusst hätten, dass sie ihre Karriere aufs Spiel setzt», ergänzte ich.

Elena Grigorieva warf einen Blick zum Wagenfenster, hinter dem ihre Tochter uns verwundert ansah.

«Ich habe es aber nicht gewusst! Das schwöre ich! Sonst wäre ich eingeschritten.» Die Hand bereits am Türgriff, fragte sie plötzlich: «Waren Sie diejenige, die gestern in Tomis Fitnesscenter festsaß?»

«Ja.»

«Das Verriegelungssystem hat schon öfter Probleme gemacht!» Wenn die Grigorieva aufgeregt war, kam der russische Akzent stärker durch, doch im Übrigen sprach sie wirklich ausgezeichnet finnisch. «Ich werde dafür sorgen, dass Tomi es reparieren lässt, und wenn er dafür einen Kredit aufnehmen muss! Sonst passiert noch was!»

Ihre Besorgnis wirkte echt, aber warum regte sie sich so auf? Ich hatte die Geschäfte ihres Mannes gründlich unter die Lupe genommen, doch nun fragte ich mich, ob ich etwas übersehen hatte.

Die Grigorieva erklärte, sie müsse jetzt weiter, und stieg ein. Koivu und ich setzten unsere Fahrt nach Koukkuniemi fort, kamen jedoch nicht ans Ziel, denn unterwegs klingelte mein Mobiltelefon.

Auf einem Schulhof in Kuitinmäki war ein junger Mann gefasst worden, der den Schülern Haschisch anbot. Es war ein gewisser Tirkkonen, den man erst vor einigen Wochen aus der Haft entlassen hatte. Ich wurde gebeten, an der Vernehmung teilzunehmen, da ich ihn von seiner ersten Festnahme her kannte. Damals hatte er nicht nur Drogenhandel, sondern auch schwere Körperverletzung auf dem Konto gehabt und dennoch als junger Ersttäter nur ein halbes Jahr bekommen. In der Vollzugsanstalt Sörkka hatte er garantiert Zeit und Gelegenheit gehabt, Kontakte zu neuen Dealern zu knüpfen. Ich glaubte längst nicht mehr an die heilsame Wirkung von Haftstrafen. Tirkkonen war in seiner Zelle jedenfalls nicht gesellschaftstauglich geworden. Und bei dem Kinderschänder aus Matinkylä oder dem Mörder von Noora war das vermutlich auch nicht zu erwarten.

Aber gab es denn ein besseres System? Ich hatte nicht die Kraft, darüber nachzudenken, sondern machte mich auf, um wieder jemanden für einige Monate hinter Gitter zu bringen.

Elf

«Lass uns irgendwo lecker essen gehen», schlug ich Antti vor, sobald ich zu Hause war. Einstein strich mir erwartungsvoll um die Beine, er hatte den Lachs in der Einkaufstüte gerochen und wollte seinen Anteil. Von jedem Stück Fleisch oder Fisch, das bei uns auf den Tisch kam, trieb Einstein den Katzenzehnten ein. Ich scheuchte ihn zur Seite und legte den Lachs in die Gefriertruhe.

«Essen gehen? Warum nicht, immerhin hast du das ganze Wochenende gearbeitet. Wo möchtest du denn hin?»

«Ich hab heute noch nichts gegessen außer einem Teller dünne Suppe an einer Tankstelle. Ich hätte Lust auf Tex-Mex. Im ‹Fishmaid› in Haukilahti soll es gute Enchiladas geben.»

«Im ‹Fishmaid›? Ist das überhaupt ein richtiges Restaurant? Ich dachte, das wäre so ein Karaokelokal.»

«Pihko behauptet, da würde man gut essen, und er ist viel wählerischer als ich. Nun komm schon, bald können wir nicht mehr zusammen ausgehen, ohne einen Babysitter zu engagieren. Außerdem habe ich Grund zum Feiern, ich habe nämlich einen von Pertsas Fällen aufgeklärt», sagte ich und verzog säuerlich das Gesicht, als ich daran zurückdachte, wie Pertsa mitten in die Vernehmung des Drogendealers Tirkkonen hineingeplatzt war.

«Jetzt lachst du dir ins Fäustchen, was?», hatte er gebrüllt, bevor der Protokollant das Tonband anhalten konnte.

«Solltest du dich nicht bedanken?»

«Leck mich doch, Kallio! Himmel, Arsch und Zwirn, bald glaub ich selber dran, dass Gott eine Frau ist, wie ihr Emanzen behauptet. Für so viel Dusel gibt's keine andere Erklärung!»

«Genau das war's, Ström. Dusel, Zufall, wie der Fund der Kufenschoner. Und jetzt verschwinde, ich hab zu tun! Wir können später weiterreden, falls dir danach ist.»

Als ich Tirkkonens erste Vernehmung beendet hatte, war Pertsa nirgends aufzutreiben. Der Diensthabende meinte, er sei sicher in seiner Stammkneipe, um das halbe Geständnis zu feiern, das er aus dem Kinderschänder herausgeholt hatte. Ich wollte nicht mehr an Ström denken, ich wusste, die Zusammenarbeit mit ihm würde in nächster Zeit noch schwieriger werden. Taskinen verließ das Gebäude zur gleichen Zeit wie ich, erkundigte sich nach den Ermittlungen im Fall Noora Nieminen und gratulierte mir zur Festnahme des Pädophilen.

«Egal, wer ihn geschnappt hat, Hauptsache, wir haben ihn», meinte er zögernd.

«Sag das mal dem Ström.»

«Du sollst gestern in einem Fitnesscenter eingesperrt worden sein, habe ich gehört. Wie ist das denn passiert?»

Ich berichtete ihm von dem Vorfall und fragte ihn über Tomi Liikanen aus, den er jedoch nur flüchtig kannte. Mit väterlicher Besorgnis erzählte Taskinen, Silja zufolge spreche Liikanen sehr wenig, lasse aber umso eifriger die Blicke schweifen.

Von der Geschichte mit den Kufenschonern hatte mein Chef offenbar noch nichts gehört. Gegen meinen Vorsatz entschloss ich mich spontan, ihm davon zu erzählen. Sein stets blasses Gesicht lief vor Wut rot an. Als der Aufzug hielt, zog er mich in eine Ecke der Tiefgarage und fragte, ob ich Maßnahmen gegen Ström forderte.

«Das Schicksal hat ja bereits eingegriffen. Warten wir erst mal ab, was auf den Schonern gefunden wird.»

Taskinen spielte nachdenklich an seinem breiten Ehering.

«Ich wollte vorläufig noch nicht darüber sprechen, aber …

Aller Wahrscheinlichkeit nach habt ihr keinen Grund mehr zu konkurrieren. Meine Stelle wird nun doch nicht frei.»

Ich schluckte. Taskinen versuchte seine Enttäuschung zu verbergen, doch seine Stimme klang hohl und etwas tiefer als gewöhnlich.

«Und warum nicht?»

«Ein Kriminaldirektor aus Turku, ein alter Kumpel unseres Polizeipräsidenten, hat sein Interesse angemeldet. Natürlich nehmen sie lieber so einen, bei dem sie sicher sein können, dass er die Dienstvergehen seines Vorgängers vertuscht. Sie haben eine Scheißangst, dass die ans Licht kommen», sagte Taskinen, der sonst nie Kraftausdrücke benutzte. «Also bleiben Ström und ich, wo wir sind, du gehst in Mutterschaftsurlaub und kommst danach hoffentlich wieder zurück.»

«Warum sollte ich nicht zurückkommen?» Ich klopfte meinem Chef zum Abschied freundschaftlich auf den Rücken und stieg in meinen Fiat. Auf dem Heimweg merkte ich, dass ich, wie häufig nach einem aufregenden Einsatz, wahnsinnigen Hunger hatte, als hätte die Festnahme des Pädophilen meinen Kalorienverbrauch vervierfacht. Eben deshalb schlug ich Antti sogleich vor, essen zu gehen.

Gegen sieben saßen wir im «Fishmaid» und studierten die Speisekarte. Das Lokal war im letzten Winter unter diesem Namen neu eröffnet worden, nachdem in den Räumen bereits ein Chinarestaurant, eine Pizzeria und eine Kneipe gescheitert waren. Das «Fishmaid» war eine Art Tex-Mex-Karaoke-Pub und bot zudem freitags Live-Musik. Dienstags bis donnerstags, dem Plakat nach von sechs bis elf, veranstaltete Vesku Teräsvuori hier seine Karaoke-Abende. Jetzt war das große Lokal fast leer, im Hintergrund lief nostalgische Tanzmusik vom Band. Ich hatte Lust auf etwas Scharfes, obwohl ich davon mit Sicherheit Sodbrennen bekam. Während ich vor der Schwangerschaft nicht einmal gewusst hatte, was Sodbrennen war, plagte es mich nun fast täglich. Ich war gespannt, welche Überraschungen mein Körper noch für mich bereithielt, bevor das Baby zur Welt kam.

Tollkühn bestellte ich eine Enchilada mit Gemüsefüllung, während Antti sich mit Tacos begnügte. Erst als das Bier vor uns stand, ein «Sol» für Antti und ein alkoholfreies für mich, erzählte ich ihm, was ich von Taskinen erfahren hatte.

«Schade! Dann werde ich also doch kein Kommissarsgatte», grinste Antti. Er war außergewöhnlich gut gelaunt, da er gerade die letzten Klausuren korrigiert hatte und nun einige Monate lang ungestört seinen Forschungen nachgehen konnte. Wir redeten über dies und jenes, machten Pläne für den Sommerurlaub. Ich hatte Lust auf einen Segeltörn, doch in den letzten Wochen der Schwangerschaft waren solche Unternehmungen wohl nicht empfehlenswert.

«Kreuzen wir doch einfach vor Tammisaari, dann kannst du im Notfall dort entbinden», schlug Antti vor.

«Tammisaari wäre mir sowieso am liebsten. Du erinnerst dich doch, wie es im Krankenhaus war, als wir die Jensens besucht haben. So locker und gar nicht klinikmäßig. Und Eva sagt, dort kommandiert einen keiner herum.»

«Als ob du dir von einer Hebamme was sagen ließest!», lachte Antti. «Schau an, hier gibt's auch Karaoke. Mit Vesku … ist das nicht dieser unangenehme Kerl, den wir bei Jyrkis Polterabend erlebt haben?»

«Genau der», sagte ich rasch, bevor er den Zusammenhang zu meinen Ermittlungen herstellte. «Sollte ich vielleicht singen? Meinst du, er hat ‹Die Polizei haut wieder zu›? Oder ‹Volle Pulle, Kommissar Peppone›, du weißt schon, von Popeda.»

Doch so leicht ließ sich Antti nicht hinters Licht führen.

«Der Mann, der Noora Nieminen nachgestellt hat – war das nicht auch ein Karaoke-Meister? Sind wir deshalb hergekommen, Maria? Es geht dir gar nicht darum, gemütlich mit mir zusammenzusitzen, wie?»

Anttis gute Laune war verflogen. Über das angemessene Verhältnis von Arbeit und Privatleben hatten wir schon viel zu oft diskutiert. Natürlich brachte auch er gelegentlich Arbeit mit nach Hause und saß manchmal nächtelang am Computer. Doch da ich von den mathematischen Kategorientheorien, die er analysierte, nichts verstand, sprach er selten über seine Arbeit. Auch ich redete nicht viel über dienstliche Angelegenheiten, lud nur gelegentlich bei Antti meinen Stress ab oder erzählte ihm von Ströms jüngsten Gemeinheiten. Die Tätigkeit einer Polizistin war so anders als die eines Mathematikers, auch wenn wir beide Gleichungen mit Unbekannten lösten. Allerdings hatte Antti bisher nicht gelernt, das Element der Gefahr zu akzeptieren, das zu meinem Beruf gehörte, deshalb hatte ich ihm sowohl von meinem gestrigen Abenteuer im Fitnesscenter als auch von der heutigen Festnahme des Kinderschänders nur eine geschönte Version geliefert.

«Teräsvuoris lückenloses Alibi lässt mir keine Ruhe», gab ich leicht verlegen zu. «Eigentlich könntest du mir einen Gefallen tun und an der Theke fragen, wann die Karaoke-Show beginnt.»

«Frag doch selbst, da kommt der Kellner mit dem Essen», schnaubte Antti.

Der Ober erklärte, die Karaoke-Show würde beginnen, sobald sich jemand zum Singen meldete. Ob wir vielleicht …

Antti verzog gequält das Gesicht, ich lehnte dankend ab. Offenbar wartete Teräsvuori irgendwo in einem Hinterzimmer auf das Eintreffen sangesfreudiger Gäste. Sein Dienst begann offiziell um sechs Uhr, doch vermutlich konnte er das Lokal zwischendurch unbemerkt verlassen. Er brauchte ja nur zu behaupten, er hätte Durchfall, und sich in Richtung Toilette verdrücken …

Die Enchilada war scharf und riesig, ich verschlang sie in Rekordzeit und hatte danach das Gefühl, Drillinge im Bauch zu tragen. Ich wollte mir gerade ein wenig die Beine vertreten und nachsehen, wo sich Teräsvuori aufhielt, als ich am Eingang eine bekannte Gestalt erblickte. War Tomi Liikanen ein Karaoke-Fan?

Liikanen ging geradewegs an die Theke, sagte etwas und verschwand dann in Richtung Küche. Er schien das Personal gut zu kennen. Suchte er etwa Vesku Teräsvuori? Warum?

Tatsächlich kamen Liikanen und Teräsvuori nach einer Weile zusammen aus der Küche und setzten sich an einen Ecktisch. Ich rückte meinen Stuhl schräg an den Tisch, sodass die beiden mein Gesicht nicht sahen, und holte meinen Kosmetikbeutel hervor. Im Spiegel der Puderdose konnte ich einigermaßen verfolgen, was sich am Ecktisch tat. Antti warf mir einen verwunderten Blick zu, dann zuckte er die Achseln. Offenbar fügte er sich in sein Schicksal.

Liikanen hatte eine Kaffeetasse vor sich stehen, Teräsvuori trank Bier aus der Flasche. Er redete heftig gestikulierend auf Liikanen ein, der stocksteif dasaß und nur ab und zu den Kopf schüttelte.

Woher kannten sich die beiden? Eigenartig, dass Hanna Nieminen die Bekanntschaft zwischen ihrem Exliebhaber und Elenas Mann nicht erwähnt hatte. Oder wusste sie nichts davon? Wieso nicht?

Ich begriff gar nichts mehr. Im Spiegel sah ich, wie der Kellner an den Tisch trat und etwas zu Teräsvuori sagte, der prompt aufstand und ans Karaoke-Mikrophon ging. Liikanen blieb sitzen, zog ein Handy aus der Tasche und telefonierte. Ich wiederum musste dringend aufs Klo. Wo war es, konnte ich hinkommen, ohne von meinen beiden Verdächtigen gesehen zu werden? Mein Fluchtbedürfnis stieg, als eine schrille Frauenstimme von einer Million Rosen zu singen begann.

Da die Toiletten meist neben der Garderobe liegen, verdrückte ich mich in den Vorraum, wo ich sie tatsächlich fand.

Erleichtert ging ich hinein und zwängte mich unter akrobatischen Verrenkungen in die winzige Kabine, deren Tür idiotischerweise nach innen aufging. Ich fühlte mich dick und schwerfällig, mein Gehirn dagegen schien auf Rosinengröße geschrumpft zu sein. Hatte es etwas zu bedeuten, dass Teräsvuori und Liikanen sich kannten?

Nachdem ich mich wieder hinausgezwängt und mir die Nase gepudert hatte, auf der trotz fehlenden Sonnenscheins die ersten Sommersprossen aufgetaucht waren, verließ ich das Restaurant unauffällig, um nach einem Hintereingang zu suchen. Das «Fishmaid» befand sich im Flügel eines U-förmigen Gebäudes, das außerdem ein Buchhaltungsbüro und eine Gebäudereinigung beherbergte. Der Eingang zum Restaurant lag am unteren Außenrand des U. Ich ging in den Innenhof, der nur von einer einzelnen, im Wind schaukelnden Lampe beleuchtet wurde. Der Asphalt glänzte wie im Herbst, der Wind trieb eine zerfetzte Plastiktüte über den Hof, zerzauste mir die Haare und drang in meine dünne Bluse, als wüsste er nicht, dass Maiwind sanft und warm zu sein hatte. Ich kickte gegen eine Bierdose, die für den Pfandautomaten ohnehin bereits zu verbeult war.

Das Licht aus der Restaurantküche fiel halbmondförmig auf eine Laderampe. Dort musste eine Tür sein … Ich nahm mir vor, gleich am nächsten Morgen nachzusehen, wen Pihko befragt hatte. Mehr und mehr kam mir der Verdacht, dass Teräsvuoris Alibi doch nicht so wasserdicht war, wie wir angenommen hatten.

Was hatte Hanna Nieminen über Teräsvuoris erpresserische Aktivitäten gesagt? Erpresste er auch Tomi Liikanen? Ich fuhr zusammen, als die Tür zur Laderampe aufging und jemand erst eine, dann eine zweite leere Bierkiste hinausschob. Vorsichtshalber versteckte ich mich im Gebüsch. Im selben Moment wehte eine Männerstimme von der Verladerampe herüber.

«Was bist du überhaupt hierher gekommen, verdammt nochmal! Es war doch abgemacht, dass wir uns nicht zusammen sehen lassen.»

Der Mann wirkte aufgebracht, bemühte sich jedoch, leise zu sprechen.

«Deine Zahlung steht aus! Außerdem macht es mich nervös, dass die Bullen dauernd wegen des Mordes an Noora antanzen. Musste das ausgerechnet jetzt passieren!»

«Warst du es?» Die aufgebrachte Stimme hatte plötzlich einen neckenden Beiklang. «Hat die Kleine Ärger gemacht?»

«Du bist doch hier der Hauptverdächtige!» Die Stimme, die offenbar Tomi Liikanen gehörte, wurde von Teräsvuoris Gelächter übertönt.

«Ich hab ein Alibi. Solange diese verhinderten Pavarottis sich ans Mikrophon drängen, komm ich hier nicht weg. Nur was ist mit dir und deiner Alten? Habt ihr etwa eine saubere Weste? Nun reg dich nicht auf, ich mach ja bloß Spaß. Wir können uns doch beide denken, wer Noora umgebracht hat – und warum. Oder? Mach dir nicht ins Hemd, übermorgen kriegst du dein Geld. Und jetzt verzieh dich, gleich hier hintenrum. Ich muss wieder an die Arbeit!»

Ich duckte mich noch tiefer ins Gebüsch, als Tomi Liikanen mit schweren Schritten an mir vorbeistapfte. Er hätte mich ohnehin nicht gesehen, sein Blick war nach innen gekehrt, und er murmelte vor sich hin. Was war das für eine Geldgeschichte? Beinahe wünschte ich mir, wir wären nicht ins «Fishmaid» gegangen, denn der Abend hatte meine Verwirrung nur noch gesteigert. Es wäre logischer gewesen, wenn Teräsvuori von Liikanen Geld gefordert hätte und nicht umgekehrt.

Schließlich machte ich mich auf den Weg zum Haupteingang. An der Ecke stieß ich mit Antti zusammen.

«Maria! Wo hast du denn gesteckt? Ich dachte schon, dir wäre was passiert!»

«Mir war schwindlig von dem Qualm da drinnen, deshalb wollte ich ein bisschen frische Luft schnappen.»

«Schwindlig? Dir? Was ziehst du hier eigentlich für eine Show ab?»

Als ich keine Antwort gab, erklärte Antti, er habe bereits gezahlt, und hielt mir mit beleidigtem Gesicht den Mantel hin. Gerade in dem Moment machte jemand die Tür zum Restaurant auf. Von drinnen hörte man einen knödelnden Tenor, der Juice Leskinens nasalen Sound nachzuahmen versuchte:

«In deine Arme schmieg ich mich, und wenn du willst, bleib ich bei dir …»

Ich spürte, wie weit ich von Antti entfernt war, obwohl er nur einen halben Meter vor mir zum Auto ging. Als wir wortlos einstiegen, sah ich im Rückspiegel den weißen Lieferwagen mit dem Schriftzug «Tommy's Gym» wegfahren. Bisher hatte ich versucht, die Informationen, die ich erhalten hatte, zu einem geschlossenen Bild zusammenzufügen, von dem ich glaubte, es würde mir die Wahrheit über Nooras Tod verraten. War das der falsche Weg? Vielleicht war die scheinbar zufällige, sinnlose Anordnung der Puzzleteilchen die richtige, vielleicht handelte es sich um ein Stereogramm, hinter dessen Oberfläche ich ein dreidimensionales, neues Bild erkennen würde, wenn ich es nur verstand, richtig hinzusehen.

Eigentlich hatte ich gleich am Mittwochmorgen die Verbindung zwischen Liikanen und Teräsvuori untersuchen wollen, doch daraus wurde nichts. Um zehn musste ich vor dem Richter erscheinen, der den Haftbefehl gegen den Haschischdealer Tirkkonen anordnete. Das war rasch erledigt, doch der Rest des Vormittags ging für Vernehmungen wegen einer Körperverletzung drauf. Über Nooras Mord hatte ich diesen Fall, der sich vor zwei Wochen ereignet hatte, beinahe vergessen. Nach einem hastig heruntergeschlungenen Mittagessen – Fischklößchen – wurde es bereits Zeit, zur Vorsorgeuntersuchung nach Olari zu fahren.

Die Routine war mir mittlerweile vertraut: Urinprobe, Wiegen, Herztöne … Das Rauschen aus dem Ultraschallgerät war wie ein offenes und doch undurchsichtiges Fenster zur Gebärmutter. Ich konnte die Bewegungen des Babys spüren, die Schläge seines daumennagelgroßen Herzens hören, es war mir so nah, wie es ein Mensch nur sein kann, und doch fremd, gesichtslos.

«Der Blutdruck ist leicht erhöht», meinte die Krankenschwester. «Ist in den letzten Tagen etwas Besonderes vorgefallen?»

Ich dachte an meinen unfreiwilligen Aufenthalt im Fitnesscenter und an die gestrige Rangelei mit dem Kinderschänder und überlegte, ob ich darüber sprechen sollte. Die Krankenschwester war ein paar Jahre jünger als ich, eine ausgesprochen vernünftige Frau, die eine Schwangerschaft keineswegs als Krankheit betrachtete.

Dennoch sagte ich ausweichend: «Nur ein bisschen Stress, weil ich vor dem Urlaub noch einige Fälle abschließen muss.»

«Wenn sich der Blutdruck nicht normalisiert, muss ich dich krankschreiben.» Es klang wie eine Drohung, obwohl ihre Stimme freundlich blieb. «Komm am Montag zur Kontrolle. Passt es dir um acht?»

Ich hatte ein schlechtes Gewissen, weil ich nach der Untersuchung nicht sofort nach Hause fuhr, um mich auszuruhen. Allerdings konnte ich mir nicht vorstellen, wie Bettruhe meinen Blutdruck senken sollte, denn ich würde doch nur über die unerledigten Aufgaben nachdenken.

Sowohl «Tommy's Gym» als auch die Wohnung der Familie Liikanen-Grigorieva lagen ganz in der Nähe. Würde es etwas bringen, vorbeizuschauen? Ich beschloss, mein Glück zu versuchen, irgendein Vorwand würde mir schon einfallen.

Irina Grigorieva öffnete mir. Sie war noch ein Kind, ganz ohne weibliche Rundungen, sogar klein für ihr Alter. Auf ihrem Gesicht lag der streng konzentrierte und zugleich träumerische Ausdruck einer kleinen Ballerina.

«Ja, Mutter ist zu Hause», antwortete sie auf meine Frage. Wie mochte es gewesen sein, als Siebenjährige in ein fremdes Land zu ziehen, in die Schule zu gehen, ohne die Sprache zu beherrschen und die sozialen Verhaltensmuster finnischer Kinder zu kennen?

«Was wollen Sie denn schon wieder?» Elena Grigorieva kam mit nassen Händen aus der Küche. «Ich habe nicht viel Zeit, um viertel nach drei beginnt das Anfängertraining.»

Ihre Gesichtszüge wirkten noch schärfer als zuvor, die große Nase warf Schatten auf das knochige Gesicht und gab ihr ein exotisches Aussehen. Ich redete nicht lange um den heißen Brei: «Sie haben mir nicht gesagt, dass Ihr Mann Vesku Teräsvuori kennt.»

Ihre Augen funkelten, doch gleich darauf hatte sie sich wieder unter Kontrolle.

«Wen soll er kennen?»

«Nun hören Sie aber auf, Sie wissen genau, wer Vesku Teräsvuori ist. Der Mann, der die Familie Nieminen belästigt.»

«Ach, der! Wie kommen Sie darauf, dass er mit Tomi befreundet wäre?»

Ich gab keine Antwort, starrte sie nur an. Sie drehte das Geschirrtuch in den Händen.

«Ich kenne nicht alle Freunde von Tomi! Jeder von uns führt sein eigenes Leben.»

Ich sah sie einfach weiter unverwandt an. Natürlich hatte sie sich mit ihrem Mann über Hanna Niemінens Affäre und über Teräsvuoris Terrorkampagne unterhalten, und sie wusste genau, dass ich mir das denken konnte. Die Bekanntschaft zwischen ihrem Mann und Teräsvuori konnte ihr nicht verborgen geblieben sein – es sei denn, Tomi hätte sie ihr absichtlich verheimlicht.

«Wo haben Sie Ihren zweiten Mann kennen gelernt?», fragte ich schließlich. Mir tat der Rücken weh, ich lehnte mich an die Wohnungstür und hätte mich liebend gern hingesetzt, aber Elena Grigorieva machte keine Anstalten, mich ins Wohnzimmer zu bitten.

«Tomi? In Moskau. Damals lebte Anton noch, mein erster Mann. Er hatte ihn bei der Einweihung eines Fitness-Studios kennen gelernt, das Tomi in unserem Eisstadion eingerichtet hat. Damals hatte der Staat noch Geld für solche Sachen, heute taugt das Eis kaum mehr zum Laufen ...» Sie blickte auf das Geschirrtuch, als wundere sie sich, was es in ihrer Hand zu suchen hatte, und warf es in die Küche.

«Haben Sie noch Fragen? Ich muss bald gehen.»

«Sie haben mir noch nicht gesagt, wie Sie selbst Tomi kennen gelernt haben.»

«Ob Polizei oder Miliz, es ist immer dasselbe. Wenn ihr Fragen stellen wollt, ist alles andere nebensächlich!», brauste sie auf. Mir fiel ein, wie sie sich bei unserer ersten Begegnung darüber gewundert hatte, dass ich keine Unordnung machte, im Gegensatz zur Miliz «bei uns in Moskau», die immer alles auf den Kopf stellte.

«Sind Sie zur Sowjetzeit von der Miliz schikaniert worden?»

«Nicht von der Miliz! Vom KGB. Wir waren ja oft zu Wettkämpfen im Ausland und hatten zu viele amerikanische Bekannte. Wir standen im Verdacht, uns bei der ersten Gelegenheit abzusetzen.» Sie warf einen besorgten Blick auf die Tür, hinter der Irina verschwunden war. «Aber wir wussten natürlich, welche Hölle unsere Familienangehörigen dann erwartet hätte.»

«Ihr erster Mann ist bei einem Autounfall ums Leben gekommen ... Er wurde überfahren, nicht wahr?»

Die Grigorieva nickte, winkte mich dann überraschend ins Wohnzimmer.

«Sie kommen allein. Also ist dies keine richtige Vernehmung. Setzen Sie sich. Möchten Sie Tee? Ich wollte selbst eine Tasse trinken, bevor ich gehe.»

«Danke, gern.» Erleichtert ließ ich mich auf einem der straff gepolsterten Sessel nieder. Ich hatte mir keine Fragen zurechtgelegt, sondern wollte Elena Grigorieva frei reden lassen. Auf einem reich verzierten Tablett, das wie echtes Silber aussah, trug sie eine Kanne herein und reichte mir ein Teeglas, dessen Halter ebenfalls aus Silber zu sein schien. Im harzbraunen Tee schwamm ein Klacks Himbeermarmelade.

Die Trainerin setzte sich in den zweiten Sessel und rührte in ihrem Teeglas.

«Anton wurde eines Nachts überfahren, als er von einer Sitzung nach Hause kam. Er hatte es abgelehnt, Trainer zu werden, weil er vom Eiskunstlauf genug hatte. Da hat man ihm eine Stelle im Sportministerium gegeben.»

«Wie lange ist das her?»

«Im August werden es fünf Jahre. Es ist kurz vor dem Putschversuch der Generäle passiert.»

«Hat man den Fahrer gefasst?»

Sie seufzte. Es habe sich kein Zeuge gemeldet, obwohl der Unfall auf einer recht stark befahrenen Straße passiert war. Noch vor Ablauf eines Monats habe die Miliz die Ermittlungen eingestellt. Zwar habe es allerlei Andeutungen von einer Beteiligung des KGB oder Ungereimtheiten im Sportministerium gegeben, doch sie habe nicht gewusst, ob sie irgendeiner dieser Theorien Glauben schenken sollte.

«Tomi ist zu Antons Beerdigung gekommen. Schon damals hat er mir angeboten, mich zu heiraten, damit ich das Land verlassen konnte. Dann kam der Putschversuch, und die Verhältnisse im Eisstadion wurden immer schlechter. Die Gehälter konnten nicht bezahlt werden, es gab kein ordentliches Eis mehr.»

Ihr Bericht erweckte den Eindruck, dass sie Tomi Liikanen keineswegs aus brennender Liebe geheiratet hatte, sondern eher aus dem Bedürfnis nach Geborgenheit. Allerdings war die Dreizimmerwohnung in Kuitinmäki nicht gerade ein Luxusquartier, vielleicht steckte also doch mehr dahinter als pure Berechnung. Aber warum war Anton Grigoriev aus dem Weg geräumt worden, und was hatte Liikanen damit zu tun?

«Ihr erster und Ihr jetziger Mann waren also gute Freunde?»

«Freunde? Mag sein. Anton fiel es leicht, Menschen kennen zu lernen, er war sehr kontaktfreudig. Finnen hatte er bis dahin kaum gekannt, in unserer aktiven Zeit hatten Sie ja fast keine Eiskunstläufer von internationalem Niveau, Rami Luoto war eigentlich der Einzige. Anton hat sogar angefangen, Finnisch zu lernen, und ich habe mitgelernt.»

«Sie sprechen unsere Sprache unglaublich gut.»

«Das muss ich ja. Die Zehnjährigen, die ich trainiere, sprechen noch kein Englisch. Übrigens, dieses Medikament, das Noora genommen hat ... Weiß man inzwischen, woher sie es hatte?»

Ich schüttelte den Kopf und trank einen Schluck Tee, dessen intensiver Geschmack eigenartigerweise bis in die Nase stieg. Neue Verdachtsmomente taten sich auf. Wieso stieß ich auf immer neue Verbindungen mit Russland? Im Winter hatte die Helsinkier Drogenfahndung Heroinschmuggler gefasst, die einen regelmäßig zwischen Riga und Helsinki pendelnden Basketballtrainer als Kurier eingesetzt hatten. Der Mann, der früher in der sowjetischen Nationalmannschaft gespielt hatte, hatte ausgesagt, in der Sowjetzeit habe man von Sportlern Drogen und Schwarzgeld ins Ausland schmuggeln lassen. Vielleicht hatten die Grigorievs dabei mitgemacht? Allerdings lag ihre aktive Zeit bereits fünfzehn Jahre zurück. Wenn aber Anton Grigoriev als Beamter des

Sportministeriums irgendeinen illegalen Handel organisiert und Tomi Liikanen gerade in diesem Zusammenhang kennen gelernt hatte …

Dann war Noora vielleicht ermordet worden, weil sie etwas herausgefunden hatte. Doch das würde bedeuten, dass Tomi Liikanen auch in den Tod von Anton Grigoriev verwickelt gewesen war. Hatte Elena Grigorieva unwissentlich den Mörder ihres Mannes geheiratet? Oder war sie eingeweiht gewesen?

Falls Tomi Liikanen tatsächlich Noora und Anton auf dem Gewissen hatte, war es wahrscheinlich doch kein Zufall, dass ich in seinem Fitnesscenter festgesessen hatte …

In dem Moment betrat Irina, schon im Mantel, das Wohnzimmer und fragte ihre Mutter etwas auf Russisch.

«Da, da, Irinotška, idjom … Wir müssen jetzt wirklich gehen.»

Ich trank meinen Tee aus und stand auf. Zu gern hätte ich die Gedanken, die mir durch den Kopf gingen, mit jemandem besprochen. Am besten fuhr ich noch einmal zur Dienststelle. Ich wollte mit Taskinen reden und mit seiner Tochter auch.

«Hat Silja heute Training?», fragte ich Elena Grigorieva im Treppenhaus.

«Um fünf. Aber stören Sie uns bitte nicht wieder. Die Kanadareise rückt näher, und wir brauchen so viel Zeit auf dem Eis wie nur möglich. Das Leben muss weitergehen, trotz Nooras Tod.»

Das Leben muss weitergehen. Vielleicht hatte sie das nach dem Tod ihres Mannes auch gedacht. Für viele kleine Eiskunstläufer war es ein Glück, dass Elena beschlossen hatte, ihr Leben hier in Espoo weiterzuführen. Und wer weiß, vielleicht liebte sie Tomi Liikanen, wie konnte ich mir ein Urteil über die Herzensangelegenheiten anderer Menschen anmaßen?

Als ich den Gang zu unserer Abteilung betrat, stürzte sich der Dienst habende Beamte geradezu auf mich.

«Wo warst du? Ström hat dich überall gesucht!»

Nun fiel es mir wieder ein: Ich hatte das Handy während der Vorsorgeuntersuchung abgestellt, um die Übertragung der Herzgeräusche nicht zu stören.

«Ström ist mit Koivu und eurem gestrigen Fang im Vernehmungsraum drei.»

«Wozu brauchen sie mich denn dabei?», murmelte ich vor mich hin, brachte den Mantel in mein Büro und wechselte die Schuhe. Die Rückenschmerzen machten sich erneut bemerkbar, vielleicht waren sie eine späte Folge meiner Begegnung mit dem Sandsack. Als ich mich einen Moment auf das Sofa setzte, legte sich die Müdigkeit über mich wie ein Tuch, das man über einen Papageienkäfig breitet. Ich verspürte nicht die geringste Lust, mir Ströms Gepolter anzuhören und dem erbärmlichen Kinderschänder gegenüberzutreten, der neben dem Freiheitsentzug eine zweite, schlimmere Strafe zu erwarten hatte: die Pariastellung in der Gefängnishierarchie.

Als ich auf den Gang zum Vernehmungsraum kam, stand Koivu am Getränkeautomat.

«Gut, dass du da bist», seufzte er. «Diese Vernehmung ist die reine Hölle. Wäre ich doch lieber Kindergärtner geworden!»

«Was ist denn los?», fragte ich. Derartige Ausbrüche kamen bei Koivu selten vor, im Allgemeinen verlor er selbst in schwierigen Situationen nicht den Humor. Insgeheim vermutete ich den Grund für seine Gemütsruhe in der idealistischen Vorstellung von der Polizeiarbeit, die er sich in seinen fünf Dienstjahren bewahrt hatte. Wahrscheinlich glaubte er immer noch, wir könnten wirklich etwas gegen die Kriminalität ausrichten.

«Ich sitz schon den ganzen Tag mit drei Verrückten zusammen! Ström spielt den wilden Mann. In der letzten Zigarettenpause hat er gesagt, die beste Strafe für den Kerl wäre es, ihn in den Keller zu sperren und die Väter der missbrauchten Mädchen mit Baseballschlägern reinzuschicken. Sariola, unser Ganove, greint bloß. Und sein Anwalt streitet alles ab.»

«Trink Coca-Cola, das hilft, sagen die Werbefritzen. Nimm für mich auch eine», sagte ich und drückte ihm ein Zehnmarkstück in die Hand. Ström kam vom Balkon zurück. Sein Gesicht hellte sich bei meinem Anblick keineswegs auf.

«Ist der Bericht über die Festnahme fertig?», schnauzte er, ohne sich mit einer Begrüßung aufzuhalten.

«Ich hatte noch keine Zeit.»

«Der Haftprüfungstermin ist morgen um drei. Da brauch ich den Bericht, und dich auch.»

«Du hast doch Beweise genug. Hat er irgendwas zugegeben?»

«Er hätte längst geredet, wenn dieser Anwalt sich nicht so aufführen würde, als wäre ich der Verbrecher und nicht dieser verdammte Wichser!»

«Wozu brauchst du mich bei der Sache?»

«Morgen früh müssen wir mit den Gegenüberstellungen anfangen. Die ersten kleinen Mädchen kommen um zehn. Sie würden sich bestimmt wohler fühlen, wenn eine Frau dabei ist …»

Wider Willen musste ich lachen.

«Also wirklich, Pertsa! Verglichen mit mir bist du doch ein regelrechter Kinderexperte, du hast ja selber zwei! Mein Baby ist immer noch hier drin», ich klopfte auf meinen Bauch, «also rechne bitte nicht auf meine Hilfe. Nicht nur Frauen können mit Kindern umgehen. Außerdem ist bestimmt eine Sozialarbeiterin dabei. Sonst noch was?»

Ich wunderte mich über Ströms Drang, mich zu beschäftigen, denn nach dem Vorfall mit den Kufenschonern hatte ich eher damit gerechnet, dass er mir aus dem Weg gehen würde.

Vielleicht wollte er die Zusammenarbeit als Vorwand nutzen, um mich herumzukommandieren. Aber ich hatte nicht die Absicht, nach seiner Pfeife zu tanzen.

Die Tür zum Vernehmungsraum ging auf, der Anwalt, den ich vom Studium her flüchtig kannte, fragte verärgert, wann die Vernehmung endlich fortgesetzt würde. Sein Klient klage über Müdigkeit.

«Müde bin ich auch, verdammte Kacke!», moserte Ström und ging in den Vernehmungsraum. Ich hielt Koivu zurück und fragte ihn, ob er am Abend Zeit habe.

«Ich möchte eine Art Brainstorming veranstalten, wenn Taskinen es einrichten kann. Wir könnten Silja um sieben vom Training abholen, ich möchte sie dabei haben.»

«Silja? Dann hab ich Zeit … Eigentlich wollte ich heute Abend zum Krafttraining, aber das muss nicht sein», grinste Koivu. Ich ging zurück in mein Büro, rief Taskinen an und vereinbarte die Sitzung. Dann putzte ich mir die Zähne, verriegelte die Tür und streckte mich auf dem Sofa aus.

Die Krankenschwester hatte mir Ruhe empfohlen, doch ich hatte keine Zeit, nach Hause zu fahren. Daher versuchte ich mich auf dem Sofa zu entspannen. Obwohl Schnüppchen prompt zu strampeln begann, war ich im Nu eingeschlafen.

Zwölf

Ich trank den letzten Schluck Kamillentee und wiegte mich in den Hüften, um das heftig zappelnde Baby zu beruhigen, das offenbar von unserer Sitzung genug hatte. Es war schon nach zehn, wir hatten drei Stunden über den Fall Noora Nieminen und seine eigenartigen Verknüpfungen gesprochen.

«Mir scheint, hinter dem Mord an Noora steckt mehr, als wir dachten.» Ich berichtete von der Freundschaft zwischen Tomi Liikanen und Anton Grigoriev, von Antons rätselhaftem Unfalltod und von meinem Verdacht, Teräsvuori habe Verbindungen nach Russland.

Es handelte sich um eine ganz und gar inoffizielle Besprechung, an der auch Silja teilnahm. Sie fand es undenkbar, dass Elena etwas mit Nooras Tod zu tun haben könnte, war jedoch erstaunlich gut über das Privatleben ihrer Trainerin informiert. Koivu hatte die phantastischsten Theorien aufgestellt, sicher auch in der Hoffnung, Silja zu beeindrucken. Eine Zeit lang hatten Jyrki Taskinen und ich die beiden drauflos spekulieren lassen.

Wir würden überprüfen müssen, mit wem Tomi Liikanen und Vesku Teräsvuori in Russland Kontakt hatten. Der Verdacht, sie seien in den Drogenhandel verwickelt, war nicht von der Hand zu weisen. Silja wusste zu berichten, dass Liikanen ungefähr einmal im Monat nach St. Petersburg fuhr. Teräsvuori wiederum hatte, wie ich mich erinnerte, Erkundigungen über den Transport von Karaoke-Anlagen nach Russland und in die baltischen Länder eingezogen. Die Appetitzügler hatte Noora wahrscheinlich von Tomi Liikanen bekommen, meinte Silja.

«Kann schon sein, dass Elena davon wusste, auch wenn sie es bestreitet», räumte sie ein. «Alle haben Noora gepredigt, sie müsse auf ihr Gewicht achten. Vor ein paar Wochen hat sich Janne beklagt, er könne Noora kaum noch heben. Sie hat ihn angebrüllt, er solle gefälligst Muskeltraining machen, wenn er zu schwach wäre. Aber hinterher im Umkleideraum hat sie doch geweint.»

Noora hatte ein zwiespältiges Verhältnis zu Silja gehabt. Einerseits war sie sich neben der femininen Silja hässlich und unbedeutend vorgekommen und hatte sie als Konkurrentin um Janne empfunden. Andererseits war Silja immer fair und nahm den Eiskunstlauf ernst, was ihr Nooras Respekt eingetragen hatte.

«Im ‹Tommy's Gym› kreuzen oft merkwürdige Typen auf», sinnierte Silja. «Die größten Muskelprotze führt Tomi immer in sein Büro. Wer weiß, was er ihnen da verkauft.»

«Zu blöd, dass wir das Büro nicht genauer untersucht haben», ärgerte ich mich. «Du hattest also den Verdacht, dass Noora Appetitzügler nahm. Hat man dir jemals illegale Mittel angeboten?»

«Das hätte niemand gewagt, alle wissen ja, dass mein Vater bei der Polizei ist», lächelte Silja. «Ich glaube, Janne hat vor einigen Jahren irgendwas genommen ... Das muss um die Zeit gewesen sein, als Elena unsere Trainerin wurde. Damals herrschte ziemliches Chaos. Ich nehme an, Rami hat gemerkt, dass Jannes schwere Akne von irgendwelchen Pillen verursacht wurde, und ein ernstes Wort mit ihm gesprochen. Aber dazu müsst ihr Rami selbst fragen.»

«Elena hat nie ein Wort davon gesagt, dass ihr Mann Vesku Teräsvuori kennt», meinte Taskinen nachdenklich. «Wir haben Rami und Elena damals im Rahmen der Voruntersuchung gegen Teräsvuori vernommen, weil sie bezeugen konnten, dass er häufig vor dem Eisstadion herumlungerte. Vielleicht hat Elena wirklich nichts von der Verbindung gewusst.»

Es tat gut, so inoffiziell und freimütig über einen ungelösten Fall zu palavern. Allzu oft grübelte ich allein vor mich hin, was natürlich auch daran lag, dass ich mir keine Blöße geben wollte, indem ich dumme Fragen stellte. Wir einigten uns darauf, dass Koivu, den Teräsvuori nicht kannte, diesen einige Tage observieren sollte. Taskinen übernahm es, sich nach der Beziehung zwischen Tomi Liikanen und Anton Grigoriev zu erkundigen, denn er hatte Bekannte bei der Moskauer Miliz. Parteilos wie er war, hatte er sich in den siebziger Jahren doch dazu hinreißen lassen, dem finnisch-sowjetischen Freundschaftsverein beizutreten, was seiner Karriere heute eher abträglich war.

Am nächsten Morgen fuhr ich zu den Nieminens. Wieder einmal war der Tag grau wie das Winterfell der Eichhörnchen, Regentropfen sprühten gegen die Windschutzscheibe. Wo sich der Löwenzahn bereits aus der Erde gewagt hatte, hielt er seine Blüten fest geschlossen, und eine Bachstelze sah aus, als sei sie betrogen worden.

Hanna Nieminen öffnete mir die Tür. Ihr Make-up war verschmiert, wie immer in den letzten Tagen, ihre Augen waren verhangen.

«Sie schon wieder?», wunderte sie sich. «Ich habe jetzt eigentlich keine Zeit. Ulrika ist hier, wir bereiten Nooras Beerdigung vor.»

Sie trug ein schlecht sitzendes graues Strickkleid mit einem schmalen schwarzen Gürtel. Auf offenbar ungewohnt hohen Absätzen stöckelte sie mir voran in die Küche. Dort saß Ulrika Weissenberg, die bei meinem Anblick die gezupften Augenbrauen hochzog. Auf dem Küchentisch stapelten sich Prospekte verschiedener Partyservices und Kochbücher, darunter lugte ein Gesangbuch hervor.

«Guten Tag», begrüßte ich Ulrika Weissenberg, deren Anwesenheit meine Pläne durchkreuzte, denn in ihrem Beisein würde Hanna sicher nicht offen reden.

«Hat die Polizei endlich etwas herausgefunden? Immerhin ist bereits eine ganze Woche verstrichen», erwiderte Ulrika Weissenberg schroff.

«Wir gewinnen jeden Tag neue Erkenntnisse.» Meine Stimme klang fest und selbstsicher; im selben Ton bat ich Hanna um ein Gespräch unter vier Augen.

Sie machte eine unschlüssige Geste, nahm ein Glas von der Spüle und sah hinein, als liege auf seinem Boden eine zweite, uns anderen unsichtbare Welt. Es war, als hätte sie mich nicht gehört. Nach einer Weile seufzte sie, öffnete den Geschirrschrank und stellte das Glas mit zitternden Händen hinein.

«Geh nur, ich rechne inzwischen die Kosten zusammen», sagte Frau Weissenberg beschwichtigend, und ich überlegte zum ersten Mal, ob sie den Nieminens vielleicht doch aus reiner Gefälligkeit half. Hanna wäre jedenfalls nicht fähig gewesen, die Beerdigung allein zu organisieren. Sie schien von Tag zu Tag konfuser zu werden. Allem Anschein nach nahm sie Beruhigungsmittel, doch ich hatte den Eindruck, dass sie darüber hinaus psychiatrische Behandlung brauchte.

Sie führte mich in Nooras Zimmer. Seit meinem letzten Besuch war nichts angerührt worden, der Pulli und die Strumpfhose lagen immer noch auf dem Sofa, der Trägerrock verstaubte auf dem Couchtisch. Ich nahm auf dem Sofa Platz, wobei ich mich bemühte, nichts zu verrücken. Hanna zögerte, setzte sich dann auf Nooras Bett und strich über den violetten Bezug, der unter der weißen Tagesdecke hervorblitzte.

«Ich möchte noch einmal auf Vesku Teräsvuori zurückkommen. Beim letzten Mal haben wir über seinen Bekanntenkreis gesprochen. Hat er je erwähnt, dass er Tomi Liikanen kennt?»

Das Fleisch rund um ihre Fingernägel lag blank, der kleine Finger der rechten Hand war bereits entzündet. Dennoch begann sie wieder daran zu zupfen.

«Tomi … Elenas Mann? Nein … oder doch, sie sind sich ein paar Mal begegnet, als wir Noora von der Halle abgeholt haben und Tomi auf Elena wartete.»

Ich nickte. Natürlich war es möglich, dass sich die beiden Männer auf diese Weise kennen gelernt hatten, auch wenn ihre Beziehung inzwischen mit Sicherheit über eine Grußbekanntschaft hinausging.

«Vesku ist beruflich viel unterwegs, in ganz Finnland, nicht wahr?»

«Ja. Ab und zu veranstaltet er auch auf den Fähren nach Estland Karaoke-Shows.»

«Treibt er Sport, Bodybuilding zum Beispiel?»

«Jedenfalls nicht, als wir zusammen waren. Er hat immer gesagt, das Singen und die Arbeit mit anderen Menschen hielten ihn fit, auch ohne schweißtreibendes Gezappel. Vesku meint, Sportler wären nicht ganz normal, Freizeitsportler schon gar nicht, weil die nicht mal dafür bezahlt werden, dass sie sich abstrampeln.»

Sie hing eine Weile ihren Gedanken nach, ein amüsiertes Lächeln umspielte ihre Lippen.

«Ich dachte immer, Kauko und Vesku hätten nichts gemeinsam. Aber das stimmt gar nicht. Kauko hält Freizeitsport auch für Blödsinn. Sami fährt er nur zum Eishockeytraining, damit der Junge eines Tages Millionen verdient, wie Teemu Selänne. Wenn das Mädchen auf dem Eis so erfolgreich ist, muss doch auch der Junge begabt sein», äffte sie die Stimme ihres Mannes nach. «Warum fragen Sie mich denn schon wieder nach Vesku? Sie haben doch gesagt, er hätte für die Tatzeit ein Alibi. Stimmt das nicht?»

Der Schleier vor ihren Augen hob sich, ihr Blick wurde klar und bohrend. Ich gab keine Antwort, um sie nicht wieder in

Rage zu bringen, doch sie deutete mein Schweigen als Zustimmung.

«Warum verhaften Sie ihn nicht endlich! Wollen Sie etwa abwarten, bis er auch noch unseren Sami umbringt – oder mich? Ich habe Vesku von einer anderen Seite kennen gelernt, er bedroht andere Menschen und scheut sich auch nicht, Frauen zu schlagen. Warum glaubt die Polizei uns nicht?»

«Wir glauben Ihnen ja», sagte ich und merkte, wie kraftlos meine Beteuerung klang.

Was konnte Teräsvuori nur gemeint haben, als er zu Liikanen sagte, sie wüssten beide, warum Noora ermordet worden war? Zu dumm, dass ich für diese Äußerung keine Zeugen hatte.

«Wie gut kannten sich Noora und Teräsvuori eigentlich? Ihre Kinder sind hier geblieben, als Sie zu ihm nach Ruoholahti gezogen sind, nicht wahr?»

«Allerdings! Sie halten mich bestimmt für eine Rabenmutter, weil ich meine Kinder verlassen und eine kleine Weile nur an mich gedacht habe! Glauben Sie, es hätte mir Spaß gemacht, jahrelang nichts zu sein als Kaukos Sekretärin und das Dienstmädchen für ihn und die Kinder? Mutti hier und Mutti da, wo sind die Cornflakes und die frischen Socken. So dürfte ich nicht reden, natürlich darf ich nicht sagen, wie sehr Nooras Allüren mich auf die Palme gebracht haben. Das Fräulein konnte sich nicht mit Banalitäten wie Spülen oder Bügeln abgeben, weil sie sich darauf konzentrieren musste, den richtigen Ausdruck in eine Bewegung ihrer Fingerspitzen zu legen. Es ist leicht, die Eisprinzessin zu spielen, wenn man vom vierten Lebensjahr an zum Eisstadion chauffiert wird! Nie hat sie sich bedankt, nur ihre Trainer hat sie in den höchsten Tönen gelobt, aber nie ihre Mutter, nicht ein einziges Mal ...» Ihre Stimme bebte, die Augen waren wieder stumpf geworden und füllten sich mit Tränen.

«Ich trau mich, so zu reden, es ist mir egal, was die Leute von mir denken! Ich habe meine Strafe schon bekommen ...»

Sie brach in lautes Heulen aus, das Ulrika Weissenberg herbeirief.

«Müssen Sie Hanna derart aus der Fassung bringen?», fuhr sie mich an. «Die Polizei könnte wahrhaftig pietätvoller sein. Man kommt nicht unangemeldet in ein Trauerhaus! Sie sollten ...»

Ein lautes Klirren in der Küche unterbrach sie.

«Vesku steht vorm Fenster! Er will uns alle umbringen!», schrie Hanna gellend. Sie sagte noch mehr, sprach von dem Gewehr im Wohnzimmer, doch ich hörte nicht zu, sondern sprintete, so schnell mein Bauch es zuließ, in die Küche, auf eine Ramboszene gefasst. Doch von Teräsvuori war nichts zu sehen. Die Fensterscheiben waren unversehrt, aber auf dem Fußboden lagen Glassplitter. Offenbar hatte Hanna den Geschirrschrank offen gelassen, das Glas, das sie mit zittrigen Händen hineingestellt hatte, war heruntergefallen und hatte ein paar leere Vasen von der Spüle mitgerissen.

«Alles in Ordnung!», rief ich. «Es war nur ein Glas.»

Doch beim Anblick der zerbrochenen Vasen wurde Hanna vollends hysterisch. Das seien Trophäen von Nooras Wettkämpfen, schrie sie immer wieder und war kaum davon abzubringen, die Scherben aufzusammeln, um sie zu kitten.

«Wo sind Besen und Kehrblech?», rief ich. Ulrika kannte sich im Haushalt der Familie aus, fand auf Anhieb den Besenschrank, doch statt selbst zu fegen, reichte sie mir die Sachen. Ich machte mich an die Arbeit, es war ja nicht das erste Mal, dass ich im Lauf der Ermittlungen Scherben aufsammelte. Ulrika bemühte sich vergeblich, Hanna zu beruhigen. Schließlich probierte sie es auf die altmodische Art mit einer Ohrfeige. Daraufhin kreischte Hanna noch lauter.

«Wissen Sie, ob Hanna nach Nooras Tod beim Arzt war?»,

rief ich Ulrika zu, die wütend zu sein schien, weil sie die Situation nicht mehr unter Kontrolle hatte.

«Kauko hielt das nicht für notwendig», zischelte sie mir ins Ohr.

«Aber sie nimmt ein Beruhigungsmittel?»

«Wahrscheinlich die Tabletten, die ihr damals nach dem Prozess gegen Teräsvuori verschrieben worden sind.»

Ich schob mich so nahe an Hanna heran, wie ich konnte, fasste sie an den Armen und versuchte, ihren flackernden Blick zu fangen.

«Ganz ruhig, Hanna, es ist alles in Ordnung», murmelte ich, sprach mit ihr wie mit einem Kind, das schlecht geträumt hat. Beschwörend redete ich auf sie ein, bis das Heulen verstummte und sie sich dazu bewegen ließ, eine Tablette zu nehmen.

«Wenn Ihnen die Nieminens so am Herzen liegen, dann sorgen Sie dafür, dass Hanna ärztliche Hilfe bekommt. Ohrfeigen nützen nichts, und die Tabletten sind fast alle», sagte ich zu Ulrika.

«Kümmern Sie sich lieber darum, Nooras Mörder zu fassen. Das wäre die beste Therapie für Hanna», gab sie unfreundlich zurück und stieß mich fast aus dem Haus. Am liebsten hätte ich ihrem protzigen BMW einen Tritt versetzt, begnügte mich jedoch damit, der verschlossenen Haustür die Zunge rauszustrecken.

Hannas Beklemmung hatte mich angesteckt wie ein Schnupfen. Wie viele neue Sorgen würde Schnüppchen in mein Leben bringen! Natürlich geht jeder davon aus, dass seine Kinder ihn überleben, so sind wir Menschen nun einmal programmiert. Es war dumm von mir gewesen, Hanna nach Vesku zu fragen, damit steigerte ich nur ihre Angst vor ihm. Aber mittlerweile schien er doch wieder als Täter in Frage zu kommen. Hoffentlich erbrachte die Beschattung handfeste Beweise.

Ich drehte das Radio an, um mich abzulenken, und hatte Glück: Die Toten Hosen spielten «Bonnie und Clyde». Sofort hob sich meine Stimmung. Die Behauptung, Punkmusik verderbe den Charakter, traf offenbar zu, denn ich verspürte plötzlich Lust, in einer verräucherten Kneipe Whisky zu trinken. Kein Wunder, dass man werdenden Müttern Mozart oder Vivaldi empfahl.

Von der Autobahnbrücke aus sah ich auf der vierspurigen Straße unter mir einen Pkw, bevor er saufen ging, vorbeirasen, verfolgt von einem Streifenwagen mit heulenden Sirenen. Im selben Moment knatterte das Funkgerät.

«Autobahn Helsinki–Turku, überhöhte Geschwindigkeit, ein roter Nissan Micra mit dem Kennzeichen AZG-577», meldete die Besatzung des Streifenwagens. Das Kennzeichen kam mir bekannt vor, doch es dauerte ein paar Sekunden, bevor der Groschen fiel. Janne Kivis Auto!

Es war unsinnig, den Kollegen nachzusetzen. Dennoch machte ich eine waghalsige Kehrtwendung und fuhr auf die Autobahn. Sicher waren Janne und seine Verfolger bereits kilometerweit entfernt. Es gelang mir jedoch, die beiden Uniformierten, Haikala und Akkila, über Funk zu erreichen.

«Der Fahrer ist total verrückt!», schrie Akkila mit überschnappender Stimme. «Hundertvierzig auf dem Tacho, und wir kriegen ihn nicht zum Stoppen. Bestimmt hat er das Fahrzeug geklaut, oder er ist blau. Jetzt ist die Spur frei, wir setzen uns neben ihn. Haikala, gib mir mal das Megaphon!»

Die Verbindung brach ab, ich überholte einen dahinschleichenden Lada und einen Lieferwagen, versuchte, trotz meiner Befürchtungen das Gaspedal nicht voll durchzutreten. Wollte Janne sich umbringen? Vielleicht legte er es darauf an, die Kontrolle über seinen Wagen zu verlieren und gegen einen schweren Laster oder eine Felswand zu prallen. Den beiden Streifenbeamten traute ich nicht zu, dass sie mit der

Situation klarkamen. Wahrscheinlich bildeten sie sich gerade ein, sie wären in Los Angeles und verfolgten einen gefährlichen Drogengangster. Beide waren noch jung und allzu bereit, hart durchzugreifen. Akkila ging nie ohne Waffe, während Haikala Experte im Kickboxen war und bei Verhaftungen gern seine Künste demonstrierte. Ich hielt es für falsch, sie gemeinsam auf Streife zu schicken, beide hätten einen älteren, besonnenen Partner gebraucht.

Inzwischen fuhr ich selbst bereits hundertfünfunddreißig, brachte es aber nicht fertig, zu bremsen und auf die rechte Spur einzuscheren. Ich hatte keine Ruhe, bevor ich wusste, was mit Janne los war.

Als ich gerade den Hügel vor der Kreuzung Espoo-Zentrum erreicht hatte, meldete Akkila, sie hätten den Raser gestoppt. Tatsächlich sah ich nun am Fuß des Hügels auf der Standspur das Polizeifahrzeug und davor, fast verdeckt, den kleineren Nissan. Ich fädelte mich auf die rechte Spur ein und bremste zum Verdruss der Nachkommenden kräftig ab. Beim Ausrollen sah ich, wie Haikala Janne gewaltsam aus dem Wagen zerrte. Janne wehrte sich nach Kräften. Akkila stieß ihn auf die Motorhaube, Janne versuchte nach ihm zu treten, doch Akkila konnte ausweichen. Haikala setzte sich halb auf Jannes Rücken und legte ihm Handschellen an.

«Was geht denn hier ab?», brüllte ich und hievte mich schwerfällig vom Fahrersitz.

«Tach, Kallio», schnaubte Akkila gereizt. «Wir brauchen keine Hilfe mehr, alles unter Kontrolle. Hast du Papiere, Bürschchen?»

Haikala wandte mir das Gesicht zu, er hatte eine Wunde am Kinn. Hatte Janne ihm eine reingehauen, war das der Grund für die harten Bandagen?

«Zeig uns deinen Führerschein, Freundchen, oder hast du etwa keinen?», donnerte Akkila. «Und die Zulassung auch gleich. Oder ist das gar nicht dein Wagen?»

Haikala kam mit dem Alkoholmeter an und stieß Janne das Röhrchen unsanft in den Mund.

«Reinpusten! Wo bleibt der Führerschein? Du sollst ordentlich pusten!»

Der Zeiger rührte sich nicht, was die beiden sichtlich enttäuschte. Janne hob den Kopf und sah mich an. Ich wusste sein Mienenspiel nicht recht zu deuten, auf Wut folgte Erleichterung, dann eine Art Verlegenheit, und schließlich schaute er wieder mürrisch drein.

«Ich glaube, ich habe meine Brieftasche mit Führerschein und Zulassung zu Hause vergessen», sagte er und richtete sich auf.

«Red keinen Scheiß! Vergessen, dass ich nicht lache! Du hast gar keinen Führerschein, und der Nissan ist garantiert geklaut!», brüllte Akkila.

Jannes Augen blitzten, er grinste boshaft.

«Fragt doch Hauptmeisterin Kallio. Sie kennt mich.»

Akkila und Haikala sahen mich an, ich nickte.

«Er heißt Janne Kivi, hat einen gültigen Führerschein, und der Wagen gehört ihm», bestätigte ich. «Was ist eigentlich passiert? Ich hab über Funk eure Meldung gehört und bin euch nachgefahren, weil ich das Kennzeichen wieder erkannt habe.»

«Wir waren an der Kreuzung bei der Schnellstraße, als wir den Kerl hier gesehen haben. Er fuhr mindestens hundertvierzig, in der Achtzigerzone, und hat rücksichtslos überholt. Da mussten wir ihn doch anhalten», rechtfertigte sich Akkila.

«Hundertvierzig, soso. Nicht schlecht für einen kleinen Nissan», versuchte ich zu witzeln. Janne gab keine Antwort, aber Akkila setzte hinzu:

«Und gestoppt hat er erst, als wir uns neben ihn gesetzt haben. Angeblich hatte er das Martinshorn nicht gehört, weil er das Radio so laut aufgedreht hatte.»

«Und dann wollte er nicht aussteigen, wir mussten ihn rausziehen, und dabei hat er mich auch noch geschlagen», beschwerte sich Haikala wie ein petzender Sechsjähriger. Meine Erleichterung darüber, dass Janne nichts zugestoßen war, schlug in Lachreiz um. Obwohl ich mir auf die Lippen biss, entschlüpfte mir ein leises Kichern, das Jannes Augen erneut aufblitzen ließ.

«Du kannst also bestätigen, dass der Pkw ihm gehört, Kallio?», fragte Akkila misstrauisch.

«Ja doch!»

«Wir dachten natürlich, wir hätten es mit einem Autoknacker zu tun. Grobe Gefährdung des Verkehrs und tätlicher Angriff gegen einen Beamten liegen auf jeden Fall vor», erklärte Akkila.

An sich ging Jannes Geschwindigkeitsübertretung mich nichts an, es wäre das Klügste gewesen, ihn Haikala und Akkila zu überlassen und weiterzufahren. Aber ich war sicher, dass sein Verhalten eine Reaktion auf Nooras Tod war. Zudem hatte ich ein paar Fragen an ihn.

«Ist der Kerl vorbestraft?», erkundigte sich Akkila. Verständlicherweise wollte er wissen, woher ich Janne kannte, doch mich ärgerte seine Art, über den Jungen zu sprechen, als wäre er ein Gegenstand. In Akkilas Welt waren die Polizisten «Wir» und die Festgenommenen die «Anderen».

«Seine Partnerin im Eiskunstlauf wurde letzte Woche ermordet», sagte ich in einem Tonfall, von dem ich hoffte, er würde Akkila in die Schranken weisen. «Ich leite die Ermittlungen. Genau genommen würde ich in dieser Angelegenheit gern mit Kivi sprechen, ich kann ihn aufs Präsidium bringen, wenn einer von euch meinen Wagen hinfährt. Anschließend liefere ich Kivi bei der Verkehrspolizei ab. Den tätlichen Angriff würde ich an deiner Stelle vergessen», fügte ich an Haikala gerichtet hinzu. «Euer Verhalten war auch nicht ganz einwandfrei.»

Haikala mied meinen Blick, es war ihm anzusehen, dass ihn meine Bemerkung fuchste.

«Ich kümmere mich also um Kivi», wiederholte ich mit aller Autorität, die ich aufbrachte. «Nehmt ihm die Armbänder ab, ich komme auch so mit ihm zurecht.»

Akkila warf mir einen wütenden Blick zu, riss Janne unsanft hoch und schloss die Handschellen auf.

Das Funkgerät rettete die beiden aus der peinlichen Situation, sie wurden nach Kirkkojärvi beordert. Akkila warf mir Jannes Autoschlüssel vor die Füße. «Blöde Kuh», glaubte ich Haikala noch sagen zu hören, dann brausten sie davon. Janne rieb sich die Handgelenke.

«Wegen der Geschwindigkeitsübertretung wirst du wahrscheinlich Schwierigkeiten bekommen, Janne. Was setzt dir denn so zu, dass du rasen musst wie ein Irrer?»

«Ist doch scheißegal.»

«Wenn du meinst.» Ich bückte mich, hob den Schlüssel auf und reichte ihn Janne. «Kann ich dir vertrauen? Folgst du mir aufs Präsidium, wenn ich dich fahren lasse?»

Er nickte mürrisch. Natürlich wusste er, dass eine Flucht sinnlos war. Dennoch fixierte ich den kleinen roten Wagen im Rückspiegel und atmete erleichtert auf, als wir beim Präsidium vorfuhren.

Ich führte Janne in mein Dienstzimmer, holte Kaffee und kramte eine Packung Schokokekse, meine eiserne Ration, aus der Schublade, bevor ich das Gespräch mit dem jungen Mann begann, der auf dem Sofa zusammengesackt war. Er wirkte nicht mehr trotzig, sondern unendlich müde. Als er sich Milch in den Kaffee goss, landete die Hälfte auf dem Tisch. Ich wollte mich nicht hinter dem Schreibtisch verschanzen, sondern zog einen Stuhl an den Tisch und spielte Kaffeeklatsch.

«Na, wo drückt der Schuh?», fragte ich kumpelhaft.

«Blöde Frage», schnaubte Janne. «Alles ist im Arsch, die jahrelange Arbeit war total umsonst. Klar stinkt mir das!»

Das klang logisch. Alle waren der Meinung, Janne hätte nur mit einer begabten Partnerin Chancen, und Ersatz für Noora war nicht leicht zu finden, zumindest nicht in Finnland. Dennoch war ich sicher, dass hinter Jannes Verhalten etwas anderes steckte. Da ich nicht wusste, wie ich Zugang zu ihm finden konnte, begann ich, mit ihm über andere Leute zu sprechen.

«Wie gut kennst du Tomi Liikanen?»

«Tomi? Nicht besonders gut. Ich geh öfter in sein Fitnesscenter, wie du ja weißt.»

Immerhin weigerte er sich heute nicht zu sprechen. Vielleicht entfaltete meine mütterliche Fürsorge endlich ihre Wirkung.

«Soweit ich weiß, kennst du auch Vesku Teräsvuori, den Mann, mit dem Nooras Mutter eine Weile liiert war. Hast du ihn je in ‹Tommy's Gym› gesehen?»

«Ein paar Mal, nachdem die Geschichte mit Nooras Mutter vorbei war, aber Tomi hat ihm Hausverbot erteilt, weil Noora sich gestört fühlte.»

«Wirklich? Das wusste ich gar nicht, erzähl mal.»

Janne zufolge war Teräsvuori im Herbst zum Training in ‹Tommy's Gym› aufgekreuzt. Beim ersten Mal waren die Eiskunstläufer gerade im Aufbruch, deshalb hatte Noora nichts unternommen. Beim nächsten Mal waren außer Noora nur Rami und Janne anwesend. Teräsvuori hatte Noora nicht angesprochen, sich aber ständig in ihrer Nähe aufgehalten. Noora hatte sich bei Tomi beschwert, der Teräsvuori daraufhin kurzerhand rausgeworfen hatte.

«Hattest du den Eindruck, dass die beiden sich bereits kannten?»

Dazu konnte Janne nichts sagen, er hatte nie darüber nachgedacht. Das ganze Team hatte Teräsvuori kennen gelernt, nachdem Hannas Mutter zu ihm gezogen war, aber Janne hatte ihn von Anfang an nicht leiden können.

«Ich hab ihn ein paar Mal aus der Halle gejagt, nachdem Nooras Mutter mit ihm Schluss gemacht hatte. Aber wenn Tomi und Elena ihn näher gekannt hätten, hätten sie ihn bestimmt zur Vernunft gebracht. Im Fitnesscenter sah es eigentlich nicht so aus, als ob sie gute Kumpel wären.»

Janne hatte sich sichtlich entspannt, seit sich das Gespräch nicht mehr um ihn drehte. Er lehnte sich zurück und legte die Füße auf den Tisch. Der attraktive junge Mann hätte gut in die Leckerbissensammlung an der Wand gepasst.

«Wie schätzt du das Verhältnis zwischen Tomi und Elena ein?»

Janne runzelte die Stirn und sah aus, als denke er zum ersten Mal darüber nach.

«Darüber weiß ich nichts. Elena spricht mit mir nicht über ihr Privatleben. Sie hält Distanz, sie lädt uns nicht zu sich ein oder so.»

«Anders als Rami Luoto?»

Er stimmte zu. Rami sei ganz anders, eher Freund als Trainer. Was Ulrika Weissenberg als Autoritätsmangel kritisiert hatte, erschien in Jannes Bericht in einem ganz anderen Licht. Als ich versuchte, das Gespräch auf die Vereinsvorsitzende zu lenken, bekam ich nur ausweichende Antworten.

«Hast du eigentlich eine Freundin?», fragte ich schließlich. Aus irgendeinem Grund wurde er rot.

«Dafür hab ich gar keine Zeit!», giftete er. Weitere Fragen blieben ihm erspart, denn es klopfte.

Jyrki Taskinen steckte den Kopf durch den Türspalt. «Hallo, Janne», sagte er. «Maria, hast du einen Moment Zeit?»

«Wir sind gerade fertig. Vielen Dank, Janne. Jetzt meldest du dich bitte noch bei der Verkehrspolizei.»

Als Erstes wollte Taskinen wissen, was Janne auf dem Präsidium zu suchen hatte. Er runzelte besorgt die Stirn, als ich es ihm erzählte, beeilte sich dann jedoch, seinen eigenen Bericht loszuwerden.

«Ich habe gleich heute früh meinen alten Bekannten Boris Charlamow in Moskau angerufen, wegen Anton Grigorievs Unfall. Boris hat versprochen, die Vernehmungsprotokolle durchzulesen und mir dann Bescheid zu geben. Gerade hat er zurückgerufen.» Taskinen machte eine Kunstpause, die ich ungeduldig unterbrach:

«Und?»

«Nichts.»

«Nichts? Was soll das heißen?»

«Es gibt keine Vernehmungsprotokolle. Sie sind verschwunden.»

«Was?»

Boris zufolge war es keineswegs ungewöhnlich, dass Protokolle verschwanden. Im Zuge der politischen Umwälzungen der letzten Jahre war auch die russische Miliz mehrfach reorganisiert worden, und um die Aufdeckung früherer Dienstvergehen zu verhindern, waren sowohl Beweismaterial als auch Archive vernichtet worden. Wahrscheinlich war Anton Grigorievs Akte vor ein paar Jahren bei einer Explosion im Magazin verschwunden.

«Haben die noch nie was von Sicherheitskopien gehört? Irgendwer muss sich doch an die Sache erinnern, der ermittelnde Beamte zum Beispiel!»

Taskinen seufzte.

«Boris sucht weiter, aber er ist skeptisch. Obwohl es sich um einen Beamten des Sportministeriums und Dritten der Europameisterschaft handelte – oder vielleicht gerade deshalb –, wurde der Fall offenbar nur oberflächlich untersucht, daher gab es kaum Material.»

«Aber das deutet doch darauf hin, dass es um etwas Großes geht!», ereiferte ich mich. Ich hatte bereits einige umfangreiche Drogenfälle, teils mit internationalen Verzweigungen bearbeitet, doch nun hatte es den Anschein, als stehe Nooras Ermordung mit einem geradezu gewaltigen illegalen

Unternehmen in Verbindung. Was hatte das Mädchen gewusst?

«Kann sein. Vielleicht bedeutet es aber auch nur, dass man den Fahrer nicht fassen wollte, weil er ein Parteibonze war, oder dass der Dienst habende Milizionär zu betrunken war, um die Untersuchung zu führen.» Taskinen schien sich über meinen Eifer zu amüsieren.

«Was können wir tun, außer auf den nächsten Anruf von diesem Boris zu warten? Ob ich Elena Grigorieva mal richtig in die Zange nehme?»

«Ich finde, du solltest dich lieber auf Rami Luoto konzentrieren. Er hat an denselben Wettkämpfen teilgenommen wie die Grigorievs und kennt sie seit über zehn Jahren. Unsere Silja hat ihm immer vertraut. Es könnte doch sein, dass Noora ihm erzählt hat, was sie über die Grigorievs wusste.»

Ich nickte. Dann sprachen wir über Anu Wang, die mich im Mutterschaftsurlaub vertreten sollte. Sie war die erste Polizeischulabsolventin vietnamesischer Abstammung. Anu würde ihren Dienst eine Woche vor Beginn meines Urlaubs antreten, damit mir Zeit blieb, sie einzuarbeiten.

«Du hast noch nicht mitgeteilt, ob du den vollen Elternurlaub nehmen wirst», klopfte Taskinen auf den Busch. Ich musste zugeben, dass ich mich noch nicht entschieden hatte, weil ich mir das Leben mit einem Kind einfach noch nicht konkret vorstellen konnte. Die Gespräche mit meinen Schwestern hatten mir schon im Voraus das Gefühl vermittelt, eine schlechte Mutter zu sein. Eeva, die mittlere, hatte unverblümt gefragt, warum ich überhaupt Kinder wollte, wenn ich die Arbeit als meinen wichtigsten Lebensinhalt ansah.

«Weißt du was, das siehst du ganz anders, wenn das Baby erst mal da ist», hatte sie dann gesagt. Dabei hatte sie sich gerade erst beklagt, seit der Geburt des jetzt zweieinhalbjährigen Saku kein Buch mehr gelesen zu haben und nicht ein einziges Mal mit ihren Freundinnen aus gewesen zu sein.

Taskinen schlug vor, gemeinsam in der Kantine zu essen. Ich versprach nachzukommen, sobald ich Rami Luoto erreicht hatte. Der Trainer klang, als wäre er gerade erst aufgewacht, und klagte über Zeitmangel. Schließlich vereinbarten wir, dass ich ihn um halb sechs nach dem Juniorentraining vom Eisstadion abholen und mit ihm in seine Wohnung in der Liisankuja fahren würde.

Um halb sechs … Die Müdigkeit, die mich überflutete, erinnerte mich daran, wie unvernünftig es war, zehn Stunden am Tag zu arbeiten. Ich streckte mich auf dem Sofa aus, an dessen Armlehne noch der Zitrusduft von Jannes Rasierwasser haftete, und betrachtete meinen Bauch, den Schnüppchens Po hochwölbte. Alle schienen wahnsinnig gespannt zu sein, ob ich einen Jungen oder ein Mädchen zur Welt brachte. Anttis Eltern hofften auf ein Mädchen, da sie bereits zwei Enkelsöhne hatten. Ich selbst wagte mir kaum einzugestehen, dass ich mir ein Mädchen wünschte. Es war ein egoistischer Wunsch, als könnte ich mich so dafür entschädigen, dass ich selbst für meine Eltern nur ein schwacher Ersatz für den erhofften Sohn gewesen war. Zugleich erschrak ich bei der Erkenntnis, dass ich damit auch bloß verzerrte Erwartungen auf mein ungeborenes Kind übertrug.

Die Augen fielen mir zu. Schnüppchen strampelte immer heftiger. Ich legte die Arme um den Bauch, als wollte ich mein Kind umarmen und ihm versichern, dass es, ob Junge oder Mädchen, willkommen war.

Das Telefon riss mich aus meinen zärtlichen Gedanken. Koivu, der seit dem frühen Morgen in seinem Wagen vor Vesku Teräsvuoris Haus in der Itämerenkatu auf der Lauer lag, sprudelte aufgeregt los.

«Ich bin jetzt in der Otavantie in Lauttasaari. Teräsvuori

wurde vor zehn Minuten von einem weißen Lieferwagen abgeholt.»

«Lass mich raten, was auf dem Wagen steht», unterbrach ich ihn. «Tommy's Gym, stimmt's?»

«Richtig. Der Fahrer ist ein kleiner Mann mit breiten Schultern und Meckifrisur.»

Das konnte nur Tomi Liikanen sein.

«Was treiben die beiden in der Otavantie?»

«Sie sind in das Etagenhaus gegangen, vor dem ich jetzt stehe. Übrigens ein hübscher Zufall. Vor einigen Jahren wurde in diesem Haus mit Drogen gehandelt. Du erinnerst dich sicher daran, wir waren damals beide bei der Kripo in Helsinki. Es ging um die Mattinen-Bande, weißt du noch? Einer der Drahtzieher hat hier gewohnt, im B-Aufgang. Er wurde letztes Jahr aus der Haft entlassen, und ich habe schon überprüft, ob er noch unter dieser Adresse gemeldet ist. Ist er. Wollen wir wetten, dass Teräsvuori und Liikanen in der Wohnung B 48 zu Besuch sind?»

Dreizehn

Es nieselte wie seit Wochen, als ich am frühen Abend nach Matinkylä zum Eisstadion fuhr. In der Kantine hatten sich die Kollegen über Urlaubsziele auf den Kanarischen Inseln unterhalten, niemand rechnete mehr damit, dass sich das Wetter in Finnland bessern würde. Es war nun schon Ende Mai, doch in den Geschäften wurden Gummistiefel statt Bikinis verkauft.

«Du bist sicher froh, dass wir keine Hitzewelle haben», hatte Pihko beinahe vorwurfsvoll gesagt.

«Solange ich noch in meinen Regenmantel passe», hatte ich geistesabwesend erwidert, denn mir gingen ganz andere Dinge durch den Kopf. Auch wenn ich Koivus Nachricht nicht so aufregend fand, wie er wohl erwartet hatte, eröffnete sie doch verwirrende neue Aspekte. Koivu hatte versprochen, Teräsvuori bis zum Abend weiter zu observieren, obwohl Ström ihn lautstark für einen seiner Fälle angefordert hatte. Noch gegen Mittag hatte Ström verdächtig nach Schnaps gerochen. Fast machte ich mir Sorgen um ihn, zumindest wollte ich seinen Name nicht eines Tages auf der langen Liste von Polizisten sehen, die der Berufsstress in den Alkoholismus getrieben hatte. Zur Risikogruppe gehörte er allemal: über fünfunddreißig, geschieden, kaum Freunde.

Ich stellte die Scheibenwischer auf Höchststufe, der Lkw vor mir ließ Schmutzwasser aufspritzen, zeitweise konnte ich kaum etwas sehen. Ein unglücklicher Fußgänger wurde bis zur Taille nass, als der Lkw durch eine Riesenpfütze bretterte, um bei Gelb über die Kreuzung zu kommen.

Auf dem Parkplatz vor dem Eisstadion standen massenhaft Autos, in denen wartende Eltern saßen. Seit Nooras Tod wurden auch die Kinder abgeholt, die keinen weiten Heimweg hatten. Das verstand ich. Wofür ich kein Verständnis hatte, waren Leute, die mit dem Auto direkt vor die Tennishalle fuhren oder die sich beschwerten, wenn man unmittelbar vor einem Geschäft nicht parken konnte. Das schien zu den städtischen Geflogenheiten hier in Espoo zu gehören. An die hatte ich mich als Kind vom Land noch immer nicht gewöhnt.

Offenbar war der Zeitplan des ELV durcheinander geraten, denn als ich die Halle betrat, war das Training der kleinen Eiskunstläufer noch in vollem Gang. Nach ihnen waren offenbar die Eishockeyjunioren an der Reihe, auf dem Flur wimmelte es nämlich von pickligen Vierzehnjährigen, die mit ihren Polsterungen wie Wesen von einem anderen Planeten aussahen. Zwischen ihnen drängten sich grimmig dreinblickende Väter.

Über das Eis dagegen schwebten, leicht wie die Flöhe, kleine flachbrüstige Mädchen, darunter auch Irina Grigorieva. Es war atemberaubend, wie leichtfüßig die Elfjährige einen dreifachen Toeloop nach dem anderen sprang. Mit ihren Trikots und den zum festen Knoten aufgesteckten Haaren sahen die Mädchen wie geklont aus. Sie unterschieden sich nur in der Art, wie sie sich bewegten, bei einigen war deutlich zu erkennen, dass sie selbst auf Bezirksebene nie um Medaillen kämpfen würden. Neben Irina wirkten alle anderen steif und klobig. Die Kufen zogen scharfe Kerben in das bereits reichlich malträtierte Eis.

«Denkt an die Knie!», rief eine harte Frauenstimme. «Elastischer, Johanna, beugen, beugen!» Im selben Moment plumpste das Mädchen, das wie auf Holzbeinen lief, aufs Eis und machte ein resigniertes Gesicht.

Die gesamte Führungstroika stand an der Bande, Rami in

enger Hose und Sweatshirt, Elena in Leggings und Trainingsjacke, Ulrika Weissenberg in einem schwarzen, glänzenden Vinylregenmantel. Sie sprach auf Rami ein. Elena dagegen schaute konzentriert aufs Eis, wo die meisten Mädchen nun eine Waagepirouette liefen. Sie glitt zu einer etwa zehnjährigen Läuferin und korrigierte ihre Haltung, dann zeigte sie auf Irina, deren Pirouette zumindest meiner Meinung nach perfekt war.

«Alle mal herhören! Die Knie. Damit eure Bewegungen weich aussehen, vor allem die Landung nach dem Sprung, müsst ihr in den Knien federn. Elastische Knie sind die Grundlage für einen schönen Lauf, egal auf welchem Niveau. Es reicht nicht, hoch zu springen, wenn ihr danach mit durchgestreckten Beinen aufkommt. Seht euch den Unterschied an: Ein Sprung mit steifem Knie», erklärte Elena und sprang routiniert einen doppelten Toeloop, «und derselbe Sprung mit gebeugtem Knie.»

Während ich Elena beobachtete, dachte ich an Noora, die vor allem bei den Schleudersprüngen die Knie unglaublich tief gebeugt hatte, sodass die Landung mühelos und sicher wirkte.

«Vergesst nicht das zusätzliche Beerdigungstraining Samstag früh», rief Ulrika Weissenberg, als die klassische Streichmusik, zu der die Mädchen geübt hatten, verstummte. Gleich darauf ertönte flotte Tanzmusik, und die Eisflöhe begannen in raschem Tempo im Kreis zu laufen. Beerdigungstraining? Noora sollte doch nicht etwa auf Schlittschuhen zu Grabe getragen werden? Wer weiß, vielleicht war tatsächlich eine Gedenkfeier im Eisstadion geplant. Sicher überschattete Nooras Tod den gesamten Eislaufverein. Für die Nachwuchsläuferinnen war sie ein Idol gewesen, gleichzeitig aber auch eine von ihnen, und ihr gewaltsamer Tod war ein traumatisches Ereignis. Hoffentlich begriffen Eltern und Trainer, was diese kleinen Eisprinzessinnen empfanden. Wenn ich es recht bedachte, konnte eine gemeinsam organisierte, prunkvolle Beerdigungsfeier sogar befreiend wirken.

Nun war Rami auf dem Eis, er half einer kleinen Läuferin, die richtige, geschlossene Haltung für die Sprungrotation zu finden. Ich erinnerte mich, wie ich mich in der Vorpubertät gefühlt hatte, wie unangenehm es mir war, von Fremden berührt zu werden. Aber Eiskunstläuferinnen waren wohl daran gewöhnt, den Schweiß und den Knoblauchatem eines Partners zu riechen und die kalten Hände des Trainers an der Taille zu spüren.

Dann begann Rami das abschließende Stretching zu leiten. Die Bewegungen waren verlockend, sie hätten meinem vom Sitzen und Autofahren steifen Rücken gut getan. Doch gerade in dem Moment kam Ulrika Weissenberg auf mich zu. Ihre Absätze pochten laut auf den Betonboden. Ihr Blick war durchdringend, und ich stellte mich darauf ein, wieder einmal getadelt zu werden, wer weiß wofür. Ich war perplex, als sie sich stattdessen bedankte.

«Ich danke Ihnen, dass sie Janne aus den Fängen dieser rüden Verkehrspolizisten befreit haben.»

Wie sich herausstellte, hatte Janne sie nach seinem Besuch auf dem Präsidium angerufen und um juristischen Rat gebeten. Der Vereinsvorsitz beim ELV Espoo schien wirklich ein Vollzeitjob zu sein, jedenfalls, solange die Vorsitzende Ulrika Weissenberg hieß.

«Nooras Beerdigung findet am Dienstag nächster Woche statt», fuhr sie fort. «Es wird Hanna gut tun, wenigstens eine Stufe der Trauerarbeit abschließen zu können. Was haben Sie ihr denn über Teräsvuori erzählt? Sie scheint von seiner Schuld jetzt restlos überzeugt zu sein.»

«Dazu besteht kein Grund», wich ich aus, denn nun kam Elena Grigorieva auf uns zu. Mir hatte sie jedoch nichts zu sagen, denn sie grüßte nur mit einem unwirschen Nicken und wandte sich an Ulrika:

«Ich halte es für falsch, Irina als Schneewittchen einzusetzen. Sie beherrscht die Rolle nicht. Und außerdem ... Ich fürchte, sie wird ihr Unglück bringen.»

Die Gesichtszüge der Trainerin wirkten noch schärfer als sonst, die hohlen Wangen unter den hohen Backenknochen erinnerten an kleine Gräber, über der Hakennase spannte sich die Haut wie nach einer kosmetischen Operation.

«Zudem halte ich es für geschmacklos, Schneewittchen aufzuführen. Wir sollten uns mit dem Formationstanz begnügen.»

Was in aller Welt hatte Ulrika Weissenberg vor? Ich konnte sie nicht mehr fragen, denn die Musik brach ab, und Rami Luoto erklärte das Training für beendet. Er sah sich suchend um, entdeckte mich und glitt quer über das Eis auf mich zu. Er bewegte sich mit katzenhafter Geschmeidigkeit, ganz anders als die kantigen, gepolsterten Eishockeyspieler, die nun auf das Eis stürmten.

Als Rami hörte, dass ich motorisiert war, beschloss er, sich erst zu Hause umzuziehen. Die Fahrt zur Liisankuja dauerte nur ein paar Minuten, ich konnte gut verstehen, dass er den Weg normalerweise am liebsten zu Fuß zurücklegte. Vermutlich nahm er sonst auch die Treppe in den dritten Stock, doch jetzt hielt er mir höflich die schmale Tür des Dreipersonenaufzugs auf, wahrscheinlich dachte er, in meinem Zustand wäre das Treppensteigen zu beschwerlich. Im letzten Moment zwängte sich noch eine vom Regen durchnässte Frau mittleren Alters mit einer prall gefüllten Einkaufstasche in die Kabine, sodass Rami gegen meinen Bauch gedrückt wurde. Ganz kurz schien in seinem Gesicht ein Gefühl auf, das er offensichtlich zu unterdrücken versuchte. War es Ekel? Als die Frau im zweiten Stock ausstieg, rückte er erleichtert von mir ab.

An zwei der Wohnungstüren im dritten Stock stand der Name Luoto.

«Meine Schwester wohnt nebenan», erklärte Rami ungefragt. Er schloss die linke Tür auf, führte mich ins Wohnzimmer, bot mir ein Glas Mineralwasser an und sagte, er wolle rasch duschen. Neugierig sah ich mich um. Da ich wusste, dass er mehr als zehn Jahre lang mit Eisshows durch Nordamerika getingelt war, hatte ich eine protzige Wohnung erwartet. Doch die in neutralen Farben gehaltene Zweizimmerwohnung war ganz anders, als ich sie mir vorgestellt hatte. Sie enthielt kaum Hinweise auf den Beruf ihres Besitzers. Der einzige Gegenstand, der mit dem Eiskunstlauf zu tun hatte, war die Wettlaufordnung der Internationalen Eislauf-Vereinigung ISU, die aufgeschlagen auf dem Tisch lag.

Man konnte den Eindruck gewinnen, dass Rami Luoto es bewusst vermied, der Wohnung seinen persönlichen Stempel aufzudrücken. Die milchweiße Ledersitzgruppe war elegant, aber langweilig, im Birkenholzregal standen Fernseher, Videogerät und Stereoanlage, doch Schallplatten und Videokassetten waren offenbar in den geschlossenen Schränken verstaut. Ich sah weder Medaillen noch Pokale und nur wenige Bücher. Das Glas, das Luoto mir gebracht hatte, war Massenware, wie man sie in jedem Supermarkt bekam. Der einzige persönliche Gegenstand war ein Schwarzweißfoto über dem Sofa. Es zeigte eine dünne, flachbrüstige Ballerina, die dem Kostüm nach die Odette im «Schwanensee» tanzte. Wer war die Frau, eine ehemalige Geliebte vielleicht?

«So, was möchtest du über Noora wissen?» Man mochte kaum glauben, dass Rami Luoto gerade erst verschwitzt vom Training gekommen war. Die silbergrau melierten Haare waren sorgfältig frisiert, der graue Hausanzug sah frisch gebügelt aus. Luoto wirkte entspannt und doch wachsam, wie eine Raubkatze in Ruhestellung. Er hatte ein zweites Glas, eine Schüssel voll Eiswürfel und eine große Flasche Mineralwasser mit Zitronengeschmack mitgebracht.

«Eigentlich wollte ich nicht über Noora sprechen, sondern

über die Grigorievs. Du hast sie schon Anfang der siebziger Jahre kennen gelernt, nicht wahr?»

Normalerweise siezte ich alle, mit denen ich beruflich zu tun hatte, zumindest wenn sie älter waren als ich. Das Siezen unterstrich meine offizielle Position, schuf Distanz und gab mir Autorität. Das Du setzte ich ein, wenn ich den Eindruck vermitteln wollte, man könne sich mir unbesorgt anvertrauen. Rami, der einige Jahre in Kanada gelebt hatte, hatte sich offenbar dort die dem Duzen entsprechende Sitte angewöhnt, jeden mit dem Vornamen anzusprechen. Jedenfalls hatte er mich fast von Anfang an geduzt, und ich hatte es ihm gleichgetan.

«Über die Grigorievs?» Rami spitzte die Lippen, die Fältchen um seinen Mund tanzten. «Wieso? Anton ist doch schon vor Jahren gestorben.»

«Und zwar unter rätselhaften Umständen. Was für ein Mann war er? War die Ehe glücklich?»

Rami goss sich Mineralwasser ein, trank das Glas halb leer und drehte es in den Händen.

«Glücklich … Wie misst man Glück? Viele russische Eislaufpaare sind miteinander verheiratet, zumindest damals war es so. Elena und Anton sind bereits als Kinder gemeinsam gelaufen, und als sie heirateten, waren sie knapp zwanzig. Elena hatte davon geträumt, Ballerina zu werden, und Anton wollte Eishockey spielen, aber du weißt ja, wie es bei den Sowjets war, da konnte man sich seine Sportart nicht aussuchen. Eiskunstläufer wurden quasi fabrikmäßig produziert. Vermutlich hat irgendein Trainer erkannt, dass die beiden talentiert waren und gut zueinander passten. Natürlich war das auch eine Chance für sie. Sie durften ins Ausland reisen, ihr Land vertreten, konnten sich Sachen anschaffen, von denen der Durchschnittsmoskauer nie gehört hatte … Aber um ganz an die Spitze zu gelangen, fehlte ihnen etwas.»

«Nämlich?»

«So was wie der letzte innere Kick. Technisch waren sie hervorragend. Aber Elena wirkte – wie soll ich sagen – ausdruckslos, und Anton eignete sich nur für komische Rollen. Damals kultivierten die Russen aber einen ausgesprochen klassischen, tragischen Stil.»

«Und nach der Amateurlaufbahn?»

«Wir waren ein Jahr lang in derselben Eisshow, The Magic Skates. Zwar längst nicht so bekannt wie Holiday on Ice, trotzdem hat man bei den Tourneen ganz ordentlich verdient. Aber dann erwartete Elena ein Kind, und sie sind nach Moskau zurückgekehrt.»

«Irina? Das war also Mitte der Achtziger?»

«Nein … 1980 war das. Damals habe ich in der Show meine erste größere Rolle bekommen. Ich habe ja nie auch nur den dreifachen Lutz geschafft, aber ich wusste, wie man das Publikum zum Lachen bringt …» Ein Anflug von Traurigkeit lag auf seinem Gesicht, vielleicht litt er heute noch, nach zwanzig Jahren, darunter, dass ihm der große Erfolg versagt geblieben war. «Aber um mich geht es ja nicht. Elena hatte eine Fehlgeburt und bekam eine schlimme Infektion. Krankenhaushygiene war nicht die stärkste Seite der Sowjets. Damit war es für die Grigorievs aus mit dem Eiskunstlauf. Zum Glück bekam Anton eine Stelle im Sportministerium.»

«Und einige Jahre später wurde Elena erneut schwanger?»

«Genau. Meiner Meinung nach gab ihr die Geburt des Kindes neue Lebenskraft. Sie hatte ja nie eine Ausbildung erhalten, seit ihrem zehnten Lebensjahr war sie nur Schlittschuh gelaufen, wie ein Profi. Trainerin war der einzige Beruf, der ihr offen stand. Sobald Irina laufen konnte, bekam sie ihre ersten Schlittschuhe. Und sie wird irgendwann die erste finnische Weltmeisterin seit über sechzig Jahren sein, jetzt wo … Wo Noora und Janne nicht mehr dabei sind …»

Rami stand auf und trat an das regennasse Fenster. Es dauerte ein paar Minuten, bevor er weiterreden konnte.

«Die beiden hatten nämlich gute Chancen auf den Weltmeistertitel. Von den psychischen Voraussetzungen her war Noora ideal. Sie ging richtig mit, war mutig, offen, musikalisch, kreativ. Sie hatte alles! Der niedrige Körperschwerpunkt hätte das Gesamtbild nicht beeinträchtigt. Janne brauchte nur sauber zu springen und synchron zu laufen.»

Hatte Rami den Erfolg des Paares als Kompensation für seinen eigenen Misserfolg empfunden? Für die Arbeit eines Trainers wäre das keine sonderlich gute Grundlage gewesen.

«Wer hat Elena eigentlich nach Finnland geholt, du oder Tomi Liikanen?»

«Tomi hat den Anfang gemacht, aber letzten Endes war ich es.» Rami trat an den Bücherschrank, öffnete eine der Türen und nahm eine CD heraus. Er sah mich fragend an, ich nickte, obwohl ich das Cover nicht sehen konnte. Cembalomusik perlte aus den Lautsprechern, die Musik kam mir vage bekannt vor, Vivaldi vielleicht.

«Ich habe Elena nach Jahren bei der Junioren-WM in Bulgarien wieder gesehen. Der ELV Espoo hatte einen sehr talentierten Jungen hingeschickt, der später leider aufgehört hat, weil er wegen seinem angeblich unmännlichen Sport gehänselt wurde. Aber das gehört nicht zur Sache. Damals, unter den Kommunisten, blieben die meisten Spitzentrainer in der Sowjetunion. Elena hatte das Gefühl, es als Trainerin auch nicht weiter zu bringen als in ihrer aktiven Zeit, sie sah sich als ewige Dritte nach den Moskvinos, Tarasovs und so weiter. Hier in Finnland fehlten dagegen Trainer von internationalem Niveau. Schon damals habe ich ihr vorgeschlagen, herzukommen, aber das wäre nicht ganz einfach gewesen. Anton hatte einen guten Posten im Sportministerium, er war sogar freiwillig in die Partei eingetreten. Elena wagte nicht, offen zu sprechen, aber ich hatte den Eindruck, dass die Ehe mehr oder weniger kaputt war.»

«Warst du selbst je verheiratet?», warf ich ein.

«Ich? Nein! Meinst du, ich wäre nicht kompetent, die Ehen anderer Leute zu beurteilen? Da magst du Recht haben. Andererseits war es ja verständlich: Elena und Anton hatten quasi unter dem Zwang der Verhältnisse geheiratet, sie waren noch viel zu jung.»

«Und dann starb Anton …»

«Er wurde überfahren. Eine eigenartige Geschichte, der Schuldige wurde nie gefunden. Aber das weißt du bereits, nehme ich an. Ich habe mit einer Delegation des Finnischen Eislaufverbandes an der Beerdigung teilgenommen.»

Bei der Beerdigung habe eine unwirkliche Stimmung geherrscht, erzählte Rami. Elena war die einzige Angehörige gewesen, denn Antons Eltern waren einige Monate zuvor gestorben, und seine einzige Schwester war nach Usbekistan abkommandiert worden. Irina hatte nicht teilnehmen dürfen. Die Gedenkfeier hatte in einem Gebäude stattgefunden, das mitten in einem Baugelände lag, sodass der Lärm der Presslufthämmer die Trauerreden übertönte.

«Tomi war auch dort, damals bin ich ihm zum ersten Mal begegnet. Ich hatte gleich den Eindruck, dass er sich für Elena interessierte.»

«War Tomi Liikanen in sie verliebt?»

Rami schien verlegen.

«Verliebt nicht. Er war interessiert.»

«In sexueller Hinsicht?»

«Genau kann ich es nicht erklären. Er wollte Elena für sich gewinnen. Die Idee, sie nach Finnland zu holen, kam von ihm. Ich habe den Gedanken natürlich unterstützt.»

Darüber musste ich erst einmal nachdenken. Was hatte Tomi Liikanen sich von Elenas Umzug nach Finnland versprochen? Hatte er gewusst, dass auch ihr Gefahr drohte, wenn sie in Moskau blieb? Ich musste ihn danach fragen. Rami erzählte weiter, er habe Ulrika Weissenberg mühelos überreden können, Elena einzustellen, und nachdem sie sich der Sache angenommen hatte, seien Aufenthalts- und Arbeitserlaubnis zügig erteilt worden. In derselben Woche, in der Elena ihren Posten in Finnland antrat, hatten Tomi und sie geheiratet. Mittlerweile warteten Mutter und Tochter auf die finnische Staatsbürgerschaft, damit Irina Finnland bei der Olympiade vertreten konnte.

«Das Ziel ist Salt Lake City 2002, dann ist Irina siebzehn, gerade im richtigen Alter. Nächstes Jahr nimmt sie an der Juniorenweltmeisterschaft teil.»

Um eine Weile von dem russischen Ermittlungsstrang wegzukommen, lenkte ich das Gespräch auf Janne Kivi.

«Du scheinst dich gut mit Janne zu verstehen. Kannst du mir sagen, warum er sich so eigenartig benimmt?», fragte ich, während Rami Mineralwasser nachschenkte.

«Wie meinst du das?»

Ich erzählte ihm von dem Zwischenfall auf der Autobahn. Die Lachfältchen um seine Augen verschwanden, er machte ein besorgtes Gesicht und strich sich unruhig über die Haare.

«Er ist durcheinander, das ist doch verständlich. Soweit ich mich erinnere, hat er in Konfliktsituationen öfter so reagiert. Er hat sich hinters Steuer geklemmt und ist gerast wie ein Wilder.»

«Spitzensportler werden doch häufig von einem Sportpsychologen betreut. Bei euch auch? Vielleicht könnte er Janne helfen.»

Rami nickte, als wolle er sich umgehend darum kümmern.

«Meiner Ansicht nach deutet Jannes Verhalten auf Schuldgefühle hin», fuhr ich fort, und als ich sah, dass die Sorgenfalten in Ramis Gesicht noch tiefer wurden, setzte ich hastig hinzu: «Ich meine nicht unbedingt, dass er Noora ermordet hat. Er kann sich zum Beispiel schuldig fühlen, weil er kurz vor ihrem Tod mit ihr gestritten hat. Vielleicht denkt er, Noora wäre noch am Leben, wenn er sie nach Hause gebracht hätte, statt sie wütend davonrennen zu lassen.»

Das Cembalo wurde vom sehnsuchtsvollen Klang einer Viola da Gamba abgelöst. Rami ließ den Blick aus dem Fenster schweifen, über den wollsockengrauen Himmel. Er öffnete den Mund, als wollte er etwas sagen, blieb jedoch still. Also redete ich weiter:

«Ich habe in Nooras Tagebüchern gelesen. Sie war offenbar bis über beide Ohren in Janne verliebt, der ihre Liebe jedoch nicht erwiderte. Warum nicht? Interessiert er sich mehr für Männer?»

Zu meiner Überraschung lachte Rami laut auf.

«Wie kommst du denn auf die Idee? Ich weiß, ich weiß, Eiskunstläufer gelten als schwul, aber Janne ist ein stinknormaler, langweiliger Hetero.» Er seufzte.

Mehr brauchte er nicht zu sagen. Offenbar hatte Janne gleich drei Angehörigen des ELV-Teams das Herz gebrochen. Ich blieb beim Thema:

«Janne scheint Ulrika Weissenbergs Liebling zu sein. Meinst du, sie war eifersüchtig auf Noora?»

«Wegen Janne? Nein, keinesfalls. Janne hat sich nichts aus Noora gemacht, und ehrlich gesagt, es war auch besser so. Ohne komplizierte Beziehungskiste läuft es sich leichter miteinander. Mit der Zeit wäre Noora über ihre Backfischliebe hinweggekommen. Sie war in mancher Hinsicht reifer als Gleichaltrige. In ihrer Beziehung zu Janne allerdings nicht.»

«Hatte sie einen Freund?», fragte ich und dachte an die Bemerkung des Pathologen, Noora sei nicht mehr Jungfrau gewesen. Natürlich konnte es sich um einen One-nightstand gehandelt haben. Seltsam allerdings, dass die Defloration in keinem der Tagebücher erwähnt wurde, die ich bisher gelesen hatte.

«Nicht dass ich wüsste. Aber Noora hat mir natürlich nicht alles erzählt, obwohl ich immer versucht habe, meinen Schützlingen nicht nur Trainer, sondern auch Freund zu sein.»

Das war gewiss nicht einfach, vor allem wenn der Schützling ein junges Mädchen und der Trainer nicht nur ein Mann, sondern zudem dreißig Jahre älter war. Ich hatte das Gefühl, mit Rami Luoto meine Zeit zu verschwenden, er konnte mir nichts Wesentliches über die Grigorievs sagen. Dennoch brachte ich auch Teräsvuori noch zur Sprache. Meine Behauptung, dieser sei ein guter Bekannter von Tomi Liikanen, verblüffte Rami:

«Unmöglich! Teräsvuori war für uns alle ein rotes Tuch, er hat die Arbeit der ganzen Mannschaft gestört. Tomi hätte ihn zurückgepfiffen, wenn er mit ihm in Verbindung stünde, da bin ich mir ganz sicher.» Er knallte die Wettlaufordnung zu, die in Umfang und Aussehen Ähnlichkeit mit einer Bibel hatte.

Ich verzichtete darauf, ihm zu erklären, dass die beiden Männer mehrmals zusammen gesehen worden waren. Seine Bereitschaft, bei der Aufklärung des Mordes zu helfen, schien echt zu sein, doch er wirkte ein wenig naiv. Vielleicht glaubte er tatsächlich, die Menschen wären so, wie sie sich gaben. Aber konnte er nach vielen Jahren als Spitzensportler und Showläufer wirklich noch so gutgläubig sein, oder war seine Naivität nur vorgetäuscht?

Als wir über Teräsvuori sprachen, fiel mir ein, dass ich seit dem Vormittag nichts mehr von Koivu gehört hatte. Setzte er die Beschattung fort, war er dabei in eine tote Zone geraten, in der er nicht telefonieren konnte? Ich wollte gerade aufstehen und mich verabschieden, als Rami Luoto fragte:

«Du sagst, du hast Nooras Tagebücher gelesen. Haben sie dir weitergeholfen?»

Ich überging seine Frage. Die wenigen Bemerkungen über Rami, die ich gefunden hatte, waren ausgesprochen säuerlich, doch der Grund für Nooras Abneigung war mir nicht klar geworden. Allerdings hatte Noora eine Vorliebe für dramatische Kontraste gehabt und vielleicht deshalb Elena als die Gute und Rami als schlechten Trainer dargestellt.

«Ich glaube, das war alles», sagte ich und schraubte mich mühsam in die Höhe.

«Sich mit dem Riesenbauch zu bewegen ist sicher mühsam», meinte Rami. Seine mitfühlend gemeinte Bemerkung gab mir erst recht das Gefühl, ein schwerfälliger Koloss zu sein. Überhaupt kam es mir vor, als sähe man mich mit ganz anderen Augen an als früher. Die Kollegen klopften mir auf den Bauch, im vollen Bus rückten die Leute mit verlegenem Seitenblick von mir ab, als hätten sie Angst, die Wehen würden gleich einsetzen. Andauernd wurde ich nach meinem Befinden gefragt, und Helena, meine jüngste Schwester, schien direkt enttäuscht zu sein, wenn ich sagte, es ginge mir gut.

Ich murmelte etwas Nichtssagendes und verkniff mir die Bitte, Ramis Toilette benutzen zu dürfen. Auf dem Parkplatz setzte ich so stürmisch zurück, dass ich fast mit einem schlammbedeckten Renault zusammengestoßen wäre, dessen dunkelhaarige Fahrerin mich wütend ansah. Der Schreck saß mir noch in den Gliedern, als ich das Eisstadion passierte und durch den Tunnel fuhr. Ich war eine routinierte Fahrerin, doch der Zwischenfall auf dem Parkplatz hatte mich nachdrücklich daran erinnert, dass nichts im Leben sicher ist. Eine kleine Unaufmerksamkeit, ein dummer Zufall, und schon konnte alles aus sein.

Als ich in die Vähän-Henttaantie einbog, wurde mir klar, dass ich im Grunde meines Herzens überzeugt war, auch Nooras Tod sei ein Zufall gewesen. Von den Drogen und der Russenmafia hatte sie sicher nichts gewusst. Bestimmt hatte ein Außenstehender sie erschlagen, vielleicht weil sie ihm keine Zigarette geben konnte oder etwas Falsches gesagt hatte. Es konnte sich auch um eine versuchte Vergewaltigung handeln. Aber wie sollte ich ohne Augenzeugen den Täter finden?

Die neuen Laborergebnisse, die für morgen versprochen

waren, würden mir vielleicht weiterhelfen. Dass an Nooras Kufenschonern die Fingerabdrücke eines Vorbestraften gefunden wurden, war zwar unwahrscheinlich, aber immerhin nicht ausgeschlossen. Es wäre nicht das erste Mal, dass ich einen Täter nur aufgrund kriminaltechnischer Indizien überführte.

Die Lichter unseres Holzhauses blinkten anheimelnd durch den Regen. An einigen Stellen blätterte der gelbbraune Anstrich ab, der Garten wirkte noch müde vom Winter, der Rasen war erst hier und da grün geworden. Ich mochte unser kleines Haus, unser erstes gemeinsames Zuhause.

«Hast du dein Handy nicht an? Koivu hat mindestens dreimal hier angerufen, weil er dich nicht erreichen konnte», rief Antti aus dem Wohnzimmer, wo er am Klavier saß.

Ich verschlang zuerst eine halbe Banane, bevor ich das Handy hervorkramte. Der Akku war leer, kein Wunder, ich vergaß immer wieder, ihn aufzuladen. So praktisch Handys auch sind, sie setzen bei ihren Benutzern Eigenschaften voraus, die mir fehlen.

Koivus Mobiltelefon funktionierte einwandfrei.

«Na endlich!»

«Was Neues?»

«Nichts. Ich bin auf dem Parkplatz vor dem ‹Fishmaid›. Es ist saukalt und ich muss pinkeln.» Er wirkte frustriert. Offenbar hatte er nach seiner Beobachtung in der Otavantie mit aufregenden Ereignissen gerechnet.

«Teräsvuori arbeitet also?»

«Ja. Und sag jetzt bloß nicht, ich soll reingehen und Karaoke singen.»

«Da hättest du es jedenfalls wärmer. Sing doch das ‹Märchenschloss›», frotzelte ich, während ich den Rest der Banane aufaß, «wäre das nicht das Richtige für einen verliebten jungen Mann?»

«Leck mich!»

«Was hat Teräsvuori gemacht, nachdem er in Lauttasaari war?»

«Der Kerl in dem Lieferwagen hat ihn zur Itämerenkatu zurückgebracht. Danach hat er zu Hause gehockt und ich im Auto. Ström hat alle naselang angerufen und gewettert, weil ich keine Vernehmungen für ihn führen konnte.»

«Kümmer dich nicht um ihn. Fahr nach Hause.»

«Ich war so vergrätzt, dass ich den Koskinen angerufen hab, den Typ aus Mattinens Bande, der in der Otavantie wohnt. Ich hab ihn gefragt, ob Vesku noch bei ihm ist.»

«Was?!» Sein Alleingang schien mir bedenklich. «Wie hast du dich vorgestellt?»

«Als Pekka natürlich. Er hat nicht weiter nachgefragt, hat nur gesagt, Vesku wäre vor zehn Minuten gegangen. Nun wissen wir also definitiv, wen er besucht hat. Und erzähl mir jetzt nicht, die drei wären alte Klassenkameraden!»

Das tat ich nicht. Stattdessen lobte ich Koivu so überschwänglich, dass er sich bereit erklärte, die Observation am nächsten Morgen fortzusetzen, während ich mir Tomi Liikanen vorknöpfen würde.

Im Wohnzimmer improvisierte Antti einen Blues in C. Vor rund drei Jahren, als wir gerade zusammengezogen waren, hatte er plötzlich festgestellt, dass ihm die klassischen Klavierstücke, die er fünfundzwanzig Jahre lang gespielt hatte, nicht mehr genügten. Zuerst tat er sich mit freier Begleitung und Improvisation ziemlich schwer, doch inzwischen klang er schon ganz ungezwungen. Und beim Blues konnte ich mitspielen.

Ich schloss den Bass an den Verstärker an, hängte mir das Instrument um und schob einen trägen Boogie-Woogie unter Anttis Tonfiguren. Erst nach einigen Takten fanden wir einen gemeinsamen Rhythmus, doch dann trug uns die Musik mühelos.

Für einen regnerischen Frühjahrsabend war Blues genau

das Richtige. Ich tänzelte in den Flur und knipste die Lampe aus. Im Dämmerlicht störten weder die Katzenhaare noch die Staubschicht auf dem Fernseher. Der Schein der Klavierlampe verwandelte das Zimmer in eine rötliche Höhle. Die Bassfiguren trafen mal anschmiegsam, mal in Disharmonie mit der schmerzlichen Klaviermelodie zusammen.

Gemeinsames Musizieren war wie Sex, erst das Zusammenspiel brachte den höchsten Genuss. Beim gemeinsamen Improvisieren mussten wir uns aufeinander verlassen und uns rückhaltlos der Musik hingeben. Manchmal sangen wir auch, legten verrückte Melodien über die Bluesharmonien und erfanden passende Texte. Ich hatte mir bisher mindestens siebzehn verschiedene Pertti-Ström-Blues ausgedacht, mit denen ich mir den Stress vom Leib sang. Doch diesmal spielten wir nur, und nach einer Weile fing auch Schnüppchen in meinem Bauch zu tanzen an. Wir webten uns ein Haus aus Musik, eine warme, sichere Höhle, die den Rest der Welt ausschloss, für lange Zeit.

Vierzehn

Mein Zuhause ist auf dem Eis. Überall sonst fühle ich mich fremd. Aber auf dem Eis weiß ich, wer ich bin, selbst auf fremdem Eis, dessen Oberfläche ich vorsichtig erkunde. Ich würde so gern einmal mit Janne auf dem ersten Eis im Herbst laufen, auf Natureis, das unter den Kufen klagend singt. Es gibt unter unserem Gewicht nach und trägt uns doch, wenn wir nur schnell genug sind. Ich möchte unser Bild auf der klaren schwarzen Fläche betrachten. Dort würde ich nicht mein eigenes, hässliches Ich sehen, sondern diejenige, die ich wirklich einmal sein will.

Ich blätterte in Nooras letztem vollständigem Tagebuch, während ich versuchte, Tomi Liikanen zu erreichen. Noora hatte Peter Høegs Buch *Fräulein Smillas Gespür für Schnee* gelesen und daraufhin begonnen, über ihr Verhältnis zum Eis nachzudenken.

Natürlich gibt es Zeiten, wo ich mit dem Eis kämpfe. Manchmal ist es einfach zu weich und hebt mich nicht in die Luft. Dann wieder spüre ich seine Härte, wenn ich auf es zufliege und meine Haltung nicht mehr korrigieren kann. Manchmal träume ich, ich wäre zu schwer für das Eis. Es kann mich nicht mehr tragen, ich versinke in ihm, während am Rand der Bahn Gelächter aufbraust. Das Eis verschlingt mich, und niemand eilt mir zu Hilfe. Aber meistens sind wir eins, das Eis und ich. Ich wachse aus dem Eis, und das Eis setzt sich in mir fort.

Die Handschrift war nicht mehr kindlich rund. Der erste Bogen beim großen M war nach wie vor übermäßig hoch, die Unterlängen der kleinen Buchstaben wurden von der nächsten Zeile fast überdeckt. Und die Zeilenenden schienen auffliegen zu wollen, als hätte Noora wie im Rausch geschrieben. Ich blätterte um, auf der nächsten Seite wurde die Schrift noch undeutlicher.

Zu Janne ist das Eis viel öfter unfreundlich als zu mir. Es hält ihn nicht aufrecht, es schlägt ihm die Knie blau. Einmal hat es ihn am Kinn verletzt, die Narbe sieht man heute noch. Manchmal tanzt es fröhlich mit ihm, wie ein drittes, verbindendes Wesen zwischen uns. Silja wird vom Eis geliebt, wie von allen, und ich bin eifersüchtig auf mein Eis. Rami gleicht mir, er fürchtet, dass das Eis ihn so hässlich erscheinen lässt, wie er ist. Elena hat das seltsamste Verhältnis zum Eis. Für sie ist es ein unpersönliches Instrument, wichtig nur dann, wenn es nützlich ist. Elena will alles zähmen, doch das Eis hat sich noch nie zähmen lassen.

Ulrika dagegen hat Angst vor dem Eis. Ich habe sie einmal stolpern sehen, als sie beim Synchronlauf die Preise verteilte, und seitdem hält sie sich immer an der Bande fest oder stützt sich auf Jannes Arm. Blöde, lächerliche Ulrika!

Nun begann Noora wieder, Ulrikas Schwärmerei für Janne durchzuhecheln, mit der ganzen Grausamkeit einer Sechzehnjährigen, für die jeder über dreißig hoffnungslos verkalkt ist.

Als wollte Ulrika Janne aussaugen, um selbst wieder jung zu werden. Rami ist genauso, das erkenne ich immer deutlicher. Er ist ekelhaft und schmutzig. Ich begreife, wie elend Janne sich fühlen muss. Könnte ich ihm doch nur alles erzählen, offen mit ihm reden. Aber dann würde er mich hassen.

Auf der nächsten Seite war eine Opernkarte eingeklebt. Ulrika hatte das Eisläufertrio zu «Tosca» eingeladen und in der Pause mit Janne Sherry getrunken, worüber sich Noora maßlos aufregte. Fast tat mir Ulrika Leid, schließlich ist es nicht verboten, sich in einen Jahrzehnte jüngeren Menschen zu verlieben. Wäre Janne ein Mädchen und Ulrika ein Mann gewesen, hätte niemand ein Wort darüber verloren.

Nach einigen Seiten vehementer Schmähungen kehrte Noora zum Eisthema zurück.

Es ist schwer zu glauben, dass Mutsch jemals irgendeine Beziehung zum Eis gehabt hat. Auf Schlittschuhen kann ich sie mir gerade noch vorstellen, sie hat mir ja das Eislaufen beigebracht, als ich klein war, aber bald danach selbst aufgehört zu laufen. Ich erinnere mich noch an die lächerlichen Stiefel, die sie als kleines Mädchen hatte. Sie liegen sicher noch irgendwo rum, Mutsch bringt es nicht übers Herz, sie wegzuwerfen. Zum Glück war sie klug genug, mir von Anfang an ordentliche Schlittschuhe zu kaufen.

Ihre Kinderfotos sind lachhaft. Eine selbst gemachte Eisbahn auf dem Hof, ein pummeliges Mädchen mit weißer Pelzmütze, das eine missratene Waage vorführt. Es ist nicht ihr Verdienst, dass ich ihre Träume verwirkliche. Okay, sie hat mich mit dem Eis bekannt gemacht, aber dass das Eis mich akzeptiert, ist nicht ihr Verdienst, sondern ganz allein meins.

Für Sami ist die Eisbahn ein Schlachtfeld. Das Eis ist ihm nicht wichtig, er sieht nur Schläger und Pucks. Aber weil er nichts vom Eis versteht, wird er nie so gut sein wie Teemu Selänne. Und er wird nie begreifen, warum.

Die einzige Beziehung, die Paps zum Eis haben könnte, wäre als Fahrer einer Spritzmaschine. Und selbst dann würde er das Eis garantiert zu klumpig und grob machen.

Plötzlich merkte ich, dass ich mich von Nooras Tagebuch hatte fesseln lassen, dabei wollte ich eigentlich im «Tommy's Gym» anrufen, da in der Wohnung Grigorieva-Liikanen niemand abgenommen hatte. Ich griff nach dem Hörer, als Pihko zur Tür hereinschaute.

«Ich habe Teräsvuoris Alibi jetzt doppelt und dreifach gecheckt.» Pihko wirkte verkrampft und äußerst frustriert.

«Und?»

«Also, er hat das ‹Fishmaid› an dem Abend definitiv nicht verlassen! Da war so ein Studentinnenchor von der Technischen Hochschule, die haben Polterabend gefeiert und gleich um sechs mit Karaoke angefangen. Das hatte ich schon bei der ersten Runde erfahren, aber nicht so genau wie jetzt. Sonst ist es in dem Lokal mittwochs ruhiger, aber an dem Abend war Hochbetrieb. Ich habe mit fast allen Frauen von diesem Chor gesprochen, Dominaklub oder so ähnlich …»

«Dominante.»

«Gegen neun kam der Chorleiter dazu, und die künftige Braut musste den richtigen Umgang mit dem Ehemann üben, indem sie den Chorleiter mit allen kitschigen Liebesliedern traktierte, die auf der Liste standen. Teräsvuori war total genervt, aber von einer halben Minute Pinkelpause abgesehen, hat er die Bühne nicht verlassen. Jedenfalls behaupten das rund dreißig TH-Studentinnen.»

«Danke, Pihko. Dass ich dich gebeten habe, noch einmal nachzufragen, war nicht als Kritik gemeint», sagte ich, doch bei den letzten Worten war die Tür bereits ins Schloss gefallen. Pihko hatte den Auftrag tatsächlich krumm genommen. Mist! Vielleicht hatte die enge Zusammenarbeit mit Ström auch meine sozialen Fähigkeiten verkümmern lassen. In den nächsten Tagen würde Pihko seinen Sommerurlaub antreten, und danach wollte er voll ins Jurastudium einsteigen. Zu blöd, wenn er mit bitteren Erinnerungen wegging.

Vesku Teräsvuori kam als Täter also definitiv nicht in Frage. Dass er einen anderen, Tomi Liikanen zum Beispiel, angeheuert hatte, auf Noora loszugehen, schien mir weit hergeholt, musste aber überprüft werden. Höchste Zeit, Liikanen zum Reden zu bringen. Ich wollte wieder nach dem Hörer greifen, da klingelte das Telefon. Koivus aufgeregte Stimme drang an mein Ohr.

«Maria, ich bin wieder in der Itämerenkatu. Teräsvuori hat gerade Besuch bekommen, glaube ich. Jedenfalls ist diese Frau Nieminen, Nooras Mutter, ins Haus gegangen.»

«Hanna Nieminen? Bist du sicher?»

«Zuerst ist sie mir nur aufgefallen, weil sie auf dem Zebrastreifen geparkt hat. Ihr Mantel war schief geknöpft und das Make-up so verschmiert, dass ich dachte, sie wäre betrunken. Dann hab ich sie erkannt.»

Warum ging Hanna zu Teräsvuori? Dafür konnte es nur einen Grund geben. Ich schlüpfte in die Schuhe, die ich unter den Tisch geschoben hatte.

«Hatte sie etwas bei sich?»

«So eine große, lange Sporttasche, du weißt schon, wie sie die Eishockeyspieler haben. Sie hielt die Tasche irgendwie vorsichtig, als ob sie schwer wäre, dabei sah sie fast leer aus.»

Eine Sporttasche. Ich erinnerte mich an das Jagdgewehr im Wohnzimmer der Nieminens und ließ vor Schreck fast den Hörer fallen.

«Koivu, hör mir genau zu! Ruf die nächste Streife aus Helsinki zu Hilfe und versucht, euch Zutritt zu der Wohnung zu verschaffen. Der Mann ist möglicherweise in Gefahr! Ich komme sofort hin.»

Ich zog mir die Jacke über, schnappte mir das Handy und rannte auf den Flur. Zum Glück war Pihko in seinem Zimmer.

«Komm mit, aber dalli! Ein Notfall, ich brauch einen Fahrer!», rief ich mit einer Stimme, die keinen Zweifel am Ernst der Lage aufkommen ließ. Gleichzeitig tippte ich die Nummer der Garage ein und ließ einen Wagen bereitstellen.

Pihko stellte keine überflüssigen Fragen, von seiner Verstimmung war nichts mehr zu spüren. Wir stürmten ins Treppenhaus. Lähde kam gerade mit dem Aufzug hoch, und wir zerrten ihn buchstäblich aus der Kabine, um Zeit zu gewinnen. Als wir unten ankamen, trat Schnüppchen, von meinem Herzrasen aufgeschreckt, mich so heftig in die Leber, dass ich nur mit Mühe den Brechreiz unterdrücken konnte.

Dennoch warf ich mich schwungvoll auf den Beifahrersitz, als spielte ich in einer amerikanischen Krimiserie mit, und wies Pihko an, nach Ruoholahti zu fahren. Er verlangte immer noch keine Erklärung – umso besser, denn ich musste telefonieren.

Kauko Nieminen war nicht in seiner Firma, sondern auf dem Weg zu einer geschäftlichen Besprechung. Seine Sekretärin sträubte sich zunächst. Erst als ich sie anherrschte, ich sei Polizistin, untersuche den Mord an Noora, und hier gehe es um ein zweites Menschenleben, verband sie mich mit seinem Autotelefon. Zum Glück meldete Nieminen sich sofort. Er begann sich umständlich nach dem Stand der Ermittlungen zu erkundigen, doch ich schnitt ihm das Wort ab.

«Das Jagdgewehr in Ihrem Wohnzimmer. Funktioniert das?»

«Ich habe es im Herbst zuletzt benutzt. Hanna will es in Reichweite haben, falls Teräsvuori überraschend angreift. Wieso?»

«Bewahren Sie die Munition zu Hause auf?»

«Ja, ich habe einige Schachteln zu Hause. In einem verschlossenen Schrank in der Kleiderkammer neben unserem Schlafzimmer. Was …»

«Wer hat den Schlüssel, Sie oder Ihre Frau?»

«Wir haben beide einen Schlüssel. Im Schrank liegen noch ande…»

«Kann Ihre Frau die Waffe laden?»

«Ja. Sie hat mich gebeten, es ihr zu zeigen, als Teräsvuori uns besonders schlimm terrorisiert hat. Was soll das! Was ist denn passiert?»

Ich berichtete, was ich wusste, bemühte mich, die Sache nicht aufzubauschen, doch die Furcht in meiner Stimme war sicher nicht zu überhören.

«Ich komme hin!», rief Kauko Nieminen und unterbrach die Verbindung, bevor ich mich dazu äußern konnte. Na ja, seine Anwesenheit konnte wohl nicht schaden.

Wir hatten inzwischen bereits die Kreuzung in Otaniemi erreicht, denn Pihko ließ die Sirene heulen und fuhr mindestens hundertfünfzig. Er raste bei Rot über die Kreuzung, ein uralter, blauweiß lackierter Corolla konnte gerade noch ausweichen. Doch es war nicht Pihkos Fahrstil, der mein Herz rasen ließ. Lass es nicht das sein, was ich befürchte, bat ich den namenlosen Gott, an den ich zu meiner Verwunderung offenbar doch glaubte.

Der Himmel über dem Westring hatte eine eigenartige Färbung, in Ufernähe türmten sich bedrohliche, graulila geränderte Wolken auf, doch die graue Wolkendecke über dem Meer zeigte hier und da Risse, durch die ein blauer Streifen schimmerte. Vielleicht lässt sich heute endlich mal die Sonne blicken, ging mir durch den Kopf, während Pihko auf der Busspur an der Autoschlange vorbeizog.

In der Itämerenkatu standen zwei Streifenwagen, einer davon mit Besatzung. Koivus ziviles Einsatzfahrzeug war leer. Ich stellte mich den Kollegen aus Helsinki vor.

«Koivu ist im Treppenhaus vor der Wohnung, er versucht zu hören, was sich drinnen abspielt. Die zweite Streife wartet im Erdgeschoss.»

«Habt ihr telefonischen Kontakt zu Teräsvuori aufgenommen?»

Da die Kollegen verneinten, tippte ich zuerst die GSM-

Nummer ein, bekam jedoch keine Verbindung. Am Festtelefon lief der Anrufbeantworter.

«Vesku hier, hallo», trällerte die heisere Stimme. Ich unterbrach die Verbindung, doch gleich darauf fiel mir ein, dass Teräsvuori möglicherweise einen dieser altmodischen Beantworter hatte, bei denen man die Nachricht direkt mithören konnte. Also drückte ich die Wahlwiederholung und hörte die ganze Litanei noch einmal.

«Hallo, Vesku, hier ist Hauptmeisterin Maria Kallio von der Espooer Kripo. Und hallo, Hanna! Wir wissen, dass du dort bist. Hör mir gut zu, Hanna! Vesku hat Noora nicht umgebracht. Er war es nicht, sein Alibi stimmt. Komm raus, Hanna! Ich …»

Ein Piepton zeigte das Ende der Sprechzeit an. Sollte ich es noch einmal probieren? Vielleicht war es sinnvoller, an der Tür zu klingeln. War der Hausmeister bereits alarmiert?

Einen Aufzug gab es nicht. Ich stellte bestimmt einen Weltrekord der im siebenten Monat Schwangeren auf, als ich in den zweiten Stock hinaufrannte. Koivu stand wartend vor der Wohnungstür, merkwürdig klein und verzagt für einen Mann von einsneunzig und fast neunzig Kilo.

«Es war mein Fehler, Maria», sagte er statt einer Begrüßung. «Ich hätte die Nieminen sofort aufhalten müssen. Hör dir das an!»

Das Geschrei war bis ins Treppenhaus zu hören. Hannas Stimme klang schrill, Teräsvuoris Winseln verriet, dass er vor Angst außer sich war.

«Vesku, Hanna, macht auf! Hier ist die Polizei!», brüllte ich durch das Schlüsselloch. «Hanna! Vesku ist unschuldig!»

Nachbarn drängten herbei, zum Glück war Pihko mir nachgelaufen und hielt sie zurück.

«Ist da die Polizei?», schrie Teräsvuori aus der Wohnung. «So helft mir doch! Sie will mich umbringen!»

«Schlüssel?» Ich war nicht sicher, ob ich einen Ton herausgebracht hatte, doch Koivu konnte offenbar von den Lippen lesen. Der Mann vom Hausmeisterservice sei unterwegs, komme allerdings aus einem anderen Stadtteil.

Koivu und die Helsinkier Streifenbeamten verhandelten mit einem Studentenpärchen, das in der Nachbarwohnung lebte. Die beiden waren bereit, die Schutzpolizisten auf ihren Balkon zu lassen. Zwar waren die Balkons durch eine schmale Betonkante voneinander getrennt, doch es konnte nicht schwer sein, hinüberzuklettern. Zumindest der eine Helsinkier Kollege sah aus, als könne er es schaffen. Womöglich genügte der Anblick eines Polizisten, um Hanna zur Vernunft zu bringen.

Ich brüllte weiterhin meine beruhigend gemeinten Beteuerungen durch die geschlossene Tür, doch sie schienen nicht zu wirken. Hanna stieß mit weinerlicher Stimme Drohungen aus, ich sah sie förmlich vor mir, wie sie Teräsvuori den Gewehrlauf an die Brust hielt. Warum hatte ich ihr gegenüber angedeutet, dass wir Zweifel an Teräsvuoris Alibi hatten? Damit hatte ich sie zu dieser sinnlosen Tat angestachelt.

Von unten hallten Schritte herauf. Der Mann von der Servicefirma kam an, hinter ihm schwer atmend Kauko Nieminen. Ein ganzes Regiment Polizisten folgte ihnen.

Ich schnappte mir den Schlüssel. Jetzt war nicht die Zeit abzuklären, ob einer der Helsinkier Kollegen einen höheren Dienstrang hatte.

«Helm und Weste?», zischelte Koivu, als ich den Schlüssel ins Schloss steckte. Ich schüttelte den Kopf. Je weniger bedrohliche Requisiten, desto besser. Wahrscheinlich passte ich ohnehin nicht mehr in die kugelsichere Weste.

«Hanna! Leg die Waffe weg, wir kommen rein!»

Im Flur gab es nichts Außergewöhnliches zu sehen. Die beiden waren im Wohnzimmer. Teräsvuori saß wachsbleich in einem Sessel, in seinen Augen standen Tränen. Er starrte auf den Gewehrlauf, den Hanna, die leicht schwankend vor ihm stand, unbeirrt an seine Brust hielt.

«Hanna! Gib die Waffe her!», sagte ich von der Wohnzimmertür aus. «Teräsvuori hat Noora nicht ermordet. Er hat ein lückenloses Alibi.»

«Das ist gelogen!», schluchzte Hanna. «Alle sind auf seiner Seite, sogar die Polizei. Ihr schützt ihn, und er wird uns alle umbringen, wenn ich nicht … Ich muss …»

Der Schuss war unvorstellbar laut. Obwohl die Menschenmenge den Widerhall dämpfte, dröhnten mir die Ohren so sehr, dass ich das nachfolgende Geräusch kaum wahrnahm.

Verzweifeltes, schrilles Heulen.

Mascarablaue Tränen liefen Hanna über das Gesicht, das Gewehr entglitt ihr, sie taumelte zurück, weg von dem Toten. In Teräsvuoris Brust war nur ein kleines Loch zu sehen, aber aus dem Rücken sprudelte Blut, und die Leiche rutschte langsam vom Sessel. Schnüppchen strampelte in meinem Bauch wie von Sinnen, Hanna lehnte sich an mich. Hinter uns waren Würgegeräusche zu hören. Kauko Nieminen kotzte auf seine Schuhe.

Ich hatte die Ankunft des Krankenwagens nicht gehört, doch nun drängten weiß gekleidete Männer ins Zimmer, fühlten routinemäßig Teräsvuoris Puls, als bestünde nach dem Gemetzel noch irgendeine Hoffnung. Ich legte einen Arm um die schluchzende Hanna und rieb mir mit der anderen Hand den Bauch.

Niemand schien zu wissen, was zu tun sei, außer den Sanitätern, die den Rückzug antraten. Sie wurden nicht mehr gebraucht; was von Teräsvuori übrig war, würde erst nach der offiziellen Untersuchung des Tatorts abtransportiert werden.

Der Geruch nach Erbrochenem wurde stärker, ich atmete instinktiv durch den Mund. Kauko Nieminen stand mit weit aufgerissenen Augen neben mir, auf seiner Glatze perlten

Schweißtropfen, als hätte er gerade fünf Kilometer im Laufschritt zurückgelegt.

«Hanna?», kiekste er. «Hanna hat geschossen ...»

Hanna schien die Stimme ihres Mannes nicht zu hören, doch als er sie berührte, drehte sie sich langsam um. Sie starrte blicklos vor sich hin, auch ohne medizinische Ausbildung erkannte man, dass sie unter Schock stand.

Es war eine Erleichterung, als mein ehemaliger Vorgesetzter, Kriminalrat Nuotio vom Gewaltdezernat der Kripo Helsinki, eintraf und das Kommando übernahm. Seine Wichtigtuerei wirkte beruhigend, sie führte mich zurück in die alltägliche, hierarchische Welt der Polizei. Ich bat Nuotio, einen Arzt für Hanna zu rufen, und schaute mich unter den Männern, die sich in Teräsvuoris Wohnung drängten, nach Koivu und Pihko um. Sie waren nicht zu sehen, vielleicht hatte man sie hinausgeschickt.

Ich ließ Hanna los, doch das war ein Fehler. Sie sackte in sich zusammen, ihr Mann konnte sie gerade noch auffangen. Von den anderen wagte sich keiner in ihre Nähe, als hätte sie sich durch ihre Tat eine ansteckende Krankheit zugezogen.

Mir war klar, dass ich eigentlich dableiben und meine Version der Ereignisse zu Protokoll geben sollte, doch ich musste raus. Koivu und Pihko hatten mich allein auf feindlichem Territorium zurückgelassen, und gleich würde man mich festnehmen, denn in Wahrheit trug ja ich die Schuld an Teräsvuoris Tod, mit meiner Unentschlossenheit und meinen unbedachten Äußerungen über sein Alibi. Weil ich mich darauf versteift hatte, er müsse der Täter sein, war er hingerichtet worden, für einen Mord, den er nicht begangen hatte.

Ich ging hinunter auf den Hof. Die Sonne hatte sich tatsächlich einen Platz am Himmel erobert. Mein Gehör war immer noch beeinträchtigt, den Verkehrslärm vom Westring vernahm ich nur als leises Rauschen, und die Möwen rissen stumm ihre Schnäbel auf.

Mein Herz zog sich zusammen wie ein Igel, den ein Hund anknurrt. Um es herum tat sich ein riesiges Loch auf, leer, öde und schwarz. Dort gab es nur eins, das Wissen, dass ich den schlimmsten Fehler meines Lebens begangen hatte und ihn nie wieder gutmachen konnte.

Der Spielplatz auf dem Hof lag verlassen da, nach dem Schuss waren wohl alle Kinder in die Häuser geholt worden. Als die ersten Reporter eintrafen, verkroch ich mich unter der Rutschbahn, denn mit meinem dicken Bauch war ich leicht zu identifizieren. Ich hockte unter der Schräge, legte die Arme um den Bauch und dachte an das nach Milch duftende Baby, das ich bald in den Armen halten und in den Schlaf wiegen würde. Dass ich mich selbst hin und her wiegte, merkte ich erst, als mich jemand an der Schulter berührte.

«Maria! Geht es dir nicht gut?»

Pihko. Und hinter ihm, mit geröteten Augen, Koivu.

«Nein», sagte ich. Dennoch versuchte ich aufzustehen, was mir nur mit Pihkos Hilfe gelang.

«Taskinen ist gerade gekommen. Dieser Nuotio möchte mit dir sprechen.»

«Ich schaff das jetzt nicht», sagte ich und wünschte mir, wenigstens weinen zu können. «Es ist doch alles meine Schuld.»

«Meine genauso», sagte Koivu. «Ich hätte die Frau aufhalten müssen.»

«Sie wäre hier gar nicht erst aufgetaucht, wenn ich nicht über das Alibi gelabert hätte.»

«Und das hättest du nicht getan, wenn ich bei der ersten Überprüfung sorgfältiger gewesen wäre», meinte Pihko.

«Aber oben in der Wohnung … da hätten wir doch irgendwas tun müssen … Auf Hanna einreden, sie zur Vernunft bringen.»

Hilflos standen wir in der Frühlingssonne, die mir auf einmal grausam vorkam.

«Morgen fängt mein Urlaub an, und danach komme ich nicht mehr zurück», sagte Pihko trübselig. Eigentlich hatten wir am Samstag seinen Abschied feiern wollen, doch nun fiel die Party wohl aus. Ich spielte mit dem Gedanken, mich zu betrinken, um wenigstens für einige Stunden alles zu vergessen. Ein einziger Vollrausch würde Schnüppchen schon nicht schaden. Gleich darauf verwarf ich die Idee und fühlte mich noch schuldiger als zuvor.

Einer der Uniformierten kam an und teilte mir mit, Kriminalrat Nuotio wolle mich sprechen. Ich zwang mich, ins Haus zu gehen, obwohl ich am liebsten davongerannt wäre. Sollte ich mich einfach krankmelden? Bis zum Beginn des Mutterschaftsurlaubs waren es nur noch drei Wochen, ich brauchte vorher gar nicht mehr auf meinen Posten zurückzukehren. Und danach? Vielleicht kam ich in einer Anwaltskanzlei unter, vorzugsweise in einer, die auf Verbraucherschutz oder ähnlich unblutige Dinge spezialisiert war.

Vor Teräsvuoris Wohnung hielten die Polizisten einige übereifrige Reporter in Schach, während Nuotio ihnen Bericht erstattete. Mindestens einen Tag lang würde der Karaokekönig berühmt sein, und wenn die Presse spitzkriegte, dass Noora Nieminens Mutter ihn erschossen hatte, war mit weiteren saftigen Schlagzeilen zu rechnen.

Die Nieminens saßen mit Taskinen und einer Ärztin in Teräsvuoris Schlafzimmer. Wie in den meisten neuen Etagenwohnungen war es winzig, es bot gerade Platz für ein Doppelbett, einen Nachttisch und einen Sessel, auf dem Kleidungsstücke lagen. Es blieb mir also nichts anderes übrig, als mich auf das Bett zu setzen. Die Tagesdecke hatte sicher eine Stange Geld gekostet, war jedoch unglaublich geschmacklos: schwarzes Leder mit weißem Pelzbesatz. Zu allem Überfluss hing über dem Bett ein Spiegel; als ich hochschaute, sah ich Kauko Nieminens schweißbedeckte Glatze. Kauko und Hanna hockten auf der Bettkante und hielten sich an den Händen. Irgendwer hatte offenbar versucht, Hanna die blauen Mascarastreifen vom Gesicht zu wischen, die Verheerung dabei jedoch nur verschlimmert. Aus dem Wohnzimmer hörte ich das Klicken eines Auslösers, der Polizeifotograf war wieder einmal im Einsatz.

Kauko Nieminen zog mit der freien Hand ein Taschentuch hervor und wischte sich über die Glatze, die danach ebenfalls blau verschmiert war. Hanna wirkte schlaff, wahrscheinlich hatte die Ärztin ihr bereits ein Beruhigungsmittel verabreicht. Kauko, der die Stille und das Warten wohl nicht länger ertragen konnte, sprang plötzlich auf.

«Jetzt siehst du, wohin das alles geführt hat!», fuhr er Taskinen an. «Die Polizei konnte uns Teräsvuori nicht vom Hals halten, also hat Hanna sich entschlossen zu handeln … Und nun wollt ihr sie auch noch anklagen, ihr … Hätte die Polizei ihre Pflicht getan und Nooras Mörder verhaftet, wäre das nicht passiert!»

Mich packte die kalte Wut, als ich an Ulrika Weissenbergs Bemerkung dachte, Kauko habe es abgelehnt, Hanna zum Therapeuten zu schicken.

«Glauben Sie etwa, Sie wären schuldlos? Haben Sie denn nicht gesehen, dass Ihre Frau nach Nooras Tod Hilfe brauchte? Die haben Sie ihr verweigert! Wenn Sie Schuldige suchen, schauen Sie in den Spiegel, da oben hängt einer!»

«Maria!», sagte Taskinen mahnend. «Hauptmeisterin Kallio ist verständlicherweise erschüttert, sie meint es nicht so.»

Ich wollte gerade zu einer halbherzigen Entschuldigung ansetzen, als Hanna wieder zu schreien begann. Kriminalrat Nuotio, der gerade die Tür öffnete, hielt es für geraten, sich sofort wieder zurückzuziehen, Taskinen folgte ihm und ließ mich mit den Nieminens und der Ärztin allein.

«Sie muss schnellstens heraus aus dieser Umgebung», sagte die Ärztin, eine zierliche Person mit blonden Zöpfen, zu Kauko. «Hat Ihre Frau in letzter Zeit überhaupt Schlaf gefunden?»

«Wir haben beide nicht schlafen können! Vor neun Tagen ist unsere Tochter gestorben, seitdem habe ich nur ab und zu ein, zwei Stunden geschlafen, und Hanna noch weniger!»

Da spürte ich zum ersten Mal Mitleid mit ihm. Zuerst wurde seine Tochter ermordet, nun hatte seine Frau getötet. Würde Kauko mit diesen Schicksalsschlägen fertig werden, ohne sich nach traditioneller Männerart mit Alkohol zuzudröhnen? Und was sollte aus Sami werden?

Endlich wurde Hannas Abtransport in die Wege geleitet. Wie ich vermutet hatte, sollte sie nach Jorvi gebracht werden, in die geschlossene Abteilung. Gut so, denn ins Gefängnis gehörte sie nicht.

Es sei denn, flüsterte eine leise Stimme in mir, es sei denn, sie hatte von vornherein geplant, Teräsvuori zu erschießen, um ihre Spuren zu verwischen. Wenn sie nämlich selbst die Mörderin ihrer Tochter war …

Über diese absurde Idee musste ich beinahe lachen. Hanna Nieminen war nun wirklich keine kühl kalkulierende Killerin, ich hatte am Tag zuvor ja selbst erlebt, wie echt ihre Angst war. Doch die Furcht machte sie manipulierbar. Vielleicht hatte Nooras Mörder ihr eingeredet, Teräsvuori sei der Schuldige?

In diesem Fall kamen eigentlich nur zwei Personen in Frage: Kauko Nieminen und Ulrika Weissenberg, die nach Nooras Tod als rettender Engel bei den Nieminens aufgetaucht war.

Ach was, auch diese Theorie war an den Haaren herbeigezogen. Menschen, die so perfekt mit der Psyche anderer spielten, gab es nur im Film. Mit meinen wilden Spekulationen wollte ich nur mein Schuldgefühl verdrängen.

Die Ärztin und Kauko führten Hanna zu dem Krankenwagen, der vor dem Haus wartete. «Das war's dann», sagte

Nuotio, der sich auf Teräsvuoris Bett niedergelassen hatte. «Glücklicherweise ein unkomplizierter Fall, nicht wahr, Kollege Taskinen? Die Täterin ist bekannt, ihr Motiv ebenfalls. Die Polizei hat getan, was sie konnte, aber Frau Nieminen war fest entschlossen, Teräsvuori zu töten. Ein Angriff auf die Frau hätte Außenstehende in Lebensgefahr gebracht.»

«Aber …», stammelte ich, und da die Worte anders nicht herauswollten, musste ich schreien:

«Wir hätten doch etwas tun müssen, ich jedenfalls! Ich hätte sie überreden müssen, die Waffe wegzulegen!»

«Aber Maria, das hast du doch versucht!» Taskinen war zu mir getreten, packte mich an den Schultern und schüttelte mich. «Die Männer haben mir berichtet, dass du dein Bestes getan hast …»

«Aber wenn wir nicht in die Wohnung gestürmt wären …»

«Maria! Hanna hat abgedrückt, nicht du», sagte Taskinen und zog mich an sich. Ich nahm den würzigen Geruch seines Rasierwassers wahr und spürte den rauen Stoff seines Jacketts an der Wange. Als Taskinen mir über die Haare strich, kamen endlich die Tränen, ich begann haltlos zu schluchzen.

«Wir kommen ein andermal darauf zurück, Hauptmeisterin Kallio», schnaubte Nuotio, gleich darauf fiel die Tür hinter ihm ins Schloss.

Als ich mich endlich ausgeweint hatte, war Teräsvuoris Leiche bereits abtransportiert. Eine Fliege delektierte sich an einem der dunkelroten Flecke auf dem Fußboden. Auch auf dem Glastisch sah ich Blutspritzer, doch das Foto von Hanna, das in einem herzförmigen Rahmen auf dem Tisch stand, war unbefleckt.

Taskinen führte mich zu seinem Wagen und schlug mir vor, den Rest des Tages freizunehmen. Er bot mir an, mich gleich nach Hause zu fahren, doch ich wollte zuerst noch einmal aufs Präsidium. Wenn ich jetzt sofort nach Hause ging, würde ich es wahrscheinlich nie mehr über mich bringen, wieder an den Arbeitsplatz zurückzukehren.

Fehler hatte ich auch früher schon gemacht. Aber den Tod eines Menschen hatte ich noch nicht verursacht. Allein deshalb war ich es Hanna und Vesku schuldig, Nooras Mörder zu fassen.

«Ich möchte mir vor dem Wochenende noch die Laborergebnisse ansehen. Sie sollten heute Mittag vorliegen», sagte ich müde. «Und Tomi Liikanen muss auch vernommen werden. Nachdem Teräsvuori tot ist, spricht Liikanen vielleicht offener über seine Verbindung zu ihm.»

«Hör auf, an die Arbeit zu denken», sagte Taskinen fast ungehalten. «Ich gebe dir auf jeden Fall die nächste Woche frei, und beim Betriebsarzt kommst du notfalls sofort dran. Du hast mit angesehen, wie ein Mensch gestorben ist, Maria! Es ist völlig normal, dass du erschüttert bist.»

«Und du?», hielt ich dagegen. «Du kennst Hanna seit Jahren. Mit deiner Arbeitsfähigkeit ist es sicher auch nicht weither.»

«Ach, das ist das geringste Problem», seufzte er. «Das Schlimmste ist, dass ich es Silja sagen muss.»

Den Rest des Weges legten wir schweigend zurück. Koivu und Pihko fuhren hinter uns her. Im Präsidium erklärte Pihko verlegen, er habe Hunger und wolle mich anlässlich seines letzten Arbeitstages zum Mittagessen einladen. Beim bloßen Gedanken schüttelte es mich, aber ich musste an mein Kind denken. Also folgte ich den Männern brav in die Kantine. Zum Glück stand eine Gemüseplatte zur Auswahl, Bohnenpüree und Kartoffeln brachte ich herunter.

Koivu und Pihko versprachen, Tomi Liikanen am späten Nachmittag zu vernehmen. Trotz des Erlebten hatten sie offenbar nicht die Absicht, den Rest des Tages freizunehmen. Schon bereute ich meinen Entschluss, nach Hause zu fahren und mich auszuruhen.

Da spürte ich, wie mein Bauch hart wurde. Ich hatte keine Schmerzen, und die Kontraktion ging auch bald vorbei, doch sie war ein Warnzeichen. Schnüppchen sollte erst in zehn Wochen zur Welt kommen. Wenn ich mich jetzt nicht ausruhte, musste ich womöglich wochenlang im Krankenhaus liegen.

In meinem Büro warteten die Berichte des kriminaltechnischen Labors. An Nooras Kleidung waren graublaue und dunkelgrüne Baumwollfasern unbekannter Herkunft gefunden worden, am Rücken ihrer Jacke außerdem dunkelrote Fasern, die mit dem Material der Sitzbezüge in Jannes Pkw identisch waren. Im Auto waren auch Nooras Fingerabdrücke sichergestellt worden. Das bewies an sich nichts, zumal keine Blutspuren nachgewiesen werden konnten. Auffällig war jedoch, dass man im Kofferraum absolut nichts gefunden hatte, nicht einmal Jannes eigene Fingerabdrücke. Offenbar war er unmittelbar vor der kriminaltechnischen Untersuchung gründlich gereinigt worden. Ein merkwürdiger Zufall, dass Janne ausgerechnet am Abend von Nooras Tod einen Anfall von Putzwut gehabt haben sollte. Obendrein hatte er es in seiner Aussage nicht erwähnt.

Der abgebrochene Fingernagel in Nooras Haaren gehörte zweifelsfrei Ulrika Weissenberg. Ihre Fingerabdrücke waren auch an Nooras Schlittschuhen festgestellt worden, ebenso die von Noora, Janne, Rami und Silja. An den Kufenschonern dagegen befanden sich nur Ströms Fingerabdrücke. Jemand hatte die Schoner abgewischt.

Mein Gehirn weigerte sich, irgendwelche Schlüsse zu ziehen, und mein Bauch verkrampfte sich erneut. Höchste Zeit, nach Hause zu fahren. Vor der Garage kam mir ein Wagen entgegen, Koivu saß am Steuer, Pihko auf der Rückbank neben Tomi Liikanen. Es fiel mir diesmal nicht schwer, die Vernehmung den Kollegen zu überlassen.

Zu Hause kochte ich Kamillentee und ließ Badewasser einlaufen. Nach dem Bad wollte ich meine Freundin Eva Jensen anrufen, die von Beruf Therapeutin war. Vielleicht konnte ich sie am Abend besuchen, um mich auszusprechen und Talvikki, ihre vier Monate alte Tochter, zu sehen.

Nie hatte ich mich so hilflos gefühlt wie in dem Moment, als Hanna abdrückte. Im Allgemeinen verdrängte ich das Gefühl der Hilflosigkeit durch kopfloses Handeln. Aber warum in aller Welt wollte ich die ganze Zeit hart, forsch und effektiv sein? Natürlich musste eine Frau hundertzwanzigprozentig erfolgreich sein, um in der Männerwelt der Polizei bestehen zu können, doch das war nicht der einzige Grund. Schwach zu sein, wenigtens einen halben Tag lang, erlaubte ich mir auch jetzt nur, weil ich schwanger und für einen anderen Menschen verantwortlich war. Vielleicht musste ich lernen, mich selbst ein bisschen mehr zu mögen und mir auch Fehler zu verzeihen.

Nach dem Bad nahm ich mir eine Arbeit vor, die eigentlich noch keine Eile hatte. Der Mann meiner jüngsten Schwester Helena hatte uns vor einigen Wochen besucht und einen ganzen Sack voll Babykleidung mitgebracht, aus der die drei Kinder meiner Schwestern herausgewachsen waren. Aliisa, das zweite Kind meiner Schwester Eeva, war zwar erst sechs Wochen alt, doch Eeva hatte mir alle blauen Strampelhosen ihres Ältesten mitgeschickt. Wahrscheinlich wollte sie ihre Tochter rosa und kanariengelb kleiden.

Ich sortierte die winzigen Hemdchen und Höschen, die unvorstellbar kleinen Söckchen. Größe sechzig, siebzig, Spitzenhäubchen und Rüschenkleider in Größe achtzig, von Helenas Tochter Janina. Seltsam, dass man schon bei der Babykleidung zwischen Mädchen und Jungen unterschied. Von einem winzigen Schlafanzug mit dem Aufdruck «Bonne Nuit» stieg ein eigenartig säuerlicher Geruch auf. Die Sachen waren mit unparfümiertem Waschpulver gewaschen worden, sodass eine Spur vom Geruch des Babys, das sie getragen hatte, zurückgeblieben war.

Schnüppchen hüpfte in meinem Bauch herum, und ich erzählte ihm von den schönen Kleidern, die auf es warteten. Ich versprach ihm, dass es den feinen blauen Matrosenanzug auf jeden Fall anziehen dürfe, auch wenn es ein Mädchen sei. Daraufhin strampelte es fester als sonst, als freue es sich darüber, und ich hatte sekundenlang das Gefühl, keine zehn Wochen mehr warten zu können, so sehr wünschte ich mir, das Kind kennen zu lernen, das in mir schwamm.

Fünfzehn

Am nächsten Tag verwöhnte ich mich mit urweiblichen Trostmitteln: Shopping und Schokoladentorte. Ich hatte mich mit meiner Studienkollegin Leena vor dem Kaufhaus Stockmann verabredet, weil ich dringend neue Unterwäsche brauchte.

«Nimm was Fetziges, bloß keine Omawäsche», sagte Leena auf der Rolltreppe. Sie war ein wahrer Spitzenfreak und hätte selbst für Geld und gute Worte niemals puderfarbene Baumwollschlüpfer angezogen. Aus alter Gewohnheit steuerte ich auf das Regal mit den Sport-BHs zu, doch Leena zog mich weiter. Sie jauchzte vor Begeisterung, als sie Stillbüstenhalter aus schwarzer Spitze entdeckte.

«Die musst du nehmen», rief sie. «Als ich schwanger war, gab es so was gar nicht, man bekam nur diese prüden weißen. Nimm gleich zwei, von der Milch werden sie so schnell fleckig.»

Als Mutter von zwei Kindern wusste sie wohl, wovon sie sprach, also folgte ich ihrem Rat und leistete mir gleich noch passende Slips dazu. Dann fiel mir ein, dass meine Wimperntusche völlig trocken und verklumpt war. In der Kosmetikabteilung ließ ich mich dazu hinreißen, neben dem Mascara eine Lidschattenpalette in Gold- und Violetttönen zu erstehen, während Leena drei Lippenstifte kaufte, für jede Stimmungslage einen.

«Und jetzt zu den Hüten», kommandierte sie.

«Wozu das denn? Mir reicht eine Mütze für den Winter», protestierte ich, als sie mich zur Rolltreppe drängte.

«Hier hast du einen eleganten Strohhut für den Sommer.» Sie setzte mir einen breitkrempigen Hut auf, mit dem ich aussah wie ein Pilz. Wir gickerten vor dem Spiegel wie zwei Schulmädchen und kauften am Ende weder diesen noch einen anderen Hut.

Ich fühlte mich so wohl, dass ich spontan beschloss, am Abend zu Pihkos Abschiedsparty zu gehen. Ich mochte Pihko, seine Sachlichkeit und sein gelegentlich aufblitzender trockener Humor würden mir fehlen. Lange brauchte ich ja nicht zu bleiben, höchstens auf zwei Glas alkoholfreies Bier. Aber was sollte ich anziehen? Wir marschierten in die Kleiderabteilung, wo ich ein knöchellanges, zeltartiges Gewand entdeckte. Im Allgemeinen werfe ich das Geld nicht zum Fenster hinaus, aber diesmal kam meine Kreditkarte voll zum Einsatz. Vielleicht konnte ich das Kleid nach der Entbindung auf dem Flohmarkt verkaufen.

Dann setzten wir uns in einem nahe gelegenen Café an einen Ecktisch, aßen Schokoladentorte zu Mittag und versuchten gut aussehende Männer zu erspähen. Das Ergebnis war dürftig, daher kam das Gespräch wie von selbst auf berufliche Dinge. Leena war die einzige Juristin, die ich kannte, die eine unerklärliche Angst vor Polizisten hatte, wenn sie am Steuer saß, aber als Anwältin wie eine Löwin mit denselben Polizisten kämpfte. Obwohl unsere Auffassungen über Kriminalitätsbekämpfung und angemessene Strafen häufig auseinander gingen, tat es gut, mit einer Frau zu sprechen, die sich auskannte, die Dinge aber aus einer anderen Perspektive sah.

«Diese ständigen Gewaltsituationen, das könnte ich nicht ertragen», seufzte sie, als ich ihr von Nooras und Teräsvuoris Tod und auch noch von der Kindsmörderin Jaana Markkanen erzählte. «Die Protokolle der Voruntersuchungen und die Zeugenaussagen sind schlimm genug für mich.»

«Ich freu mich auch schon auf den langen Urlaub. Da kann ich mir endlich überlegen, was ich später mal werden will», grinste ich und lenkte das Gespräch auf die Schwangerschaftsgymnastik. Es war eine Wohltat, über harmlose, erfreuliche Dinge zu plaudern, über Make-up, Kochrezepte und neue Weinsorten.

Am späten Nachmittag zu Hause in die Sauna zu gehen, war herrlich entspannend. Ich war daran gewöhnt, zehn Tage und mehr an einem Stück zu arbeiten, bei der Kripo ging es eben oft nicht anders, aber während der Unterhaltung mit Leena hatte ich gemerkt, wie müde ich war. Nun lehnte ich mich an die Wand, legte die Füße hoch und versank in eine Art Halbschlaf.

Da passierte etwas Merkwürdiges. Meine Brüste, die seit Beginn der Schwangerschaft kälteempfindlich waren, begannen trotz der Wärme zu schmerzen, ich spürte einen seltsamen Druck und hatte plötzlich das Gefühl, dass nicht nur Schweiß über meine Haut rann.

«Guck mal, Antti! Milch!», lachte ich verblüfft.

Eigentlich war es keine Milch, sondern eine Art farblose Molke, die aus den geheimnisvollen, mit bloßem Auge nicht zu erkennenden Öffnungen in den Brustwarzen tröpfelte. Erst im kühlen Umkleideraum hörte der Milchfluss auf.

«Komische Sache. Das heißt, den Büchern nach ist das ganz normal», sagte Antti, der alle verfügbaren Ratgeber über Schwangerschaft, Geburt und Säuglingspflege gelesen hatte. «Woran hast du denn gerade gedacht, ans Stillen?»

«An nichts, an rein gar nichts. Mir war nicht klar, dass die Milch jetzt schon kommen kann. Ein irres Gefühl.»

«Das lag sicher an der Wärme», meinte Antti, streichelte meine auf die anderthalbfache Größe angewachsenen Brüste und ließ seine Hand über den dunkelvioletten Streifen wandern, den die Schwangerschaft auf meinen Bauch gezeichnet hatte. Das Holz im Saunaofen war längst verkohlt, als wir zurückkamen, um uns zu waschen.

Danach zog ich mein neues Kleid an, schminkte mich

greller als gewöhnlich und band einen Teil meiner Haare hoch auf dem Kopf zu einem wuscheligen Halbknoten.

«Du siehst aus wie eine Burgherrin», lautete Anttis Kommentar. Ich beschloss, die Bemerkung als Kompliment aufzufassen.

Pihkos Abschiedsfeier fand in der Nähe des Polizeipräsidiums statt, in einem Saal des Hotels «Espoo». Die Männer unseres Dezernats – mit anderen Worten das gesamte Dezernat außer mir – hatten die Party um sechs Uhr mit einem gemeinsamen Saunabesuch eingeleitet, und einige waren bereits ordentlich in Fahrt. Lähde und Puupponen schmiedeten Pläne für den späteren Abend, sie wollten nach Helsinki ins «Fanny Hill», ein Erotiklokal, in dem ich einmal mit Puupponen eine Stripperin vernommen hatte. Angeblich war Puupponen seither Stammgast des Etablissements.

Bei meinem Eintritt erhob sich ein stürmisches Pfeifkonzert, das ich mit Luftküssen quittierte. Ich ging selten mit Kollegen aus, in letzter Zeit erst recht nicht, da ich den Zigarettenqualm nicht mehr vertrug. Taskinen kam auf mich zu, mit glänzenden Augen, einen Cognacschwenker in der Hand. Ich sah ihn zum ersten Mal beschwipst.

«Schön, dass du da bist. Dann können wir Pihko jetzt unser Geschenk überreichen.» Taskinen hielt es für selbstverständlich, dass ich bei derartigen Zeremonien an seiner Seite stand. Auch bei der Beerdigung unseres Kollegen hatte ich mit ihm den Kranz niederlegen müssen. Nicht weil ich eine Frau war, sondern weil Taskinen mich als seine Vertrauensperson betrachtete.

Er holte einen Pilotenkoffer aus der Garderobe, den wir in einen Überlebenskoffer für Jurastudenten umfunktioniert hatten. Der Inhalt war vielseitig: das Finnische Gesetzbuch, Handschellen aus dem Sex-Shop und eine Taschenlampe von der Art, wie sie amerikanische Polizisten benutzen. Eine Flasche Schnaps, Aspirin und Tabletten gegen Übelkeit. Kondome, elegante schwarze Socken und Unterhosen mit Donald-Duck-Muster. Der neue Gedichtband von Tommy Tabermann, damit auch ein dröger Jurastudent Frauen den Kopf verdrehen konnte. Über dieses Hilfsmittel hatte es einen heftigen Streit gegeben. Ich hatte nämlich behauptet, die meisten Frauen würden eher auf Gedichte von Pentti Saarikoski abfahren, aber Pertsa hatte auf Tabermann bestanden und sich schließlich durchgesetzt, allerdings unter der Bedingung, dass er persönlich das Buch kaufte. Koivu, der ihn als Zeuge begleitet hatte, berichtete am nächsten Tag, Pertsa sei rot geworden, als er in der Buchhandlung nach dem Werk fragte, und habe nachdrücklich darum gebeten, es als Geschenk zu verpacken.

Nach der Überreichung des Geschenks taten alle ihr Bestes, um sich mindestens zwei Promille anzutrinken. Der Lärm war umwerfend. Ich verzog mich an einen Nebentisch zu Koivu. Er schien weniger blau als die anderen und erzählte, er sei nicht mit in die Sauna gegangen, weil er das Protokoll von Tomi Liikanens Vernehmung noch hatte abtippen müssen.

«Der Kerl ist total zusammengebrochen, als er gehört hat, dass Teräsvuori tot ist. Pihko und ich hatten vorher ausgemacht, ihm nicht zu sagen, wer es getan hat, nur dass Teräsvuori erschossen wurde.»

«Wen hatte er denn im Verdacht? Was habt ihr aus ihm rausgeholt?» Ich hatte mir eigentlich vorgenommen, nicht über die Arbeit und schon gar nicht über den gestrigen Tag zu sprechen, doch die Neugier gewann die Oberhand. Und Koivu berichtete bereitwillig und zufrieden.

Liikanen hatte fast auf der Stelle zugegeben, dass Teräsvuori schon seit langem sein Partner war. Der Karaokekönig hatte über seinen Bruder einige Dealer kennen gelernt und auf seinen Tourneen durch Finnland kleinere Mengen Cannabisprodukte und in den letzten Jahren auch Heroin verkauft. Liikanen wiederum hatte bereits vor dem Zusammenbruch der Sowjetunion billige Hormontabletten aus dem Osten nach Finnland eingeschmuggelt, während er offiziell als Berater für Fitnesscenter unterwegs war. Anton Grigoriev war einer seiner besten Mittelsmänner gewesen.

«Hatte Liikanen zu Grigorievs Tod etwas zu sagen?»

«Allerdings. Er war zu dem Zeitpunkt gerade in Moskau. Seine Geschichte ist so verworren, dass ich sie ihm gerade deshalb abkaufe.»

An dem fraglichen Abend hatten Grigoriev und Liikanen einen erfolgreichen Geschäftsabschluss mit Unmengen Wodka begossen. Der schwer betrunkene Anton wollte unbedingt mit seinem Lada nach Hause fahren und hatte bereits den Motor angelassen, als sich plötzlich Liikanens Gewissen meldete. Er zerrte Grigoriev aus dem Wagen, worauf es zu einem Handgemenge kam, bei dem beide Männer zu Boden gingen. Offenbar hatte Grigoriev in den Leerlauf geschaltet und auch die Handbremse bereits gelöst, denn plötzlich setzte sich der Lada in Bewegung und rollte direkt auf die beiden zu. Liikanen warf sich in letzter Sekunde zur Seite, Grigoriev nicht. Er war sofort tot.

Der betrunkene Tomi wusste nicht, was er tun sollte. Der Lada war, nachdem er Grigoriev überrollt hatte, in einer kleinen Senke auf dem Parkplatz zum Stillstand gekommen. Liikanen hatte die Handbremse angezogen, den Wagen abgeschlossen und Grigorievs Leiche auf die Fahrbahn geschleift, seiner eigenen Aussage nach in der Annahme, dort würde der Tote schneller gefunden. Er selbst hatte ein paar Straßen weiter ein Taxi zum Hotel genommen und war am nächsten Morgen abgereist.

«Und die verschwundenen Ermittlungsakten? Wusste er davon?»

«Angeblich nicht. Weißt du, warum er Elena Grigorieva geheiratet hat, seinen Worten nach?»

«Lass mich raten: Um seine Schuld zu sühnen, als Wiedergutmachung.»

«Genau. Ein eigenartiger Typ, aber kein kaltblütiger Verbrecher. Ich nehme an, dass Teräsvuori irgendwie von dem Fall Grigoriev erfahren und Liikanen zur Zusammenarbeit erpresst hat. Aber das gibt Liikanen natürlich nicht zu.»

«Hat er den Mord an Noora Nieminen gestanden?»

«Nein. Er behauptet, er hätte Teräsvuori für den Täter gehalten.»

«Wieso das denn?», rief ich. «Hat Teräsvuori die Tat zugegeben?»

«Nicht direkt, aber er soll gewisse Andeutungen gemacht haben.»

Da kam eine der Frauen des Nachbardezernats, die offensichtlich ein Auge auf Koivu geworfen hatte, an unseren Tisch und holte ihn zum Tanzen. Pihko forderte mich auf, und ich hatte meinen Spaß daran, wie sorgfältig er darauf achtete, meinen Bauch nicht zu quetschen. Wir sprachen über das Jurastudium und über die Aufstiegsmöglichkeiten, die es im Polizeidienst erschloss. Schon leicht berauscht gestand mir Pihko, er träume davon, eines Tages Leiter der Polizeiabteilung im Innenministerium zu werden.

Nach dem Tanzen musste ich dringend auf die Toilette. Als ich zurückkam, fasste mich Pertti Ström am Arm und dirigierte mich an einen freien Zweiertisch.

«Möchtest du was trinken? Ich geb dir ein Bier aus.»

Ströms ungewohnte Freigebigkeit war sicher darauf zurückzuführen, dass ich zur Zeit nur alkoholfreies Bier trank. Für sich selbst bestellte er Starkbier.

«Das muss gestern ein schlimmer Tag für dich gewesen sein», sagte er, als die Getränke endlich auf dem Tisch standen. Bis dahin hatte er mir von der Hotelsauna vorgeschwärmt.

«Der schönste meines Lebens war es sicher nicht.»

«Da haben selbst deine viel gepriesenen sozialen Fähigkeiten versagt, als die Nieminen beschlossen hat, ihrem Exliebhaber die Gedärme aus dem Leib zu pusten. So ist das mit der Mutterliebe. Na, wenigstens weißt du, was dir bevorsteht, du werdende Mutter!»

Ich starrte ihn sprachlos an. Es war bei uns ungeschriebenes Gesetz, niemals einem Kollegen sein Missgeschick unter die Nase zu reiben, denn jeder von uns konnte in eine ähnliche Situation geraten. Doch für Ström schien diese Regel nicht zu gelten.

«Nun überleg doch mal, Kallio! Findest du, dass du dich gestern richtig verhalten hast? Teräsvuori könnte noch am Leben sein, wenn du verhandelt und auf Zeit gespielt hättest. Aber nein, du verlässt dich auf deinen persönlichen Charme und stürzt dich auf eine Tussi, die mit einem Jagdgewehr rumfuchtelt. Du hast wohl geglaubt, sie wirft die Waffe weg, wenn du sie bloß ansiehst, was?»

Ich fand keine Antwort, und das passierte mir selten.

«Denk doch mal nach! Die ganze Operation stand unter deinem Kommando. Und was passiert? Fehlentscheidungen. Ein Toter. Daraus muss man ja wohl den Schluss ziehen, dass dir die nötigen Führungsqualitäten abgehen.»

Jetzt begann mein Gehirn wieder zu funktionieren. Ganz offensichtlich wusste Ström in der Beförderungsfrage mehr als ich.

«Hast du Gerüchte gehört?»

Bevor er antwortete, zündete Ström sich eine Zigarette an und blies mir den Rauch direkt ins Gesicht. Mit voller Absicht.

«Nun ja, man hört so einiges. Zum Beispiel, dass Taskinens Ernennung fast sicher ist. Und natürlich darf der ausscheidende Dezernatsleiter seinen kleinen Liebling auf seinen alten Posten hieven …»

«Taskinens Ernennung fast sicher?», fragte ich ungläubig,

ohne den letzten Satz zu registrieren. «Ich dachte, dieser Typ aus Turku hätte die Stelle schon in der Tasche?»

«Nee, den wollen sie nicht mehr, seit sich herausgestellt hat, dass er einer von den Polizisten ist, die in den Immobilienskandal verstrickt sind. Da hilft es auch nicht, dass der Polizeichef ein alter Kumpel von ihm ist. Jyrki wird noch vor Mittsommer ernannt.»

«Woher weißt du das überhaupt?»

«Wenn man mit den richtigen Leuten auf den Schießstand geht, erfährt man allerhand», sagte Pertti kühl. «Überleg dir, was du tust, Kallio. Wenn du dich um Taskinens Stelle bewirbst, sorge ich dafür, dass Teräsvuoris Angehörige dir ein Amtsvergehen vorwerfen und deine Suspendierung fordern. Willst du dir das wirklich antun?»

Wenn ich richtig wütend bin, spüre ich keine Hitze und sehe auch nicht rot. Ich werde vielmehr kalt wie Eis, und meine Stimme wird tiefer, bis sie an das Knurren eines Luchses erinnert.

«Das kannst du dir nicht leisten, Pertti Ström, du nicht! Darf ich dich an die verschollenen Kufenschoner erinnern? Die einzigen Fingerabdrücke, die darauf gefunden wurden, sind deine. Denk mal drüber nach!»

«Scheiße nochmal, es ist einfach unfair, dass eine Tussi, die obendrein in Mutterschaftsurlaub geht, den Posten kriegt, der mir zusteht!», brüllte Ström, und das Stimmengewirr verstummte schlagartig. «Zum Donnerwetter, ich weiß doch genau, dass du übers Bett Karriere machst. Von wem ist dein Balg überhaupt, von deinem Mann oder vom Chef? Oder weißt du es selber nicht?»

Normalerweise hätte ich über diese Unterstellung nur gelacht. Aber was Ström vorher gesagt hatte, brachte mich in Rage, seine Worte zertrümmerten mein mühsam wieder aufgerichtetes Selbstbewusstsein und meine Berufsehre.

Ich nahm Pertsas Bierglas, goss ihm den Inhalt über den

Kopf und schüttete mein eigenes Bier hinterher. Dann schnappte ich mir vom Nebentisch eine Ketchupflasche und drückte sie über seinem Kopf aus. Das riss ihn endlich aus der Erstarrung, er stand auf und trollte sich. Koivu lachte schallend und hielt mir die Senftube hin. Die Kellnerin dagegen sah dem Treiben ratlos zu. Da alle Gäste Polizisten waren, erwartete sie vermutlich, dass einer der Anwesenden sozusagen von Amts wegen einschritt.

«Was geht hier vor?» Taskinen drängte sich zwischen den gaffenden Kollegen durch.

«Ich hatte Krach mit Ström, er fühlt sich offenbar von mir bedroht. Hast du von der neuen Wende in puncto Beförderung gehört?» Ich wunderte mich über meine Ruhe, noch vor ein paar Minuten hätte ich Ström glatt umbringen können.

«Ich habe es gestern früh erfahren, hatte aber keine Gelegenheit, mit dir darüber zu sprechen.»

«Na dann, herzlichen Glückwunsch.» Wie viel hatte Taskinen von Ströms Verleumdungen mitbekommen? Um die Wahrheit zu sagen, ich mochte meinen Chef sehr und hätte mich durchaus in ihn verlieben können, wenn ich es mir erlaubt hätte. Ich wusste, dass auch er sich in meiner Gesellschaft wohl fühlte, meine Nähe suchte, mich unverfänglich berührte, wenn er einen Vorwand fand. Obwohl wir beide glücklich verheiratet waren, fühlten wir uns zueinander hingezogen. So war es nun einmal.

«Da werde ich wohl ein Wörtchen mit ihm reden müssen», seufzte Taskinen.

«Lass gut sein. Ich kann mich schon wehren.»

«Was er eben gesagt hat, betrifft auch mich.» Er mied meinen Blick. Das halbe Dezernat spitzte die Ohren, um unser halblautes Gespräch mit anzuhören.

«Angenommen, deine jetzige Stelle wird frei und ich sollte sie bekommen, würdest du Ström dann bitten, mich im Mutterschaftsurlaub zu vertreten?», fragte ich, obwohl Lähde, Ströms treuester Verbündeter, direkt hinter Taskinen stand.

«Du meinst, damit würde ich Salz in seine Wunden streuen? Mag sein. Ein schwieriger Fall», nickte Taskinen.

An Pertsas Gefühle hatte ich erst in zweiter Linie gedacht. Wenn er meinen Posten auch nur ein Jahr lang vertretungsweise bekam, würde er mir die Rückkehr in den Dienst zur Hölle machen.

Ich brachte es nicht mehr fertig, Partylaune vorzutäuschen, ich wollte nach Hause, raus aus diesem verqualmten Raum, wo mich die Kollegen neugierig beäugten. Vielleicht würden mich noch andere auf die gestrigen Ereignisse ansprechen, wenn auch freundlicher als Ström. Und das würde ich nicht ertragen.

Ich drängte mich zu Pihko durch. Glücklicherweise schien mein Schlagabtausch mit Ström ihm nicht die Stimmung verdorben zu haben, eher im Gegenteil, denn Pihko hatte im Lauf der Jahre bestimmt auch gelegentlich den Wunsch verspürt, Ström eine reinzuhauen.

«Viel Spaß noch, ich geh jetzt. Danke, dass du Liikanen vernommen hast, seine Aussage bringt uns bestimmt weiter.»

«Schade, dass ich den Fall nicht mehr mit abschließen kann.»

«Koivu und ich können dich ja telefonisch auf dem Laufenden halten», lachte ich, überzeugt davon, dass ihm die ganze Sache in einigen Tagen völlig gleichgültig sein würde.

Auf der Heimfahrt dachte ich über Pertti Ström nach, den wir alle Pertsa nannten. Wir kannten uns seit Anfang der achtziger Jahre, als wir beide die Polizeischule besuchten. Er war mehrere Jahre älter als ich, war aber auf dem Gymnasium ein paar Mal sitzen geblieben, hatte seinen Wehrdienst abgeleistet und bei einem Wach- und Schließdienst gearbeitet, bevor er den Lehrgang absolvierte. Nach einigen Jahren im Polizeidienst hatte er dann in Turku Jura studiert. Damals war er bereits verheiratet, das erste Kind war schon geboren, doch Beruf und Studium ließen ihm kaum Zeit für die Familie. Vor drei Jahren hatte seine Frau ihn aus dem Haus geworfen und die Scheidung eingereicht. Dass sie zu diesem Zeitpunkt bereits einen neuen Partner hatte, war ein schwerer Schlag für ihn gewesen.

Nach der Polizeischule hatte ich Pertsa aus den Augen verloren. Als ich dann vorübergehend in einer Anwaltskanzlei in Espoo arbeitete, begegnete ich ihm wieder: Er ermittelte gegen einen meiner Klienten. Ich kam ihm bei der Aufklärung des Falles zuvor und war überzeugt, er werde mich für den Rest seines Lebens hassen. Doch als die Espooer Polizei eine Kriminalhauptmeisterin für ihr neues Dezernat suchte, hatte er mich vorgeschlagen.

Die Vorstellung, dass ich nach alldem seine Vorgesetzte werden würde, war ihm offenbar unerträglich. Als ich schwanger wurde, hatte er fest damit gerechnet, ich würde mich in ein ruhigeres Dezernat versetzen lassen. Mordermittlungen waren seiner Ansicht nach nichts für Mütter, und über meine Entscheidung, nur für die Zeit des Mutterschaftsurlaubs zu pausieren, regte er sich maßlos auf. Dabei war er derjenige, der mich ins Dezernat geholt hatte. Ströms Logik war wirklich schwer zu verstehen.

Ich stellte das Autoradio an, wo gerade «Die Polizei knüppelt wieder» von Eppu Normaali lief. «Hüter des Systems ist die Polizei, sie schlägt mit Knüppeln den Hippie zu Brei.» Ich drehte voll auf, sang den Refrain lauthals mit und überlegte, was Pertsa zu einem solchen humorlosen Macho gemacht haben mochte. Minderwertigkeitskomplexe?

Dumm war er allerdings nicht. Hatte er womöglich Recht mit seiner Behauptung, ich wäre unfähig, in kniffligen Situationen die richtigen Befehle zu geben?

Ach was, ich hatte gerade erst bewiesen, wie gut ich delegieren konnte! Immerhin hatten Pihko und Koivu einiges aus Liikanen herausgeholt. Ich hatte vergessen zu fragen, ob sie ihn vorläufig festgenommen oder ihm wenigstens ein Ausreiseverbot erteilt hatten. Das Rauschgiftdezernat würde sich mit seinen Hormongeschäften befassen, aber auch ich hatte noch einige Fragen an ihn.

Noch drei Wochen, um den Fall Noora Nieminen abzuschließen, dachte ich, als ich die Haustür aufschloss. Einstein kam angeschlichen, stupste mich fordernd an und maunzte, weil ich ihm nicht sofort seinen Thunfisch servierte. Unter der Tür zu Anttis Arbeitszimmer schimmerte ein Lichtstreif. Die verschlossene Tür signalisierte, dass er arbeitete und nicht gestört werden wollte. Schade, ich hätte ihm gern von meinem Krach mit Ström erzählt und mein angeknackstes Selbstbewusstsein von ihm aufpäppeln lassen, doch ich riss mich zusammen und beschloss, noch einmal gründlich über den Fall nachzudenken.

Bei meinem hastigen Aufbruch hatte ich am Tag zuvor Nooras letzte Tagebücher aus dem Präsidium mitgenommen. Nun holte ich sie hervor und schob einen Sessel ans Fenster, sodass ich die grünbraunen Saatfelder im Blick hatte und die Vögel beobachten konnte, die sich in den Bäumen hinter dem Haus tummelten. Ein heftiger Ostwind wehte durch den Ahorn, fuhr dann in die Fichten am Feldrand. Es war, als winkten die Bäume mit hundert Händen. Am liebsten hätte ich zurückgewunken, doch stattdessen schlug ich Nooras sechzehntes, unvollendetes Tagebuch auf.

Ich zwang mich, alle Eintragungen der Reihe nach zu lesen, obwohl es hauptsächlich um Liebeskummer ging. Noora hatte offenbar geglaubt, nach dem gemeinsamen Erfolg in Edmonton würde Janne ihre Liebe erwidern. Plötzlich stieß ich auf Tomi Liikanens Namen.

Heute habe ich von Tomi Mirafam bekommen. Ich musste schwören, niemandem etwas zu verraten, und dann war er noch so gemein zu sagen, er verstünde ja, dass ich die Tabletten brauche. Sie waren furchtbar teuer, fast zweihundert Mark. Es sind estnische, hoffentlich wirken sie überhaupt. Elena hat mir mal von einer Läuferin erzählt, die sie in der Sowjetunion trainiert hat und die von so einem Schlankheitsmittel einen fürchterlichen Hautausschlag bekommen hat. Elena wollte ihr das Zeug gar nicht geben, aber ein Beamter vom Sportministerium hatte es angeordnet. Trotzdem hat dieses Mädchen nicht mal bei der EM eine Medaille geholt. Vor der Slutskaja und der Butyrskaja hatten die Russen ziemlich miserable Eiskunstläuferinnen, jedenfalls im Einzellauf. Die besten Frauen hatten sie im Paarlauf und im Eistanz. Irina Rodnina oder Oksana Gritschuk zum Beispiel.

Warum war mir diese Passage nicht früher aufgefallen? Nun hatte ich wenigstens einen konkreten Beweis gegen Tomi Liikanen. Wie war Noora auf die Idee gekommen, gerade ihn nach Appetitzüglern zu fragen? Wusste sie von seinen Hormongeschäften? Moment mal … Liikanen hatte am Abend, als Noora starb, bei ihr zu Hause angerufen und von einer Halskette gesprochen, die er hinter der Verkaufstheke im Fitnesscenter gefunden hatte. Was hatte Noora dort eigentlich zu suchen gehabt? Hatte sie in Liikanens Unterlagen geschnüffelt?

«Wir können uns beide denken, wer Noora umgebracht hat – und warum.» Das hatte Vesku Teräsvuori hinter dem «Fishmaid» zu Tomi Liikanen gesagt. Am Montag würde ich mir Liikanen vorknöpfen, das stand fest. Er hatte mir einiges zu erklären.

In den letzten Wochen ihres Lebens war Noora alles andere als fröhlich gewesen. In der Schule wurde eine Arbeit nach der anderen geschrieben, und sie wollte unbedingt Klassenbeste sein. Eiskunstläufer sind Perfektionisten, hatte ich irgendwo gelesen. Zwei Tage vor ihrem Tod hatte Noora zum letzten Mal in ihr Tagebuch geschrieben:

Diese Ulrika, die verdammte Idiotin! Wie kann sie es wagen, uns für eine derart hirnrissige Fernsehreklame zu verpflichten! Demnächst lässt sie mich noch eine Kuh spielen, die von Janne gemolken wird!

Ich kann nicht mehr. Ich tue meine Arbeit, leiste was, und die anderen spotten bloß und nutzen mich aus. Ich dachte, nach Edmonton würde alles anders, aber nichts hat sich geändert, gar nichts! Die gleichen schrecklichen Dinge passieren immer wieder.

Ich will diese ganze Scheiße in die Luft jagen und alles aufdecken, all die Lügen und Kulissen, von denen ich umgeben bin. Vielleicht versteht Janne mich dann, nein, er wird mich hassen. So wie ich mich hasse und verabscheue.

Aber solange ich die Gefangene dummer Menschen und meiner eigenen Ängste bin, kann ich nicht die beste Eisläuferin der Welt werden. Nur ich selbst kann mich befreien. Kein Janne, kein Sportpsychologe oder Trainer, nur ich allein kann diese furchtbare Kette sprengen.

Es klang, als hätte sie kurz vor einem Nervenzusammenbruch gestanden. Wie hoch war das Medikament wohl dosiert, und welche Nebenwirkungen hatte es? Da wir nun wussten, um welches Präparat es sich handelte, konnten wir feststellen, ob es neben Fentermin noch andere Wirkstoffe enthielt, die zum Beispiel die Psyche beeinflussten und im Körper so schnell abgebaut wurden, dass sie bei der Obduktion nicht mehr nachzuweisen waren.

Während der WM hatte ich keine Übertragung aus Edmonton verpasst. Das Interview mit Noora und Janne nach ihrer glänzenden Kür war unvergesslich, Noora hatte geredet wie ein Wasserfall und strahlend versichert, in einigen Jahren würden sie um die Medaillenränge kämpfen, spätestens 1999 bei der WM in Finnland. Ich brannte darauf, Nooras Aufzeichnungen aus Edmonton zu lesen. Ihr letztes Tagebuch begann am dritten April, also mussten die Edmonton-Eintragungen am Ende des vorletzten Bandes stehen. Ich schlug ihn auf. Die WM hatte kurz nach meinem Geburtstag am 16. März stattgefunden …

Im Flugzeug über dem Atlantik.

Endlich unterwegs, wie lange habe ich auf diese Reise gewartet! Ich habe Schmetterlinge im Bauch, vor Freude und vor Aufregung, es ist phantastisch, an der WM der Senioren teilzunehmen. Zusammen mit Jenni Meno und Todd Sand und mit Artur Dimitriew, der mit seiner neuen Partnerin Oksana Kasakowa antritt. Die beiden haben ja schon die EM gewonnen. Da war es auch schön, aber in Edmonton sind ALLE dabei, und dazu noch das sachverständigste Publikum der Welt. Nach außen gebe ich mich ganz cool, aber natürlich wissen alle, wie glücklich ich bin. Und Silja freut sich auch, sie durfte ja in letzter Minute mitreisen. Zum Glück hatte der Verband eine Ersatzläuferin für Mila aufgestellt, Ulrika soll das durchgeboxt haben. Es ist ihr Verdienst, dass wir jetzt im Flieger sitzen. Manchmal tut die doofe Kuh eben doch was für uns.

Schade nur, dass wir so spät nach Kanada fliegen, so haben Janne und ich nur ein paar Tage Zeit, uns vom Jetlag zu erholen. Viele Europäer sind schon seit Wochen auf dem amerikanischen Kontinent. Einerseits wünschte ich, es wäre schon Dienstag (dann sind wir mit dem Kurzprogramm dran), andererseits hab ich schreckliches Lampenfieber. Wenn der verflixte Janne seinen Axel verpatzt, bring ich ihn um!

Jetzt fängt ein Video an, Sinn und Sinnlichkeit. Es soll ein toller Film sein, mit Hugh Grant. Der ist fast so süß wie Janne (hihi).

Montag, 18. 3.

Man kommt hier kaum zum Schreiben, so beschäftigt sind wir. Die Stimmung ist bestens, Silja hat bei der Vorentscheidung glän-

zend abgeschnitten, als Drittbeste in ihrer Gruppe. Echt toll, obwohl der Neidteufel in mir lästert, im eigentlichen Wettkampf ginge es ganz anders zu. Markus hatte seine Beine nicht unter Kontrolle, er ist ausgeschieden, und vom Eistanz reden wir lieber nicht. Die Hoffnung des ganzen Landes liegt jetzt auf uns Läufern aus Espoo (mir wird ganz feierlich zumute).

Das Training ist echt gut gelaufen, das hiesige Eis ist wahnsinnig freundlich zu mir, es hat genau die richtige Härte. Janne und ich wurden sogar für das japanische Fernsehen interviewt! Tolle Sache, die Olympiade ist ja 98 in Japan. Vielleicht schaffen wir es, das Publikum zu gewinnen. Für mich ist ein gutes Feeling im Stadion irre wichtig.

Rami ist ganz nervös, weil seine kanadischen Bekannten hier sind. Eine von denen wollte heute mit mir reden, aber vor der Kür hab ich keine Zeit.

Janne war gestern ziemlich mürrisch, aber inzwischen hat er sich vom Flug erholt. Heute hat er gesagt, das Schlittschuhlaufen hätte ihm noch nie so viel Spaß gemacht wie jetzt. Und dann kam's: «Es ist phantastisch, mit dir zu laufen, Noora!» Ich bin so glücklich! Morgen werde ich nicht Noora sein, sondern Schneewittchen, und ganz bestimmt werde ich zum Schluss meinen Prinzen bekommen.

Dienstag, 19. 3.

Wir sind nach dem Kurzprogramm Zehnte!!! Ich fass es nicht! Zehn Paare haben wir hinter uns gelassen, Ukrainer und Amerikaner und Engländer und Japaner … Alles lief so gut, wie man es sich nur wünschen kann, fast perfekt, nur beim doppelten Axel hat Jannes freier Fuß das Eis ein bisschen angekratzt. Ich weiß ja, dass wir technisch noch nicht so gut sind wie die Spitzenpaare, Hebungen und Sprünge sind einfacher, aber von den Punktrichtern hat uns keiner weniger als vier sieben gegeben!!! Die höchste Note für den künstlerischen Eindruck war fünf vier!

Es ist furchtbar schwer, nach alldem zur Ruhe zu kommen, aber ich muss an morgen denken. Morgen ist der wichtigste Tag, auch wenn wir jetzt eine gute Ausgangsbasis haben, weil wir beim Kurzprogramm keine schlimmen Patzer gemacht haben. Man sagt ja immer, mit der Pflichtkür gewinnt man keinen Wettkampf, aber verlieren kann man ihn mit der Pflicht schon, das hat man oft genug gesehen. Wenn wir bei der EM die Pflicht nicht verpatzt hätten, wären wir unter den ersten sieben gewesen.

Silja will, dass ich das Licht ausknipse und schlafe, aber eins noch: Jannes Küsse nach der Pflichtkür waren keine Pflichtküsse! Ich hab's nicht mal übers Herz gebracht, ihn wegen des verpatzten Axel zu kritisieren, denn ZUSAMMEN SIND WIR WAHNSINNIG GUT!

Dienstag, 20. 3.

Das heißt, eigentlich ist es schon Mittwoch und Silja will schlafen, aber ich MUSS wenigstens ein bisschen schreiben, deshalb hocke ich jetzt im Bad.

WIR SIND NEUNTE GEWORDEN!!! In der Kür sogar Achte! Ein phantastisches Gefühl, als hätten wir die Goldmedaille gewonnen. Rami hat geweint, als die Ergebnisse bestätigt wurden, wir alle waren eine einzige kreischende Masse, wir haben uns umarmt und abgeküsst.

Es soll eine ziemliche Patzer-WM gewesen sein, eine fehlerfreie Kür hat niemand gelaufen. Insofern ist es ein Klacks, dass Janne beim dreifachen Toeloop gestürzt ist. Der Reporter von Eurosport soll gesagt haben, unsere Todesspirale wäre die tollste im ganzen Wettbewerb gewesen, vielleicht wird sie unser Markenzeichen. Und alle haben meine Knie gelobt, sie wären so biegsam wie bei den besten Russinnen.

Über unsere Interpretation von «Hair» waren die Punktrichter geteilter Meinung, die Wertungen für den künstlerischen Gesamteindruck klafften weit auseinander, von fünf eins bis fünf sechs. Der weißrussische Punktrichter ist eben borniert, während der Brite einen guten Geschmack hat. Natürlich lag das weißrussische

Paar nach der Pflichtkür vor uns, aber wir haben es überholt, trotz des Punktrichters!

Warum muss ich überhaupt schlafen gehen? Janne und Rami sind bestimmt noch ausgegangen, nachdem sie mich abgeschoben hatten. Warum darf ich heute Nacht nicht bei Janne schlafen? Wir haben doch alles gemeinsam erreicht. Ich hab ihn den ganzen Abend umarmt und geküsst, und er mich.

Ich war noch nie so glücklich, noch nie. Ich will nicht schlafen gehen. Ich wünschte, dieser Tag wäre nie zu Ende. Nie.

Sechzehn

Der Montagmorgen war kalt und grau wie alle Tage in diesem Frühling, dabei behauptete der Kalender, es sei Juni. Ich erwachte in einer säuerlich riechenden Pfütze: Während der Nacht war die Milch wieder geflossen. Das Laken war von eingetrockneten Flecken gesprenkelt, und lachend sagte ich zu Antti, nun wüsste ich, wie sich Jungen in der Pubertät fühlen.

Ich schleppte mich durch den schlammigen Wald zur Bushaltestelle. Die Kontrolle in der Schwangerenberatung brachte Entwarnung: Der Blutdruck lag wieder im Normalbereich. Im Präsidium war es ungewöhnlich still, der Diensthabende meinte, die meisten hätten Pihkos Abschiedsfeier wohl bis Sonntagabend ausgedehnt. Koivu hatte es immerhin bis in sein Dienstzimmer geschafft, aber die Spuren des durchfeierten Wochenendes waren auch ihm anzusehen. Offenbar hatte er versucht, die Alkoholausdünstungen mit einer doppelten Ladung Rasierwasser zu überdecken. Er trug eine Sonnenbrille, saß reglos auf seinem Bürostuhl und hatte den Kopf an die Wand gelehnt. Sein Brustkorb hob und senkte sich in gleichmäßigem Rhythmus. Offenbar schlief er.

«Lebst du noch?»

Koivu schrak auf, schob die Sonnenbrille hoch, zog sie aber gleich wieder vor die Augen. Ich klärte ihn darüber auf, dass die Sonne auch an diesem Tag nicht schien.

«Ich wünschte, ich wäre tot», brummte er. «Hoffentlich muss ich heute nicht fahren, ich hab mindestens noch ein

Promille. Und ich hab den größten Fehler meines Lebens begangen, Maria!»

«Das soll vorkommen. Was hast du denn angestellt?»

«Puupponen und ich haben uns am Samstag ordentlich einen hinter die Binde gegossen. Als wir gegen Mitternacht die Kneipe wechseln wollten, hatte ich mindestens zehn große Bier intus. An der Garderobe hab ich dann zufällig neben Taskinen gestanden, und da hab ich … o Gott!»

Koivu verbarg das Gesicht in den Händen und versetzte dem Tischbein einen Tritt.

«Du hast Taskinen auseinander gesetzt, wie toll seine Tochter ist, stimmt's?»

«Genau. Was war ich für ein Idiot! Ich hab ihn sogar gefragt, ob ich mich mit Silja verabreden darf …»

«Das war wirklich idiotisch, so was entscheiden die Mädchen heute selbst. Aber Kopf hoch, Jyrki ist ein feiner Kerl und wird Silja bestimmt nichts davon sagen. Hast du ihn übrigens heute schon gesehen?»

«Er ist zum Glück nicht hier. Der Oberboss hat alle Dezernatsleiter zur Montagsbesprechung rufen lassen. Offenbar wird jetzt endlich die Sache mit den Beförderungen geklärt.»

«Interessant. Du, es tut mir Leid, dich an diesem grauen Morgen mit Dienstlichem zu behelligen, aber wo mag Liikanen stecken? In einer Zelle?»

«Die Drogenfahnder wollten ihn am Samstagabend noch in die Mangel nehmen, ich weiß nicht, ob sie ihn hier behalten haben. Scheiße, mir ist so schlecht! Ich hab gestern mit Pihko und Puupponen weitergesoffen, weil ich am Morgen so einen fürchterlichen Kater hatte.»

Ich überließ den Patienten sich selbst und ging zurück in mein Büro, um zu checken, wo Tomi Liikanen sich befand. Das Rauschgiftdezernat hatte ihn tatsächlich vorläufig festgenommen, jedoch keinen Haftbefehl beantragt. Am Nachmittag würde man ihn auf freien Fuß setzen müssen.

Ich reservierte den Vernehmungsraum zwei und brachte den stinkenden Koivu dazu, mich zu begleiten, indem ich ihm eine Salamipizza und ein großes Glas Milch versprach – natürlich erst, wenn sein Magen dem gewachsen war. Liikanen, der von zwei Beamten hereingeführt wurde, sah mindestens so kläglich aus wie Koivu. Seine solariumgebräunte Haut hatte eine gelbliche Färbung angenommen, am zwei Tage nicht rasierten Kinn sprossen büschelartige Bartstoppeln, durchsetzt von pfenniggroßen kahlen Stellen. Auch die Handrücken waren unregelmäßig behaart. Nur das auf drei Zentimeter gestutzte Kopfhaar wuchs dicht und gleichmäßig.

«Grüß dich, Tomi. Wie ich höre, bist du gesprächig geworden. Teräsvuoris Tod hat dir wohl einen Schrecken eingejagt?»

Er musterte die Spitzen seiner abgetragenen Segelschuhe und rieb sich die Hände an der grauen Trikothose ab, die über den kurzen Oberschenkeln spannte.

«Wie lange wollt ihr mich hier festhalten?»

«Kommt darauf an, was du mir sagen kannst. Was deine Hormongeschäfte betrifft, sollst du mir nur über Vesku Teräsvuoris Rolle Auskunft geben. Und an Anton Grigorievs Tod interessiert mich lediglich, ob Elena weiß, wie ihr Mann umgekommen ist.»

Verbale Kommunikation schien nicht Liikanens Stärke zu sein. Er rieb sich weiterhin die Oberschenkel und brachte kein Wort heraus. Koivu lehnte an der Wand, die Augen hinter der Sonnenbrille verborgen. Von ihm war keine Hilfe zu erwarten.

«Tomi, hat Elena die Wahrheit über Antons Tod erfahren?»

Er schüttelte langsam den Kopf und antwortete mit schleppender, für seinen stämmigen Körper zu dünner Stimme:

«Nein … Ich habe es ihr nie gesagt. Sie wusste, dass ich an

dem Abend mit Anton unterwegs war, hat es der Miliz aber verschwiegen. Vielleicht hat sie etwas geahnt.»

«Welchen Anteil hatte Anton an deinen Hormongeschäften?»

«Er hat mir den ersten Kontakt vermittelt, das hab ich mindestens schon zehnmal gesagt», seufzte Liikanen. «Bei den sowjetischen Sportlern war Doping ja gang und gäbe. Wie in anderen Ländern übrigens auch, nur haben die besseres Zeug. Jedenfalls hat Anton mich mal gefragt, ob es in Finnland einen Markt für Muskelaufbaupräparate gäbe, von stärkerem Kaliber als die Proteinprodukte. Und nach solchen Mitteln war im Fitnesscenter tatsächlich schon gefragt worden.»

«Dann hat Grigoriev dich also zum Drogenhandel angestiftet? War er der einzige Russe, der von deinen Geschäften wusste?»

Im Zeitlupentempo zuckte er die Achseln – explosive Schnelligkeit war offensichtlich auch nicht seine starke Seite.

«Das war mir egal, solange der Vertrieb lief.»

«Und er funktionierte nach Antons Tod weiterhin?»

Als Liikanen nickte, brachte ich Teräsvuoris Rolle zur Sprache. Stockend berichtete er, nachdem aus der Sowjetunion das marktwirtschaftlich orientierte Russland hervorgegangen war, habe sein Hormonlieferant den Handel mit weitaus teureren Erzeugnissen, hauptsächlich mit Cannabisprodukten und Heroin, aufgenommen. Es war leichter geworden, den Stoff zu transportieren, und die Kuriere, die Tomis eher harmlose Pillen über die Grenze schmuggelten, brachten gleichzeitig harte Drogen mit. Es war ein verrückter Zufall, dass die Mattinen-Bande, die uns vor rund vier Jahren bei einer Mordermittlung ins Netz gegangen war, auch Liikanens Hormonpillen eingeschmuggelt hatte. Als dieser Ring zerschlagen wurde, suchten die Händler neue Importeure. Bei der Gelegenheit hatte Liikanen Teräsvuori kennen gelernt, ebenfalls ein kleiner Fisch, der hauptsächlich Cannabis an die gelangweilte Dorfjugend verkaufte.

«Sie wollten Vesku und mir auch Heroin aufschwatzen, aber da haben wir uns nicht rangetraut. Ich jedenfalls nicht. Wenn jemand seine Muskeln aufpäppeln will, ist nichts dabei, finde ich. Davon wird man nicht süchtig, und es zwingt einen ja keiner», verteidigte sich Liikanen.

«Findest du es moralisch richtig, einer Sechzehnjährigen Dopingmittel anzudrehen? Du warst Nooras Pillenlieferant, das brauchst du gar nicht erst abzustreiten, ich habe ihr Tagebuch gelesen. Wollte sie dich verpfeifen? Hast du sie deshalb umgebracht?»

«Ich habe Noora nicht umgebracht! Ich hab sie an dem Abend gar nicht zu Gesicht bekommen!»

«Dein Kumpel hat zwar bestätigt, dass er an dem fraglichen Abend Powerdrinks bei dir gekauft hat, trotzdem hättest du Zeit genug gehabt, Noora zu erschlagen. Und Muskeln hast du ja genug!»

«Ich war's nicht!»

«Aber du weißt, wer es getan hat, oder?»

Bei diesen Worten richtete Koivu sich auf, während Liikanen sich immer heftiger die Oberschenkel rieb.

«Woher denn?»

«Letzten Dienstag hat Teräsvuori hinter dem ‹Fishmaid› zu dir gesagt, ihr könntet euch beide denken, wer Noora ermordet hat und warum. Erinnerst du dich?»

Liikanen starrte mich verdattert an. «Woher wisst ihr das?», fragte er schließlich.

«Teräsvuori stand unter Beobachtung», log ich. «Wen hat er gemeint, raus mit der Sprache!»

«Was springt dabei für mich raus?»

Ich seufzte. Ich hatte weder den Wunsch noch die Befugnis, mit Liikanen einen Handel abzuschließen, denn das Rauschgiftdezernat würde seinen Fall übernehmen. Zudem konnte er jeden beliebigen Namen nennen, schließlich konnte ihm Teräsvuori nicht mehr widersprechen. So war ich denn auch nicht überrascht, als er behauptete:

«Ich dachte, Vesku meint sich selbst. Er wollte sich ja an Hanna rächen, das muss die Polizei doch wissen.»

Ich konnte seine Behauptung nicht widerlegen. Gab es außer seiner Frau noch jemanden, den er decken wollte? Kurz entschlossen wechselte ich das Thema.

«Woher wusste Noora, dass man bei dir Appetitzügler bekommt?»

Liikanen stand auf und ging im Vernehmungsraum auf und ab. Drei Meter von Wand zu Wand, das waren selbst mit seinen kurzen Beinen nur drei Schritte. Für jemanden, der daran gewöhnt war, sechsmal wöchentlich Kraftsport zu betreiben, musste es eine Qual sein, tatenlos in einer Zelle zu hocken. Was schluckte er selbst eigentlich, um seine Muskeln aufzubauen? Wurde man davon abhängig?

«Sie hat es irgendwie erraten! Sie kam einfach an und fragte nach Sportlernahrung, die den Appetit bremst, sagte, sie wolle das Fett am Hintern abbauen, ohne die Muskeln anzugreifen oder so ähnlich. Ich Idiot habe ihr Mirafam vorgeschlagen, das war sowieso ein Ladenhüter.»

«Und Noora war sofort bereit, das Zeug zu kaufen. Wusste Elena davon?»

«Das war ja eben das größte Risiko! Elena wäre furchtbar wütend geworden, wenn sie davon erfahren hätte.»

Allem Anschein nach hatte Liikanen Angst vor seiner Frau. Hatte sie von seinen Nebengeschäften gewusst? Das bestritt er nachdrücklich. Sie lehne Doping strikt ab, in ihrer aktiven Zeit habe sie oft genug miterlebt, welche Nebenwirkungen dabei auftraten. Ich hatte nie gehört, dass im Eiskunstlauf gedopt wurde, aber vielleicht meinte Elena den Sport im Allgemeinen. Würde sie Tomi Liikanen verlassen, wenn sie von seinen Geschäften und vor allem von seinem

Anteil am Tod ihres ersten Mannes erfuhr? Im Fall Anton Grigoriev war es Sache der Russen, Anklage zu erheben oder darauf zu verzichten. Letzten Endes war Liikanens Aussage die einzige Information über den Hergang. Mir schien seine Geschichte glaubwürdig, sie war zu simpel, um erfunden zu sein.

«Wieso hat Noora überhaupt gewagt, Fentermin zu nehmen, das immerhin auf der Dopingliste steht?»

«In der Wettkampfsaison wollte sie die Dinger ja nicht nehmen, sie wollte nur vor der Kanadareise ein paar Kilo loswerden.»

War er wirklich so dumm, wie er tat? Spitzensportler konnten jederzeit getestet werden. Es war kaum vorstellbar, dass Liikanen die Kaltblütigkeit besessen hätte, Nooras Leiche in einem fremden Kofferraum zu verstecken. Aber wer weiß, vielleicht hatte er impulsiv gehandelt und einfach Schwein gehabt.

«Hast du mich im Fitnesscenter eingesperrt?», wollte ich schließlich wissen.

«Nein! Ehrlich nicht! Eine Polizistin in meinem Büro, darauf hätt ich wirklich verzichten können! Das Schloss war früher schon mal kaputt ...» Er sah aus wie ein kleiner Junge, der beteuert, es sei nicht sein Puck gewesen, der dem Nachbarn das Fenster eingeschlagen hat.

Nun stand auch ich auf und trat zu Liikanen, der immer noch durch das Zimmer tigerte. Wir waren bestimmt ein komisches Gespann, ich mit meinen einssechzig und dem Kugelbauch, er nur zehn Zentimeter größer, aber an den Schultern einen Meter breit. Überrascht stellte ich fest, dass er auch vor mir Angst hatte. Armer Kerl. Wer so wenig Mumm hatte, dem half auch ein Arnold-Schwarzenegger-Bizeps nichts.

«Noora hat dir gedroht, dich zu verraten. Wem wollte sie von dem Mirafam erzählen?»

«Da bist du auf dem Holzweg. Noora hat mir nicht gedroht, im Gegenteil, sie hatte Angst, dass ich es weitersage.»

«Wem?»

«Na, Elena … und den anderen. Als hätte ich mir das erlauben können.»

«Aber dich über Nooras angebliches Übergewicht lustig zu machen, das konntest du dir erlauben, du Schweinehund! Wer hat dir das Recht gegeben, Noora zu bekritteln!»

Verblüfft über die Wut, die mich plötzlich packte, wandte ich mich ab, ging auf den Flur und trat gegen die Wand. Das half, ich konnte Liikanen einigermaßen gefasst abführen lassen. Mochten die Kollegen vom Rauschgiftdezernat entscheiden, wie es mit ihm weiterging, ich hatte keinen stichhaltigen Grund für einen Haftbefehl.

Noch nicht.

Im Aufzug glaubte ich an Koivus Geruchscocktail zu ersticken. Ich bat ihn, mir Liikanens Vernehmungsprotokolle und sämtliche Ermittlungsakten zu Noora Nieminen zu bringen, angefangen bei den Haus-zu-Haus-Befragungen. Irgendwo musste ein Anhaltspunkt zu finden sein.

Doch ich hatte keine Gelegenheit, mich in mein Büro zurückzuziehen und neue Theorien zu entwickeln. Vor der Kabine des Diensthabenden, in der kleinen Wartezone auf dem Flur, saßen Kauko Nieminen und Ulrika Weissenberg.

«Maria, Besuch für dich», erklärte der Diensthabende und fügte leiser hinzu: «Taskinen hat für ein Uhr eine Besprechung im Pausenraum angesetzt.»

«Frau Weissenberg, Herr Nieminen, guten Tag. Sie wollen mich sprechen?»

Kauko Nieminen stand auf und gab mir die Hand. Sein schwarzer Anzug sah nagelneu aus, als hätte er ihn eigens für Nooras Beerdigung in einem Geschäft für Übergrößen gekauft, die Schnurrbartenden hingen ihm über die runden

Backen wie zwei mickrige Fichtenzweige, seine kleinen Augen hatten einen wässrigen Blick. Ulrika Weissenberg sah elegant aus wie immer. Als einzigen Schmuck am schwarzen Samtkostüm trug sie ein weißes Seidentuch, dazu dezente Perlenstecker an den Ohren.

«Wir wollten eigentlich mit Kriminalrat Taskinen sprechen, aber man hat uns gesagt, er sei nicht da. Sicher haben Sie einen Augenblick Zeit für uns, Hauptmeisterin Kallio?», fragte Ulrika Weissenberg.

Ich bat die beiden in mein Büro. Nieminen nahm geistesabwesend auf dem Sofa Platz, während Ulrika Weissenberg einen viel sagenden Blick auf meine Männercollage und auf den geöffneten Ordner warf, der bei dem plötzlichen Aufbruch am Freitag auf dem Schreibtisch liegen geblieben war, bevor sie sich endlich zu ihrem Schützling setzte.

«Wir haben Hanna gerade in der Klinik besucht.»

«Wie geht es ihr?»

«Nicht sehr gut, wie Sie sich denken können. Sie ist immer noch völlig außer sich und wird übermorgen nicht an Nooras Beerdigung teilnehmen können. Dennoch haben Kauko und ich beschlossen, die Trauerfeier nicht zu verschieben, denn die Einladungen sind bereits verschickt, die Todesanzeige ist aufgegeben, und die Eiskunstläufer haben ihr Programm einstudiert. Haben Sie das schon gesehen?»

Sie warf mir die beiden Boulevardzeitungen hin. MUTTER DER ERMORDETEN EISKUNSTLÄUFERIN ERSCHOSS DEN MÖRDER, schrie die Schlagzeile der einen. Die andere machte es noch dramatischer: DIE RACHE EINER MUTTER: FRAU TÖTET DEN MUTMASSLICHEN MÖRDER IHRER TOCHTER. Beide Blätter hatten dem Ereignis eine Doppelseite gewidmet, das eine zitierte Taskinen, der in seiner Stellungnahme betonte, die Ermittlungen seien noch nicht abgeschlossen, doch zurzeit könne man davon ausgehen, dass Teräsvuori nicht Noora Nieminens Mörder sei.

Es war zweifellos eine saftige Story, die noch eine ganze Weile ausgeschlachtet werden würde. Aber Ulrika Weissenberg war sicher nicht auf dem Präsidium erschienen, um ihre Entrüstung über die Presseberichte zum Ausdruck zu bringen.

«Wir fordern Sie mit allem Nachdruck auf, die Ermittlungen intensiver voranzutreiben. Wenn die Polizei zügiger nach dem Mörder gefahndet hätte, wäre uns diese zweite Tragödie erspart geblieben.»

Damit hatte sie natürlich Recht. Andererseits zählte ich sie weiterhin zu den Verdächtigen, während ich Kauko Nieminen endgültig von der Liste gestrichen hatte. Mir war einfach kein plausibles Motiv für ihn eingefallen, nachdem ich meine wilden Inzesttheorien verworfen hatte.

«Wir haben von Anfang an mit vollem Einsatz ermittelt», erwiderte ich resigniert.

«Wollen Sie Ihre absurden Verhaftungen als effektive Ermittlungen bezeichnen? Ist Janne Kivi, den Sie bereits zweimal hergeschleift haben, etwa Ihr Hauptverdächtiger? Liegen die Untersuchungsergebnisse zu seinem Pkw endlich vor? Dann ist seine Unschuld wohl bewiesen!»

«Bei der zweiten Festnahme ging es um überhöhte Geschwindigkeit. Es war eine gerechtfertigte Maßnahme, denn Jannes Tempo lag weit über dem Limit. Was die Laborergebnisse betrifft ...» Ich schluckte. Beinahe hätte ich die Wahrheit gesagt: Die kriminaltechnischen Untersuchungen waren praktisch wertlos, denn wir hatten kein Vergleichsmaterial für die fremden Fasern an Nooras Kleidern und in ihrer Tasche. Das belastendste Indiz war immer noch Ulrika Weissenbergs Fingernagel.

«Bei Kapitalverbrechen haben wir in Finnland eine sehr hohe Aufklärungsrate», fügte ich hinzu.

«Und was ist mit den berühmten ungelösten Fällen? Die Leichen am Bodom-See, Kyllikki Saari ...»

«Ich bin gewillt, eine Belohnung auszusetzen für Hinweise, die zur Aufklärung des Mordes führen», unterbrach uns Kauko Nieminen plötzlich. «Meinen Sie, einhunderttausend Finnmark wären genug? In welchen Zeitungen sollte ich das Inserat schalten? Das Fernsehen könnte ich ebenfalls kontaktieren, die ‹Fahndungszeichen›-Redaktion meine ich. Und wenn Sie einen Privatdetektiv für hilfreich halten, zahle ich gern auch dafür.»

Sein Angebot war ernst gemeint. Offenbar glaubte er, mit Geld ließe sich jedes Problem lösen.

«Vielen Dank, Herr Nieminen. An Ihrer Stelle würde ich mit der Belohnung noch warten. Sie kann durchaus von Nutzen sein, aber Sie wissen ja, wie geldgierig die Menschen sind ... Natürlich können Sie so viele Privatdetektive anheuern, wie Sie wollen. An das ‹Fahndungszeichen› hatten wir auch schon gedacht.» Das war eine Halbwahrheit: Wir hatten über diese Möglichkeit gesprochen, doch mir war die Spannermentalität der Sendung zuwider. In diesem speziellen Fall waren zudem kaum Hinweise aus der Bevölkerung zu erwarten.

«Ist es denn ganz sicher, dass Teräsvuori meine Tochter nicht ermordet hat? Hanna ist davon überzeugt, dass er es war», sagte Nieminen beinahe flehend. Das wäre natürlich die einfachste Lösung: Wenn wir Teräsvuori zum Schuldigen erklärten, verbesserte sich die Aufklärungsrate, und Hannas Tat erhielt eine gewisse Rechtfertigung.

Die Sache hatte nur einen Haken: Teräsvuori hatte Noora nicht getötet.

«Er kommt als Täter nicht in Frage. Seine sonstigen Aktivitäten werden zurzeit in Zusammenarbeit mit der Helsinkier Polizei gründlich unter die Lupe genommen, wobei bereits einiges aufgedeckt wurde.»

«Wollen Sie damit sagen, der Schurke hat jemanden beauftragt, meine Tochter zu töten!», brüllte Kauko Nieminen.

Seine Faust donnerte auf den Tisch, sodass eine vergessene Teetasse zu Boden fiel.

«Das ist nicht auszuschließen.»

Nieminen verlor endgültig die Beherrschung. Er wetterte über die Faulheit der Polizei und die unfähige Justiz, die Teräsvuori für seinen Privatterror nur eine Geldstrafe aufgebrummt hatte.

«Ihretwegen ist Hanna zur Mörderin geworden! Wenn sie ins Gefängnis kommt, dann … dann werde ich …» Vergeblich suchte er nach einer angemessenen Drohung. Dem Justizminister eine Bombe unter den Stuhl legen? Die Kripo verklagen? Ein Gnadengesuch an den Präsidenten richten?

«Wann beginnt Ihr Mutterschaftsurlaub?», fragte Ulrika Weissenberg mit einem abschätzigen Blick auf meinen Bauch, wandte jedoch rasch die Augen ab, da Schnüppchen sich gerade in dem Moment mit einem Purzelbaum bemerkbar machte.

Es ging sie nichts an, doch ich murmelte, an Mittsommer sei es soweit.

«Dann übernimmt also jemand anders die Leitung der Ermittlungen …»

«Kriminalrat Taskinen hat die Ermittlungen von Anfang an geleitet! Er hat lediglich die Vernehmungen delegiert, weil er befangen ist.» Ich war so wütend, dass Tritte gegen die Wand auch nichts mehr halfen. «Da Sie offenbar Zeit haben, könnten wir noch einmal darüber sprechen, wie Ihr Fingernagel in Nooras Haare geraten ist. Gehen wir in einen Vernehmungsraum, ich bitte einen Kollegen als Zeugen hinzu. Herr Nieminen kann von mir aus mitkommen.»

Das saß. Natürlich hatte Frau Weissenberg den Nieminens nichts von ihrem Streit mit Noora erzählt. Kauko sah seine Vertraute erstaunt und dann verzweifelt an. Er konnte es sich kaum leisten, die einzige Person zu verlieren, die zu ihm hielt. Dennoch fragte er:

«Dein Fingernagel … in Nooras Haaren? Was hat das zu bedeuten, Ulrika?»

Endlich war es mir gelungen, sie aus dem Gleichgewicht zu bringen. Sie sah Nieminen nicht an, sondern studierte ihre diesmal silbern lackierten Fingernägel, während sie sprach. Mit seltsamer Genugtuung hörte ich mir ihre Erklärung an und nahm mir vor, Silja zu fragen, ob sie den Streit mit angehört hatte. Auch das hätte ich längst überprüfen müssen – ich war wirklich kein Supercop. Dennoch versicherte ich Kauko Nieminen noch einmal, die Polizei werde alles tun, um Nooras Mörder zu finden.

Siebzehn

Als ich die beiden endlich verabschiedet hatte, fühlte ich mich müde, kraftlos und lächerlich klein. Es hätte nicht viel gefehlt, und ich wäre in Stücke zerfallen wie ein Ei, aus dem das Küken schlüpft. Ich war zu zerbrechlich, um noch eine einzige Gemeinheit zu ertragen.

Und doch würde ich bei der Besprechung, die Taskinen anberaumt hatte, sicher einige boshafte Bemerkungen schlucken müssen.

Um wenigstens ein Versäumnis wieder gutzumachen, rief ich bei Taskinens an. Am Samstag hatten die Schulferien begonnen, also war Silja vermutlich zu Hause.

«Tag, Maria! Ich räum gerade meinen Kleiderschrank auf. Ich muss mich irgendwie beschäftigen, sonst komme ich ins Grübeln.»

Wieder regte sich mein schlechtes Gewissen: Auch Siljas seelisches Gleichgewicht litt darunter, dass ich Nooras Mörder noch nicht gefasst hatte. Wir sprachen eine Weile über Hanna und über Nooras Beerdigung. Silja bekannte, wie sehr es ihr zuwider sei, bei der Gedenkfeier als Schneewittchens Stiefmutter aufzutreten, doch Ulrika Weissenberg sei von ihrer Idee, Teile der Frühjahrsshow aufzuführen, nicht abzubringen gewesen. Sie hatte argumentiert, die Aufführung sei die beste Art, Noora zu ehren, und zudem für alle Beteiligten ein heilsames Erlebnis, da Noora gewissermaßen mit ihnen liefe. Der Einzige, der sich nicht überreden ließ, war Janne.

«Ich glaube, ich bekomme übermorgen Halsschmerzen

oder verstauche mir den Knöchel. Zur Beerdigung komme ich natürlich, aber aufs Eis will ich nicht.»

Als ich mich erkundigte, wie viel sie von dem Streit gehört habe, seufzte sie.

«Das meiste hab ich wohl mitbekommen, ich glaube, das hatte ich dir auch schon gesagt, aber angeschaut habe ich mir die Szene nicht. Diese Auseinandersetzungen hab ich oft genug mit angehört. Es wäre übrigens nicht das erste Mal, dass Ulrika handgreiflich wurde. Ich rede nicht gern darüber, es klingt, als wollte ich sie anschwärzen.»

«Besser, du sagst mir alles. Hast du gehört, was Noora gesagt hat? Womit könnte sie Ulrika zu der Ohrfeige provoziert haben?»

«Wahrscheinlich war es das, was sie über Janne sagte. So ungefähr, Ulrika solle sich nicht einbilden, Janne kaufen zu können, sie wäre eine brünstige alte Schnepfe, die die Wechseljahre längst hinter sich hätte. Noora war manchmal ziemlich unverschämt.»

Tyrannische alte Hexe, so hatte Ulrika Nooras Worte wiedergegeben. Ich hätte mir denken können, dass Noora sich rotziger ausgedrückt hatte.

«Übrigens, erinnerst du dich noch halbwegs an die Zeit vor zwei Jahren im Frühling?»

«Als ich in der neunten Klasse war? Wieso?»

«War damals irgendetwas mit Noora? Denk in aller Ruhe nach, wir können morgen darüber sprechen. Wenn du damals Tagebuch geführt hast, lies es dir durch.»

«Auf Anhieb fällt mir jedenfalls nichts ein. Gegen Ende des Frühjahrs hat Nooras Mutter diesen Teräsvuori kennen gelernt. Kommst du übrigens zur Beerdigung?»

«Ich denke schon.»

Eigentlich hätte ich mich gern davor gedrückt. Die Schwangerschaft hatte mich entsetzlich rührselig gemacht, ich würde garantiert in Tränen zerfließen.

«Wir haben heute Abend um acht noch eine Probe. Früher ging es nicht, weil Eishockeylegende Jari Kurri persönlich den Junioren Unterricht gibt. Dagegen kam selbst Ulrika nicht an.»

Nein, allmächtig war selbst Ulrika nicht, sie hätte Hanna auch nicht von ihrer Tat abhalten können, dachte ich, als ich auflegte. Ein schwacher Trost. Für den Nachmittag verabredete ich mich mit Kati Järvenperä in der Kanzlei der Sommeruniversität. Ich wollte sie noch einmal zu dem Leichenfund befragen.

Koivu kam mit den Unterlagen, um die ich ihn gebeten hatte, und verkündete, er habe Appetit auf die versprochene Salamipizza. Also fuhren wir nach Kauniainen in eine Pizzeria, wo er sich nach kurzem Zögern ein Bier zum Essen bestellte.

«Als homöopathisches Mittel. Was die Krankheit verursacht, das heilt sie auch», witzelte er.

Nachdem er die halbe Pizza vertilgt hatte, erzählte er mir von seiner Sauftour mit Puupponen und Pihko. Auch wenn er es nicht zugab, gewann ich doch den Eindruck, dass Pihko und er sich vor allem deshalb so wüst betrunken hatten, weil ihnen Teräsvuoris Tod an die Nieren gegangen war.

«Aber wie du Ström mit Bier und Ketchup begossen hast, das war das Ereignis des Jahres!», sagte er und steckte das letzte Stück Pizza in den Mund. Von meiner Pastaportion war noch die Hälfte übrig, ich konnte einfach nicht mehr.

«Na ja … Ist Pertsa nochmal zurückgekommen?»

«Nee, der hat sich aus dem Staub gemacht. Deswegen war's ja so lustig.»

Koivus Handy klingelte, er wurde im Präsidium verlangt, sodass wir nicht mehr darüber reden konnten, warum ich Pertsa mit Bier getauft hatte. Es war auch besser so.

Bis zum Beginn der Besprechung studierte ich die Akten, die mich so fesselten, dass ich fast die Zeit vergaß. Dann musste ich auch noch zur Toilette. Als ich endlich den Pausenraum betrat, waren alle anderen bereits da. Taskinen wirkte fröhlich und aufgekratzt.

«Liebe Kollegen, da Maria nun auch hier ist, können wir wohl anfangen.»

«Maria mit dem Kinde», spöttelte Lähde und rückte ein Stück zur Seite. Ich setzte mich nur zögernd zu ihm, unter den gegebenen Umständen war er der zweitschlimmste Nebenmann nach Ström.

«Wie ihr wisst, stehen im Präsidium zurzeit einige Beförderungen an. Unser oberster Chef, der Polizeipräsident, geht Anfang Oktober in Pension. Sein Nachfolger wird der jetzige Kripochef, Kriminalrat Vainionpää. Um dessen frei werdenden Posten hat es ja nun allerhand Spekulationen gegeben, mal sollte ihn jemand aus Turku übernehmen, mal ein Kollege aus Pori, aber inzwischen wurde beschlossen, auch diese Stelle hausintern zu besetzen …»

Taskinen machte eine Kunstpause, obwohl wir alle wussten, was kam.

«Heute Morgen wurde ich zum neuen Kripochef ernannt. Ich werde die Stelle Anfang Oktober antreten, unser Dezernat wird also einen neuen Leiter brauchen. Auch dieser Posten wird nach Möglichkeit intern besetzt, bevorzugt werden Bewerber, die mit Tätigkeitsbereich und Arbeitsweise des Dezernats vertraut sind. Grundvoraussetzung ist bekanntlich das juristische Staatsexamen.»

Stille. Ich hielt die Augen gesenkt und spürte die Blicke der anderen. Um die Stimmung aufzulockern, fügte Taskinen hinzu:

«Freut euch nicht zu früh, ihr werdet mich nicht los. Ich steige nur eine Stufe höher, ihr müsst also künftig noch etwas mehr Angst vor mir haben.»

Puupponen war der Einzige, der lachte.

«Obwohl ich in Zukunft auch für die Dezernate Rauschgift, Einbruch und Wirtschaftskriminalität und natürlich für Gewalt Zwei zuständig bin, werdet ihr mir immer besonders am Herzen liegen. In den zwei Jahren, die unsere Abteilung in der jetzigen Form besteht, hat sie hervorragende Arbeit geleistet. Bei uns stehen ja einige weitere personelle Veränderungen an. Pihko hat uns verlassen, sein Nachfolger beginnt im Juli. Maria geht in Mutterschaftsurlaub …»

Sobald mein Name fiel, ging das Zischeln und Flüstern los.

«Im Urlaub hast du ja Zeit, deine Visionen für die Entwicklung des Dezernats zu Papier zu bringen», flüsterte Lähde.

«Und meine Fotos zu sortieren», scherzte ich. Diesen Zeitvertreib hatten mir meine Schwestern empfohlen.

«Noch Fragen?», rief Taskinen, um dem Gewisper ein Ende zu bereiten. Puupponen, der Lebhafteste unter den Kollegen, gratulierte als Erster, dann traten wir anderen der Reihe nach zum Händeschütteln an. Wohlweislich verzichtete ich darauf, Taskinen zu umarmen.

«Dann kommen wir jetzt zur Lagebesprechung. Gehen wir die wichtigsten Fälle durch. Wie steht es mit dem Pädophilen?»

Pertsa berichtete zufrieden, das Material der Voruntersuchung sei so gut wie komplett. Zwar hatte der Mann kein Geständnis abgelegt, war jedoch von mehreren Zeugen zweifelsfrei identifiziert worden, was als Haftgrund ausreichte. Dann kamen ein paar tätliche Angriffe zur Sprache, Routinefälle, wie wir sie praktisch jede Woche hatten. Anschließend war der Fall Noora Nieminen an der Reihe.

«Maria, wie stehen die Ermittlungen?», fragte Taskinen, obwohl er wusste, dass ich kaum vorangekommen war.

«Es sind weitere Vernehmungen vorgesehen. Teräsvuoris Tod hat keine wesentlichen Auswirkungen auf die Ermittlung, da er gerade aus dem Kreis der Verdächtigen eliminiert worden war.»

«Warum das?», rief Pertsa dazwischen. Ich erläuterte Teräsvuoris Alibi.

«Die kriminaltechnischen Untersuchungen haben bisher keine Hinweise auf Tatort oder Täter erbracht. Heute Nachmittag werde ich die Frau, die die Leiche gefunden hat, noch einmal vernehmen. Danach …»

Wieder wurde ich von Pertsa unterbrochen.

«Darf ich fragen, wieso Hauptmeisterin Kallio die Ermittlung leitet, obwohl bei Kapitalverbrechen der Untersuchungsleiter mindestens den Rang eines Hauptkommissars haben muss?»

«Untersuchungsleiter bin ich», stellte Taskinen richtig, «aber da ich die meisten Beteiligten persönlich kenne, konnte ich sie nicht unvoreingenommen befragen, sondern musste diese Aufgabe delegieren. Maria hatte zu dem Zeitpunkt keine komplizierten Fälle zu bearbeiten, im Gegensatz zu dir, Pertti. Weitere Fragen, oder kann Maria fortfahren?»

Ich hatte das Gefühl, schlimmer zu stottern als eine Siebtklässlerin beim ersten Referat. Zu den kriminaltechnischen Untersuchungen berichtete ich, es seien zwei Wagen untersucht worden, Janne Kivis Nissan und der Mercedes von Frau Järvenperä, an dem die Techniker Fasern gefunden hatten, die weder von Nooras Garderobe noch aus dem Haushalt der Järvenperäs stammten. Ich zählte die Personen auf, die an Nooras Schlittschuhen Fingerabdrücke hinterlassen hatten; die Kufenschoner erwähnte ich nicht. Obwohl die bisherigen Ergebnisse mager waren, tat es gut, sie vor Zuhörern zusammenzufassen. Ich merkte dabei, wie viel ich doch bereits wusste. Aus Nooras Tagebüchern und meinen Gesprächen mit den Verdächtigen bildete sich allmählich ein Muster heraus. Allerdings wurde mir auch klar, dass ich sowohl dem Zentralrechner als auch einigen Personen neue Fragen stellen musste.

Am Ende der Besprechung war ich eigentlich ganz zufrieden mit meinem Auftritt. Ich hatte Pertsas provozierende Fragen selbstsicher beantwortet und die anderen Anwesenden davon überzeugt, dass der Fall bald aufgeklärt sein würde. Beinahe glaubte ich schon selbst daran.

Als ich mich auf den Weg zu meinem Dienstzimmer machte, heftete sich Pertsa an meine Fersen. Vor der Tür blieb er stehen und wollte ganz offensichtlich etwas sagen. Ich stellte mich darauf ein, dass er mir die Rechnung für die Anzugreinigung präsentieren würde, doch zu meiner Überraschung fragte er fast freundlich:

«Na, warst du schon bei der Geburtsvorbereitung?»

«Heute Abend ist die letzte Stunde.»

«Dein Mann ist sicher bei der Geburt dabei?»

Ich wollte schon sagen, das gehe ihn nichts an, besann mich jedoch und antwortete:

«Natürlich. Es ist doch ebenso sein Kind wie meins.»

«Heute gilt man fast als untauglicher Vater, wenn man nicht dabei ist. Als Jenna vor zehn Jahren geboren wurde, hat man mich nicht in den Kreißsaal gelassen. Wir wohnten damals noch in Turku, und die Klinik hatte strikte Regeln. Väter störten nur, würden ohnmächtig und interessierten sich mehr für die technischen Geräte als für ihre Frau, hat man mir gesagt. Also habe ich stundenlang auf dem Gang gewartet. Sie haben es nicht mal für nötig gehalten, mir mitzuteilen, dass ein Noteingriff gemacht werden musste, weil sich die Nabelschnur um den Hals gewickelt hatte. Bei Janis Geburt durfte ich dann dabei sein. Es war unbeschreiblich, so etwas vergisst man nie. Man sagt ja, dadurch würde die Familienzusammengehörigkeit gestärkt, aber bei uns hat das nicht geklappt. Leider», sagte Ström, drehte sich um und ging.

Ich starrte ihm verblüfft nach. Was sollte ich nun davon halten? Behaupte noch einer, Frauen wären rätselhafte Wesen. Ich schüttelte den Kopf und widmete mich wieder den Akten.

Als ich endlich mit der Lektüre fertig war, spürte ich einen Krampf im rechten Bein, und mein Nacken war völlig verspannt. In letzter Zeit war es immer schwieriger geworden, eine bequeme Sitzhaltung zu finden – und das sollte noch zehn Wochen so weitergehen! Hoffentlich hielt sich Schnüppchen wenigstens an den errechneten Termin.

Ich verordnete mir Bewegung und frische Luft und ging zu Fuß zur Bahnstation. Da ich mit meinem Bauch nicht so große Schritte machen konnte wie sonst, musste ich zum Schluss einen kleinen Spurt einlegen, um den Zug nicht zu verpassen. Das Laufen löste ein fast vergessenes Wohlgefühl aus, ich freute mich schon auf das erste Jogging nach der Entbindung.

Die Kanzlei der Sommeruniversität befand sich in einem sorgfältig restaurierten alten Gebäude in der Liisankatu. In der Eingangshalle drängten sich Studenten, die sich einschreiben wollten. Ich fragte mich zu Kati Järvenperäs Büro durch, in dem ein unglaubliches Chaos herrschte. Auf dem Fußboden türmten sich die Aktenordner, und neben dem PC schienen sämtliche Vorlesungsverzeichnisse zu liegen, die die Sommeruniversität je herausgebracht hatte. Kati Järvenperä machte das Durcheinander offenbar nichts aus, sie räumte seelenruhig einen Stuhl frei und bot mir etwas zu trinken an. Sie hatte die Zeitungen gelesen und fragte mich über Teräsvuoris Tod aus, bevor wir zum eigentlichen Thema kamen. Dabei stellte ich fest, dass ich bereits ganz unbeteiligt über die Ereignisse des letzten Freitags sprechen konnte. Eigentlich gefiel mir das überhaupt nicht.

«Ich habe mir die Aufzeichnung von unserem Gespräch und das allererste Vernehmungsprotokoll noch einmal durchgelesen, und dabei sind mir ein paar Fragen gekommen. Dein älterer Sohn hat von einem dummen Onkel gesprochen, den er im Parkhaus gesehen hat. Wie war das noch gleich?»

«Der dumme Onkel ist unsere Erfindung. Er macht zum Beispiel die Sandkuchen auf dem Hof kaputt.»

«Hat Jussi ihn beschrieben?»

«Nein … oder doch. Er hat in einem Spielzeugkatalog eine männliche Barbiepuppe mit einem Schwert gesehen und gesagt, das sei der dumme Onkel. Aber das muss nichts bedeuten. Du weißt ja, wie verschlungen kindliche Logik sein kann.»

«Auf dem Gebiet kenne ich mich nicht aus. Was könnte Jussis Geschichte denn bedeuten?»

«Seiner Meinung nach fuhr der dumme Onkel einen weißen BMW. So ein Wagen hat uns einmal auf der Straße nach Hanko riskant überholt, und für Jussi steht natürlich fest, dass nur der dumme Onkel der Fahrer sein konnte.»

«Könnte der BMW statt weiß auch goldfarben gewesen sein?», fragte ich. Allerdings hätte selbst ein Kind Ulrika Weissenberg nie für einen Onkel gehalten, sie war eindeutig eine dumme Tante.

«Nein, unmöglich. Kinder nehmen es mit solchen Details sehr genau. Ich glaube allerdings, Jussi hat sich die Geschichte vom dummen Onkel im Parkhaus nachträglich zurechtgelegt, um sich den Streifenwagen und das seltsame Verhalten der Erwachsenen zu erklären.»

Polizeiarbeit ist oft reine Wiederholung. Auch jetzt ließ ich Kati Järvenperä die Ereignisse im Parkhaus wieder abspulen, als könnten meine Fragen ihr ein vergessenes Detail in Erinnerung rufen.

Als ich das Gebäude verließ, regnete es. Da um halb sieben die Geburtsvorbereitung in Olari begann, lohnte es sich nicht, vorher nach Hause zu fahren. Also spazierte ich ins Zentrum und gönnte mir im Café Fazer einen Eisbecher. Schwangere brauchen bekanntlich viel Kalzium.

Hingebungsvoll löffelte ich Eis mit Birnen, Schokoladensoße und Schlagsahne und konzentrierte mich ganz auf den

Genuss. Am Nebentisch unterhielten sich einige Männer über die Berichte in der Boulevardzeitung. Im Fall Teräsvuori nahmen sie für Hanna Partei und waren einhellig der Meinung, die Polizei tauge nichts. Dann kommentierten sie den nächsten Beitrag, die bittere Abrechnung einer Fünfzigjährigen, die ihren Mann an die vorjährige Miss Finnland verloren hatte:

«Diese blöde Ziege! Für alle Arten von Homolesben hat man heutzutage Verständnis, aber wenn ein Mann sich eine Jüngere anlacht, immerhin altersmäßig schon legales Fleisch, geht das Gekeife los!»

Ich entdeckte einen freien Tisch weiter hinten und zog mit meinem Eisbecher um. Wenigstens in der Freizeit wollte ich vor solchen Großschnauzen meine Ruhe haben.

Ich hatte das Tagebuch mitgenommen, das Noora vor rund zwei Jahren geführt hatte, weil es etwas Interessantes enthielt: eine Lücke. Noora hatte von ihrem zehnten Lebensjahr an regelmäßig in ihr Tagebuch geschrieben, meist zwei, drei Mal wöchentlich, doch vor zwei Jahren hatte sie von April bis Juni keine einzige Eintragung gemacht.

Anfangs hatte ich es nicht gemerkt, da ich kursorisch gelesen hatte, auf der Suche nach Namen. Dann war mir aufgefallen, dass auf den Winter unvermittelt der Sommer folgte, und ich hatte mir die Daten genauer angesehen.

Hatte Noora einfach keine Zeit gehabt? Eine Erklärung für ihr langes Schweigen gab sie jedenfalls nicht. In den letzten Eintragungen vor der Unterbrechung fieberte sie dem Trainingslager im Sportzentrum Vuokatti entgegen und schwärmte, Janne sei «voll süß». Nach der Pause folgten konsternierte Berichte über die Liebschaft ihrer Mutter und über deren Absicht, die Familie zu verlassen.

Ich war sicher, die Lücke hatte etwas zu bedeuten. Was hatte Noora ihrem Tagebuch verschwiegen?

Hier und da hatte sie Fotos eingeklebt, eins davon unmittelbar vor der Pause. Es war offenbar die erste Aufnahme von Noora und Janne als Eislaufpaar. Janne trug die Haare kurz und wirkte eckiger als heute. Noora war noch ganz kindlich, hielt den Kopf aber hoch erhoben, ihre Augen strahlten wie die einer Meisterläuferin. Ich legte die Hand auf das Foto, als könnte ich so Verbindung zu Noora aufnehmen.

Doch das funktionierte nicht. Ich stand auf, ging auf die Toilette und putzte mir die Zähne. Dann ging ich hinaus in den Dauerregen.

Achtzehn

Ein von Blut und weißer Schmiere überzogenes Köpfchen kam zum Vorschein. Ihm folgte der von Exkrementen befleckte Körper, und das Baby tat seinen ersten, fordernden Schrei.

«Iii», sagte jemand hinter mir, irgendwer kicherte nervös. Mir stiegen Tränen in die Augen, als die Kamera auf den glücklich staunenden Vater und auf die Mutter schwenkte, die gerade noch vor Schmerz geschrien hatte. Neben mir schrieb Antti die Erläuterungen der Hebamme zur Atemtechnik mit.

Ich versuchte mich auf die Informationen zu konzentrieren, die über mich hinwegrauschten. Periduralanästhesie, Gebärhaltung, Dammschnitt. Vieles war mir bereits in den verschiedenen Ratgebern begegnet, bei deren Lektüre ich festgestellt hatte, dass die Gurus der Geburtshilfe in den einfachsten Fragen widersprüchliche Auffassungen vertraten. In allen Büchern über aktive Geburt stand zum Beispiel, als Gebärhaltung sei die Rückenlage fast so widersinnig wie der Kopfstand, doch auf dem Video hatte die Frau auf dem Rücken gelegen. Ich wollte mich gerade melden und meinen Einwand vorbringen, als mir plötzlich ganz andere Fragen durch den Kopf schossen. Die Lücke in Nooras Tagebuch erschien mir immer wichtiger, ich musste so bald wie möglich mit Silja darüber sprechen.

Bei den Stilltipps zwang ich mich zur Aufmerksamkeit, denn ich wusste, ich würde sie brauchen, immerhin hatten Schnüppchen und ich keine Übung. Doch es fiel mir schwer, mich zu konzentrieren, weil ein Teil meines Ichs darauf brannte, aufs Präsidium zu fahren und meine Notizen durchzusehen, um anschließend im Eisstadion mit Silja zu sprechen. Schließlich begann Schnüppchen zu treten, als wolle es auf sich aufmerksam machen, und das brachte mich zur Vernunft. Für den Rest der Stunde befasste ich mich mit den Geheimnissen der Säuglingspflege.

«Ich setze dich zu Hause ab und fahre nochmal aufs Präsidium und zum Eisstadion, okay?», sagte ich nach dem Kurs.

«Du willst noch arbeiten?», fragte Antti verblüfft und wohl auch ein wenig verärgert. Er bot mir an, mich ins Eisstadion zu begleiten.

«Würde ich nicht empfehlen. Sie proben heute für Noora Nieminens Gedenkfeier.»

Mehr brauchte ich nicht zu sagen. Als vor vier Jahren Anttis bester Freund Jukka ermordet worden war, hatte der Chor, dem beide angehört hatten, auf der Beerdigung gesungen. Dieser Auftritt und die vorangehenden Proben hatten Antti sehr mitgenommen. Immer noch plagten ihn Albträume von Jukkas aufgedunsener Leiche und von der Mörderin, mit der er ebenfalls befreundet gewesen war. Er schlug sich bis heute mit dem Gedanken herum, er hätte durch rechtzeitiges Eingreifen Jukkas Tod verhindern können. Ob das stimmte, wusste ich nicht zu sagen, ich selbst hatte bei der Aufklärung des Falles nicht gerade geglänzt.

Als ich Antti an der Vähän-Henttaantie absetzte, hätte ich mich fast eines anderen besonnen, denn ich war entsetzlich müde. Doch ich zwang mich, zum Präsidium zu fahren.

Auf dem Gang zu unserer Abteilung war es still, vielleicht waren die Diensthabenden gerade im Einsatz. Ein seltsamer Schmerz durchzuckte mich, als ich an den Mutterschaftsurlaub dachte. Sicher, ich brauchte eine Ruhepause und freute mich auf die Geburt meines Kindes, aber dennoch ... Wie lange würde ich es zu Hause mit dem Baby aushalten? Meine Schwestern behaupteten allerdings, mit kleinen Kindern würde einem die Zeit nicht lang. Würde es mir auch so ergehen, dass ich an nichts anderes mehr denken konnte als an Strampelhosen und die neuesten Intrigen in «Reich und schön»? Irgendwie konnte ich mir das nicht vorstellen.

Ich klinkte die Tür zu meinem Dienstzimmer auf. Ein eigenes Büro war ein herrlicher Luxus, hier hatte ich vor den mitunter geistlosen Storys der Kollegen Zuflucht gesucht und inoffizielle Gespräche mit Zeugen geführt. Nach meiner Rückkehr in den Dienst würde es sicher nicht mehr so friedlich zugehen. Ob ich es unter Ströms Leitung überhaupt noch im Dezernat aushalten würde? Und wenn ich selbst Dezernatsleiterin werden sollte, würde mein Dienstalltag auch hektischer sein als bisher. Dennoch lechzte ich danach, Hauptkommissarin zu werden.

Ich schnappte mir meine Aufzeichnungen und zwei von Nooras Tagebüchern. Dann legte ich den mittlerweile vertrauten Weg zum Eisstadion zurück und ging durch das Café auf die Zuschauertribüne. Im unteren Teil des Blocks E setzte ich mich hin, ich war einfach zu müde, um über die Absperrungen zwischen den Blöcken zu steigen.

Wieder lag die Halle fast ganz im Dunkeln, nur über den Notausgängen leuchteten grüne Lämpchen. Dann hörte man das leise Rauschen von Kufen, und die erste flackernde Kerze erschien. Ihr folgten etwa zwanzig andere, während die Musik einsetzte: eine Instrumentalfassung von Nilssons «Without You». Offenbar hatte die Synchronmannschaft des ELV Espoo ihre Wettbewerbskür passend zur Gedenkfeier abgewandelt.

Eigentlich war das Ganze ziemlich geschmacklos – die Kerzen, der totgerittene Song in einer kitschigen Geigenversion, die Mädchen, die mit starren Gesichtern auf dem Eis kreisten. Zum Glück brach die Musik immer wieder ab, und die Stimme des Trainers holte mich in die Realität zurück. Allerdings zweifelte ich an der therapeutischen Wirkung, die Ulrika Weissenberg sich von der Aufführung erhoffte.

Als die Kerzenprozession endlich abtrat und das Licht eingeschaltet wurde, sah ich an der Tür zu den Umkleideräumen tatsächlich alle, die ich im Stadion vermutet hatte. Silja, in Trainingsanzug und Schlittschuhen, unterhielt sich mit Elena Grigorieva. Rami Luoto zog Irina das verrutschte Trikot zurecht. In der Frühjahrsshow hatte sie einen schüchternen Zwerg gespielt und war ein kunstvolles kleines Solo gelaufen. Wurde bei der Gedenkvorstellung auch diese Szene gezeigt, oder sollte Irina tatsächlich Nooras Rolle als Schneewittchen übernehmen? Janne hockte in einem der schalenförmigen Sitze im Block A und hatte die Beine auf die Rückenlehne der Vorderreihe gelegt. Er trug keine Schlittschuhe. Ulrika Weissenberg redete aufgeregt auf ihn ein, und ich schob mich näher heran, um das Gespräch belauschen zu können.

«Du könntest wenigstens aufs Eis kommen und ein paar Worte zu Nooras Gedenken sagen, wenn du schon nicht laufen willst.»

«Ich leg in der Kirche meine Blumen nieder, und damit hat sich's. An diesem Zirkus hier werde ich mich nicht beteiligen!»

«Wir tun es für Noora. Es hätte ihr gefallen.»

«Ja, das hätte es, verdammt nochmal, sie hat's ja immer gern dramatisch gehabt. Aber sie kann uns nicht zuschauen!» Janne stand auf, trat ganz nah an Ulrika heran und packte sie an den Schultern. Eine halbe Sekunde lang dachte ich, er werde sie gleich umarmen, doch dann brüllte er: «Sie ist tot, Ulrika, tot! Kapierst du! Noora ist tot! Zum Teufel mit eurer blöden Aufführung!»

Er schüttelte sie heftig, man konnte meinen, er wolle sie die Treppe hinunterwerfen. Dann schien er zu sich zu kommen, ließ sie los und rannte in den oberen Teil der Tribüne, der im Dunkeln lag.

Irina Grigorieva lief ihr Solo sicher, aber wesentlich ausdrucksloser als im Frühjahr. Es wunderte mich, dass die beiden Trainer sich Ulrika Weissenbergs Wunsch gefügt hatten, obwohl sie wissen mussten, wie hart es für die kleinen Eisläuferinnen war, glückliche Waldbewohner zu spielen, nachdem ihr Schneewittchen im wirklichen Leben getötet worden war. Wieder erinnerte ich mich an Nooras flehenden Blick bei der Frühjahrsshow und an die Leiche der kleinen Minni in ihrem Gitterbettchen. Ich schloss die Augen, wollte nicht an die beiden denken, konnte es nicht ertragen. Deshalb zwang ich mich, mir ins Gedächtnis zu rufen, was ich im Vorbereitungskurs gelernt hatte. Eröffnungsperiode, Austreibungsperiode, Nachgeburtsperiode. Da geschah etwas Seltsames.

Ich hatte gelegentlich gehört, dass es anderen auch so geht. Wochenlang wälzt man ein Problem, denkt pausenlos darüber nach, sucht vergeblich nach der Lösung. Und dann, wenn man mit den Gedanken ganz woanders ist, wird einem schlagartig alles klar.

So ging es mir, als ich mir die Phasen der Entbindung ins Gedächtnis rief: Ich begriff, wer Noora Nieminen getötet hatte, und warum. Sogar das Wie begann sich zu klären. Die Antworten waren von Anfang an da gewesen, sie hatten nur auf die richtigen Fragen gewartet.

Ich stand auf und ging auf den Flur, um bei der Zulassungsstelle anzurufen, wo man meine Vermutung bestätigte. In meinen Notizen und in Nooras Tagebuch überprüfte ich einige Details, musste in meiner Aufregung allerdings lange blättern, bevor ich die richtigen Seiten fand. Unter den Triumph der Erkenntnis mischte sich Zorn auf Nooras Mörder, zudem war ich unschlüssig, wie ich weiter vorgehen sollte. Eigentlich konnte die Festnahme bis zum nächsten Tag warten, denn der Täter war ahnungslos und würde mir nicht davonlaufen. Nachdem ich mich ein wenig beruhigt hatte, ging ich zurück auf die Zuschauertribüne.

Nun war Silja auf dem Eis. Die blauvioletten Leggings und

die Trainingsjacke passten nicht recht zum Solo der bösen Stiefmutter. Siljas Darbietung war von Anfang an schwunglos. Als sie zum dreifachen Salchow ansetzte, sah man sofort, dass das Tempo nicht reichen würde. Der Sprung war so niedrig angesetzt, dass Silja aus der Drehung heraus aufs Eis geschleudert wurde. Obwohl Spitzenläufer darauf trainiert sind, sich bei Stürzen nicht zu verletzen, knickte sie um, blieb sitzen und rieb sich den Knöchel. Rami Luoto war der Erste, der die Situation erkannte und aufs Eis lief.

«Stellt die Musik ab!», rief er. Dann half er Silja auf und stützte sie, sodass sie auf dem unverletzten Bein an die Bande gleiten konnte.

Ich stieg die Treppe hinunter, quälte mich über die Absperrung und ging durch die Sitzreihen. Silja hatte das Bein hochgelegt, Rami und Elena standen besorgt um sie herum.

«Irina, hol im Café Eiswürfel!», ordnete Elena an.

«Gebrochen ist er nicht, nur verstaucht. Ich fühle auch keine Schwellung», sagte Rami. «Tut es sehr weh?»

«Ja … autsch», jammerte Silja.

«Hallo, Silja, hast du dich verletzt?», rief ich von oben.

Niemand schien sich über meine Anwesenheit zu wundern, Silja lächelte beinahe.

«Grüß dich, Maria. Ja, morgen werde ich sicher nicht laufen können.»

Ich dachte an unser Telefongespräch und konnte nur mit Mühe ein Grinsen unterdrücken.

«Du kannst nicht laufen?» Ulrikas Stimme war schrill. Die letzten zwei Wochen hatten ihren Tribut gefordert, Ulrika schien am Rande eines Nervenzusammenbruchs zu stehen, beherrschte sich jedoch mühsam.

Elena Grigorieva übernahm das Kommando und holte die Darsteller des Waldvölkchens zu einer weiteren Probe. Ich bot Silja an, sie nach Hause zu fahren, doch sie meinte, sie wolle auf ihre Mutter warten.

«Gleich nach der Kanadareise hab ich Fahrprüfung. Dann brauche ich keinen Chauffeur mehr», sagte sie. Ich setzte mich zu ihr, wir schauten uns den Tanz des Waldvölkchens an, während Schnüppchen in meinem Bauch im Takt strampelte.

Elena Grigorieva zog das Training mit unglaublicher Energie durch, obwohl auch sie am Boden zerstört sein musste. Ihr Mann war zwar auf freien Fuß gesetzt worden, hatte jedoch eine Anklage zu erwarten. Sicher würden die Drogenfahnder auch Elena vernehmen.

Nach dem Training wurden die Kinder von ihren Eltern abgeholt. Silja, die am Arm ihrer Mutter hinaushumpelte, zwinkerte mir zu. Als mir auf dem Gang plötzlich Nooras Mörder gegenüberstand, vergaß ich meinen Vorsatz zu schweigen. Ich wollte die Sache auf der Stelle klären.

«Ich hätte noch ein paar Fragen.» Meine Stimme klang garantiert hysterisch.

«In Ordnung», sagte er, als ahne er nicht, worum es ging. Vielleicht ahnte er es wirklich nicht, glaubte sich über jeden Verdacht erhaben.

Ich stieg hinauf in den oberen Teil des Blocks A und setzte mich auf eine der unbequemen Plastikbänke. Selbst an einem Sommerabend war es ungemütlich kalt in der kleinen Halle. Ich zog die Jacke enger um mich und steckte die Hände in die Taschen.

Der Hausmeister schloss die zwei Meter hohen Eisentore, die die Tribünen vom Gang trennten. Er warf mir einen verwunderten Blick zu, sagte aber nichts. Das Flutlicht wurde ausgeschaltet. Dann kam der Mann, auf den ich wartete, trotz der Schlittschuhe an seinen Füßen flink und behände die Treppe hinauf.

«Kann ich schon gehen?», rief der Hausmeister an der Tür zum Café.

«Ja, geh nur», antwortete der andere.

«Ich mach hier schon dicht, du hast ja Schlüssel.» Mit diesen Worten zog der Hausmeister die schwere Glastür zum Café hinter sich zu.

Plötzlich war es merkwürdig still in der Halle, nur die Klimaanlage surrte. Was tat ich hier eigentlich? Ich glaubte nicht, dass Nooras Mörder mir gefährlich werden würde. Dennoch – war es vernünftig, mit ihm allein in der leeren Halle zu bleiben? Ach was, der Hausmeister blieb bestimmt auf seinem Posten, sicher war das Stadion auch nachts nicht ohne Aufsicht. Mir würde schon nichts passieren. Nach ein paar Fragen würde ich einfach gehen, mochte er die Nacht hindurch grübeln, wie viel ich wusste. Ihn nervös zu machen war die beste Taktik.

«Wollen wir uns hier unterhalten?», fragte er und vergrub sich in seine Jacke. «Hoffentlich frierst du nicht.»

Ich schüttelte den Kopf und schaute in die moosbeerblauen, im Dämmerlicht fast schwarz glänzenden Augen von Rami Luoto. Aus der Nähe sah man die tiefen Lachfältchen in seinem jungenhaften Gesicht, aus seinen kleinen Ohren wuchsen schlammbraune Härchen.

«Bei unserem letzten Gespräch habe ich dich gefragt, ob Noora einen Freund hatte. Janne hat ihre Gefühle nicht erwidert, doch bei der Obduktion wurde festgestellt, dass sie keine Jungfrau mehr war. Weißt du, mit wem sie Intimverkehr hatte?»

Rami schaute auf die Eisfläche. «Wette mal wieder», stand an der Bande. Und genau das tat ich.

«Es ist im Frühling vor zwei Jahren passiert, nicht wahr? Um die Zeit, als Nooras Mutter Teräsvuori kennen lernte. Du hast dich immer schon zu kleinen Mädchen hingezogen gefühlt.»

«Hat Noora darüber in ihrem Tagebuch geschrieben?», fragte Rami. Er zitterte vor Kälte.

Ich nickte. Dass ich log, spielte keine Rolle. Rami machte den Mund auf, brachte aber kein Wort heraus. Das war auch bei den früheren Vernehmungen vorgekommen, vielleicht hatte er damals gestehen wollen, sich dann aber doch nicht überwinden können. Und ich hatte es nicht verstanden, die richtigen Fragen zu stellen.

«Noora war damals noch keine vierzehn. Eine Minderjährige, die unter deiner Obhut stand. Was hat sie in deine Arme getrieben?»

Dass Rami sie vergewaltigt hatte, konnte ich mir nicht vorstellen. Zumindest am Anfang musste Noora freiwillig mitgemacht haben.

Doch der Trainer war immer noch nicht bereit zu sprechen. Schweigend starrten wir auf die weiße Eisfläche mit den blauen und roten Buchstaben der Werbeaufschriften: Karjala, Sisu, Rautaruukki.

«Bisher hast du nicht zu den Hauptverdächtigen gezählt, weil du allem Anschein nach kein Motiv hattest. Es ist dir wohl klar, dass sich die Situation geändert hat.»

«Hat außer dir noch jemand Nooras Tagebücher gelesen?» Seine Stimme war fast unkenntlich geworden, tief und gepresst.

«Polizeiliche Ermittlungen sind immer Teamarbeit», schwindelte ich, denn ich wurde nun doch nervös.

«Ich hätte es nicht tun dürfen, es war der größte Fehler meines Lebens», sagte Rami tonlos. «Damals im Lager … Janne und Silja hatten Wein mitgebracht und Noora davon abgegeben. Viel zu viel, so etwas kommt sonst nicht vor. Noora war betrunken und rasend eifersüchtig, sie fing an zu toben. Ich habe sie in mein Zimmer gebracht, um ihr gut zuzureden. Und … und … Sie war so schön. Es ist einfach passiert.»

Ich dachte an das Bild der mädchenhaften, flachbrüstigen Ballerina in Luotos Wohnung, an Nooras Tagebucheintragungen, Rami habe wieder einmal über ihre Gewichtszunahme gemeckert.

«Du hast den Schwulen gespielt, damit sich niemand wundert, wieso du keine Beziehungen zu erwachsenen Frauen hast», sagte ich schneidend.

«Die Leute denken doch ohnehin, alle Eiskunstläufer wären schwul», versuchte er zu spötteln.

«Ich glaube nicht, dass es dir gelungen ist, Elena oder Ulrika zu täuschen.» Ich erinnerte mich plötzlich, wie Elena ihre Tochter von ihm fortgezogen hatte. «Deshalb trainierst du also so gern kleine Mädchen. Dabei darfst du sie ganz legal anfassen!»

Rami gab keine Antwort. Nicht er verlor die Beherrschung, sondern ich. Ich hatte ihn sympathisch gefunden, er war die Liebenswürdigkeit in Person gewesen. Deshalb hatten wohl auch die erwachsenen Teammitglieder seine Neigung nicht sehen wollen.

«Zu deinem Glück hat sich Noora so geschämt, dass sie jahrelang niemandem von dem Vorfall zu erzählen wagte. Du hast ihr weisgemacht, man würde ihr sowieso nicht glauben, stimmt's? Oder hast du ihr eingeredet, Janne würde sie hassen, wenn er davon erführe?»

Rami sah mich an wie ein Wesen von einem anderen Stern.

«Was denkst du von mir! Ich habe mich sogar bei ihr entschuldigt, mehr als einmal. Ich dachte, sie hätte es längst vergessen.»

«Vergessen? Weil sie dich sexuell nicht mehr interessierte? Vielleicht hat sie tatsächlich versucht, das Erlebnis zu verdrängen, aber die Erinnerung kam wieder hoch, als sie sah, wie du Irina behandelst. Das Mädchen scheint dir sehr zu gefallen.»

Rami schluckte, er brachte keinen Ton heraus. Auch mir fiel es schwer weiterzusprechen. Es lag mir fern, irgendwen wegen seiner sexuellen Vorlieben zu verurteilen, aber für Leute, die sich an Kindern vergingen, brachte ich keine Sympathie auf. Und Rami Luoto war zudem eine Vertrauensperson, zu der die Mädchen aufschauten.

«Noora glaubte wohl, das Ganze sei ihre Schuld, sie sei irgendwie verdorben. Aber dann traf sie in Edmonton eine junge Kanadierin, die du früher trainiert hast, und begriff, dass sie nicht die Einzige war und dass der Fehler nicht bei ihr lag. Von da an sah sie dein Interesse für Irina mit anderen Augen. Deshalb hat sie sich entschlossen, publik zu machen, dass du mit ihr geschlafen hast.»

Es war nicht schwer, sich auszumalen, was an Nooras letztem Tag geschehen war. Alle sagten, Noora habe dramatische Szenen geliebt. Nach dem Streit um den Werbespot war sie vermutlich so erbost, dass sie sich gleich darauf mit Rami angelegt und ihm gedroht hatte, ihn zu entlarven.

«Du bist keineswegs zu Fuß nach Hause gegangen! Weil es so stark regnete, hattest du dir den Wagen deiner Schwester geliehen. Du besitzt selbst kein Auto, insofern hast du nicht gelogen. Du hast mir allerdings verschwiegen, dass du dir bei Bedarf den weißen Renault Clio deiner Schwester borgen kannst.»

Rami strich sich über die Oberlippe. Obwohl er in der Kälte zitterte, stand ihm der Schweiß auf der Stirn. Es wäre leichter gewesen, wenn er selbst berichtet hätte, was passiert war. Bisher wusste ich ja noch nicht, wo er Noora getötet hatte. Hatte er auf dem Parkplatz in Koukkuniemi angehalten und war Noora in das Wäldchen gefolgt, wo wir ihre Tasche gefunden hatten? Oder hatte er sie im Auto erschlagen? Und warum hatte er die Leiche im Parkhaus deponiert?

Vielleicht würde er bei der offiziellen Vernehmung reden. Durch sein Schweigen hatte er bereits genug zugegeben. Ich brauchte ihm jetzt keine Fragen mehr zu stellen, sondern konnte nach Hause gehen.

Ich stand auf und nahm meine Tasche von der Bank. Da packte Rami mich am Arm.

«Was wird jetzt aus mir?», fragte er gepresst. «Ich wollte Noora nicht umbringen, verstehst du? Es war ein Unfall! Ich wusste nicht, dass … dass ein Mensch so schnell tot ist.»

Er quetschte die Worte mühsam heraus. Seine Augen bohrten sich in meine, sie kamen mir vor wie bodenlose Abgründe, bis ich meine eigenen, ungläubigen und wütenden Augen in ihnen sah. Ich weiß nicht, was Rami in meinem Blick las. Plötzlich wurde sein Griff fester.

«Sag mir, was jetzt passiert! Wirst du mich festnehmen?»

«Lass mich los!»

Doch Rami reagierte nicht. Da begriff ich, dass er Noora auf die gleiche Weise angesehen hatte. Wie ein Hund, der angegriffen wird und keinen anderen Ausweg sieht, als zurückzubeißen.

«Du bist nicht gekommen, um mich festzunehmen. Das mit dem Tagebuch war auch gelogen. Noora hat mir gesagt, sie hätte nichts aufgeschrieben. Was ich ihr angetan hätte, wäre zu furchtbar, um es aufzuschreiben.»

«Ich bin nicht die Einzige, die weiß, dass du Noora getötet hast», sagte ich, so ruhig ich konnte. «Lass mich los. Du bist verhaftet.»

Ich versuchte ihn abzuschütteln, doch er ließ mich nicht los. Im Gegenteil. Plötzlich legte er den freien Arm um meinen Hals und nahm mich in den Würgegriff.

Man hatte uns auf der Polizeischule beigebracht, wie man mit solchen Situationen fertig wird. Unter normalen Umständen hätte ich es spielend geschafft, mich freizukämpfen, dann nämlich, wenn ich nicht in der 28. Woche schwanger und mein Gegner kein durchtrainierter Sportler gewesen wäre. So aber mühte ich mich vergeblich. Ich spürte, wie meine Lungen nach Luft gierten, wusste, dass Schnüppchen dasselbe empfand, sobald kein Sauerstoff mehr durch die Nabelschnur floss. Dieser Gedanke steigerte meine Gegenwehr, Ramis Griff löste sich.

Ich rannte die Treppe hinunter, so schnell ich es im Halbdunkel wagte. Wenn ich hinfiel, war mein Schicksal besiegelt. Sobald sich meine Lungen wieder gefüllt hatten, begann ich zu schreien. Das Stadion konnte doch noch nicht leer sein, wenigstens der Hausmeister musste noch irgendwo stecken. Meine Tasche lag oben zwischen den Bänken, und in ihr das wenige, womit ich mich verteidigen konnte: die Schlüssel und ein kleines Messer. Und mein Handy.

Ich hörte Schritte hinter mir und versuchte das Unmögliche: über das zwei Meter hohe Gitter zu klettern, das den Weg von der Tribüne zur Eingangshalle versperrte. Das war ein Fehler. Rami war im Nu bei mir und riss mich herunter. Ich fiel zu Boden. Der Aufprall war gewaltig, doch der Schmerz, den ich fürchtete, blieb aus, und ich spürte auch kein Blut zwischen den Beinen.

Rami versuchte sich auf mich zu setzen, doch ich rollte mich zur Seite. Ich war schon fast wieder auf den Beinen, als ich Stahl aufblinken sah. Rami hatte den Schoner von seinem linken Schlittschuh genommen und trat mit der blanken Kufe nach mir. Nicht ins Gesicht, sondern in den Bauch. Ich konnte in letzter Minute ausweichen, war aber kaum losgerannt, als er sich nach vorne warf, mich bei den Beinen packte und wieder zu Fall zu bringen versuchte.

Ich wusste, was er vorhatte, und schrie, wie ich nie geglaubt hätte, schreien zu können. Er wollte mich mit den Schlittschuhen tottreten! Wieder kam ein Tritt, ich legte schützend den Arm über den Bauch, und die Kufenspitze traf nur meinen weiten Jackenärmel. Es gelang mir, Rami einen Hieb auf die Nase zu versetzen, der ihn aber nur kurz zum Straucheln brachte.

Ich musste hier raus! Am einfachsten war es durch die Tür zum Café. Auf den Betonstufen würde Rami auf blanken Kufen nicht vorwärts kommen.

Ich rannte die Treppe hoch und schaffte es, unbeholfen

und schluchzend, mich über die einen Meter hohe eiserne Absperrung zwischen den Blöcken D und C zu wälzen. Nun noch die Treppe nach unten und ich war an der Tür, sie musste doch auch von innen zu öffnen sein!

Ich hatte Ramis Schritte nicht gehört. Ich hatte erwartet, er werde die Kufenschoner überstreifen oder die Schlittschuhe ausziehen, um mir nachzusetzen. Doch stattdessen war er aufs Eis gesprungen und zu dem Block hinübergefahren, wo ich mich befand. Er warf sich auf mich, als ich nach der Klinke griff. Und die Tür ging nicht auf.

Als Luoto erneut zu einem Tritt ansetzte, warf ich mich zu Boden. Die Tür zu den Umkleideräumen war meine letzte Hoffnung. Wie eine voll gefressene Schlange schob ich mich unter dem Tor hindurch auf die Treppe zum Block F. Mit seinen Schlittschuhen war Rami langsamer als ich. Ich hatte bereits die Ehrentribüne erreicht, wo ich bei der Frühjahrsshow mit den Taskinens gesessen hatte, als er mich einholte.

Ich musste dem wuchtigen Tritt seines rechten Beins ausweichen, stieß gegen einen Sitz und kam ins Schwanken. Im nächsten Moment war ich zwischen der Bande und Rami Luoto eingeklemmt.

Ohne das Kind in mir hätte ich den Sprung auf das drei Meter unter mir liegende Eis gewagt, doch in meinem Zustand war das Risiko zu groß. Ich legte die Arme um den Bauch, erwartete den nächsten Tritt und lauerte auf eine Gelegenheit, den Angreifer aus der Balance zu bringen. Ich hörte mein Keuchen, spürte den Atemdampf, nahm den aggressiven Schweißgeruch wahr, den Rami ausströmte.

Doch der Tritt kam nicht. Als ich von den Kufen aufblickte, sah ich ein Zucken im Gesicht des Trainers.

«Ich kann's nicht …», stammelte er und brach in Tränen aus.

Zuerst konnte ich kaum glauben, dass die Gefahr vorüber war. Erst als Rami sich auf einen Sitz fallen ließ und das Gesicht in den Händen verbarg, begriff ich, dass er es nicht fertig brachte, Schnüppchen und mich zu töten. Da muss auch ich zusammengebrochen sein, denn es verstrichen einige Minuten, in denen wir beide schwiegen.

«Es ist einfach passiert», schluchzte Rami schließlich und schnäuzte sich die Nase am Jackenärmel. «Ich bin auf den Parkplatz bei der Schule in Matinkylä gefahren und habe versucht, Noora zur Vernunft zu bringen. Ich habe ihr versprochen, die Finger von Irina zu lassen, nie mehr ein Mädchen anzurühren. Noora hat mich beschimpft, sie hat geschrien, ich wäre pervers, und mir ins Gesicht gespuckt. Sie hatte die Sporttasche auf dem Schoß und fummelte an den Bändern ihrer Schlittschuhe herum. Da habe ich die Schlittschuhe genommen und zugeschlagen, immer wieder. Noora hat die Wagentür aufgemacht, ich habe noch einmal ausgeholt, sie ist hinausgefallen und mit dem Kopf auf einen Stein geschlagen … Ich kann mich nicht mehr an alles erinnern.»

Noora war reglos liegen geblieben, und Rami hatte ihr mit einem Handtuch das Blut vom Gesicht gewischt. Dann war ihm der Gedanke gekommen, er müsse sie zudecken. Im Kofferraum, wo normalerweise eine Reisedecke lag, hatte er einen schwarzen Müllsack gefunden, Nooras Leiche hineingestopft und in den Kofferraum gelegt. Sein Bericht war verworren, offenbar hatte er versucht, seine Tat zu verdrängen, als könne er sie damit ungeschehen machen.

«Ich weiß nicht, warum ich ins Parkhaus gefahren bin. Zuerst hatte ich wohl vor, den Wagen dort abzustellen und als gestohlen zu melden. Aber dann wollte ich die Leiche einfach nur loswerden. Als diese Frau im Mercedes kam, sah ich, dass sie den Kofferraum nicht abschloss. Ich habe den Sack hingetragen und in den Mercedes geleert. Ich glaube, ich wusste gar nicht, was ich tat.»

Mit seinem vom Weinen geröteten Gesicht erinnerte Rami Luoto nicht gerade an eine männliche Barbiepuppe, doch es war leicht nachvollziehbar, wieso Jussi Järvenperä eine Ähnlichkeit gesehen hatte. Luoto hatte die gleiche, wenn auch ergraute Frisur und dieselben Gesichtszüge wie Ken. Jussis Beobachtung war eines der Mosaiksteinchen, die mich auf die Spur des Täters geführt hatten. Um ein sorgfältig vorbereitetes, kompliziertes Verbrechen handelte es sich allerdings nicht, Rami hatte einfach Dusel gehabt. Seine Schwester war verreist gewesen, sodass er den Wagen in aller Ruhe an einer Tankstelle säubern konnte, nachdem er Nooras Sporttasche in das Wäldchen in Koukkuniemi geworfen hatte. Die Kufenschoner, die er im Auto vergessen hatte, versteckte er ein paar Tage später an der Bushaltestelle.

«Ich habe die ganze Zeit auf meine Verhaftung gewartet. Und ich habe versucht zu gestehen, ich wollte ... Aber dann konnte ich es doch nicht. Nicht einmal, als Hanna diesen Teräsvuori umgebracht hat.»

Benommen hörte ich zu. Ich war nicht mehr fähig, Rami Luoto zu hassen oder auch nur zu verabscheuen. Eigentlich war er mir gleichgültig. Auch Noora war in weite Ferne gerückt.

Schnüppchen und ich hatten überlebt, obwohl ich Idiotin unser beider Leben aufs Spiel gesetzt hatte. Von nun an war es vorbei mit dem kopflosen Handeln. Wenn Schnüppchen etwas zugestoßen wäre, hätte ich nicht weniger Schuld daran gehabt als Rami Luoto.

Ich stand auf, und diesmal hinderte er mich nicht daran. Nachdem ich mühsam über die Absperrungen gekraucht war, fand ich meine Tasche, nahm das Handy und forderte eine Streife an. Luoto schluchzte unaufhörlich, ein wenig vielleicht auch vor Erleichterung. Seinen Worten nach wollte er Nooras Tod sühnen, auch mich bat er fortwährend um Verzeihung.

Wir blieben im Block D, um auf die Ankunft der Streifenbeamten zu warten. Ich hätte keine einzige Absperrung mehr geschafft, selbst im Sitzen war mir flau. Da wurde an der Tür zum Café gerüttelt, die gleich danach aufging. Ich rechnete damit, zwei uniformierte Polizisten zu sehen, doch es war Janne Kivi, der die Tribüne betrat und bei unserem Anblick verdattert stehen blieb.

«Verdammt nochmal, was geht hier vor?», schrie er, sprang leichtfüßig über die Bande und kam quer über das Eis auf uns zu. Auf halbem Weg verlangsamten sich seine Schritte, und er blieb mitten auf dem großen, altmodischen S der Sisu-Reklame stehen.

«Rami?», sagte er erschrocken. Sein Gesicht wurde starr, als er begriff. «Rami? Nein!» Seine Stimme war schrill wie die eines verängstigten Kindes, sekundenlang glaubte ich, auch er werde in Tränen ausbrechen.

Doch das tat er nicht. Er setzte sich wieder in Bewegung, lief auf uns zu und stürzte sich auf Rami, bevor ich eingreifen konnte. Er riss den Trainer hoch und schlug ihm ins Gesicht, bis das Blut aus der bereits lädierten Nase schoss.

«Scheiße, ich hab die ganze Zeit geahnt, dass du es warst!», schrie Janne und schlug erneut zu, diesmal aufs Kinn. Rami flog zwischen die Sitzreihen.

«Ich bring dich um! Verdammt nochmal, ich bring dich um!»

«Janne, hör auf!», rief ich, doch der Junge war in seiner Raserei taub für alles andere, sodass mir nichts anderes übrig blieb, als ihn von Rami fortzuzerren. Es war beinahe absurd: Ich schützte den Mann, der noch vor einer Viertelstunde versucht hatte, mich und mein Kind zu töten. Ich wagte nicht, mit vollem Einsatz dazwischenzugehen, sondern versuchte, Jannes Arm festzuhalten. Er wollte mich wegstoßen, begriff dann offenbar, wer ich war, und ließ die Arme sinken. Der blutüberströmte Rami nutzte die Gelegenheit, um sich in der nächsten Sitzreihe in Sicherheit zu bringen. Als Janne ihm nachsetzen wollte, packte ich ihn an der Schulter.

«Das bringt nichts, Janne! Und wenn du ihn noch zigmal schlägst, wird davon nichts wieder gut! Im Gegenteil!»

Janne hielt inne, trat gegen den nächsten Plastiksitz, der sich unter der Wucht seines Tritts verbog, hockte sich hin und vergrub das Gesicht in den Händen. Seine Fingerknöchel waren blutig. Im selben Moment betrat der Hausmeister mit den beiden Streifenbeamten die Halle. Ich gab den Uniformierten einen kurzen Lagebericht und ordnete Ramis Festnahme an. Der Hausmeister betrachtete kopfschüttelnd die dunkelrote Spur, die Rami auf dem Eis hinterließ, als er abgeführt wurde. Ich muss Antti anrufen, dachte ich. Am besten fuhr ich gleich in die Klinik und ließ abchecken, ob mit Schnüppchen alles in Ordnung war.

«Gehen wir, Janne.»

«Werde ich wieder eingesperrt?», wisperte er.

«Nein.» Ich setzte mich zu ihm. «Du hast vorhin gesagt, du hättest geahnt, dass Rami Noora umgebracht hat. Was hast du gewusst?»

Janne stand auf, ging einige Stufen hinunter und lehnte die Stirn gegen das Plexiglas der Torrichterkabine.

«Ich hab irgendwie gespürt, dass damals im Lager etwas passiert ist, was nicht in Ordnung war. Ich war's ja, der Noora betrunken gemacht hat, aus reiner Dummheit. Ein verdammter Hornochse bin ich! Noora hat immer wieder Andeutungen gemacht, aber ich wollte ihr nicht zuhören. Ich wollte nichts Schlechtes über Rami hören!» Er schlug mit der flachen Hand gegen das Plexiglas, das so laut knallte, dass der Hausmeister besorgt zu uns herübersah.

Ich ging hinunter an die Bande, hatte aber plötzlich Angst, das Eis zu überqueren. Meine Beine zitterten, und ich hatte fürchterlichen Hunger.

«Gehen wir, Janne. Wir können später weiterreden.»

Er drehte sich zu mir um. Seine grünen Augen waren verhangen, er sah sehr jung und verängstigt aus.

«Schaffst du es allein über das Eis?», fragte er unvermittelt. Ohne eine Antwort abzuwarten, fasste er mich an den Armen und schob mich hinüber. Es tat gut, sich anzulehnen, und instinktiv wusste ich, dass Janne dasselbe empfand, denn er ließ mich auf der anderen Seite nicht los, sondern begleitete mich zum Parkplatz, wo nur noch der Lieferwagen des Hausmeisters und mein kleiner Fiat standen.

«Bist du nicht mit dem Auto da?», fragte ich.

«Seit der Festnahme wegen meiner Raserei traue ich mich nicht mehr. Ich trete zu fest aufs Gaspedal, und bei jedem entgegenkommenden Lkw bin ich in Versuchung, das Steuer rumzureißen und Schluss zu machen.»

Ich nickte. Trotz seines Eingeständnisses bat ich ihn, mich zur Klinik zu fahren, denn ich konnte mich nicht mehr ans Steuer setzen. Ich hatte kaum noch die Kraft, zu Hause anzurufen und Antti zu bitten, vor der Klinik auf mich zu warten. Natürlich war er in heller Aufregung, so sehr ich auch versuchte, ihn zu beruhigen. Ich hatte keine Schmerzen und Schnüppchen hatte gerade angefangen zu strampeln.

«Natürlich hätte ich es der Polizei sofort erzählen müssen», sagte Janne, als wir auf die Finnoontie abbogen. «Aber ich war mir nicht sicher. Und ihr hattet mich in Verdacht … Wenn ich in der Situation Rami beschuldigt hätte, hättet ihr mir sowieso nicht geglaubt.»

«Vielleicht doch. Aber du solltest dir keine Vorwürfe machen, damit änderst du nichts.»

«Hätte Nooras Mutter Teräsvuori erschossen, wenn ich geredet hätte?»

«Willkommen im Club», sagte ich bitter. Janne sah mich verwundert an, und ich erklärte ihm, wie viele Menschen sich an Teräsvuoris Tod schuldig fühlten. Janne antwortete nicht, wischte sich nur ab und zu über das Gesicht. Er war wohl kaum fahrtüchtiger als ich.

Auf dem Parkplatz vor der Klinik war noch nichts von Antti zu sehen. Ich gab Janne Geld fürs Taxi und dachte, in einer anderen Welt und in etwas jüngeren Jahren hätte ich mich wahrscheinlich in ihn verliebt.

«Sie bleibt, die Schuld, man wird sie nicht los. Man muss mit ihr leben, auch wenn man sich an manchen Tagen nicht im Spiegel begegnen mag», sagte ich. Ich hätte ihm gern etwas Tröstlicheres gesagt, doch dafür hatte ich die Worte nicht. Deshalb umarmte ich ihn, und Schnüppchen beteiligte sich mit einem energischen Tritt.

Epilog

In der strahlenden Vormittagssonne leuchteten die Kiefernstämme braunrot. Vor der Klinik in Tammisaari blühten die Rosen, draußen waren es mindestens achtundzwanzig Grad.

Im Entbindungszimmer war es etwas kühler. Ich lehnte mich im Sitzsack zurück und wartete auf die nächste Kontraktion. Die Wehen kamen alle drei Minuten, es würde noch Stunden dauern.

Gegen fünf Uhr war ich in einer grünlichen Fruchtwasserpfütze erwacht. Wir hatten unser Köfferchen gepackt und waren in den stillen Morgen hineingefahren. Es war ein unwirkliches Gefühl gewesen: Jetzt ist es soweit, Schnüppchen kommt zur Welt.

Die letzten Wochen hatte ich vorwiegend im Wasser verbracht, mal in einem See, mal im Meer. Ende Juli war eine Hitzewelle ausgebrochen, die mir neue Sommersprossen beschert und meinen Blutdruck bedenklich in die Höhe getrieben hatte. Dennoch hatte ich an der Gerichtsverhandlung teilgenommen, bei der Hanna Nieminen Unzurechnungsfähigkeit bescheinigt wurde. Sie wurde auf unbestimmte Zeit in die Psychiatrie eingewiesen. Dem Vernehmen nach wollte Teräsvuoris Bruder das Urteil anfechten.

Der Fall Noora Nieminen sollte Anfang September zur Verhandlung kommen. Rami Luoto war geständig, die Anklage lautete auf Totschlag und Unzucht mit Minderjährigen. Ich hatte die Voruntersuchung vor Beginn des Mutterschaftsurlaubs abgeschlossen. Die Vernehmungen waren strapaziös gewesen, denn Rami hatte sich pausenlos entschuldigt. Die

Gewissheit, zu einer langen Haftstrafe verurteilt zu werden, schien ihn zu erleichtern. Vielleicht war es gut, dass er noch nicht begriff, was ihm bevorstand. Zum Zeitpunkt ihres Todes war Noora zwar kein Kind mehr gewesen, doch Kinderschänder und -mörder bildeten im Gefängnis die niedrigste Kaste, und ein Mann wie Rami würde sich nicht zu behaupten wissen. Bei allem Abscheu vor seiner Tat verspürte ich ein wenig Mitleid.

Ich hatte Jane Austens Gesammelte Werke in die Klinik mitgenommen, doch in den kurzen Wehenpausen konnte ich mich nicht auf die Lektüre konzentrieren. Die nächste Wehe war bereits so stark, dass ich alles andere vergaß. Ich kreiste mit den Hüften, bis der Schmerz abebbte.

Janne, Silja, Irina und Elena Grigorieva waren gleich nach Mittsommer zum Training nach Kanada geflogen, Ulrika Weissenberg war ihnen eine Woche später gefolgt. Sie waren alle erleichtert, dem Medienrummel zu entkommen, der nach der Aufklärung des Mordes über sie hereingebrochen war. Ein pädophiler Trainer bot Stoff für saftige Storys, genau das, was die Leute lesen wollten – solange es eben nur eine Story war, die sie persönlich nicht berührte.

Siljas Knöchel war völlig unversehrt. Eine Woche vor ihrem Abflug hatte Koivu sich ein Herz gefasst und sie zum Essen und ins Kino eingeladen. Auch nach Siljas Rückkehr hatten sie sich ein paar Mal getroffen, doch mehr schien nicht daraus zu werden. Offenbar spielte der Altersunterschied doch eine Rolle, jedenfalls für Silja. Der arme Koivu war immer noch schwer verliebt.

Eine neue Wehe überfiel mich, es war, als würde mein Rücken in einen Schraubstock gespannt. Seltsam, dass der Schmerz hauptsächlich im Rücken zu spüren war. Da ich in den nächsten Stunden viel Energie brauchen würde, versuchte ich von der Dickmilch zu essen, die man mir zum Frühstück gebracht hatte, doch ich hatte keinen Appetit. Die

Hebamme schloss mich für eine Weile an den CTG an. Schnüppchens Herz schlug regelmäßig, schneller als mein eigenes, fast im Rhythmus der Musik von Scarlatti, die aus den Lautsprechern kam.

Als Janne mich an jenem Abend zur Klinik gefahren hatte, war ich ernstlich besorgt gewesen. Ultraschallbild und Herztöne hatten jedoch gezeigt, dass meinem Kind nichts geschehen war. Antti war über meinen idiotischen Alleingang natürlich außer sich gewesen, und dieses eine Mal gab ich zu, dass er Recht hatte.

Janne hatte zunächst nicht nach Kanada fliegen wollen, doch Ulrika hatte ihn überredet. Da es in Finnland keine geeignete Läuferin gab, wollte der ELV unter den Sportlerinnen aus aller Welt, die im Sommer in Kanada trainierten, eine neue Partnerin für Janne suchen. Eine Amerikanerin war offenbar interessiert, jedenfalls wollte sie Anfang September probeweise nach Espoo kommen. Silja und Janne hatten mir eine Karte aus Kanada geschickt, auf der Silja die Sehenswürdigkeiten schilderte. Janne hatte nur eine Zeile geschrieben. *Still alive. Manchmal kann ich schon wieder in den Spiegel schauen, dank dir.* Diese Zeile hatte mir über einige schlimme Nächte hinweggeholfen, in denen Schnüppchens Tritte und meine Ängste mir den Schlaf raubten.

Die Hebamme schaltete den Herzton-Wehenschreiber aus und überprüfte den Muttermund. Fünf Zentimeter geöffnet.

«In die Wanne lasse ich dich lieber nicht, weil die Fruchtblase geplatzt ist, aber eine warme Dusche würde ich empfehlen, die lindert den Schmerz», sagte sie aufmunternd. Ich nahm mir vor, es zu probieren, wenn der Schmerz schlimmer wurde. Ich wollte versuchen, ohne Medikamente auszukommen, obwohl ich mehr als einmal Albträume gehabt hatte, in denen ich um Schmerzmittel flehte.

Elena hatte Tomi aus der Wohnung geworfen und die Scheidung eingereicht. Nun bedrängte Ulrika Weissenberg das Innenministerium, Elena und Irina so schnell wie möglich die finnische Staatsbürgerschaft zu gewähren. Vermutlich fürchtete sie, Elena werde sich nach Amerika abwerben lassen, wo ihr Privatleben nicht öffentlich breit getreten worden war. Soweit ich wusste, hatte die russische Miliz nicht die Absicht, Tomi wegen Anton Grigorievs tödlichem Unfall anzuklagen, aber in Finnland würde er wegen seiner illegalen Geschäfte vor den Richter kommen.

Wieder eine Wehe, schneidend und hart, nun kamen sie bereits alle zwei Minuten. Ich bemühte mich, die Kontraktionen als Verbündete zu sehen, die Schnüppchen zu uns brachten.

«Zeit für die Dusche?», fragte Antti, als er mein schmerzverzerrtes Gesicht sah. Ich gab mir alle Mühe, entspannt zu bleiben, doch das war nicht leicht, wenn der Unterleib in einer riesigen Stahlzange steckte.

«Gleich. Leg erst nochmal Musik auf», bat ich und setzte meinen wiegenden Gang durch das Zimmer fort. Draußen war es still, man hörte nur das leise Rauschen des Sommerwinds in den Bäumen und das Zirpen eines Vogels über den Kiefernwipfeln.

Ich hatte mich um die Stelle des Dezernatsleiters beworben. Ström und ich waren die einzigen Bewerber aus dem Haus gewesen, und vor zwei Wochen war ich gewählt worden. Ström hatte natürlich Beschwerde eingelegt, der Prozess war noch nicht abgeschlossen, doch ich war ziemlich sicher, dass ich nach dem Babyjahr als Chefin in mein altes Dezernat zurückkehren würde.

«Probieren wir es mit der Dusche, aber vorher muss ich mich übergeben», sagte ich zu Antti, als der Schmerz übermächtig zu werden begann. Wir zogen uns aus und zwängten uns in die enge Duschkabine. Es kam mir vor, als wäre ich in eine andere Welt eingetreten, in der Schmerz und Erwartung herrschten.

Es gab keine andere Wirklichkeit mehr als die quadratmetergroße Duschkabine, ihre weißen Wände und das Rauschen des Wassers. Es gab nur noch meinen Körper, der sich erbrach und entleerte, als müsse er alles ausstoßen, nur noch Anttis tröstende Stimme und seinen nackten, braunen Körper. Es gab nichts außer dem Schmerz, das von Mal zu Mal enger gespannte Korsett um Bauch und Kreuz, einen Schmerz wie ein Berg, den ich erklimmen musste: eins, zwei, drei … Bei fünfundzwanzig hatte ich den Gipfel erreicht, der Abstieg war leichter, bei fünfzig verschwand der Schmerz für so kurze Zeit, dass ich nichts anderes tun konnte, als auf seine Rückkehr zu warten. Zwischendurch schrie ich aus vollem Hals, dann wieder wimmerte ich vor mich hin. Beides half.

Ich weiß nicht, wie lange ich unter der Dusche gestanden hatte – Antti sagte später, es seien fast zwei Stunden gewesen –, als ich einen gewaltigen Druck am Muttermund spürte, der mich zwingen wollte zu pressen. Antti holte die Hebamme, die feststellte, nun seien Schnüppchen und ich bereit. Nackt, wie ich war, setzte ich mich auf den Gebärhocker, Antti hockte sich hinter mich und legte die Arme um mich, die Hebamme ließ die Jalousien herunter und brachte einen Spiegel. Der brennende Schmerz wurde unerträglich, und ich presste, öffnete gemeinsam mit dem Baby das Tor von einer Welt in die andere.

Dann ließ der Schmerz nach, doch das Druckgefühl zwischen meinen Beinen war stärker geworden. Erschöpft lächelte ich die Hebamme an und bat um ein Glas Wasser. Ich schaffte es, einen Schluck zu trinken, bevor der Schmerz wieder einsetzte und der Druck mich zerriss. So ging es etwa zehn Minuten weiter, ich schnaufte und brüllte und presste, wenn die Klammer mich wieder umfasste.

«Noch einmal … Der Kopf ist schon zu sehen, schau mal», sagte die Hebamme und drehte den Spiegel. Ich sah zarten Flaum zwischen meinen rauen schwarzen Schamhaaren, der

Kopf meines Kindes drang hervor wie ein Nusskern aus der Schale. Ich berührte ihn vorsichtig, und als der Schmerz mich wieder ansprang, knurrte ich, wie die Frauen es seit jeher tun, ich knurrte wie die Tiere, die ihre Jungen aus sich herauspressen. So wie sie gebar ich mein Kind. Ich nahm es in die Arme und sah, dass es ein Mädchen war, ein schöner, blutiger, von Käseschmiere bedeckter Mensch, der uns mit offenen Augen ansah. Ich hörte Antti weinen, doch ich weinte nicht, ich stammelte verrückte, zärtliche, sinnlose Worte, die unserer Tochter sagten, dass sie uns willkommen war. Das Baby antwortete in seiner eigenen Sprache, mit quäkenden Lauten. Ich drückte seinen kleinen, nach Fisch riechenden Körper an meine schweißbedeckte Brust, damit es meinen Herzschlag hörte und sich geborgen fühlte.